HEYNE BÜCHER

Fantasy

Herausgegeben von Wolfgang Jeschke

92

Die ehemals blühende Stadt Miscara, ein feudalstaatlich regiertes Gemeinwesen in einem frühirdischen Zeitalter, liegt in Agonie: Die Einwohner haben das Träumen verlernt, die Menschen vegetieren vor sich hin, berauscht vom Genuß der Schellblätter, geduckt unter zerstörerischen Staubstürmen. Die Herrschenden glauben zwar noch, überlegen zu agieren, in Wirklichkeit sind sie jedoch gefangen, eingesperrt in geistiger Versteinerung.

Da kommt ein Fremder, Kilean, in die Stadt, der die Fähigkeit zu träumen noch besitzt. Er wird Miscaras neuer Traummeister, er soll der Stadt zu neuer Blüte verhelfen.

Der Roman plädiert für die Notwendigkeit von Traum und Phantasie im menschlichen Leben. Er verdeutlicht in bewegter Handlung Wechselbeziehungen zwischen Phantasie und Realitätsbewußtsein, zwischen Spontaneität und überlegter Ein- und Unterordnung.

Angela und Karlheinz Steinmüller

Der Traum-Meister

Roman

Mit zwölf Farbillustrationen
von
Wolfgang Spuler

Fantasy

WILHELM HEYNE VERLAG
MÜNCHEN

HEYNE SCIENCE FICTION & FANTASY
Band 06/4881

Redaktion: Wolfgang Jeschke

Taschenbuchausgabe 1992
im Wilhelm Heyne Verlag GmbH & Co. KG, München
mit freundlicher Genehmigung der Autoren
und des Verlags Das Neue Berlin, Berlin
Printed in Germany 1992
Umschlagbild: Wolfgang Spuler
Umschlaggestaltung: Atelier Ingrid Schütz, München
Satz: Schaber Datentechnik, Wels
Druck und Bindung: Ebner Ulm

ISBN 3-453-05412-1

Die Luft flimmert über der Karr; was fern ist, verschwimmt. Bisweilen knarrt eine Zeltstange, die zerschlissene Plane knattert in einer Bö. Über umgestürzte Scherengitter weht grober Sand, und zwischen den Steinen rollen Helme. Nur eine Eidechse draußen im Sonnenglast teilt, die Flanken blähend, meine Einsamkeit. Öde und leer ist die Karr wie zu Anbeginn der Zeiten.

Hier, in der Wüste, wo die Jahrhunderte im Sand versikkern, sind sie mir nah, die Großen Alten, unsere Vorfahren. Mir ist, als wären sie gestern erst in silbernen Schiffen aus dem Himmel herabgeglitten und als könnte ich dabeisein: Sie pflügen die roten Ebenen, und sie setzen die ersten Bäume, sie säen Gräser und Kräuter, und sie entlassen Käfer und Würmer und alles Kleingetier ins grünende Rund. Den Wolken weisen sie den Weg, sie graben den Flüssen das Bett, und sie füllen die Senke des Nordmeeres mit Wasser und glitzernden Fischen, ihren Händen entsteigen trällernd die Vögel. Damals, im Kristallenen Zeitalter, war die Welt jung, brodelnd von Kräften, wachsend und wandelbar.

Ich habe den Klapptisch an den Eingang des Zeltes gerückt. So habe ich sie immer vor Augen: Miscara, meine Stadt, deren Tore mir verschlossen sind. Gleicht sie, keinen Tagesmarsch weit, am Fuße der Drachenberge, nicht einer Luftspiegelung, einer jener lockenden Oasen, die sich auflösen, willst du in ihren Schatten treten?

Miscara könnte ein Traum sein. Die Katen der Niederstadt hocken übereinander, eingepfercht von den Wehrtürmen der Stadtmauer, grau und ungeschlacht wachsen darüber die Hausburgen aus dem Fels, fünfeckige Steinkolosse, die einst die Großen Alten erbauten, als sie sich, ermüdet von der Umgestaltung unserer Welt, an den kargen Hang zwischen Wüste und Gletscher zurückzogen; ich sehe den grünen Stufenbau der Hängenden Gärten und den Rauch, der unterhalb des vierschrötigen Gipfels des Eisgrauen Wächters aus den Schloten der Erzhütten quillt, und alles scheint unverändert.

Dann aber trifft mein Blick den Traumturm, schlank und spitz und schlohweiß, und ich erahne eine winzige Gestalt auf dem Umgang, und ich denke: Vielleicht schaut er auf dich herab? Ich möchte hinausstürzen und die geborstene Brustplatte eines Harnischs aufheben und *ihm* mit dem Widerschein der Sonne ein Zeichen schicken. Doch nichts blitzt vom Turm herab. *Er* ist es, der befohlen hat, die Tore vor mir zu verschließen, *seinethalben* verließ ich die Stadt.

Sand rieselt gegen die Planen, feiner Staub nistet in meinen Kleidern. Ich spüre ihn zwischen den Zähnen, er schmeckt nach Torl, und der pelzig-bittere Geschmack führt mich zurück an den Tag, an dem alles begann. Denn eine Stadt, die nicht träumt, versinkt im Staub.

Der lichte Morgen

»Torl! Torl!«

Spitze, scharfe Schreie flogen über die Dächer. Schon knallten ringsum die Läden zu, Tore kreischten in den Angeln, ein Knirschen und Dröhnen durchzitterte die Luft.

»Torl! Torl!«

Ich schreckte vom Tisch auf, an dem ich über Abrechnungen für meinen Vater eingenickt war. Von den Schreien vorangepeitscht, rannte ich in den Erker, lehnte mich zum Fenster hinaus, löste die Haken der Läden. Ein dumpfes Brausen rollte heran, schwere schwarze Vögel jagten die Schlucht zwischen den Hausburgen entlang: Torlboten. Wenig unter mir hastete eine Magd, schmal und, nach der grauen Haube zu urteilen, aus der Niederstadt, die Menniertreppe hinan. Hatte sie die Vögel nicht bemerkt, nicht die ersten Kiesel, die die Stufen herabhüpften? Spürte sie die eiskalte Luft nicht, die ihr entgegenschoß?

»Der Torl! Der Torl!«

Als wäre sie taub für meine Rufe, kämpfte sie, das Halstuch vor Mund und Nase pressend, gegen die heranfegenden Staubzungen an. Dann, an der Hausburg der Brigier, kurz vor einer Torlnische, schlugen die Wogen über ihr zusammen. Faustgroße Schlackebrocken donnerten die Treppe herab, Reste von Felsgattern dazwischen, ein unerbittlicher steinerner Sturzbach.

Der Staub brannte mir in der Nase, das Zimmer versank in bleiernen Dunst. Ich riß die Läden zu, hustete ab. Geröll schrammte an den Mauern entlang, daß sich einem die Haut kräuselte. Der Torl mußte sie längst begraben haben, die Närrin.

Ich tastete auf dem Wandbord nach Zunder und

Stahl, schlug einen Funken. Das Wachs der Kerze war wie von Schimmel überzogen, die prasselnde Flamme verbreitete einen stechenden Geruch. Einige der Rechnungen waren zu Boden geflattert, ich hob sie auf, blies den Staub von ihnen.

Kaum vernehmbar im Tosen des Torl tappten schwere Schritte die Treppe herauf. Der Riegel schnappte zurück, mein Vater zwängte sich herein, sein Schatten wuchs zuckend bis zu den Bohlen der Decke. So bullig und unverwüstlich er sich gab, die heimtückische Krankheit, der Torlhusten, hielt ihn fest im Würgegriff. Irgendwann würde sie auch mich ereilen.

Polternd rückte er sich den einzigen Stuhl zurecht, ich setzte mich auf die Kleidertruhe. »Glauke, Kind ...« Schweißtropfen, im Kerzenschein blinkend, rannen ihm über die Wangen. Er schob die mit Zahlen übersäten Papiere beiseite und strich die Hand an der Tischkante ab.

»Ist einer gekommen, der kann träumen, Glauke, TRÄUMEN! Drei Nächte haben wir — der Rat — ihn ausspähen lassen. Jetzt muß er in den Turm. Es beginnt sich schon rumzusprechen ...«

Er verschnaufte. »Soll mir nur recht sein. Obzwar — er ist ein Fremder. Aber trau mir, er hat die Gabe: ein Traummeister.«

Und während er kurzatmig weiterredete, daß die endgültige Berufung zwar noch ausstehe, doch alles entschieden sei, zumindest für eine Probezeit; daß einige Ratsherren Unruhen befürchteten oder gar eine Arglist der Grunelier, aber ein Grunelier sei er unmöglich, denn er rolle das ›r‹ nicht; während also mein Vater schwerfällig und ab und an von einem Hustenanfall aufgehalten berichtete, hallte das Heulen und Schurren des Torl echogleich an mein Ohr: TRÄUMEN, TRÄUMEN ...

Es hatte seinen Zauberklang nicht verloren, dieses Wort, das nur zögernd von unseren Lippen kam. Wie manch andere beneidete ich insgeheim unsere Vorfahren, die jede Nacht hatten Unerhörtes erschauen dürfen, und wie die meisten anderen meines Alters wollte ich mir den Neid nicht eingestehen. Jahrhundertelang hatten Traummeister die Stadt mit kunstvollen Bildgespinsten versorgt — kein Wunder, daß unsere Vorfahren dabei behäbig und träge geworden waren und den Tag um der Nacht willen vernachlässigt hatten. Es geschah ihnen nur recht, daß sie verlernten, aus eigenem Vermögen durch die nächtlichen Gefilde zu streifen, und daß es nur eines letzten Traumes eines letzten Traummeisters bedurfte, um die Träumerei für immer abzuschaffen.

Wir Miscarier hatten uns mit der Traumlosigkeit eingerichtet, ja in ihr die einzig wünschenswerte Lebensart erkannt. Früher freilich, als mir Menthe, meine Ziehmutter, noch jeden Morgen bitteren Weichwurzsaft einflößte, damit ich schneller heranwüchse, da hatte ich mir bisweilen mit offenen Augen die verwegensten Unmöglichkeiten ausgemalt. Nicht eben erwünscht war dieses Löcher-in-die-Luft-Starren, diese müßige Tagschwärmerei, und ich mußte auf das flache Dach unserer Hausburg schleichen, um nicht ausgescholten zu werden. Wie oft lehnte ich mich gegen die sonnenwarmen Zinnen und schaute über die Hausburg der Brigier und die Felsen an der Oberseite der Hängenden Gärten zum Traumturm! Obwohl dort Khalib, der Wahnsinnige, hauste, erschien mir der Turm ohne Traummeister hohl und leer. Mußte es nicht herrlich sein, wenn ein Berufener die Dunkelheit geheimnisvoll belebte wie damals in Menthes Jugend, als Nerev Nacht um Nacht seine blaurädernen Träume über die Stadt sandte? Ich würde, während ich schlief, mühelos die Kellm-Oasen bereisen und die fruchtbaren Gestade des Nordmeeres sehen, ich würde die Großen Alten in ihren gläsernen Bergen besuchen und mich vor den schleimig-wolkenhaften Drachen grausen …

Von solcherart Wunschvorstellungen durfte ich keinem erzählen, Menthe nicht, und schon gar nicht meinem Vater. Nur einem durfte ich mich anvertrauen: Turio, meinem Ziehbruder, Menthes Sohn, der oft neben mir auf dem Dach saß. Hier brachte ich ihm das Lesen bei und die Rechenregeln, damit er mich abfragen konnte, denn Sycoraq, mein Lehrer, war unerbittlich. Ich habe es noch heute im Ohr, das schnurrende Geräusch, mit dem Turio, während ich rede, Steinchen an die Regenröhre schiebt, und wie sie nach kurzer Spanne auf den trockenen Grund des Auffangbeckens klacken.

Aber diese Zeiten kindlicher Wünsche und kindischen Zeitvertreibs waren längst vorbei. Ich wollte sachlich sein und nüchtern, wie es sich für eine künftige Ratsherrin gebührte, stets auf das Vernunftgemäße, auf das Notwendige bedacht, mit einem Gespür für Zahlen und Geschäfte und erreichbare Ziele. Da war kein Platz in meinem Kopf für Kinderflausen und Ammenmärchen. Traummeister — das war nur eines dieser verstaubten Worte von altfrüher, die in unserem fortschrittlichen Miscara keinen Sinn ergaben. Das sollte auch mein Vater wissen.

»So leibhaftig ich vor dir sitze, Glauke, er spricht laut im Schlaf. Die Kamelknechte, die neben ihm lagen auf dem Stroh der Packhöfe, entdeckten es. Vier Ratsherren haben sein nächtliches Reden mit eigenen Ohren vernommen, etwas verstanden hat freilich keiner von ihnen. — Und er war nicht einmal erstaunt, als wir ihn am Morgen im Stadthaus auf die Gabe hin befragten. Als ahnte er, daß sein Weg in den Turm führt.«

»Ihr laßt Euch foppen, Vater, Ihr und Euer weitsichtiger Rat. Ein Strolch nutzt Eure Gutgläubigkeit aus und erschwindelt sich für einige Tage Herberge und üppige Speise. Seit Nerevs Tod hat in unserer Stadt niemand — kein Miscarier und kein Fremder — geträumt. Aber mit geschlossenen Augen Unsinn stammeln, das kann ein jeder. — Jagt ihn in die Karr!«

Die Kerzenflamme, die den Staub verzehrt hatte, tanzte wachsend und schrumpfend, leckend und blekkend. Ein Schrei gellte in das Donnern, erstarb dann, wie auch der Torl erstarb, allmählich in der Niederstadt ausrieselte. Geschäftiges Fußgetrappel klang aus dem Erdgeschoß.

»Begreifst du nicht, Glauke, was ein Traummeister für Miscara — für dich! — bedeuten könnte? Bist zwar dem Sigmarq versprochen, Kind, aber ...«

Er japste nach Luft, verlangte nach Branntwein. Seine Augen, von roten Äderchen durchzogen, suchten in meinem Gesicht, seine Hand strich sacht über meine Wange. »Du ähnelst deiner Mutter, Kind. Sollst ganz nach oben, nur der Allerbeste ...«

Der Allerbeste! Eben noch war es Sayth Sigmarq gewesen, der ›Herr Ladestock‹, der Sieger der Schlacht um die sarmintischen Oasen, Besitzer von Hausburgen und Werkhallen, der geschäftstüchtige Verweser alter und neuerschlossener Erzgruben und nicht zuletzt der einflußreichste Patrizier aus dem Geschlecht der Sigmier. Sagte man ihm nicht sogar nach, daß er, einer der jüngsten Ratsherren, ein Auge auf den Ratsvorsitz geworfen hätte? Was vermochte dagegen ein Traummeister zu bieten? — Für die kühle Glauke, die ich war, fiel nicht ins Gewicht, daß Sigmarq fast doppelt soviel Jahre zählte wie ich, dies war eher ein Vorteil, Aussicht auf Freiheit irgendwann versprechend. Erwachsensein hieß sich fügen, in Miscara wie anderswo. Und ich war bereit, meinen Preis zu zahlen, solange ich damit einen Platz an der Spitze erkaufen konnte. Ob mein künftiger Gemahl nun Sigmarq heißen würde oder sonstwie, ich verließ mich auf den Ratsherrnverstand meines Vaters. Allerdings: War es vernunftgemäß, Sigmarq um eines Träumers im Turm willen aufzugeben?

»Bah!« Mein Vater prustete, seine Linke fuhrwerkte über den Tisch. »Ein Traummeister wiegt fünf Ratsherren auf. Zu ihm wird das Volk hinaufstieren ... Und was den Ladestock angeht, der will zu hoch hinaus, glaubt, er wäre uns allen über.« Er setzte sich zurück, seine Augen starrten ins Gebälk der Decke. »Beginnt er doch, eigene Landsknechte anzuwerben — ohne Ratssegen! Aber nun verblaßt sein Stern. — Kam uns wie gerufen, der Fremde, in vieler Beziehung. Und bedenke, Glauke: Er kennt unser Miscara nicht. Wird darum auf dich angewiesen sein.«

Landre, meine Hausmagd, schlurfte endlich mit Branntwein und Kandis herbei. Knackend zersprangen die Kristalle im Becher. Mein Vater, erschöpft vom Reden, trank gierig. Ich öffnete behutsam die Fenster, eine Wulst Staub fiel zerfasernd herab. In der dunklen Gasse wogte es wie Schleim. Dicht an den Grundsteinen lag die Unbekannte, ein Bündel Mensch unter weicher, grauer Decke. Nur ein Tor brachte sich nicht rechtzeitig vor dem Torl in Sicherheit.

Ein Stadtsoldat ritt, den Dreck aus der Mähne des Pferdes klopfend, durch die aufstiebenden Wehen heran. Unter dem Strickkragen des ledernen Harnischs, den er sich bis über die Nase gezogen hatte, hustete er. Auch das Maul des Pferdes stak in einem schützenden Sack.

Träge stieg der Soldat ab, wischte seine Armschnalle blank und hielt sie der Frau vor den Mund. Einen Augenblick wartete er, daß die Schnalle beschlüge, dann richtete er sich auf, schob das abgeknickte Bein der Toten mit dem Fuß zur Seite und ritt gemächlich davon, um die Leichenpacker zu holen. Ein Hundekarren holperte die Stufen herauf, kaum einen Blick verschwendete der Fuhrknecht auf das Hindernis.

Ich stieß mich mit beiden Händen vom Fenstersims ab. Klar und kalt wie die Luft nach dem Torl, in der keine Rührseligkeit gedeiht, waren meine Gedanken. Nur wer furchtlos auf sein Ziel zustrebte, wer Leib und Leben einsetzte, erklomm die oberste Sprosse der Leiter. »Löst das Versprechen, Vater, und ich werde die Lagerstatt des Fremden teilen — vorausgesetzt, er wird wirklich Traummeister.«

Es war töricht, daß ich mich dem ätzenden Staub, der wie lebendes Gallert um die Hausburgen waberte, mir Tränen in die Augen trieb und in der Kehle kratzte, ohne Not aussetzte. War die hoffnungsfrohe Neugier Landres und der anderen Hausmägde, die im düsteren Vorraum der Küche aufgeregt tuschelten, auf mich übergesprungen? Ich hätte es mit aller Entschiedenheit abgestritten. Ich lief, ein Tuch vor Mund und Nase geschlungen und das Haar unter der Kapuze versteckt, um mitzuerleben, wie ein Schelm zum Gespött der Leute wurde.

»Alles Leben besteht aus Maschinerie«, hatte mich Sycoraq, seinen Bart zwirbelnd, gelehrt, »und wer nichts von Maschinen versteht, versteht nichts vom Leben. Wozu braucht es da Träume, die weder Hebel sind noch Achse, bestenfalls Hemmung? Zu Recht hat Nerev keinen Nachfolger in die Geheimnisse des Turmes eingeweiht, zu Recht hat der Rat nach seinem Tod aller Welt verkündet: Die Traumzeit ist vergangen, Miscara ist erwacht und widmet sich nun samt und sonders dem schaffenden Leben! Fleiß und Industrie, die bringen uns voran!«

Trotz dieser lautstarken Bekundungen hatte Jahre später Ardelt als neugewähltes Haupt des Rates insgeheim nach einem fähigen Mann für den Turm geforscht, es hatte auch nicht an Patriziern gefehlt, die sich gern den Mantel des Meisters umgeworfen hätten, doch hatte keiner von ihnen, weder nach langen Nachtwachen noch nach dem Genuß traumtreibender Gewürze, vermocht, ein Bild aus dem schwarzen Meer des Schlafes zu fischen. Erfolglos hatte Ardelt die Niederstadt nach Träumern — ja sogar nach Träumerinnen! — durchforstet. Daß er nun auf einen Dahergelaufenen verfiel, überraschte mich, die ich die Vorgeschichte kannte, nicht. Mich verwunderte allerdings, daß der Rat zwar einerseits das Träumen als vernunftswidrig verdammte, andererseits jedoch so hurtig bereit war, einen neuen Traummeister zu berufen.

Auf der Menniertreppe schoben Werkleute den Dreck zuhauf. Schuttkärrner schimpften auf mich ein, als ich durch den Kehricht watete. Allenthalben fuhren Mägde mit kurzen Besen über die Fensterläden, allenthalben säuberte das Gesinde die Hauseinfahrten. Bei der Burg der Fitier hievten Knechte Eimer voll Unrat aus einer Kellerluke, andere schippten den Kalten Platz frei. Viele von ihnen kauten und spuckten ab und an gelblichen Speichel und ausgelaugte Schellblätter in den Staub. Selbst das Unkraut in den Mauerfugen war grau von der Saat des Torl, ebenso die steinernen Geschlechterzeichen an den Häusern und die zugenagelten Tore zu den Hängenden Gärten.

Vor den Gewölben der Kesselschmiede und Topfflikker husteten und fluchten die Altgesellen. »Wird immer schlimmer mit dem Torl, begräbt uns noch bei lebendigem Leibe.«

Zum Markt hin, wo Knechte Karrenladung um Karrenladung Dreck in das immer breiter einbrechende Loch im Pflaster kippten, hieß es bereits: »Ein Traummeister könnte alles richten. Wenn ein Traummeister … ja, wenn …« Ihr Blick war glasig vom Schellgenuß.

Ich war nicht allein unterwegs. Stumme, vermummte Gestalten hasteten über die Stufen, tauchten aus dem Schatten der Ratsspeicher und verschwanden im Schatten schmaler Durchgänge, strömten, Wolken von Staub aufwirbelnd, über die weiten Treppen vom Markt her, lösten sich aus dunkler Toreinfahrt, wühlten sich aus den halb verschütteten Einstiegen der Keller, schlurften die steilen Gassen an der Abendseite der Hängenden Gärten hinan, klumpten endlich zu einer vorwärtsdrängenden Menge zusammen, die noch vor dem Ratsplatz auch mich verschluckte.

Selbst grau von Staub und Schatten, trottete ich inmitten der grauen Gestalten einher, hörte ihr verhaltenes Husten und fühlte, wie sie alle das eine Wort ›Traummeister‹ flüsterten. Fünfundzwanzig Jahre hatte Miscara nicht geträumt, fünfundzwanzig mal 619 Nächte, manch einer war seither in die Felsklüfte gesenkt worden, ohne je einen Traum gekostet zu haben. Ihr Großen Alten, schickt uns einen neuen Meister!

Befehle gellten vom Ratsplatz. Doch sosehr ich mich auch nach vorn schob, sosehr ich mich auch reckte, in den graublauen Schleiern war er, um dessentwillen ich gekommen war, nicht zu erspähen. Nur die spitze Kappe eines hochgewachsenen Ratsherrn zeigte mir die Richtung; das war der Herr Ladestock — Sigmarq.

Die Menge spülte mich auf den Qiantensteig, den Weg zum Turm. Eine Bö zerwehte die Staubschlieren. Im Licht gewannen die grauen Gestalten, die in Wirklichkeit miscarisch blau gekleidet waren, Gesicht. Das einfache Volk aus der Niederstadt, Handlanger von den Nerevschen Werkhallen, Wäscherinnen und Feldarbeiterinnen, Schmiedegesellen und Wasserträger waren zusammengeströmt, dazu Knechte und Mägde aus den Hausburgen.

Halbwüchsige aus den Sippen der Fitier und Brigier, die anzulocken die Aussicht auf einen Krawall genügte, drängelten johlend und heftig um sich puffend nach vorn.

Der Qiantensteig öffnete sich zum Vorplatz des Turmes. Hoch ragte dessen blanker Schaft über das dumpfe Grau der Felsen an der Rückseite des Platzes. Vom Umgang wenig unterhalb der Turmspitze schien es nur ein Schritt zu sein bis zu den Wolken, die sich in den Drachenbergen verfangen hatten.

»Wußt ich doch, daß ich dich hier treffe, Glauke.« Turio lief plötzlich neben mir, aus dem Tuch vor seinem Mund stob der Staub wie Atem an kalten Tagen. »Gefällt er dir, dein Traummeister?«

»Wieso *mein*?« gab ich schroff zurück. »Ein Schwindler! Soll er meinethalben im Schlaf faseln wie ein Fiebernder, zum Traummeister braucht es mehr als unruhige Nächte. Da müßte er schon berufen sein, wie es die alten Bücher schildern, und sich von Kindesbeinen an in der Kunst geübt haben.«

»Wenn einer richtig losträumt, wackeln die Hausburgen, und die Sterne kullern vom Himmel.«

»Darauf freust du dich?«

Turio grinste. »Sie hängen ihren Mantel nach dem Wind, der durch die Stadt bläst, deine Ratsherrschaften«, meinte er mit dem bissigen Unterton, der mir, seit ich mich zur Patrizierin mauserte, mißfiel. »Unser oberster Säbelraßler« — das bezog sich auf Sreban Brigarq, den Hauptmann der Stadtsoldaten — »hat's als erster erfaßt: zu Miscara gehört ein Traummeister wie der Bart zu einem Manne, das sei immer so gewesen, das unterscheidet unser Miscara von allen Städten der Welt. Aber das ist Wortgeblase, Ardelt will Sigmarq einen Dämpfer verpassen, und da kommt ihm ein Traummeister gerade recht.«

Ein Ruck ging durch die gaffende Menge. Stadtsoldaten schufen mit gesenkten Hellebarden eine Gasse. Kein Hochruf wurde laut, als sie zum Turm stolzierten; zuerst Ardelt das schmächtige Ratsoberhaupt, darauf Sigmarq und Sreban Brigarq und — in bestickter blauer Robe — Ratsherrin Doratra, die einzige Frau unter den Stadtgewaltigen. Inmitten des Rates aber lief, selbst den Herrn Ladestock überragend, ein Fremder.

Ich reckte mich, krallte mich an Turios Schulter fest und suchte einen freien Blick auf ihn, der mein Schicksal werden sollte, zu erhaschen. Ich wurde nicht enttäuscht.

Wie ruhig und unbekümmert er ausschritt! Nicht einmal ein Brauenzucken entlockte ihm das Gejohle der Fitier, mit keinem Handschlenkern scherte er sich um die verhohlene Hast der Ratsherren. *Er* war der Mittelpunkt, seinem Ausschreiten hatten sie ihren Gang anzugleichen. Auch hielt er, als nähme er die Aufregung um sich nicht wahr, ab und zu inne und betrachtete eine Hausburg oder den Turm, was jedesmal den Aufzug in Unordnung brachte, ein Hin und Her von Befehlen und Stadtsoldatengerenne verursachte. Ardelt, geschwollen vor Wichtigkeit, trat von einem Bein aufs andere, Fetzen eilig hingeworfener Erklärungen wehten an mein Ohr, der Fremde, der es nicht nötig hatte, seine Stimme zu heben, nickte gelassen dazu.

Sie hatten ihn, wie es sich für einen künftigen Traummeister geziemte, in miscarische Tracht gesteckt: blaue Hosen, blaues Wams mit Strickkragen, blaue Kappe. Die Kleidung jedoch verwandelte ihn nicht in einen Miscarier, jede seiner Bewegungen verriet den Fremden. Wie uneingeschüchtert er mit den Ratsherren sprach! Und dabei baumelte ihm seine einzige Habe schwindsüchtig vom Gürtel: ein schäbiger brauner Wandersack, der wohl eher zu einem Pferdeknecht gepaßt hätte. Auch sonst fügte sich für mich bei diesem Mann nichts in ein Bild. Hager und starkknochig war sein Gesicht — auf die miscarische Männerzier, den Bart, verzichtete er —, und die Karr hatte es mit ihrem Brandatem gezeichnet. Bisweilen verhärteten sich seine Züge, aber gerade dann schien mir — ich hätte es beschwören können! —, als unterdrücke er mit Macht einen Anfall von Heiterkeit. Und loderte nicht sogar, wie es von den Traummeistern hieß, aus seinen Augen das Feuer der Träume?

Unmöglich, dies war trübster Aberglauben aus glücklich überwundener Zeit. Ich machte mich noch lächerlich mit meinem Kopfgerecke! Ich durfte mich nicht von den einfältigen Hoffnungen des Volkes anstecken lassen und wie eine dumme Magd in jedes Sonnenblitzen wunder was hineindeuten. Da drüben lief ein ganz gewöhnlicher Mensch, ein Herumtreiber von sonstwoher, und wenn er die Ratsherren dreimal zappeln ließ, der

Schelm, mich belog er nicht mit seinem unverfrorenen Getue.

Auf Ardelts Geheiß klopfte ein Stadtsoldat mit dem Schaft der Hellebarde gegen die unscheinbare Tür des Turmes. Augenblicks öffnete sich ein Guckloch. Würdeschwer sprach Ardelt die kantige Formel: »Wächter des Turmes, ein Meister ward gekürt. Gewährt ihm Euren Dienst.«

Ein dünnes Kichern sickerte aus dem Inneren. Im ersten Augenblick verblüfft, ergrimmte sich Ardelt. »Der Rat befiehlt, was zögerst du, Alter!«

Das Guckloch klappte zu. Ardelt blies vor Ärger die geröteten Backen auf, Sreban bellte Befehle über den Platz, daß es von den Felsen dumpf widerhallte. Mein Herr Ladestock eilte mit Riesenschritten davon. Allein den künftigen Traummeister berührte das Durcheinander nicht, er wandte sich Doratra zu und plauderte mit ihr.

Auch das krause dunkelbraune Haar, das ihm über den Strickkragen quoll, paßte weder zu einem tyrhenischen Landsknecht noch zu einem verkleideten nordländischen Fürsten, und schon gar nicht nach Miscara. Er war so anders, fremder noch als die Händler von jenseits der Karr, die auf dem Markt ihre Waren feilboten, fremder als jeder Flüchtling aus Grunelien ... Eine unbestimmte Ahnung keimte in mir auf, ich streckte mich, drängte näher, damit, was ich erfühlte, klarere Umrisse gewann.

»Zier dich nicht«, spöttelte Turio und krümmte einladend den Rücken, »du sitzt mir eh schon halb auf den Schultern.«

Erneut flog das Fensterchen auf. Ich erspähte einen dreckig-weißen, schütteren Bart, eine blasse, spitze Nase, hohle, fleckige Wangen — und wie der Wahnsinnige die gelben Zähne bleckte!

»Wo ist das Siegel?« keifte Khalib. »Schlamper! Taugenichtse! Mißrat'ne Bande!«

War das ein Grölen und Pfeifen! Die Fitier- und Brigierjungen überschlugen sich vor Begeisterung. Ardelt, in seiner Ehre angegriffen, rettete sich ins Drohen; Sreban befahl einem Stadtsoldaten, die Tür einzurennen. Der prallte gegen die schimmernde Fläche, und diese ächzte nicht einmal. Sie versuchten es mit Hellebarden, hebelten zwischen Tür und Schwelle, bis der Schaft brach. Kriegsrat. Der Nachwuchs der Fitier schrie nach Mörsern und Feldschlangen.

»Diese Narren«, raunte Turio, »sie brauchen Khalib lediglich das Siegel der Drei Meister vor die Nase zu halten. Aber vielleicht haben sie es eingeschmolzen oder für eine Handvoll Kriegsknechte verhökert.«

Verstärkung trabte in knallendem Gleichschritt über die Turmgasse heran, hinter ihnen zog, von Sigmarq geführt, ein Pferdegespann einen Rammbock.

Ich nutzte die Unaufmerksamkeit des Soldaten vor mir, schlüpfte unter der Hellebarde hindurch. »Ihr müßt selbst mit Khalib reden«, rief ich dem Fremden zu. »Falls Ihr wirklich das Zeug zum Traummeister habt, öffnet er Euch! — Los! Worauf wartet Ihr!«

Der Fremde legte den Zeigefinger an die Wange, eine Geste, unbekannt in Miscara, die ich als verschwörerische Botschaft verstand und erwiderte. Ich wußte plötzlich, nichts würde so bleiben, wie es gewesen war.

Ein Soldat packte mich hart an der Schulter und schubste mich neben Turio. Einen Augenblick nur hatte ich nicht hingeschaut, doch da war es bereits geschehen, der Turm hatte den Traummeister verschluckt.

Natürlich hatte Landre mein Zimmer bis zum Abend nicht gereinigt. Sie trieb sich herum, die Magd, begaffte den Turm, schwatzte und vernachlässigte ihre Pflichten, und ich ärgerte mich über sie, obwohl auch ich an diesem Tag unfähig war, meine Abrechnungen zu Ende zu bringen. All das, was ich über das Träumen je gelesen oder gehört hatte, stieg mir Schub um Schub in den

Sinn. Es hieß, der Traummeister zaubere einem ein Doppel der Welt vor Augen, ein verzerrtes und wie durch einen gesplitterten Spiegel gebrochenes Gegenstück, eine Art Schattenwelt, die von altfrüher her einen eigenen Namen trug, Mittal, und in der alle Gesetze der Natur und der Menschen aufgehoben seien. Bestrickend schön sollte dieser Verlust aller Ordnung sein und bisweilen auch schrecklich ...

Es dunkelte. Ich packte die Überdecke vorsichtig an den Zipfeln und schüttelte sie durchs Fenster aus. Jenseits der oberen Umfassungsmauern der Hängenden Gärten stach der Turm bleich von den zerklüfteten Flanken der Drachenberge ab, jetzt wie ehedem der eigentliche Mittelpunkt der Stadt. Ich verriegelte die Läden für den Fall, daß nächtens der Torl uns heimsuchte. Kalt war das Wasser in der Schüssel, ihren Boden bedeckte grauer Schlamm, den ich nicht aufzuwirbeln wagte. Ich hakte mein Kleid auf, schlug das Deckbett zurück: kein Ungeziefer. Zischend erlosch die Kerze.

»Wie ist das, wenn man träumt?« hatte ich manchen Abend Menthe gefragt. Ein wehmütiges Lächeln war dann über ihr herbes Antlitz gehuscht. »Ach, das ist ewig her. Du bist nicht du und wach im Schlaf und siehst, was nicht ist.«

»Könnte ich auch meine Mutter sehen?«

»Wer weiß ...«

Der Wind klagte im Schornstein, nebenan hustete mein Vater. Eisenbeschlagene Stiefel klappten, eins — zwei — Stufe, eins — zwei — Stufe, die Menniertreppe herauf. Ich suchte den Schlaf, doch die Aufregungen des Tages wühlten in mir fort. Wie wollte es mein Vater einfädeln, daß von allen Patrizierinnen der Stadt der Traummeister gerade mich zur Gefährtin wählte? Gewiß würde es auch von meinem Geschick abhängen. Ich wollte mir das Gesicht des Fremden vorstellen, ich erinnerte mich an die Länge seines Haares und die Linie seiner Brauen, ein Bild aber formte sich nicht. Statt dessen hörte ich Khalibs meckerndes Lachen, das Unheil verhieß, und ich erblickte seinen verrunzelten, sabbernden Mund, zwei Reihen kraftstrotzender spitzer Raubtierzähne. »Die Träume werden dich verschlingen, Täubchen!«

Ich fuhr hoch. Was für einen Unsinn malte ich mir da aus! Ich durfte nicht den Kopf verlieren, schon gar nicht in einer Nacht wie dieser. Wie einen Bannspruch leierte ich den Merksatz herunter, den mir Sycoraq eingepaukt hatte: »Der Schlaf ist nicht ein Geisteszustand, sondern vielmehr die Abwesenheit eines solchen, nämlich des Geisteszustands des Wachens. Ebensowenig ist das Träumen eine Geistestätigkeit, sondern vielmehr die Verneinung einer solchen, nämlich der des vernunftgemäßen Denkens.« Also bitte, wie sollte mir schaden, was lediglich ein Loch in meinem Dasein war!

Khalibs Fratze verblaßte. Ich lag allein in meinem Zimmer, in der Ferne jaulte ein Hund. Windbö auf Windbö streifte um die Ecken des Erkers. Wie weit mochte die Nacht fortgeschritten sein? Womöglich träumte der Fremde bereits, womöglich hatte ich den besten Teil verpaßt?

An Tageswarm-Behagliches sollte ich denken, an den Herd in der Küche, an Menthe, die mit den Töpfen hantierte, mir einen Löffel Suppe zum Kosten anbot. »Freilich war's schön, das Träumen. Aber es verwirrt dich, pflanzt dir Flausen in den Kopf. Iß lieber tüchtig, heirate und zieh deine Kinder groß. Du bist eine junge Dame, Glauke, du hast kein Recht zu klagen. Schau mich an: Deine Hände werden nie rissig sein vom Waschen, dein Rücken nicht krumm, niemals wird dein Teller leer sein.«

Genügte mir das? Ich wollte nicht werden wie Jantas, meine Base, die ein knappes Jahr nach der Hochzeit mit dem Ratsherrn Hettert zum zweiten Male schwanger war und keinen Fuß mehr vor die Hausburg der Chetier setzte. Ich wollte, wenn ich dazu Lust verspürte, mit Turio in die Karr reiten oder über das Geröll an den Ufern des Gletscherbaches Zarch klettern oder auch oben in den Bergen über trügerische Brücken aus Eis springen. Oh, wie hohnlachte mir aus dem Schornstein der Wind, wie hohnlachte er meinen Wünschen, meinen Schwärmereien.

Ich war Patrizierin, und ich sollte kühl bleiben. Ich durfte nicht kopflos wie das einfache Volk ein zweites Kristallenes Zeitalter herbeisehnen. Nein, es führte kein Weg zurück in die Welt der Großen Alten, als aus den Steinen Leben sproß, kein Torl zu Tale stürzte und ein jeder Mensch, gleich, ob Patrizier oder Knecht, gleich, ob Mann oder Frau, sein eigener Herr war. Nur Einfaltspinsel klammerten sich an solche wenig vernunftgemäßen Hoffnungen und warteten, warteten ihr Lebtag auf ein Wunder. Und falls wider alle Wahrscheinlichkeit doch ein Wunder geschah, würde es doch nichts bewirken. War nicht der Gleitende Stern erschienen, als Menthe noch jung war? Hatte sich daraufhin alles gewandelt? Kein Blutfürst hatte eines Fünkchens am Himmel wegen auf den Thron verzichtet, kein Halm Gras war seinethalben in der Karr gewachsen. Ein Regen von Sterntalern in Südgrunelien, eine bösartige, heimtückische Krankheit, so sah die heißersehnte Erlösung von Sorgen und Plagen aus. Wie durfte Turio da glauben, daß die Träume, die Lückenbüßer unseres Daseins, etwas ausrichteten?

Eine Bö hatte die Läden aufgerissen. Silberner Schein fiel in das Zimmer. Mein Vater hatte aufgehört zu husten, auch die Hunde waren verstummt, selbst der Wind schwieg. Ich muß das Fenster wieder schließen, dachte ich, wenn nun der Torl losbricht, der viele Staub.

Klar und heiter strömte das Licht herein. Eine Scheibe wie blankes Metall leuchtete vom Himmel; verzaubert und zeitlos lag um mich die nächtliche Wüste, bleich und fahl und still. Fern floß milchiger Glanz über die Burgen und Türme der Stadt, über die leeren Treppen und Plätze; Drachentöter sah ich mit gläsernen Helmen und hinter dem Fenster des Stadthauses schattenhaft die Großen Alten.

»Geh nach Miscara«, sprach eine Stimme zu mir herab. Sie war sanft, und eine tiefe Wehmut erfüllte mich.

Ich folgte einer nächtlichen Karawane, die lautlos und gemach durch ein Stadttor zog. Drinnen aber trübte sich der Silberglanz, wurde grau und matt, und die Saat des Torl bedeckte wie ein Leichentuch Häuser und Menschen. Gesichter trieben an mir vorüber, so verschlossen wie die Tore der Hängenden Gärten und rauh wie Gemäuer, von dem der Putz bröckelt. Ratsboten dienerten mit schmeichlerisch verzerrter Fratze, ein graues Volk strudelte mir entgegen, sie hatten die Kapuzen tief in die Stirn gedrückt und die Strickkragen bis über die Nase gezogen, so daß nur ein schmaler Schlitz für die Augen blieb. Ich wollte fliehen, doch die Stimme mahnte: »Geh nach Miscara.«

Ich zwinkerte, die Silberscheibe, die weder unserem Langsamen Mond noch den beiden Schnellen Monden glich, war verschwunden, die Finsternis kauerte als ein schwarzer Riese in meiner Kammer, ihr kalter Atem schlug mir ins Gesicht, und ich rief in meiner Verwirrung wie die abergläubischen Mägde der Niederstadt nach Arysa, der Rächerin der Frauen. Aber sie war ja selbst nur ein Geschöpf der Nacht, sie, die Lauerin in den Nischen, wie konnte sie mir beistehen?

Am Morgen tappte Landre mit ungewohnter Fröhlichkeit in mein Zimmer. Traumbeschwingt vor sich hinsummend, stieß sie die Fensterläden auf. Sonnenschein schoß auf stäubchenflimmernder Bahn herein. Die Teller und Krüge auf dem Bord wölbten und drängten sich in der plötzlichen Helligkeit und hakten ihre Schatten ineinander.

Das Aufstehen bereitete mir Mühe. Ich war wie ausgedörrt, die Zunge klebte mir am Gaumen — und Landre trällerte, während sie frisches Wasser in die Schüssel goß, in einem fort. Was, um der Großen Alten willen, war in sie gefahren?

Statt mir beim Ankleiden zu helfen, nahm Landre auf der Truhe Platz und plapperte los: Solch schöne bunte Vöglein habe sie erblickt, und wie grausam die Sonne über der Wüste gebrannt habe. »Der arme Traummeister! Hat's bestimmt nicht leicht gehabt. Aber die grünen Städte, die Silbernächte ...« Sie verhedderte sich und wischte sich mit dem Ärmel erst schneuzend über die Nase, dann über die Augen. »Jetzt fängt bestimmt ein anderes Leben an.«

Im Speisezimmer berichtete mein Vater von seinem morgendlichen Rundgang durch die Stellmacherwerkstätten am Markt: Welch Durcheinander in den Werkgewölben! Statt Hammerschlag und Hobelpfiff — Geschnatter! »Müssen sich den ganzen Fummelkram gegenseitig erzählen, wo sie doch allesamt das gleiche geträumt haben. Stunden wird mich das kosten, Stunden!«

Menthe trat herein, sie schob mir eine Scheibe geröstetes Brot auf den Teller. Belebend rann mir der Tee die Kehle hinunter. Während ich die schmelzende Butter über das Brot strich und dann ein wenig Salz darauf streute, ereiferte sich mein Vater. Drei seiner sonst so zuverlässigen Radmacher wären zu spät erschienen, der Pechsieder wollte verschlafen haben, woanders seien die Ausfälle noch größer. »Das wird wieder Zank geben im Rat. Ein Fremder betört Werkleute und Gesinde. Seh ihn schon, den Jaur, wie er um den Absatz seiner Schellblätter zittert, und mein Freund Sigmarq wird wettern: Die Träumerei ist unnütz und gehört verboten! Fürchtet um seinen Einfluß, der Gute. Wenn viele Ratsherren am Traumsüppchen mitkochen, kann er nicht alles allein schlucken.«

Er schlug mit der flachen Hand auf den Tisch, daß die Teller hüpften. »He, Menthe, wo bleibt die Marmelade, wo der Honig? Ist ein besonderer Tag heute, da lass' ich sieben gerade sein. Wenn die Knechte verschlafen, dürfen wir Patrizier prassen, nicht wahr, Glauke?« Er hustete kurz und heftig.

Menthe stellte die irdenen Näpfe auf den Tisch. Sie zögerte einen Augenblick. »Mit Verlaub — ich erinnere mich noch gut an die Zeit mit den Träumen. Nach manchen haben meine Eltern auf der Straße getanzt und wir Kinder auch. Das war natürlich Afferei, die Schuhe rissen kaputt.« Sie rückte ihre Haube zurecht. Mit einem Mal schien sie sich verjüngt zu haben, das lag wohl daran, daß sich durch das Zurechtrücken der Haube die Haut straffte. »Aber dann schaffte Nerev Ordnung.«

Mein Vater nickte. Er mußte bester Laune sein, wenn er über die Saumseligkeit in seinen Werkhöfen und -gewölben hinwegsah. Noch mehr erstaunte mich, daß er schon am Morgen die Flasche mit dem Branntwein aus dem Schrank holte und einen tüchtigen Schluck davon an den Tee kippte.

»Was habt Ihr Schönes geträumt, Vater?«

»Ach, Fummelkram.« Für ihn seien Träume nur Schäume, nächtlich-wirre Unterhaltung, der man keine Bedeutung beimessen sollte.

»Wird sich in einigen Tagen legen, diese Bummelei, dieses Getratsche, und dann geht's voran!«

»Altfrüher«, bohrte ich, »haben die Träume die Tore der Mittal gesprengt. Und dann ging's drunter und drüber.«

»Die Mittal, Glauke, Mädchen«, er prustete, lachte, preßte die Faust gegen die Zähne, um den Hustenreiz zu unterdrücken. Tröpfchen verfingen sich in seinem rostbraunen Bart. »Die Mittal ist Altweibergewäsch. Hab' selber geträumt damals unter Nerev. Haben mir die Großen Alten Geld geliehen, als ich die Wagenmacherei in Schwung brachte? Hat mir Zrausal eingeblasen, deine Mutter Tonach zu freien?« Er goß sich Branntwein in den Tee, daß der Becher überschwappte.

Ich hatte zuviel über die Mittal gelesen, um sie und ihre Geschöpfe — von Arysa bis Zrausal — als bloßes Märchen abtun zu können. Gewiß, erklären konnte ich es nicht, dieses ›Reich der Bilder und Schatten‹, diese ›Welt der unverwirklichten Möglichkeiten und unmöglichen Wirklichkeiten‹. Aber es stand geschrieben.

»Auch Bücher lügen und trügen, Glauke, nicht anders als die Menschen, ihre Schreiber. Eines behauptet dies, ein anderes das — mußt die eigenen Augen, den eignen Kopf gebrauchen. Habe auch gelesen. In einem Buch heißt es: Der Traum ist das Fischglas der Nacht. Du beobachtest die Traum-Fische, die auf dich zuschwimmen und wieder abdrehen, aber die Scheibe trennt dich auf immer von ihrer Welt.«

Nach einem letzten Schluck stemmte er sich hoch. »Sind für Einfaltspinsel, die Träume, für Leute, die flennen, sobald die grünen Palmen der Kellm-Oasen rauschen. Wenn der Neue richtig träumt, wird er ihnen solch törichte Gedanken austreiben und sie tüchtig anfeuern.«

Er stieß sich ab, der Stuhl kippte gegen den Tisch. »Auch im Rat sitzen Einfaltspinsel, Glauke. Schon deshalb ist dein Platz an seiner Seite. — Übrigens, er nennt sich Kilean.«

Wenig später putzte mich Menthe im ehemaligen Zimmer meiner Mutter heraus. Ich war von einer kribbelnden Neugier auf den Traummeister und die Träume erfüllt, ich wollte hoch hinaus, und dennoch wurde mir mit jedem Kleidungsstück, das Menthe aus der Tiefe der Truhen hervorsuchte, bewußter, daß ich drauf und dran war, mich einem Fremden preiszugeben. Zudem schien meine Mutter von zierlicherem Wuchs gewesen zu sein als ich. Ihre Röcke, bunte Fähnchen, die fadenscheinig waren vom Alter, gestatteten keine raschen oder ausladenden Bewegungen, auch das Mieder war zu knapp, und die Spangen sprangen auf und stachen. Wie konnte

Menthe hübsch nennen, was so unbequem war! Rüsche hier, Schleifchen da, Bändchen dort wurde ich behangen wie eine von diesen mechanischen Puppen, die die Grunelier mit Gold aufwiegen. Und, bei meiner Ahnin Nya, war ich nicht ein solches Püppchen?

Zu allem Überfluß schwor Menthe auf geheime Mittelchen, rieb mir klebrigen Steinkressensud in die Achselhöhlen, ließ mich mit Schneeseggensaft ›für einen anmutigen Atem‹ gurgeln, färbte mir Handflächen und Fußsohlen mit Henna.

Schließlich roch und glitzerte ich wie ein Mädchen aus der Roten Gasse, ich fühlte mich verpackt und eingeschnürt, beengt und verletzlich und schon nicht mehr als Herrin meines Körpers. War es ein Wunder, daß ich darauf verfiel, mich schützen zu müssen? Überdeutlich stand mir die Sicia meiner Mutter vor Augen, der kleine stählerne Dolch mit der feinen Ziselierung auf der Klinge …

Kaum klappte Menthe die Tür zu, kramte ich im eisernen Wandfach — erfolglos. Aus dem schmalen Putzschränkchen purzelten mir Dosen mit Salben entgegen. Noch einmal die Truhen durchwühlt — die Sicia blieb verschwunden. Wie sollte ich dem Fremden gegenübertreten ohne Waffe?

Ich saß auf einer Truhe, meine Füße mit den zierlichen Schnürschuhen klopften gegen die Beschläge. »Turio«, flüsterte ich, aber Turio war fern. Ihn in Miscara aufzustöbern hieß, den Floh im Sand zu fangen. Er, der keinen Meister hatte und doch allen als Laufbursche und verschwiegener Bote in heikler Angelegenheit diente, mochte sich bei den Packhöfen herumtreiben, Neuigkeiten von der Stadtschmiede zu den Erzhütten tragen oder durch das Tal des Zarch streifen: Im Haus weilte er nie, es sei denn auf dem Dach.

Auch dort wurde ich enttäuscht. Die blankgefegten Steinplatten waren heiß vom Sonnenschein, jenseits der Schellpflanzungen in den Hängenden Gärten ragte der

Turm mahnend aus dem Grau der Oberstadt. Welch Abgrund trennte mich von ihm! Nein, ich fühlte mich nicht für den Turm geschaffen.

Die Luke öffnete sich, Turio turnte heraus. »Du suchst mich?«

»Ich brauche die Sicia meiner Mutter.«

Er musterte mich erstaunt und rieb sich dann, als sähe er nicht recht, die Augen. »Willst du ›Arysa mit dem Dolche‹ spielen?«

»Turio«, drängte ich, »die Sicia!«

Er trat ins volle Licht, viel zu nahe, wie mir schien, an den zinnenlosen Rand zum Innenhof, hob den rechten Arm, Handfläche nach oben, unterstützte den Ellbogen und versuchte, mich weiterhin beäugend, den Arm geradezudrücken. »Vermutlich hat sie Erast verkauft.«

»Niemals würde mein Vater …«

»Oder sie verschenkt. Oder Landre hat sie gestohlen. Gib mir einen Tag, und ich kenne ihren Weg.«

»Ich brauche sie aber heute, jetzt.«

Er ballte seine Rechte zur Faust, der Arm aber wollte keine gerade Linie bilden, er würde es nie mehr, seit sich Turio damals mit einem Fitierjungen geprügelt hatte und von dessen Vater zur Strafe ›gestreckt‹ worden war. »Weshalb gehst du zu ihm, wenn du fürchtest, daß er dir ein Leid antut?«

»Weil ich …«, das Wort ›muß‹ lag mir auf der Zunge, doch aus meinen Lippen schlüpfte ›will‹.

Seine Faust schnellte zurück. »Begreifst du eigentlich, daß du dich zur Metze machst?« Er wischte mit dem Daumen über meine Wange; die brannte, als hätte er mich geschlagen. Rot von Schminke war sein Finger, drohend hielt er ihn mir vor die Augen. »Die Glauke, die ich kenne, hätte sich nie so geil angemalt.«

Allmählich überwand ich meine Verblüffung. »Turio, Turio«, tadelte ich ihn. »Was für einen altmodischen Unsinn höre ich von dir. Ich werde den Fremden ins

Netz locken, und dazu ist mir jedes Mittel recht. Verstehst du: Es ist vernunftgemäß.«

Als wäre er allein auf dem Dach, stierte er hinüber zum Turm.

»Würdest du«, fragte ich nach einer Weile, »an meiner Stelle Sigmarq vorziehen?«

Er trat an eine der Zinnen, seine Hände schlossen sich um den Stein, als wollte er ihn erdrosseln. »Die Wächter werden dir den Zutritt verwehren.«

»Ich kenne ihre Losung.«

»Khalib wird die Tür nicht öffnen.«

Welch ein erhebendes Gefühl, einen Brief mit dem Siegel des Rates vorzeigen zu können!

Turio stieß einen Stein zum Regenloch. Polternd fiel er in den Wassersammler. »Dein Vater ist wirklich umsichtig. Zu umsichtig. Ich wette, er hat die Sicia vor dir versteckt. Wieso? Du könntest sie benutzen. Ausgeliefert sollst du ihm sein.«

Einer Eisnadel gleich blitzte der Turm. Vom Umgang aus würde ich über die Stadt schauen wie Nema, die Geliebte Nerevs, das Gedränge der Katen und die Hausburgen mir zu Füßen. Es gab keinen höheren Punkt in Miscara.

Trotz seines kaum verhohlenen Zornes half mir Turio. Er bahnte mir einen Weg durch das Menschengewühl um den Markt, und er war es, der die Stadtsoldaten auf dem Turmvorplatz, die mich anpöbelten, abkanzelte, als wäre er ihr Hauptmann. Schließlich standen wir vor der schimmernden Tür und hatten nicht einmal die Losung gebraucht.

Zaghaft klopfte ich. Kein Laut drang aus dem Innern, das Guckloch war verschlossen. Uns im Rücken rissen die Soldaten ihre Witze. Der Korb in meiner Hand wurde schwer. Turio donnerte mit der Faust gegen die Tür.

Die Blende hinter dem Fensterchen klappte auf. Aus dem dunklen Bauch des Turmes kicherte es. Ich hob den

Brief mit dem Siegel vor die Öffnung. »Vom Rat. Zum Traummeister.«

Das Kichern verstummte, eine vertrocknete braunfleckige Klaue schoß aus dem Guckloch hervor, entriß mir Brief samt Siegel — ein Schmerzensschrei. Die geschlossene Faust paßte nicht durch das Loch, der zerknüllte Brief fiel zu Boden, das Fenster schlug zu.

Wie Ardelt schimpfte ich ›im Namen des Rates‹.

»Im Namen des Rates!« äffte es höhnisch. Die Blende schnappte zurück, ein Mund tauchte aus dem Dunkel auf, verwelkte Lippen, eine verschrumpelte Zunge zwischen gelben Zahnreihen, die auseinanderklafften, aufeinanderklappten. »Desrates? Wer heißt so?« Khalib schnalzte mit der Zunge. »Und wer bist du? Turio? — Es gibt keinen Turio. — Und du? Glauke? Die Meergrüne? Hübsche Farbe, hübsches Mädchen. Grün, meergrün, noch mehr grün.« Er kicherte, fuhr mich plötzlich an: »Farbe ist Tünche. Wer bist du?«

»Ich bin die Tochter Erasts, des Wagenmachers«, schrie ich beleidigt, »und der zu Staub zerfallenen Tonach Arnya, ich bin die Letzte aus dem Geschlecht der Nyanten, Nyas letzte Tochter!«

Ohne es zu wissen, hatte ich das Zauberwort ausgesprochen. Lautlos schwang die Tür auf. »Tritt ein, Nya«, krächzte der Alte, »willkommen ist der Klang deiner Stimme in meinem Haus.« Freudentränen rannen ihm aus den Augen. Seine dürren Hände tätschelten mir Schultern und Arme. Dann schnappte die Tür ins Schloß; Turio war mit hereingerutscht.

»Kein Licht.« Khalibs saurer Atem blies über mich hinweg. »Kein Licht für Nya, verdammte Schlamperei!«

Wir tappten auf gut Glück hinter ihm her. Ich streifte die Wand, die in sachter Rundung die Treppe einfaßte. Windung um Windung tasteten wir uns empor. Khalibs Atem ging stoßweise, manchmal rasselnd, dann wieder setzte er für ein Dutzend Stufen aus, nur das Geschlurfe verriet uns noch die Anwesenheit des Wächters.

Es war schon recht, daß sternenlose Nacht im Traumturm herrschte, auch das Fehlen von Fenstern beunruhigte mich nicht, denn durch sie wäre diese zähe, greifbare Nacht über Miscara geflossen, hätte alles hinabgeschwemmt ins Traumreich, in die Mittal. So aber stiegen wir blindlings hinein in die Unwirklichkeit, entfernten uns mit jedem Schritt vom felsigen Boden. Schwindlig konnte einem werden von all den Windungen. Eine Stufe glich der anderen, es gab keinen Absatz, kein Podest, nur Stufen, Stufen ...

Ich mußte mich beeilen, denn Khalib hastete voraus. Da trat ich ins Leere. — Du glaubst abzustürzen, wenn die Treppe plötzlich endet. Der Ruck geht durch den ganzen Körper, der hellwach ist und warm. — Aber dann führte die Treppe weiter hinan.

»Bei Tod und Torl!« Ärger schwang in Turios Stimme und ein Hauch von Angst. »Wo steckt Khalib?«

Ein Lichtschimmer lockte uns höher. Nun schälte sich ein Absatz aus dem Dunkel, eine Tür glitt auf. Durch zwei breite, in einem Stück verglaste Fenster drang Sonne herein. Der Raum glich von der Form her dem Viertel eines runden Brotes. Vorhänge an den beiden geraden Wänden, uns zur Linken und zur Rechten, deuteten auf weitere Gemächer hin. Wohnte hier der Traummeister?

Unsicher traten wir in den Raum hinein. Zwischen den beiden Fenstern waren, von gläsernen Linsen bedeckt, zwei Uhren in die Täfelung eingelassen, eine gewöhnliche, die zwölf Stunden des Tages und die zwölf Stunden der Nacht zeigend, und eine ›Bethische Uhr‹, die den vollen Tag in zehn Stunden zu neunzig Minuten zu neunzig Sekunden unterteilte.

»Was für ein Spielzeug!« meinte Turio anerkennend, »sie waren verrückt, die Großen Alten.«

»Es sind ihre Sekunden«, erwiderte ich geistesabwesend, »die Sekunden, die sie mitgebracht hatten und die sie beibehalten wollten auch um den Preis der Stunde und der Minute.«

Genau in der Mitte unter den beiden Uhren war ein drittes Gerät angehängt: Frühling, Hitzzeit, Spätling und Sturmzeit entzifferte ich auf seinem Rund; weiter außen und kleiner die Namen der Monate von Windstern bis Welkstern. Der einzige Zeiger rückte auf das Ende des Jahres vor, wo mir ein rotes Feld von sieben Tagen, keinem Monat zugehörig, entgegenleuchtete: die Wilde Woche, die Zeit zwischen alt und neu, in der das Unterste zuoberst gekehrt wurde. Nerev hatte sie abgeschafft.

»Wer seid ihr? Wer hat euch den Zutritt gestattet?« Aus dem Dunkel der Tür löste sich der Fremde.

Reichlich erschrocken standen wir ihm gegenüber: Turio, noch immer mit dem Vorsatz, zu verhindern, daß ich an den Turm verkuppelt wurde, und ich, eine übermäßig herausgeputzte junge Patrizierin, die, puppenhaft starr, den Mund nicht aufbekam und den Korb umklammerte, als könne er ihr Halt geben. Vielleicht hätte ich an Kileans Stelle über das merkwürdige Pärchen gelacht. Doch er lächelte nicht, und er zürnte nicht. Sein scharfer, weder freundlicher noch unfreundlicher Blick forschte in meinen Zügen, er musterte mich von der Kappe bis zu den unförmigen Überschuhen, schätzte mich ein, durchschaute mich, als sei ich aus Glas. Diesem Mann konnte ich nichts vormachen, nicht mit Schminke und nicht mit Putz, alle Mittelchen Menthes versagten bei ihm ...

»Wollt ihr nicht antworten?«

Zugleich stotterten wir los, verstummten dann beide. Auf ein Zeichen des Fremden stellte uns Turio vor, und endlich konnte ich ihn genauer betrachten, den Mann von jenseits der Wüste, den künftigen Traummeister. Aber was half das mir, ich konnte nicht in sein Inneres blicken, und seine Miene verriet nichts, außer daß er — wie wir Miscarier — gewohnt war, sich zu beherrschen. Nicht einmal sein Alter vermochte ich zu erraten.

Er hatte die Hemdsärmel unmiscarisch hochgekrempelt, an der linken Hand fehlte ihm ein Fingerglied. Hatte er sich mit grunelischen Söldnern geschlagen? Oder war er über das Nordmeer gefahren und hatte sich gegen die Seebarbaren zur Wehr setzen müssen? Er erweckte nicht den Eindruck eines Haudegens, der den Kampf um des Kampfes willen suchte ... Was würde es bedeuten, Gefährtin dieses Mannes zu sein?

Ki-le-an, flüsterte ich probeweise, Ki-le-an. Wie sollte ich mich einem Menschen anvertrauen, dessen Namen so herb, so unnahbar klang?

Turio zwickte mich, der Fremde hatte mich etwas gefragt. Ich hob den Korb an. »Ich bringe eine kleine Aufmerksamkeit von Erast, dem Wagenmacher, meinem Vater.«

Anstelle eines Dankes schlug der Fremde einen Vorhang beiseite. Im Nebenzimmer bogen sich die Bohlen eines Tisches unter der Last von Körben, dickbauchigen umflochtenen Weinflaschen, von Blumengebinden und bunten Schachteln.

»Mir wurde erzählt, in Miscara feiere man weder Geburtstage noch beschenke man sich. Weshalb überhäuft ihr mich dann mit sarmintischem Wein, sauer eingelegten Muscheln und — in eurer sonst so kahlen und staubigen Stadt — mit Bergen von Blumen? Nun, vermutlich erklären dies die Briefchen, die in den Körben stekken.«

Wiederum streifte mich sein Blick. »Doch damit nicht genug, wenn Khalib nicht wäre, säßen um diesen Tisch ein gutes Dutzend heiratsfähiger Mädchen und spitzten mir ihre überschminkten Münder entgegen. Werft ihr euch jedem fremden Mann an den Hals?«

Oh, wie verfluchte ich Steinkresse und Schneesegge! Ein Schweißtropfen rann mir über die Wange, ich wischte ihn ab, er hinterließ auf meiner Hand eine rote Spur. Was hatten sich Menthe und mein Vater mit diesem Blendwerk nur gedacht! Am meisten ärgerte mich, daß sie nicht als einzige auf Mummenschanz und Kuppelei verfallen waren ... Ich wollte nicht eine von vielen sein. Statt mich zu verteidigen, hieb Turio in dieselbe Kerbe. »Richtig«, meinte er, »Glauke trägt ebenfalls ein unsichtbares Schildchen um den Hals: Besten Gruß vom Ratsherrn Erast.«

Ich hätte vor Scham versinken mögen. Aber Kilean, für mich immer noch der Fremde, baute mir eine Brükke. Was bewog ihn dazu? Es war schon ein Wunder, daß er in mir überhaupt das Mädchen vom Turmvorplatz wiedererkannte. Und obwohl ihm gewiß nicht mein Zuruf allein die Tür des Turmes geöffnet hatte, bedankte er sich. »Du hast mir gut geraten.«

Mit schwungvoller Geste wies er auf den Tisch. »Ich habe Hunger. Laßt ihr euch einladen?«

Und ob! Turio strahlte, und ich buchstabierte insgeheim noch einmal: Ki-le-an. Kilean, Fremder, wer bist du?

Unterstützt von Turio, räumte er einige Körbe beiseite, flink und beiläufig wie ein geübter Hausknecht, dann verteilte er aus einer Schublade schmale Messer mit schlankem Porzellangriff und Brettchen aus einem glasartigen Stoff. Ein hoher Schrank gab Becher her, die glänzten, als hätte sie nie eines Menschen Hand berührt. Alles an diesem Hausrat erinnerte an die Großen Alten, und erstaunlicherweise durften wir diese Schätze sogar benutzen.

Turio entkorkte eine Flasche Schwarzbier. Der Fremde entnahm den Körben bläulich geäderten Käse und Brot, Würste und süße Datteln. Im Nu war der Tisch gedeckt. Sie verstanden sich, die beiden.

»Langt zu!«

Bei solchen Leckerbissen ließ sich Turio nicht zweimal auffordern. Zielsicher griff er nach dem Schinken, schnitt eine dicke Scheibe ab. Sein Bauch knurrte erwartungsfroh. Ich dagegen kaute ohne rechten Genuß auf einem Happen Käse herum. Ich wurde nicht schlau aus dem Fremden.

Zwischen getrockneten Feigen und einer Kruke Wein lagen blaue und schwarze Figürchen: Recken und Knappen, Drachen und Arglinge. Sie gehörten zum Spiel ›Kampf den Drachen‹. Den Begleitbrief zierte das schwarzgezähnte Wappen Sigmarqs. Das Geschenk war eine versteckte, aber deutliche Herausforderung.

»Euer Miscara ist eine lieblose Stadt«, begann der Fremde plötzlich, »nüchtern und geschäftsversessen. Woanders singt man in den Wirtshäusern, bei euch besäuft man sich freudlos und hastig. Und eure Kinder blicken ernst wie Greise.«

»Das ist die Not«, erwiderte Turio schlicht.

»Die Not? Gebietet sie euch, Schellnüsse statt Gemüse anzubauen? Wohin fließt der Erlös aus euren Uhren, dem mechanischen Spielzeug? Und was ist mit den Strömen von Blauem Metall, mit dem eure Gesandten Oase um Oase aufkaufen? Was ist mit den Hakenbüchsen, Mörsern, Zeitbomben? Miscara, die reichste Stadt zwischen den Gletschern und dem Großen Nordmeer, verkommt. Warum?«

»Die Not«, beharrte Turio, »die bittere Not trotz allem Reichtum. Wenig Wasser, kaum urbares Land, Wüste, Gletschereis, Torl. Miscara ist arm.«

»Vielleicht hat eure Not andere Ursachen.« Er riß das Band von einer Wurst, las den Zettel daran vor. »*Mit den besten Empfehlungen, Sombarq, Teppiche und Wandbespannungen aller Art.* — Ein bescheidenes Faltblatt mit Abbildern der Waren, die er an den grunelischen Hof lieferte, hat er gleich mitgeschickt, der Herr Sombarq.«

Er nahm ein Schildchen aus einem wuchtigen, mit gelben Blumen bekränzten Korb. »*Vom Rat. Eingedenk des Nerevschen Leitspruchs ›Fleiß und Industrie‹. Möge sich der neue Traummeister als ein würdiger Erbe Nerevs erweisen. Mögen seine Träume Miscaras Wohl und Ansehen mehren. Gezeichnet Ardelt, Doratra.* — Von Not ist keine Rede.«

Ich hatte mich inzwischen von meiner Schmach erholt.

»Falls Ihr glaubt«, entgegnete ich, »daß uns lediglich ein paar Träume zu unserem Glück fehlen, dann irrt Ihr. Geträumte Suppe macht nicht satt.«

Turio rempelte mich an. In seinen Augen hatte ich kein Recht, von hungrig und satt zu reden.

»So spricht, wer traumlos lebt.« Die Antwort, hart und schnell hervorgestoßen, traf mich wie ein Hieb. Und dann berief der Fremde sich auf einen Mann namens Ämmre, von dem ich noch nie gehört hatte. »Deinem Bauch ist es gleichgültig«, hatte der behauptet, »ob du ihn mit Braten oder Hirse vollstopfst, allein die Grütze, die du im Kopf hast, zählt.« Wie auf dem Turmvorplatz hielt der Fremde den Finger verschwörerisch gegen die Wange. »Ihr füllt mir den Magen, ich fülle euch den Kopf, dieser Handel gefällt mir. —Weshalb überhaupt seid ihr auf einen Traummeister angewiesen? Weshalb träumt nicht ein jeder wie üblich für sich?«

»Wir träumen nicht von selbst«, erklärte Turio, während er Leberwurst aus einer Pelle kratzte, »weil wir es verlernt haben. Unsere Vorfahren haben uns das eingebrockt: Sie krochen ins Bett und ließen sich vom Traummeister etwas vorgaukeln. Das war bequemer, als selbst zu träumen. — Jetzt zahlen wir die Strafe dafür.« Er lachte kurz. »Für mich gibt es freilich Wichtigeres als nächtlichen Zeitvertreib: alle Tage volle Teller.«

»Von Strafe reden höchstens die alten Waschweiber in der Niederstadt«, stellte ich richtig. Es tat mir wohl, mich für Turios Unverschämtheit rächen zu können. »Traumlosigkeit bedeutet Fortschritt. Weg von dumpfen Gefühlen, die wie saure Luft vom Magen her aufsteigen, weg von niederen Trieben und verschwommenen Gedanken, hin zum Licht der Vernunft, zum wirklichen Menschtum. Ein weiterer Schritt die Leiter hinauf zu den Großen Alten.«

»Das glaubst du?« Der Fremde stützte sich auf den Tisch, abschätzig ruckte er den Kopf zur Seite. Er prüfte mich — und ich verrannte mich in Sycoraqs Mutmaßungen! »Du plapperst mir Redensarten, aufgeschnapptes Wortgeklingel vor. Was denkst du wirklich, du selbst?«

Notgedrungen verteidigte ich mich. »Selbstverständlich ist das meine eigene Meinung. Miscaras Sonderstellung in der Welt beruhte auf seinen Traummeistern und beruht nun auf Traumlosigkeit. Mag sein, daß wir noch nicht reif waren für diesen Schritt.«

»Deshalb sollte euer Rat die Traumlosigkeit wieder abschaffen? Da stinkt doch was!« Er lehnte sich zurück und wischte sich wie ein Bauer mit dem Ärmel über den Mund. »Du kannst trotzdem deinen Auftraggebern ausrichten, daß sie mit mir rechnen können.«

Auftraggeber? Ich schwieg verblüfft. Was wußte er? Was erriet er? Stellte er mir eine Falle?

Turio freute sich. Er zerbiß ein Teigröllchen und redete schmatzend los: »Als ob im Rat Menschenfreunde säßen! Träume sollen aufhetzen — gegen den Thrak und sein Grunelisches Reich.«

Diesmal rammte ich Turio den Ellbogen in die Seite. Wollte er einen Keil zwischen Rat und Traummeister treiben? Rasch lenkte ich ab: Ob er etwa aus Grunelien stamme?

Der Fremde faßte sein Messer an der Spitze und bog die zierliche Schneide. »Wenn es deine Neugier und die des Ratsherrn Erast befriedigt: Ich bin ein wandernder Uhrenheiler aus dem Land Thruma, wo man die Zahnräder noch aus Holz schnitzt und wo sich hundert kleine Fürsten wegen eines Handtuchs von Wald bekriegen. Aber Thruma ist weit.«

Die knappe, deutliche Antwort gestattete keinen Zweifel. Doch auf welche Weise mochte ein gewöhnlicher Handwerker den Traummeister in sich entdeckt haben? Nichts paßte zusammen: seine Sprache nicht zu seinem Gewerk, sein Auftreten nicht zu seiner Herkunft.

Turio trank einen tüchtigen Schluck Schwarzbier. »Vergiß den Rat nicht.« Zu meinem Erschrecken duzte er den Traummeister plötzlich. »Miscara ist eine ordnungsgemäß eingerichtete Stadt. Da kannst du nicht einfach daherspazieren. dich im Turm einnisten und drauflosträumen. Der Rat bestimmt. Träume sind Stadteigentum. Eh' du dich versiehst, bist du verdorben. Die stopfen dir den Mund mit süßen Früchten, verkleben dir die Augen mit Küssen. Falls du trotzdem nicht spurst ... Und wenn ich tausendmal träumen könnte, mich bekämen sie nicht in den Turm. Pack deinen Wandersack — ich zeig dir die Schleichwege.«

Mein Ellbogen, mit dem ich Turios Rippen mißhandelt hatte, schmerzte. Ich fühlte mich, als säße ich auf hoher Bank und unter mir kein Boden. Es war mein Fehler. Ich hatte diesem Heckenschützen gestattet, mich zu begleiten.

Doch seine Quertreibereien beeindruckten den Fremden nicht. Er habe kein gefahrloses Amt erwartet, meinte er, und nicht zum erstenmal vertraue er sich unbekannten Gewässern an. Einen Unterschied gäbe es allerdings: als Traummeister müsse er sich nicht ducken, diesmal sei er nicht machtlos. Das entscheide. Und für den Fall eines Falles verließe er sich auf seine innere Weckuhr.

Es war warm geworden im Turm. Die Sonne schien durch das eine Fenster, und das Schwarzbier stieg mir zu Kopfe. Der Fremde hatte sich den Ärmel weiter hochgestrüffelt. Ein Flaum von feinen hellen Härchen, die im Licht schimmerten, bedeckte seinen Unterarm. Frage um Frage prasselte nun auf uns ein, so als hake er sie auf einer unsichtbaren Liste ab. Ob alle Miscarier dasselbe träumten und ob es auf alle gleich wirke? Wie der Rat mißliebige Träume vermeiden wolle? Ob es nie zu Reibereien zwischen Turm und Stadthaus gekommen sei? Welche Vorrechte ein Traummeister genieße? Ob der Turm den Meister schütze?

Herzlich wenig kramten wir aus der Geschichte der Stadt zusammen. Die meisten Traummeister mochten rechtschaffene Miscarier gewesen sein, und über die anderen schwieg man. Gewiß hatte es auch Streit mit dem Rat gegeben. Und war der Turm nicht einmal gestürmt, ein andermal ausgehungert worden? Außerdem hing im Stadthaus das Siegel der Drei Meister. Was dieses aber verhinderte oder auslöste ... Jedenfalls hatten wir alle in der vergangenen Nacht ungefähr dasselbe geträumt: von der Silberscheibe über der Stadt. Vorstellbar, daß so ein Traum je nach Stimmung, Lebenslage, Neigung einen anderen Eindruck hinterließ

Ein Kärtchen baumelte von einer Käserolle. *Nimm das Glas, schau auf die Burg der Mennier, das dritte Fenster von links — dort erkennst du mich, Hanna, die Liebreizende. Gib ein Zeichen, öffne das Tor, und ich bin bei dir.*

Hanna, die Liebreizende! Unbemerkt zerriß ich das Kärtchen. Der Fremde redete von den dunklen Winkeln der Stadt, die er kennenlernen wolle wie alles übrige, von den unterirdischen Gewölben bis zu den Erzhütten. Dazu und als Zwischenträger zum Rat brauche er einen verläßlichen Mann. »Turio, schlägst du ein?«

Sie hatten sich gefunden, Turio und der Traummeister. Ich aber wollte nicht ausgeschlossen sein. »Ihr unterschätzt mich, Meister«, warf ich mühsam ein, »und allein wegen dieses Mummenschanzes, der mir aufgenötigt wurde. Ihr bedürft vieler Freunde.«

Er kniff die Lippen zusammen. »Also gut.« Sein Gesicht strahlte nicht eben freudige Zustimmung aus. »Doch zuerst verrate mir: Wer hat dich geschickt? Der Rat?«

»Niemand.«

»Du sollst mich nicht ausforschen? Mir den Willen der Stadtgewaltigen nicht auf zarte Weise nahebringen?«

Ich schüttelte den Kopf.

»Wenn der Rat dich nicht schickt, dann schicke ich dich zum Rat. Vielleicht kannst du mir von Nutzen sein.«

Meine Zunge, schwer vom Bier, brachte gerade noch ein einfaches Ja zustande.

Irgend jemanden würde ihm der Rat ohnehin aufnötigen, hörte ich den Fremden sagen.

Turio, eine Hühnerkeule in der Hand, grinste. »Richtig«, rief er beschwipst, »wer weiß, wen der Rat für dich aussucht. Sie ist das kleinere Übel.«

Unfähig, ihm die Beleidigung heimzuzahlen, starrte ich auf eine von Sigmarqs häßlichen Drachenfiguren. Nur weiter so, dachte ich ohnmächtig, dann umarmt euch eines Nachts Arysa ...

Turio entkorkte eine weitere Flasche Schwarzbier. Wir hoben die Becher, stießen an. Wie immer war er voreilig, schluckte zuerst — und endlich traf ihn die längst verdiente Strafe. Er prustete los, krümmte sich, würgte, es spritzte aus seinem Mund hervor. Schinkenreste schwammen in der Lache. Ich wankte zum Fenster, an die frische Luft.

Die Dächer der Hausburgen unter mir waren leer. Nur einen Steinwurf entfernt wuchsen die Schellsträucher in den Hängenden Gärten. Ein Fuhrwerk holperte die Schorfgasse herauf. Über dem lärmerfüllten Markt zerwehten die Rauchschwaden aus der Stadtschmiede.

Der Traummeister half Turio ans Fenster. »Halb so schlimm«, murmelte der, »ein wenig Lauge.«

Die Sonne wärmte unsere Gesichter. Der Traummeister faltete das Briefchen am Flaschenhals auseinander. »Eine angemessene Aufmerksamkeit«, las er, »Miscara braucht keine nächtlichen Gehirnumdüsterungen.«

Die Tür flog auf. Khalib polterte herein. Eimer und Lappen in der Hand. »Freßsäcke! Sudelei! Wer macht sauber? — Alles kaputt!«

Als wir kurz vor Sonnenuntergang nach Hause zurückkehrten, wußte das Gesinde schon von meinem ›Erfolg‹. Mein Vater tätschelte mir zur Begrüßung die Wange. Miscara rede von nichts anderem als von meinem Besuch im Turm. Auf dem Markt überböte man sich mit Wetten auf meine Zukunft. Und ihn, den Wagenmacher, hätten selbst geschworene Feinde gegrüßt: »Nun, Erast, jetzt werden wir wohl von neuen Wagen, verbesserten Karren für Haus und Hof, von Schlitten und Hebezeugen träumen?«

Der Spott, aus Neid geboren, hatte ihm wohlgetan. Er hustete zwar, doch sein stoppelbärtiges Gesicht glänzte gerötet und gesund. »Du allein hast es verstanden, Glauke, in den Turm zu dringen. Tonach wäre stolz auf dich.«

Mir lag nichts daran, meinen Vater über die genaueren Umstände aufzuklären. Es genügte, wenn er erfuhr, daß der Traummeister mich zum Mittelsmann bestimmt hatte, eine im Grunde recht günstige Zwischenstellung, die mich in seine Nähe brachte, ohne mich an ihn zu ketten.

Für meinen Vater allerdings war ich bereits die Herrin des Turms.

»Von Wagen muß er uns nichts vorträumen, Fummelkram, soll sich seine Kraft fürs Eigentliche aufsparen. Gedeiht ohnehin, das Geschäft. Stell dir vor, wenn Sigmarq seine Drohung verwirklicht und samt Sippe und Gesinde in die Karr zieht, hinaus aus der Reichweite des Turmes! Dann muß er Zelte aufschlagen, was sage ich, Zelthäuser. Und dazu braucht es Wagen. Wird desgleichen Masten und Scherengitter anfordern, der gute Ladestock. — Bah, sind nur Fummelkram, die Zelte. Ich verrate es dir: Miscara wird aufblühen wie damals, als Nerev ›Fleiß und Industrie‹ ankurbelte. Die Baumeister werden mich mit Aufträgen bestürmen. Wird ihnen plötzlich an Blockwagen für Hausteine und Kippkarren für den Sand mangeln, Bestellungen wird es hageln. Werde Knechte aus der Niederstadt heuern müssen, das Bauholz wird sich verteuern. Habe heute aufgekauft, was irgend zu ergattern war. Zieh' ich im Rat an den richtigen Strippen, schnappe ich dem Mendert die

Bruchbuden hinter meinen Werkhöfen weg — werde den Platz bitter nötig haben.«

»Vater, Ihr errichtet Burgen im Gletschereis.«

Er wischte meinen Einwand beiseite, wie man einen kläffenden Köter verjagt. Nicht fummeln, sich tummeln, lautete sein Wahlspruch. Ihm folgend, hatte er sich mit Deichseln und Rädern ein Vermögen erworben und zu guter Letzt eine Patrizierin gewonnen. An ihrer Statt und als mein Vormund saß er im Rat. Begreiflich, daß er nun durch meine Verbindung mit dem Traummeister seinen Aufstieg krönen wollte.

»Kennst die alten Zeiten nicht, Glauke. Sooft ein Traummeister von rechtem Schrot und Korn sein Feuerwerk abbrannte — nein, ich meine weder Nerev noch den schaffenden Mechter noch Ransun, das Schwert, sondern Postel, den wahrhaftigen Zauberträumer, oder die Feingesponnenen — sooft lockte Miscara Fürstensöhne an wie das Aas die Fliegen.«

»Ich habe die Bücher gelesen, Vater, ich kenne die alten Geschichten.«

»Alte Geschichten? Wahr ist es! Soll er nur wacker drauflosflunkern! Dann werden sie die Karr durchqueren, die verzärtelten Hofschranzen wie die Schlagetots, werden sich Räubern, Stürmen, Eis und allen Entbehrungen aussetzen, nur um bei uns ihr Gold zu verträumen! Jede Hausburg, Glauke, beherbergte früher zahlende Schläfer, und bei Tage trieben sie ihre Possen auf Straßen und in Schenken. Weißt du, was das fürs Geschäft bedeutet? Ich werde Häuser mieten, wo immer ich den anderen zuvorkomme, die jungen Mägde aus der Niederstadt wollen sich gewiß auch ein Zubrot verdienen, das will bedacht sein. Und Sänften werde ich herstellen, sind ja kein Treppensteigen gewohnt, die Flachländer. Den Turio heuer ich an. Brauche jemanden, der zugleich pfiffig ist und mir fest ergeben in diesen Traumzeiten, in denen die Steine noch das Tanzen lernen. Beim Torl, sie verschwatzen den Tag und hoffen auf das Kristallene Zeitalter, dabei ist es bereits angebrochen!«

»Vater, Ihr schwärmt!«

»Jetzt, wo er im Turm den Blasebalg tritt, soll ich das Eisen nicht schmieden?« Wie zur Bekräftigung schlug er die Hände vor die Brust, doch ein Röcheln verriet mir die Wahrheit. Er hatte sich verausgabt, der Wortschwall hatte den Torl-Schmerz geweckt.

»Du schläfst mit offenen Augen, Glauke! Als Nerev träumte, war Schwung im Geschäft. Dann glaubten die Narren im Rat, die Karre rollt von allein. Jetzt haben wir wieder einen Kutschgesellen auf dem Bock, der mit der Peitsche knallt und pfeift. Dein Traummeister muß unseren Patriziern statt ihrer ewigen Familienrangeleien nur den rechten Zupackgeist einflößen, ebenso den Knechten, die doch, kaum dreht der Herr ihnen den Rücken, den Hammer fallen lassen. Ans Werk! Ans Werk! Miscara war die letzte Heimstatt der Großen Alten, Miscara hat einst das platte Land von den Oasen über Grunelien bis ans Nordmeer überstrahlt. Wir erschmelzen das Blaue Metall, und wir haben wieder einen Traummeister. Miscara wird die Werkstatt der Welt!«

Die Nacht wurde so kalt, daß selbst der Torl gefror, an seiner Stelle aber toste die Mittal über die Stadt. Ich glaubte, alles Wichtige über das Reich der Bilder und Schatten zu wissen, doch was weiß jemand, der nie geträumt hat, wirklich von Khandart, dem Necker, und Zrausal, dem Flüsterer, von den widerwärtigen Gletscherlingen und den geheimnisumwitterten Untoten, von Arysa und von Fennr, dem Wolfstier, ihrem ewigen Widersacher, von Tarurq und Barurq, den letzten Drachen in Menschengestalt, und wie sie alle heißen mochten?

»Nerev hat dem Spuk ein Ende bereitet«, hatte mich Sycoraq gelehrt, »Ausgeburten des Aberglaubens haben in unseren Köpfen nichts zu suchen.« Aber hatte ich an diesem Tag nicht Khalib erlebt? Und diese gläsern zarten Schritte, die trotz der Eiseskälte die Menniertreppe herabtrippelten? So silbern dünn klang kein Geräusch von plumpen Menschenfüßen …

Uneigenes würde in mein Gehirn kriechen, Bilder, die ich nie gesehen, Gefühle, die ich nie verspürt, Gedanken, die ich nie gedacht hatte. Ich konnte ihn verstehen, Sayth Sigmarq, meinen ehemals Verlobten, der vor die Stadt fliehen wollte. Eine fremde Macht würde mich da treffen, wo ich ihr am wenigsten Widerstand zu leisten vermochte: in meinem Innersten.

Ich grub die Zähne in die Haut zwischen Daumen und Zeigefinger. In anderen Ländern durfte ein jeder das träumen, was aus dem dunklen Brunnen seiner selbst emporquoll; ich würde, sobald der Schlaf mich überwältigte, meinen Durst aus fremden Brunnen stillen müssen. Schlimmer noch: Der Fremde würde mir männliche Träume schicken. Was, wenn er heut' nacht als Kriegsknecht raubend und sengend durch die Lande streifte? Ich müßte, das bluttropfende Schwert in der Faust, mit ihm rasen und morden! Und wie würde er = ich die Mädchen sehen? Es hieß, der Blick der Männer dringe durch jedes Gewand. Was, wenn er im Traum sich meiner entsann, mich entblößte?

Doch da rührte sich ein anderer Gedanke, zart und leis', aber lockend, ein kitzliger, kribbelnder Gedanke, der sich nicht verscheuchen ließ: Mußte es nicht aufregend sein, in männlicher Haut zu stecken und all das an Schrecklich-Schönem zu durchkosten, wovon ich sonst von Geburt ausgeschlossen war?

Milchig bleich zog die Traumscheibe vor mein Fenster, ich breitete die Schwingen und warf mich ihr entgegen. Tief unter mir, gesprenkelt von Glanz und Schatten, stöhnten die Hausburgen im Schlaf.

Der felsige Boden der Gassen platzte auf, und aus den Wunden stürzten in heilloser Hast Dämonen wie buntes Ungeziefer. Sie krallten sich ineinander, traten sich auf die ungestalten Häupter, klammerten sich an zerrissene Stufen und Grundsteine, krochen, sprangen, flogen hervor, reckten und streckten die zerknitterten Gliedmaßen, rückten sich die abgeknickten Köpfe zurecht, plusterten sich auf, schossen die Wände hinauf, klopften an geschlossene Fensterläden, verbargen sich in Torlnischen und Kellerlöchern, nur ein hämisch-geiles Zähnefletschen blieb zurück ...

Manche waren noch formlos wie Rauch und rappelten sich ächzend zusammen, bis sich ihr Inneres verdickte, mit Adern, Muskeln, Knochen füllte. Tierische Fratzen zuckten um die Ecken, gehörnt, mit äffischen Schnauzen. Sie kratzten an den Toren, daß das Holz splitterte, sie drückten die Läden ein und zerrten die wehrlosen Schläfer hervor ...

Mitten im gräßlichen Getümmel standen vereinzelt Menschen, bleich und schön und gelangweilt, manch einer mit gläsernem Helm, manch eine gegürtet wie die Großen Alten, bisweilen nickten sie einander gleichgültig zu ...

Vom Gletscher herab rollten Geschöpfe aus glitzerndem Eis. Schneeweiß sich verästelnd, sproß der Frost in jedes Gemäuer; erfrorne Katzen säumten ihre Spur. Ihr Hauch klirrte in der Luft, Torlboten, beschlagen mit Reif, stürzten herab und zersplitterten ...

Da ritt eine Frau, den Dolch vorgestreckt, das Haar wehend, auf dem Wolfstier, heulend sperrte es den Rachen auf. — Es war eine Lust, hinabzubrausen und Furcht zu säen, daß das Heer der Kobolde in seinen Löchern zitterte ...

Ich lag wach und lauschte klopfenden Herzens in die Nacht. Noch schwebend, versuchte ich zu ordnen. Die Mittal hatte ihre Heerscharen vorgeschickt, und er = ich hatte keines der Wesen erkannt, nicht einmal Arysa. Er wußte zu wenig, der Fremde, ein Wunder, daß es ihm geglückt war, die Dämonen aufzuscheuchen. Wenn ich ihm nicht beistand, würde er sie nie bändigen.

In meiner Vorstellung hob ich gebieterisch die Arme, das Wolfstier winselte, und all die Ungeheuer entboten mir knurrend ihren Gruß. Ich fragte sie nach ihrem Namen, um Macht über sie zu erlangen, und stockend antwortete mir ein jedes. Auf mein Geheiß schlüpften sie zurück, woher sie gekommen waren, und ich versiegelte den Fels mit meinem Blick. Nur ein Mann mit drei Schatten hatte keinen Namen und drehte mir den Rükken zu und ging — ging vor die blanke Scheibe ...

Ich flog und trieb in den Lüften, die Arme schwingengleich ausgestreckt, leicht und losgelöst. Im Silberglanz strafften sich die krummen Gassen unter mir, die Hausburgen schüttelten den schorfigen Putz ab und reckten die Zinnen. Wo die Strahlen Ruinenfenster streiften, erhellten sich diese, und hinter ihnen drängten sich Gesichter. Das sanfte Gleißen leckte verwitterte Inschriften heil, fraß den Staub von Treppen und Dächern, der Lack der Innungsschilder frischte auf, aus den Mauerfugen züngelte rot das Unkraut, die Katen der Niederstadt rempelten sich an und färbten sich gelb und blau, bis sie Hausburgen glichen; ich blickte auf ein farbenfrohes Miscara herab, ein Miscara mit Palmengärten und brodelnden Festen auf dem Markt, wo sich Würste und gebratene Ferkel auf langen Tafeln türmten, ein Miscara mit überschwappenden Brunnen und Wasserbecken, in denen Kinder planschten.

Wir haben den Lebensquell der Großen Alten angebohrt, meinte das Mädchen mit dem bemalten Gesicht. Grünblau wie das Wasser waren ihre Augen. Ich schwebte zu ihr, wollte ihren Namen nennen. Doch sie legte mir die Hand vor den Mund. Wir sind doch im Traum, da können uns alle sehen, wach lieber schnell auf ...

Was für ein herrlicher Morgen, was für ein herrlicher Tag! Ich eilte durch die sonnenhellen Gassen, ich flog meinem Traummeister zu. Ein Lied seines Vorgängers

Postel, bislang als hölzerne Reimerei verworfen, sang und klang in mir:

Ein Mädchen gleicht dem Traum,
steht abends sie in Sorgen,
so warte nur, am Morgen
erinnert sie sich's kaum,
ein Mädchen gleicht dem Traum.

Der Silberglanz hatte mich umgewandelt, wie er Miscara umgewandelt hatte, doch ich war nicht verstört deshalb, im Gegenteil, die neue Glauke jubelte und trällerte, ihre Füße sprangen leicht über Treppen und Pflaster, es war eine Lust, bergab zu laufen, bergan zu laufen.

Auch Landre hatte das Licht der Silberscheibe gestreift. »Jetzt kommen die fetten Jahre«, hatte sie am Morgen gestammelt, »wer von so prallen Würsten träumt und von Käse, von Datteln! Wahr wird's, ich weiß es, hier drin weiß ich's.« Mit rudernden Armen hatte sie von Palmen in den Hängenden Gärten geschwärmt, von gießenden und jätenden Stadtsoldaten. »Durch die Niederstadt werden bunte Barken fahren und die Kinder auf'm Torl zu Tale reiten, und ich ein eigenes Kamel haben, nur damit Ihr's wißt und Euch drauf einstellen könnt!

Und währt die Nacht viel Jahre lang,
uns bricht ein lichter Morgen an.«

Und wirklich, ein lichter Morgen war angebrochen. Welch ein quirliges Treiben in den Gassen! Mägde hingen aus den Fenstern, putzten und scherzten, Knechte tanzten mit Besen und Staubschiebern über den Kalten Platz, schaufelten den Torlschutt an der Leeseite der Deltierburg zuhauf, karrten ihn mit Hauruck und Gepfeife ab.

Krämer ersetzten die verwitterten Bretter über ihren Gewölben. Von den neuen Ladenschildern prangten gemalte Knöpfe und Bänder, Gewürztütchen und Wärmsteine. Ich wußte ja, was es seit Menschengedenken in diesem und jenem Gewölbe zu kaufen gab, doch erst jetzt packte mich die Lust, in den Dämmer zu treten und die Tütchen zu beschnuppern, die Knöpfe zu befühlen.

Gerade rechtzeitig erreichte ich den Turmvorplatz; Khalib schloß soeben das Tor, und Kilean blinzelte in die helle Sonne.

»Nun, zufrieden mit meinem Traum?« erkundigte er sich.

»Ihr weckt Erwartungen«, erwiderte ich.

»Und welche?«

»Vielerlei.«

Ein Hauptmann, gefolgt von drei Stadtsoldaten, lief vom Qiantensteig her auf uns zu. »Begleitschutz des Traummeisters zur Stelle!« Zackig wie während einer Truppenschau stießen die Soldaten die Hellebarden auf den Boden.

Kilean winkte ab. »Geht nach Haus und macht euch einen schönen Tag.«

Unwillig zog der Hauptmann die Stirn kraus. Seine Stimme klang schroff, als er sich auf einen Befehl des Rates berief. »Es sind Anschlagpläne grunelischer Arglinge enthüllt worden, Meister. Ich hafte mit meinem Kopf für Euren Schutz.«

»Dann fangt meinethalben die Arglinge.«

Befehl sei Befehl, beharrte der Hauptmann, auch der Meister im Turm müsse dem Rat gehorchen.

»Ein winziger Traum, mein guter Mann ...«

Die Drohung wirkte. Der Hauptmann schlug grüßend die Faust vor den ledernen Brustharnisch. »Abteilung kehrt!«

Belustigt blickte Kilean ihm nach. »Der alte Ämmre, mein Lehrmeister in Barhel, hatte schon recht: Behelmte

Köpfe verstehen keinen Spaß. Bei denen muß es scheppern.«

Gemächlich schlenderten wir bergab, manchmal blieb Kilean stehen, schaute in Durchgänge oder Hauseinfahrten. Ich war überglücklich, an seiner Seite zu gehen und ihm meine Stadt zeigen zu dürfen. Ja, die Hängenden Gärten stammten wie die wichtigsten Hausburgen, die Warmbäder, Richtplatz und Stadthaus aus dem Kristallenen Zeitalter. Gewiß, schon damals hatten kalte Fallwinde die Stadt heimgesucht, aber zum steinschleudernden Torl mauserten sie sich erst, als unsere Vorfahren das Blaue Metall aus dem Sturmdamm der Großen Alten unterhalb des Tosenden Jochs rissen, und der Staub, den schütte der Torl erst seit Nerevs Zeiten über unsere Häupter.

Die Läden eines Erkers in der Hausburg der Chetier waren zurückgeklappt. Jantas und ihre beiden Zofen gafften auf uns herab, sie tuschelten, kicherten.

»Meister, verweilt — Euer Traum war einfach himmlisch! Jetzt weiß ich, was es heißt, auch nachts zu leben.« Sie fiel trotz ihres gewölbten Leibes fast aus dem Fenster, meine Base. »Könntet Ihr nicht vom Hof des Thrak träumen? Die Feste dort sollen einfach himmlisch sein ...«

Eine Zofe trippelte aus dem Tor. Sie hielt, leicht knicksend, Kilean einen Becher mit Wein entgegen. Zur Freude Jantas' trank er den Becher in einem Zug leer.

»Ihr seid stets herzlich willkommen!« rief sie hinter ihm her. Mich bedachte sie mit keinem Wort.

Weiter treppab, dem Markte zu, liefen wir. Ein Knabe rannte uns voraus. »Der Traummeister!« Neugierige streckten die Köpfe aus Hausburgfenstern und -toren, Wasserträger setzten ihre Last ab. Bisweilen erwiderte Kilean einen Gruß mit einem Lächeln, einem Nicken. Daneben erkundigte er sich bei mir nach den selbst im hinterwäldlerischen Thruma vielberufenen miscarischen Uhrmachern.

Doch die hatten vor einem knappen Menschenalter Feilen und Schraubenzieher weggelegt und ihre Gewölbe aufgegeben. Uhrwerke — wie Mechanismen aller Art — wurden seit Nerev in den Neuen Werkhallen verfertigt, wo ein jeder nur wenige Handgriffe tat, diese aber bis zur Vollendung beherrschte.

»Das berühmte miscarische Ei — Ergebnis einer zersplitterten Kunst!« Kilean holte eine Taschenuhr hervor, ein funkelnagelneues Stück aus einem Geschenkkorb. Er klappte den Deckel auf, und die Uhr spielte das zakkige grunelische Marschlied ›Auf des kühnen Thrakes Spuren‹.

»Nur gut«, meinte er, »daß ihr wenigstens die Uhrenheiler nicht abschaffen könnt.«

»Aber gewiß können wir das. Ihr werft die alte Uhr fort und kauft eine neue. Das ist billiger, bei einfachen Uhren jedenfalls.«

»Also muß ich mir wohl oder übel meinen Wein mit Träumen verdienen.«

»Der Traummeister! Der Traummeister!« In den belebten Gassen hinter dem Markt eilten Riemenschneider und Feilenhauer aus ihren Gewölben. Gürtler ließen Leder und Messer im Stich, Kerzengießer das Wachs.

Selbst Schagon, ein sonst eher düsterer Mann, der vor Jahren aus Grunelien geflohen war und den ich als einen der Beschlagmacher meines Vaters kannte, war in aufgeräumter Stimmung. Wie ein Trommler hämmerte er auf einem Stück Blech herum.

»Was durftet Ihr Schönes träumen, Herrin?« begrüßte er mich mit leicht grunelischem Zungenschlag. »Fleisch und Wurst? Tanz der Kobolde oder grünsilberne Stadt? Alle Welt spielt heute umgestoßener Farbeimer, eine Pracht!«

Da erst entdeckte er Kilean und verstummte ehrfurchtsvoll. Ein Kesselschmied dagegen, der auf der gegenüberliegenden Seite der Gasse gesprungene Schilder gelötet hatte, barst vor Lachen. »Fleisch und Wurst!«

Seine Hände fuhren durch die Luft und vereinigten sich in anzüglicher Geste. »Fleisch und Wurst!«

»Die Kesselschmiede«, erklärte Schagon abweisend, »die denken ständiglich an das eine. Nichts für ungut, Herrin.« Und wieder ein ehrfurchtsvoller Blick, ein Kopfnicken und Buckeln zu Kilean. »Nie in meinem Leben habe ich so kräftige Farben gesehen, gar geschmeckt und gerochen im Traum. Und woran ich mich alles erinnere! Und worauf man alles Lust bekommt! Ich wollte, ich wäre jünger und daheim in Rengor und ...«

Er brach ab, selbst erstaunt über seinen Wortschwall. Kilean klopfte ihm freundlich auf die Schulter.

»Das ist nur die Wirkung des Turmes.« Ich war wieder ganz die altkluge Schülerin von Sycoraq. »Er verstärkt die Träume des Meisters, wenngleich auch ein jeder nur nach Maßgabe seiner verborgenen Wünsche und Ängste berührt und gepackt wird.«

»Der Traummeister! Der Traummeister!« Der Ruf sprang in die Nebengassen. Tuchhändler warfen Maßstock und Schere hin, magere Lehrlinge schlüpften unter Tischen hervor.

»Traummeister, he!« forderte ein übermütiger Heftmachergeselle, »zeigt uns teneirische Tanzmädchen!«

»Nein, Schlachtgetümmel!«

»Träumt das Brot billiger und genug Wasser für alle!«

»Von Dhaus Kampf mit dem Drachen!«

»Schickt meinen Kindern einen Traum, der den Husten heilt!«

»Gebt uns die Wilde Woche zurück!«

Sie redeten mit den Händen wie Gletschernomaden, jeder wollte seinen Nachbarn übertönen, jeder wollte näher heran. Ich hakte mich bei Kilean ein, um nicht von ihm getrennt zu werden. Zuerst noch belustigt, dann verärgert, ja betroffen, hörte er sich das Geschrei an.

»Halbe-halbe, wenn Ihr von meinen Teppichen

träumt! Hohoho, Traummeister, ich bin Sombarq, der Teppichhändler, wir teilen uns den Gewinn, ja?«

»Ich will feuerspeiende Berge sehen«, plärrte ein ausgemergelter Knabe, der sich am Hosenbein einer Magd festhielt, »und Überschwemmungen, ersaufende Rösser!«

Die Deichsel eines kippenden Wagens schnellte unmittelbar vor uns in die Höhe, Schweine flüchteten quiekend in Hausflure. Eine Göre ging neben mir in die Hocke, ein Bächlein rann unter ihr hervor.

»Mein Beutel, wo ist mein Beutel?« jammerte ein bulliger Topfbrenner.

Ein Jungknecht, der auf einem Torflügel ritt, um die Angeln mit Pech zu schmieren, stürzte vor Aufregung in die Menge.

»Traummeister, mein Angebot steht!« Sombarq, der Teppichhändler, hatte sich wieder zu uns hindurchgezwängt. Er grapschte nach Kileans Ärmel. »Halbe-halbe.«

Unwillig machte sich Kilean frei. »Ich verkaufe keine ungeträumten Träume.«

»Alles hat seinen Preis.«

»So denken nur Krämer.«

»Ihr kennt Euren Preis nicht, Meister, weil Euch noch niemand genug geboten hat. Aber ich sehe, man muß Euch nicht mit Talern locken, sondern mit Tälern.«

Er stieß ein anzügliches Wiehern aus, das in einem Schmerzensschrei endete. Ein alter Mann hatte ihm mit einer Krücke ins Kreuz geschlagen. »Laß mich vor, Brut, elende!« Der Alte spuckte aus. »Meister, träumt mich jung! Tanzen will ich und den Beutel immer voll haben!«

Jemand trat mir auf den Fuß. Kileans Mantelärmel riß auf, das war meine Schuld, ich hatte mich an ihm festgekrallt. Fitier- und Brigierjungen johlten und lärmten. Krumme Wäscherinnen und Färber mit fleckiger Haut, Händler in Pelz und Leder, Fuhrleute und selbst Ackerknechte von den Hirsefeldern vor der Stadt strömten zusammen; schließlich waren wir eingekeilt.

Kilean steckte zwei Finger in den Mund und pfiff so laut, daß auf der gesamten Länge der Gasse Köpfe aus den Fenstern der Hausburgen fuhren.

»Wollt ihr mich zum Traummeister?« donnerte er. »Dann laßt das Träumen meine Sache sein und verschont mich mit unerfüllbaren Wünschen! Wofür haltet ihr mich? Für einen Goldesel oder Wunderdoktor? Ich kann euch das Leben verschönern, aber wenn es sich ändern soll, müßt ihr selbst dafür sorgen!«

Eine ältere Magd, schmutzig von den bloßen Füßen bis zum Kopftuch, fiel vor ihm auf die Knie. »Meister, träumt mir meinen Jüngsten zurück«, flehte sie, »er ist in Sarmint bei den Wüstenkämpfern. — Ihr könnt es.«

Ein Trupp von Werkleuten im blauen Kittel, dazwischen einzelne Sigmier und Aufseher von den Packhöfen, tauchte wie aus einem geheimen Durchgang in der Mitte der Gasse auf. »Wir wollen keine Träume!« grölten sie im Verein. »Wir wollen keine Träume!«

Sie rammten den erstaunten Gaffern die Ellbogen in die Rippen. Kreischend nahmen Mägde und Kinder Reißaus. Der Teppichhändler, zornesrot, schrie mit sich überschlagender Stimme nach der Marktwache.

»Jagt den Traumgaukler aus der Stadt! In die Karr mit ihm!«.

»Fliehen wir«, raunte ich Kilean zu, »das sind Sigmarqs Leute, die fackeln nicht lange.«

»Ich lasse mich nicht einschüchtern.« Kilean löste sich unwirsch von mir und reckte sich in der ihm umstrudelnden Menge auf. »Wer bezahlt euch? Wo ist euer Anstifter? Wagt er sich nicht ans Licht? — Du da mit der Narbe, antworte mir!«

Ich sah die Knüppel und die Steine in ihren Händen, ich hörte ihren Schlachtruf: »Nieder mit dem Traummeister! Tod dem Fremden!« Gedanken schossen mir durch den Kopf: Ich sollte fliehen, ich gab mir keine Blöße damit, Feigheit endete vor der Übermacht, und doch stand ich wie angewurzelt. Ein Lehrling warf sich den Schreiern entgegen — und taumelte mit blutender Nase in eine Torlnische. In Gewölbeeingängen und Hausburgeinfahrten drängten sich Flüchtende. Mägde kippten aus Hausburgfenstern den Inhalt von Nachtgeschirren auf die Angreifer, die, fast genüßlich langsam, ihre Knüppel gegen Wehrlose schwangen, Steine aufklaubten ...

Sie waren ausnahmslos von mittlerem Alter, kein Geselle darunter, keiner mit angegrautem Bart. Traumlos hatten sie gelebt, auch die Tagschwärmereien der Kindheit vergessen. Gewiß hatte sie Sigmarq oder sein Vertrauter Jaur mit klingender Münze geheuert, und dennoch: Vielleicht hielten sie sich für die Retter der Stadt? Sigmarq mußte die Hoffnung begraben haben, den Rat für sich zu gewinnen, wenn er den Traummeister aus der Stadt prügeln ließ, und er mußte sich sehr, sehr stark fühlen ...

Unaufhaltsam schritten sie heran, sich ihrer Beute sicher. Kilean hatte plötzlich die Peitsche eines Fuhrknechts in der Hand, sie zerschnitt pfeifend die Luft, knallte, malte dem ersten einen blutigen Striemen über Stirn und Wange.

Mit einem Mal stürzten von allen Seiten Gesellen und Hausknechte herbei, bewaffnet mit Hämmern, Ahlen, Messern. Schagon trat vor mich, ein Blech wie ein Schild haltend. Kampflärm füllte die Gasse.

»Platz da, Platz im Namen des Rates!« Dicht an dicht, die Hellebarden gekreuzt, bahnten sich nun auch die Stadtsoldaten, verstärkt um die Marktwache, einen Weg durch das Getümmel. So schlagartig, wie sie erschienen waren, suchten die Traumfeinde das Weite. Ein Soldat packte den Lehrling, um ihn als Aufwiegler und Unruhestifter abzuführen. Kilean sprang wütend dazwischen, der Lehrling entfloh.

Schließlich stapfte der Hauptmann auf uns zu, der

Helm war ihm verrutscht, er zurrte den Lederriemen fest. »Ordnung hergestellt.«

»Ihr kommt reichlich früh«, kanzelte ihn Kilean ab.

Hinter der Sperrkette hatte ich meinen Traummeister wieder für mich allein. Er schwieg, und ich versuchte, den Schmutz, der diesen lichten Morgen besudelt hatte, wegzuwischen. Vergessen sollte er den häßlichen Vorfall wie die läppischen Wünsche, mit denen man ihn bestürmt hatte. Beides war wider alle Vernunft. »Schaut Euch die bunten Familienzeichen über den Toren an. Da, der Wahlspruch der Jotier: ›Dem Kühnen lächelt hold das Glück.‹ Seit heute erstrahlt er in frischem Glanz. Dort, neben dem Richtplatz, die Burg der Macht. Gestern noch hätte es Verschwendung geheißen, die Wände zu tünchen. Dies sind die Farben der Gerechtigkeit. Man sagt, rot stünde für das Herz, blau für den Geist. Sie könnten gleichwohl Feuer und Schwert bedeuten.«

»Feuer und Schwert«, knurrte er.

»In Thruma«, fragte ich vorsichtig, »bedarf es wohl keiner Macht, um das Recht zu schützen?«

»Meist dient das Recht als wohlfeile Hure den Mächtigen.«

»In Miscara nicht«, plapperte ich her, was ich gelernt hatte. »Alle Miscarier sind gleich, denn wir stammen allesamt von den Großen Alten ab. Und der Missetäter wird bestraft ohne Ansehen von Geburt, Gewerk oder Stellung.«

Ein bitteres Lachen entfuhr ihm. »Du bist nicht zufällig an diesem abgekarteten Spiel beteiligt, Patriziertochter, letzter Sproß aus dem ehrwürdigen Geschlecht der Nyanten, dem Spiel, das mir die Mindergleichen unter euren Mitbürgern vom Leib halten soll? — Ach, habe ich Euch durch das gemeine Du gekränkt, daß Ihr Euch abwendet, Herrin?«

Ich war tatsächlich gekränkt. Nur weil ich ihm geraten hatte zu fliehen, glaubte er mich mit den Angreifern im Bunde. »Im Gegensatz zum Hauptmann fürchte ich Eure Träume nicht«, sagte ich, »und wenn Ihr alle Scheusale der Mittal auf mich hetzt.«

Aus einer torlgeschützten Mauerfuge wuchs ein Büschel Gras. Es war flammend rot, so rot wie das Gras im Traum, und es behielt die Feuerfarbe auch, als ich mit den Augen zwinkerte.

Unkraut, das eine Lohe nachahmte! Sein Rot brannte wie ein Warnfeuer auf einem Wachturm. Wenn die Grenze zwischen Traum und Tag verwischte, war nichts mehr unmöglich.

Die Tage sind lang in der Karr, dösig vor Hitze schleppen sich die Stunden dahin, selbst der Wind erschlafft. Der Schatten der Zeltstange kriecht über Steine und verstreute Platten eines Harnischs.

Mit gespreizten Zehen stakt die Eidechse über den glühenden Boden. Mich dürstet, doch ich spare mit Wasser. Wie viele Tage und Nächte werde ich ausharren müssen?

Am Fuße der Drachenberge rollen Planwagen, lautlos und gemach, eine Fahne Staub aufwirbelnd. Sie fahren nach Sarmint oder Grunelien, nach Thruma oder Barhel. Kein Fuhrknecht würde mir einen Platz auf seinem Wagen verweigern. In drei Wochen könnte ich zwischen den Palästen Rengors wandeln. Ich kenne die Herren der Handelshäuser, die Sitten der Fürsten sind mir nicht fremd, ich wüßte mir Stellung und Rang zu erobern. Wäre dies nicht vernunftgemäß? Das Mädchen, das ich war, bevor *er* träumte, hätte sich rasch nach Nutzen und Wahrscheinlichkeit entschieden. Ich aber harre und hoffe.

Solange ich jeden Abend die Laterne entzünde, solange ich jeden Morgen die Plane zurückschlage, wird sein Auge mich suchen. Er wird auf den Umgang treten und in meine Richtung starren, und er wird es sich nicht eingestehen wollen. Er wird in die Bibliothek fliehen — um dort von den Büchern, die wir gemeinsam gelesen haben, an mich erinnert zu werden. Er wird sich in sein Zimmer zurückziehen, unhörbar flüsternd wird meine Stimme ihn umschweben, wie von selbst werden ihn die Füße wieder ans Fenster tragen. Ja, schau herab, Kilean! Hier bin ich und warte. Dein Saddraq ist mit mir im Bunde, und das kannst du nicht vor die Stadt sperren!

Bisweilen, wenn mir die Hand ermüdet und die Finger sich verkrampfen, wandere ich das Geviert des Zeltes ab. Rauh ist das Holz der Stangen, schlaff hängen die Leinen. Unter den Scherengittern der Wände dringt Sand herein. Heute morgen, als ich ihn beiseite räumte, fand ich eine Ledermappe, darinnen lose Blätter. Sind wirklich erst Wochen vergangen, seit Sigmarq sie beschrieb?

»Ardelt und seine Gefolgsleute haben einen Traummeister gekürt. Sie wollen meinen Einfluß untergraben, denn sie fürchten, daß ich sie wie verrotteten Unrat beiseitefege. Mit Recht. Was soll das Geschwätz der vielen, wenn ein Kopf genügt. Ardelt hat seinen Zug im großen Drachenspiel der Stadt getan, seinen Knappen vorgeschickt. Er glaubt, er hätte mich mit ihm aus dem Feld geschlagen. Er irrt. Sie haben mir den Kampf angeboten, sie sollen ihn haben. Zu hoffen, Erz und Schell und Feldschlangen mit ein paar Träumen zu bezwingen! Armes Miscara, daß solche Zwerge dich leiten!«
»Die Macht des Turmes reicht abgeschwächt bis hierher. Tiefer in der Karr aber verbrennt die Sonne alles Leben, und wie sollten meine Männer nach stundenlangem Marsch in der Glut eine Stadt erstürmen?«
»Der Pöbel verlangt nach dem Kristallenen Zeitalter: sofort! Doch nicht Müßiggang, nicht gebratene Tauben, nicht Burgen aus Glas machen dieses Zeitalter aus. Kristallen heißt: Herrschaft des Verstandes. Also Traumlosigkeit.«
»Der Fremde mag sich mit Uhren auskennen. Teilt er deshalb unsere Denkart? Sie muß ein Leben lang eingeübt und gegen die Anfechtungen des Leibes, Müdigkeit, Begierden, Wunschschlüsse usw. verteidigt werden. Wenn es gelänge, das Träumen dieser Denkart zu unterwerfen ... Wenn es gelänge, das Träumen einer ausgewählten Schar von Patriziern vorzubehalten ... Das Volk braucht keine Träume, das Volk braucht Schell ... Ich müßte mich mit dem Spieler im Turm verständigen.«

GRATWANDERUNGEN

»Ich glaube, wir Frauen sollten im Rat zusammenhalten«, begrüßte mich Doratra, als ich nach einer Nacht mit verworrenen Träumen von Wanderungen und fechtenden Höflingen an der Seite meines Vaters zum Stadthaus hinaufstieg. Doratra hatte das kastanienbraune Haar hochgesteckt, bei jedem Schritt raschelte ihr ebenfalls kastanienbraunes Kleid. Während zwei Stadtsoldaten die Flügeltür vor uns aufrissen, redete sie auf mich ein. Sie ließ keinen Zweifel daran, daß mir mehr als die sechs Lebensjahre an der Würde einer Ratsherrin fehlten, doch im gleichen Atemzug strich sie die Bedeutung meiner Stimme in der Ratssitzung heraus; wenn über den Traummeister befunden würde, sei mein Wort von Gewicht.

In der Wandelhalle, deren Wände aus poliertem Stein grünlich schillerten, hatten sich bereits einige Ratsherren versammelt; sie tauschten mit meinem Vater ihre Eindrücke über die Träume aus.

Ein Pfeifen durchschnitt die Luft. Sigmarq stelzte die Treppe herauf und drosch dabei mit einem Schennsann auf unsichtbare Gegner ein. »Na, lebt ihr noch alle? Ardelt? Mendert? Ist sich ja seines Lebens nicht mehr sicher auf der Morgenstraße! Hört Ihr, Mol Fert, Eure Fitierjungen führen sich auf wie Barbarenkrieger. Überfällt mich doch so ein Lümmel mit ›Hoho, Schurke! Dein Leben ist verwirkt! Zieh oder stirb!‹ — Wo bleiben Eure Soldaten, Sreban? Mimen wohl selbst ›Drachenmann Kilean‹, was?«

»Mäßigt Euch, Brüder, mäßigt Euch!« Ardelt winkte sie in den Sitzungssaal. »Beraten wir zuerst die Zulassung der unterjährigen Nachfahrin Nyas.«

Ein Büttel an der Tür nahm Sigmarq, der meine Anwesenheit geflissentlich übersah, den krummen Gruneliersäbel ab, dann war ich allein in der Wandelhalle. Doch nein, vom Fenster am anderen Ende näherte sich ein massiger Mann: Jaur Jorq, Sigmarqs engster Verbündeter unter den Ratsherren.

»Du stürzt dich in dein Unglück, Kind«, geiferte er. »Die Traummeister kommen, die Traummeister gehen, die alten Geschlechter bleiben bestehen.«

Ich stierte an ihm vorbei auf die Wand. Violette Äderchen durchzogen den grünlichen Stein.

»Dein unwürdiger Vater richtet sich — und dich! — zugrunde. Der Nachtspuk ist bald vorüber, und dann bestimmen wir.« Er holte eine Schellnuß aus der Tasche und zerquetschte sie. Ein herber, betörender Duft breitete sich aus. »Noch hast du Gelegenheit, das lächerliche Techtelmechtel abzubrechen. Dein künftiger Gemahl würde den Ausrutscher vergessen, wenn du den Fremden als Argling bloßstelltest ...«

Unter dem Einfluß des Schelldufts geriet die Welt ins Wanken. Die Äderung des Steins wogte ineinander, Jaur wuchs und verzog drachenhaft lachend die Fratze. Keinen Augenblick zu früh rief mich Doratra in den Ratssaal.

Halb benommen, halb geblendet tappte ich in den großen Raum. Sonnenschein flutete durch das breite Fenster herein, jenes berühmte Ratsfenster, das von fast jedem Punkt der Stadt als blinkender und blitzender Spiegel von Sonne und Himmel so gut zu sehen ist. Erst jetzt aber, aus dem Saal, wurden mir seine riesigen Ausmaße bewußt: Die einzige ungeteilte Scheibe nahm eine gesamte Längswand ein. Mein Vater führte mich entlang einer Wandbank, auf der sich Mappen mit Akten und lose Papiere häuften, zu einem Stuhl, dessen hohe Lehne ein tief eingeschnittenes Ny schmückte. Solange ich unterjährig war, gehörte der Stuhl meinem Vater, ich mußte mich mit der Bank begnügen.

Mit dem spitzen Kinn bald nach links, bald nach

rechts hackend, eröffnete Ardelt die Sitzung und erläuterte trocken und umständlich die ›bisherige Vorgehensweise in Sachen Traummeister‹. In der Täfelung an der Stirnseite des Saales war eine Karte der Welt, bestehend aus verschiedenen Holzarten, eingearbeitet. Unmittelbar daneben entdeckte ich einen vergitterten Schrein, der mit eisernen Winkeln an die Wand geschraubt war. In diesem Schrein befand sich das nun so wichtige Siegel der Drei Meister.

Ardelt erteilte als erstem Jaur das Wort. Der wetterte gegen die ›nächtlichen Gehirnumdüsterungen‹. Pech würde zum Schmieren von Türangeln vergeudet und Farbe für Mauern und Schilder. Ziegel, Mörtel, Holz, sogar Schmiedeeisen würde ohne Not für sogenannte Verschönerungen verschleudert, Möbelverzierer und Zuckerbäcker wollten Gewölbe eröffnen. Er hätte sogar einen Bengel ertappt, der das Unkraut in den Mauerfugen rot anstrich! »Mit den Träumen begibt sich Miscara auf den gefährlichen Irrweg grunelischer Üppigkeit und grunelischer Verweichlichung! Denn Träumen weckt Gelüste.« Sein Gesicht verzog sich zu einer angewiderten Grimasse.

»Welche Gelüste?« rief, leicht näselnd, Hettert, der stiernackige Gemahl meiner Base Jantas, dazwischen.

Da frage er noch? Jaur verdrehte die Augen. Statt ihre Kraft dem Nützlichen zu widmen, orderten seine patrizischen Mitbürger Datteln von der Korundelküste, sarmintisches Schwarzbier, Naschwerk von den Kellm-Oasen. »Morgen vielleicht bestellen sie sich teneirische Tänzerinnen oder Knaben von den Nordmeer-Inseln.«

Und das Volk aus der Niederstadt?

»Werden wohl kaum mehr Schellblätter kauen, die der Eckpfeiler aller Zufriedenheit sind, sondern für weniger Arbeit mehr Lohn, bei kürzerem Werktag mehr Traumzeit fordern.« Er hustete, war für Minuten unfähig weiterzureden.

»Darum also ergrimmt Ihr Euch.« Doratra bedachte

ihn mit einem mitfühlenden Lächeln. »Ihr fürchtet um den Schell-Verzehr. Zu Recht, denn Schell ist nur Ersatz für ungeträumte Träume. Da werdet Ihr künftig neben den Nüssen auch die Blätter nach Grunelien verschachern müssen, mein Herr Ratsbruder.«

Jaur, dem ihr Spott nicht entgangen war, hieb mit der Faust auf den Tisch, daß die Bleistifte ins Rollen kamen. Ardelt rief ihn barsch zur Mäßigung. Inzwischen hob Sigmarq, wie es die Ratsordnung vorschrieb, die Hand. Er schielte leicht, denn sein rechtes Auge war durch Ätzendes Feuer, das die Sarminter bei der Verteidigung ihrer Oasen eingesetzt hatten, erblindet.

Für Sigmarq war das Träumen sittenwidrig. Wer träumen wolle, dem genüge nicht, was er im Wachen erlebe. Im Freiraum der Nacht aber dürfe der Mensch ungestraft die abscheulichsten Verbrechen begehen, denn da sei er sein eigner Herr und Richter. Und was im Traum erlaubt sei, das begehre man auch bei Tage. »Fragt auf dem Markt herum, der Pöbel wünscht nur eines: daß der Träumer über die Stränge schlägt, Sitte und Gesetz verletzt, ja uns, den Rat, mißachtet.«

»Wer verletzt denn Sitte und Gesetz?« donnerte Sreban, der Stadthauptmann, dazwischen. »Wer heuert denn Raufbolde an, um Unordnung zu stiften und den Fremden — bevor der Rat irgend etwas beschließen kann — zu steinigen? Wären meine Leute nicht rechtzeitig dreingefahren ...«

Verächtlich mit den Schultern zuckend, stritt Sigmarq alles ab. Sei es seine Schuld, wenn sich rechtschaffene Miscarier gegen nächtliche Beunruhigung und verderblichen Einfluß wehrten? Anstelle der säumigen Stadtsoldaten verteidigten sie Gesetz und Stadtfrieden! »Ich glaubte, wir wären uns einig: Fleiß und Industrie gestatten keine Träumerei. Traumlosigkeit ist die Grundlage unseres miscarischen Staatswesens — ebenso unserer Handelsmacht. Nur wer sich selbst beherrscht, beherrscht die Natur. Nur eine Stadt, deren Bürger über alle Anfechtungen des Leibes — und der Nacht! — obsiegen, wirft ihre Feinde in den Staub. Durch diesen einen Fremden aber ist fremder Ungeist in unsere Köpfe gedrungen. Wollt Ihr zulassen, daß ein Dahergelaufener unsere künftige Weltherrschaft gefährdet? — Im Traum ist der Mensch nackt, ohne Kleider, ohne Zucht: ein Tier. Nerev hat die Wilde Woche abgeschafft, unsere zuchtlosen Träumer werden nichts weniger verlangen als alle Tage Wilde Woche!«

»Habt Ihr Euch je im Traum«, fragte Ardelt, einem Raubvogel gleich, der aus dem Blauen heraus zustößt, »die Kleider vom Leib gerissen? Euch je sonstwie vergangen? Nein? — Ihr habt bis eben noch nie einen Traum empfangen? Wie könnt Ihr dann dergleichen behaupten?«

»Ich habe genug über das Träumen gelesen. Ich weiß Bescheid. Aber wie wollt Ihr, Bruder Ardelt, unbefangen urteilen? Wo Euch doch von der Wiege an allnächtlich das süße Gift eingeflößt wurde? Miscara hat sich nach Notwendigkeiten zu richten, nicht nach unverwirklichten Möglichkeiten, was immer das auch sei. Männer meines Alters sind stolz darauf, niemals von Träumen vergiftet worden zu sein.«

»Träume wie der heutige stärken uns«, schmetterte Srebans Baß. »Fördern Kampfesmut, locken Freiwillige in sarmintische Einsatztruppen. Verweichlichung, Papperlapapp.« Zack, zack, hieb er durch die Luft. »Schennsann ist grunelisches Spielzeug. Soll von unsern Waffen träumen, der Meister.«

»Nur keine Neuerungen!« näselte mein Gegenüber. Einen Hettert erkennt man an seinen Schnallen, hatte Turio gespöttelt, und wahrhaftig, es blitzte und blinkte von seinem Wams im Sonnenlicht.

Nun stemmte sich mein Vater hoch. Er ließe sich, meinte er hüstelnd, nicht ins Bockshorn jagen wie ein gewisser Schellnußpflücker. Im Gegenteil. Ein fröhlicher Traum erzeuge eifrige Werkleute. Saure Gesichter,

Fummelkram, das war einmal. Jetzt gehe ihnen die Arbeit leicht von der Hand. Wen störe da ein wenig Gesumme oder ein kurzer Plausch. Bald würden mehr Planwagen denn je über die Handelsstraßen rollen, zahlungskräftige Traumgäste aus allen Weltgegenden ...

»Wir reden, scheint's, nicht von demselben Mann«, unterbrach Sigmarq trocken. Er schnipste mit den Fingern. »Erlarq, zeig dich!«

Ein Schatten hinter dem Schreibpult im entferntesten Winkel des Saales geriet in Bewegung, ruckte hervor und verwandelte sich in eine gebeugte Kutte: Ratsschreiber Karq Erlarq.

»Die größte Gefahr«, fuhr Sigmarq fort, »entsteht uns in der Niederstadt. Ihr Name ist Aufruhr.«

Schon jetzt, berichtete der Ratsschreiber, nach drei Traumnächten, schmiere das Gesindel in der Niederstadt das kreisförmige Zeichen der Silberscheibe auf Fensterläden und Türbalken. In den Katen gäre es: Er sei einer der Ihren, der Mann im Turm — Träumen befreit!

Zufrieden nahm Sigmarq seine Lieblingspose ein, er verschränkte im Sitzen die Arme vor der Brust.

Doratra allerdings belächelte ihn nur. Nach ihrer Meinung sah Erlarq Gespenster. Oder hätten die Stadtsoldaten irgendwo Unruhestifter aufgespürt?

Sreban schüttelte sein breites Haupt: »Alles im Griff.«

Die rechten Träume, erklärte Doratra — die rechten Träume wohlbemerkt, da müsse man fein unterscheiden — vermochten im Gegenteil auf sanfte Weise, allen Aufruhr von vornherein zu ersticken, sie seien — ein verbindliches Nicken zu Jaur — Schellnuß fürs Volk.

Jaur schoß hoch, sprach von Abgefeimtheit und verteilten Rollen. »Wie soll ein Fremder die rechten Träume schicken, ein Traumstümper nochzumal, der einem auftischt, was ihm gerade einfällt, ein grunelischer Argling und Späher ...« Er pustete die Backen auf, pfeifend entwich die Luft seinen Lippen.

»Er ist kein grunelischer Argling, sondern ein Uhrenheiler aus Thruma!« Ich hatte es gerufen.

Ardelt forderte kinnhackend Mäßigung, ungebeten zu sprechen, dazu als Unterjährige ...

»Erlarq, die Akte!« verlangte Sigmarq.

Die Kutte beugte sich über das Pult. Kilean oder eigentlich Ki-Leanth, ohne Vatersnamen, geboren um 615, Mutter als Drachenbesessene 622 zu Invenau/Thruma gerichtet, Lehre bei einem Uhrenheiler in Barhel, Wanderschaft, ab 632 Aufenthalt in der Hauptstadt Rengor, 634 Verwicklung in die Meuterei der Thrak-Werke, Unterschlupf bei Weltkundlern der Imperialen Universität, gesucht als einer der ›Bildungsfreunde‹, vor knapp einem Jahr untergetaucht ...

»Ein Aufrührer«, faßte Sigmarq trocken zusammen.

»Eine billige grunelische Fälschung«, erwiderte Doratra. »Ihr habt das Papier doch von der grunelischen Gesandtschaft angefordert, Amtshilfe — oder sollte ich mich irren?« Sie hustete, das aufgetürmte Haar wippte. »Ist er nun Späher oder Aufrührer, Bruder Jaur, Bruder Sigmarq? Beides paßt schlecht zusammen. Die Grunelier wollen Euch aufs Glatteis führen, weil sie die Kraft der Träume fürchten. — Kann wohl sein, daß Kilean wie manch anderer vor den Bütteln des Thrak zu uns floh. — Ich beantrage, Glauke Arnya, die unterjährige Anwärterin auf den Ratsstuhl der Nyanten, anzuhören.«

Ardelt nickte. Jaurs gerötetes Gesicht wurde eine Spur dunkler, seine Hacken knirschten auf dem Marmorboden. Schwacher Schellduft breitete sich aus.

Ich flatterte vor Aufregung, als ich mich erhob. »Kilean aus Thruma«, sagte ich, »ist ein einfacher Mensch, er war nie jemandes Herr noch jemandes Knecht.« Es fiel mir immer schwerer, mich zu sammeln. »Er wird uns verstehen, denn das ganze Leben ist Maschinerie, und als Uhrenheiler kennt er sich mit Mechanismen aus, nein, nicht nur mit Mechanismen, er hat die Welt gesehen, und ich glaube, nein, ich weiß, daß er ein wahrer

Traummeister ist. Er hat die Kraft, die Tore der Mittal aufzustoßen.«

Ich preßte die Hände gegen die Rippen, das Licht wogte um mich.

»Die Mittal«, hörte ich, »die Mittal.«

Der Atem stockte ihnen, draußen vor dem Fenster jagten schwarze Vögel durch den blauen Himmel: Torlboten.

Kroban Thurq, das älteste Ratsmitglied, kratzte sich den Handrücken. »Was da auf uns zukommt: Arysa mit dem Dolch, Fennr wird würgend durch die Gassen streifen, all die Dämonen der Mittal kriechen aus den Felsgrüften ...«

»Fummelkram, Ammenmärchen!« Fest klang meines Vaters Stimme nicht.

»Unsere Vorfahren haben an die Mittal geglaubt.«

»Einfältige, abergläubische Leute!«

»Nur keine Neuerungen.«

»Alles im Griff.«

»Die Mittal selbst hat ihn geschickt.« Kroban Thurq taumelte auf. »Er soll ihr Bahn brechen. Wehe uns!« Keuchend und schnaufend wankte Kroban Thurq zur Tür, floh in die Wandelhalle.

»Verdammte Schellnuß«, fluchte Sreban, »macht einen verrückt, dieser Duft.«

Ich lehnte mich zurück, wie von fern drang der Streit Sigmarqs und Doratras zu mir. Alle würden sich über die Träume freuen, Träumen eine geheiligte Angelegenheit, dem Augenlicht gleich, das Sigmarq verloren hatte. Wer sich in der Welt zurechtfinden wolle, müsse die Augen öffnen, auch auf die Gefahr hin, Häßliches, den nackten Leib der Wirklichkeit zu erblicken, wer würde deshalb auf sein Augenlicht verzichten? — Er risse sich lieber das rechte Auge aus, blind, doch mannhaft, nicht tränenschwer, weibisch gedacht, weibisch gemacht ...

»Ja, öffnet die Grüfte, in denen die Scheusale der Vergangenheit ruhen, laßt sie nur heraus, die Großen Alten und die Untoten, den Mann Ohnenamen.« Sigmarqs Kichern schwebte zur Decke, kreiste um den Lüster, fiel auf uns wie ein Netz. »Keiner zwingt sie mehr zurück. Auf dem Markt werden sie mit Euch feilschen, Bruder Hettert, und sie werden Eure Wagen lenken, Meister Erast. Wer Träume zuläßt, verliert die Gewalt über die Stadt.«

Schellgelähmt hockte ich auf der Bank. Das hatten sie sauber eingefädelt, Jaur und Sigmarq. Wenn sie sich nicht mehr zu helfen wußten, betäubten sie unseren Geist ...

Ardelt hatte den listigen Raubvogelblick nicht verloren. Er schob einen kleinen rostbraunen Schlüssel Sreban zu. Der ging, als wate er durch Sand, zu dem vergitterten Schrein und schloß ihn auf. In seiner Hand blinkte das dreieckige, mit roten Edelsteinen verzierte Siegel. »Sobald ich das Siegel der Drei Meister entnehme«, erläuterte Ardelt, »versiegt die Kraft des Turmes. So haben wir ...«

»... alles im Griff«, ergänzte Sreban und barg das Siegel wieder im Schrein.

»Ihr Spatzenhirne glaubt vielleicht, daß ich nach einem Traummeister forschte«, fuhr Ardelt fort, »weil ich in meiner Kindheit geträumt habe und mich nun zurücksehne. Ich werde alt, sagt ihr, aber ihr wurdet alt geboren! Alt — und blind wie die Maulwürfe! Denn das Wichtigste seht ihr nicht: Es knirscht im Räderwerk der Stadt, und das Schwungrad stockt. Wir reden von Fleiß und Industrie, doch das sind leere Worte. In Amtsstuben und Werkhallen genügt jeder Miscarier seiner Pflicht — gemäß den Buchstaben der Ordnung seines Gewerkes. Keiner tut einen Handschlag darüber hinaus. Ihr erschmelzt viel Blaues Metall, Bruder Sigmarq, aber die Hälfte geht verloren, bevor das fertige Halbzeug oder die blanke Waffe Eure Stollen verläßt. Die Zünfte wursteln vor sich hin und fürchten — hört Ihr, Bruder Hettert! — jede Neuerung. Selbst in den Nerevschen

Werkhallen, die Ihr verwaltet, herrscht der Schlendrian.«

Hettert, zornesblaß, wollte etwas erwidern, doch Ardelt schnitt ihm das Wort ab und hackte mit dem Kinn nach meinem Vater. Der öffnete einen schmalen Lederkoffer und breitete dessen Inhalt auf dem Tisch aus.

»Hier der grunelische Nachbau unseres miscarischen Eies. Noch fällt er plumper aus als die Vorlage. Hier ein ›doppelt-genauer‹ Zeitmesser, den die Grunelier in ihrer Flotte einsetzen wollen — erkennt Ihr ihn wieder? Muß ich Euch noch grunelisches Reißzeug und grunelische Perspektive, Kompasse und Drehbänke vorführen? Unsere Vertrauensleute berichten, daß sie sogar an einer Erfindung basteln, die ihnen die Arbeit in Schreib- und Rechenstuben abnimmt. Übertrieben? Mäßigung, meine Brüder! Der Thrak fordert uns heraus! Ich sage Euch: Trotten wir weiter auf ausgetretenen Pfaden, werden wir unterliegen im Handel wie auf dem Schlachtfeld. Träume könnten das Schmieröl für unsere Stadt sein; ein Traummeister vermag das Schwungrad aufs neue anzuwerfen.«

Ardelt blickte in die Runde, ein Raubvogel, vor dem sich die Spatzen ducken. »Ich bilde mir nicht ein, daß der Fremde sofort alle Regeln der Traumkunst beherrscht, trotzdem ist er der wichtigste, vielleicht der letzte Recke in unserem Spiel um die Welt. — Den Vorschlag bitte.«

Doratra entfaltete ein Papier. »Erstens: Der Rat beruft Kilean aus Thruma zum Traummeister. Zweitens: Kilean aus Thruma träumt nach einem vom Rat zu bestätigenden Traumplan.« Sie hob den Kopf. »Wir werden ihn noch heute ausarbeiten. Drittens: Glauke Arnya wird dafür Sorge tragen, daß Kilean aus Thruma den obengenannten Traumplan buchstaben- und sinngetreu verwirklicht.«

Sie verlangten Unmögliches von mir, doch hätte ich widersprechen können? In dieser Minute?

»Unter Ransun hat Miscara die Nomaden geschlagen«, schloß Ardelt, »unter Nerev hat die Stadt den Grundstein für Wohlstand und Ansehen gelegt, und, so wahr ich Ratsherr bin, unter Kilean aus Thruma wird Miscara mächtig sein über alle Länder der Welt. Denn Träumen ist Macht.«

Hettert, der sich eben noch gegen alle Neuerungen verwahrt hatte, schwenkte um. »Die Chetier für die Berufung des Traummeisters.« Hand um Hand fuhr in die Höhe.

Hinter dem Fenster war es dunkel geworden. Ein Rollen verriet den nahenden Torl. Staubwolken ballten sich, Steine sprangen gegen die Scheiben.

Sigmarq verschränkte die Arme. Sein Auge — nicht das sehende — traf mich. Verachtung zuckte um seine Lippen.

»Nun wohl. Ein Fremder beträumt uns. Das ist für einen Miscarier meines Alters unerträglich. Schon jetzt verschiebt sich das Gleichgewicht, das von Ordnung und Chaos, das von Rat und Turm, das zwischen den Geschlechtern. Zum Schluß glaubt Ihr noch, das Leben sei ein Traum und Ihr würdet nur geträumt. Wie wollt Ihr dann noch die Kraft finden, zu schaffen und zu kämpfen? — Solange Ihr träumt, schläft die Vernunft. Solange Ihr träumt, wird die Stadt stillestehen.«

Siegesfroh verlachte ihn Doratra.

Sie hatte gut lachen, ich aber trug die Last. Kilean traute mir nicht, und, was der Rat beschlossen hatte, konnte ihm nicht gefallen. Dennoch brannte ich darauf, ihn wiederzusehen, der Platz in der Spitze des Turmes lockte die kühle Glauke, um seinetwillen war sie bereit, sich zu schlängeln und zu verrenken, durch ein Nadelöhr zu schlüpfen und über steile Grate zu klettern. Und wenn ihr allein Nyas Name Zutritt zum Turm verschaffte, dann log sie eben Khalib vor, Nya zu sein.

Die Bibliothek des Turmes, ein Irrgarten von Regalen

mit niedriger Decke, nahm fast das gesamte Rund des mittleren Stockwerks ein. Stäubchen kobolzten in den spärlichen Sonnenstrahlen, die durch die ungleichen Reihen der Folianten hindurchsickerten. Hier klemmten die Bücher aufrecht und wie gefangen zwischen den Stirnbrettern, da lehnten sie erbärmlich schief aneinander, andere krümmten ihre Deckel, als grämten sie sich.

In einem von Regalen umsäumten freien Raum an der Fensterfront kniete Kilean vor einem mannshohen Bücherstapel. Ein erkennendes Lächeln zuckte um seine Mundwinkel, er stützte sich mit den Händen ab und richtete sich auf. »Nun, hat sich der Rat endlich zu einem Entschluß durchgerungen?« Das Lächeln war verschwunden.

»Aber gewiß. Ihr seid nach Sitte und Gesetz zum Traummeister berufen.«

Er klopfte sich den Staub von den Ärmeln. »Und wo steckt das Drachenei?«

»Das Drachenei?« Ich tat verwundert, als hätte mich Sycoraq bei einer Dummheit ertappt. Durfte ich ihm vom Siegel der Drei Meister erzählen? Das war ein Trumpf, den ich mir lieber aufsparte. Sorgfältig wählte ich meine Worte. »Ihr sollt ... Der Rat wünscht angenehme und unterhaltende Träume von Euch, solche wie vergangene Nacht, vielleicht etwas deutlicher auf einen Zweck hin ausgerichtet ...«

»Auf die Zwecke des Rates, nicht wahr?« Er zog ein dünnes Buch aus einem Regal und blätterte darin, ohne zu lesen. »Glauben sie denn, ein Traummeister hat keine eigenen Vorstellungen?«

»Der Rat geht davon aus, daß Ihr der Kunst noch nicht mächtig seid.«

Er blätterte, hob das Buch vor die Augen, ließ es sinken, blätterte. Auf seinem Arm fiel ein Lichtstreif, die feinen Härchen schimmerten, daß ich hätte darüber streichen wollen. — Wie ärgerte ich mich, daß er mir seine Mißachtung so unverhohlen zeigte!

»Da es wohl nötig ist, soll ich Euch helfen, die Kunst zu erlernen.«

Er fand einen Zettel zwischen den Seiten, hielt ihn gegen die Sonne. »Wie selbstlos.«

Ich schwieg, er legte den Zettel zurück und klappte das Buch zu. »Der alte Ämmre sagte: Wer dir eine Uhr schenkt, will, daß du pünktlich kommst. — Bist du das Drachenei?«

»Aber selbstverständlich.« Ich versuchte zu scherzen. »Denn ich bin eine von Herrschsucht zerfressene, raffgierige und eitle Patriziertochter, die nichts mehr ersehnt, als Euch zu ihrem willenlosen Werkzeug zu machen.«

Erheitert schnipste er mit dem Zeigefinger nach mir. »Kokett und schlagfertig und fähig zur Selbsterkenntnis — das trifft es besser. Also genau die passende Mischung für knifflige Ratsaufträge — und wahrscheinlich bist du auch für meine Absichten genau die Richtige.«

Auf meinen Blick hin schüttelte er den Kopf. Noch verberge ich das wirkliche Drachenei vor ihm.

Wohl oder übel erzählte ich von der Ratssitzung und vom Siegel, und je mehr ich sprach, desto leichter wurde mir. Nicht durch Berechnung, mit ein wenig Offenheit gewann ich sein Vertrauen. »Sendet Ihr späterhin mißliebige Träume über die Stadt, entfernt Ardelt das Siegel — und schon ist es aus mit Eurer Wunderkraft.«

Kilean rieb sich zufrieden über das Kinn. So ergäbe das Ganze einen Sinn. »Der Rat hält den Finger am Hemmhebel. Mein Weltbild ist wieder in Ordnung. In seiner Weisheit vergißt dein Rat freilich, daß ihr auf den Traummeister angewiesen seid. Von Nacht zu Nacht mehr.« Er brach in ein kurzes, ungebärdiges Lachen aus. »Das Leben treibt schon verrückte Späße. Da wandert einer jahrelang durch die Lande, soll sich ducken und duckt sich nicht und kriegt, obwohl er sich anstrengt, nicht den Fuß in die Tür. Auf einmal reißt man vor ihm unvermutet alle Tore auf, er könnte endlich etwas bewirken nach so vielen Anläufen — aber da hängt ein Siegel im Schrein. Erkennen sie denn nicht, daß ich auserwählt bin? Daß es kein Zufall ist, daß allein ich träumen kann?«

Er hielt inne, winkte mich zu einem Lesepult. Hier würde es sich erweisen, ob ich ihm helfen könne.

Zögernd trat ich neben ihn. Was meinte er damit, daß seine Gabe kein Zufall sei? Wer hatte ihn auserwählt? Ich wagte nicht zu fragen.

Ein Streifen Sonnenlicht schimmerte auf den bläulichen Seiten des Buches. Während mein Finger an einer langen, mit Zahlen versehenen Liste entlangfuhr, versackte ich in einer Sprache, die mir nur den Buchstaben nach vertraut war:

Selektive Suszeptibilität bei multidirektionaler Traumemission
Relative Persistenz von Affekt-Residuen über das Erwachen
Idiosynkrasie-Transfer und Psychotherapie für Starkträumer
Grenzen pansexueller und komplex-orientierter Traumstrukturanalyse
Typen endogener Traumsymbole im Referenzkulturmodell

Die Worte flossen ineinander, bildeten Muster, wie sie Vögel im Sand hinterlassen. Wer war dieser Uhrenheiler aus Thruma? Ich musterte ihn verstohlen — auch er belauerte mich aus den Augenwinkeln. Er räusperte sich. Ob ich ihm diese Sätze dolmetschen könne? Es handle sich ja wohl, soweit er aus Binde- und Verhältniswörtern schließen könne, um Miscarisch.

Ich strich über das glatte Papier, befühlte die hauchzarten Seiten. »Es ist die Sprache der Großen Alten.«

»An der Imperialen Universität zu Rengor gebraucht man ähnlich verschrobene Ausdrücke, die Geheimsprache einiger weniger Eingeweihter, die ihr Wissen den einfachen Menschen vorenthalten.«

Wer die Sprache der Großen Alten versteht, hatte Sycoraq gelehrt, wird über die Gewalten des Himmels und der Erde gebieten, nichts wird sich seinem Blick entziehen, und ein Krümmen seines kleinen Fingers wird Berge versetzen. Deshalb hatten die Zeitgenossen Nerevs versucht, das Wissen der Großen Alten wiederzubeleben, und im Falle des Blauen Metalls war es ihnen sogar geglückt.

Führte auch der Weg in die Mittal über die Brücken solcher Wortungetüme? Hatten ihn die Großen Alten beschritten, als ihnen, den Göttergleichen, die Herrschaft über die Tagwelt mehr und mehr entglitt?

Wissen sei Macht, pflichtete mir Kilean bei, doch unser Blick wäre rückwärts gewandt, wir jagten nur Gespenstern nach, eine Jagd, die in die Abgründe der Vergangenheit führe …

»Und Nerev?« warf ich ein. »Fleiß und Industrie, Zählen und Messen? Das Blaue Metall?«

Er überhörte meinen Einwand, ging zum nächstbesten Regal, pochte mit den Knöcheln auf die ledernen Rücken. »Hohle Larven habt ihr angesammelt. Was nutzen euch all die Figuren auf vergilbtem Papier, ihr vermögt nicht, sie zu entschlüsseln, sie haben ihren Geist ausgehaucht — daran sind sie gestorben, eure Großen Alten, an dem heillosen Ballast ihres Wissens, das jeden Bezug zur Welt verloren hatte.«

Ich tastete nach den verstaubten Leibern der Bücher, nein, sie waren nicht hohl und leer, sie schliefen nur, und unsere Aufgabe war es, sie zu wecken.

»Einiges mag hilfreich sein, hier, dieses Buch, das sie durch den Sternenraum getragen haben, das noch von der Erde stammt.«

Ein Buch, älter als die Welt. Schwarz und fleckig war sein Deckel, ein seidenes Band klemmte zwischen zwei Seiten. Ich lehnte mich an Kileans Schulter, daß mich sein langes Haar am Ohr kitzelte, und versuchte, die Schrift zu entziffern, doch die Endungen waren mir fremd, Buchstaben, sogar Silben waren vertauscht, und die langen Sätze wirkten, als hätte ein boshafter Geist die Worte mutwillig durcheinandergewürfelt. Während mir nur ab und an aus den Zeilen ein Funken Sinn aufblitzte, las Kilean, den Kopf mir zuwendend, die Seite herunter, als sei sie in seiner Muttersprache verfaßt.

»Hier: ›Träume, welche die Götter allen Bürgern einer Polis senden, werden politische Träume geheißen.‹ Sätze dieser Art verstehe ich, Glauke, solche Bücher leben, doch ringsum, welche Last!«

Er zog ein dünnes Heft unter dem Folianten auf dem Pult hervor. »Das habe ich gestern entdeckt.« *Vorschule des Träumens* war der Titel. Wir blätterten, manchmal berührten sich unsere Hände. Das meiste in dieser *Vorschule* war seicht und nebensächlich. Da hieß es, daß man sich vor dem Schlafen entspannen solle, auf daß der Tag von einem abfalle und nichts bliebe als Körperwärme, Herzschlag, Atem. Ratschläge für den Morgen folgten, wie man sich, gerade erwacht, am besten seiner Träume erinnere und daß man sie genauestens festhalten müsse; Stimmung und Umstände, Personen, Dinge, Farben, jede Kleinigkeit.

Das Buch verströmte einen Duft, staubschwer wie Torl und zart wie Eiderdaunen. »Was ist eigentlich mit deinem Finger geschehen, Kilean?« fragte ich und erschrak sogleich, daß ich ihn duzte.

Er sah mich erstaunt an und spreizte den verstümmelten Finger, es war der Mittelfinger der linken Hand, ab. »Den hat mir eine nordländische Turmuhr abgebissen. Ist gezahltes Lehrgeld.« Mein Du wies er nicht zurück.

In bescheidenem Rahmen bot die *Vorschule* auch Hilfsmittel, den Inhalt der Träume zu beeinflussen. Wer immerzu vor sich hinflüstere: »Ich werde von einer schwarzen Katze träumen«, würde von einer schwarzen

Katze träumen. Bisweilen erweise sich auch eine äußere Reizung der Sinne als nützlich. »Wer seinem Mädchen im Traum begegnen möchte, tut gut daran, ein Tuch mit ihrem Duftwasser zu netzen und dieses neben sich auf das Kissen zu betten, denn wird der Geruchsnerv angeregt, stellt sich die Gedankenverbindung ein, welches Verfahren auch auf andere Gegenstände übertragbar ist.«

Ganz nah war ich an Kilean herangerückt. Er blätterte die Seite um, es war die letzte. Eine Ecke löste sich von dem brüchigen Papier. Als er das Heft zuklappte, fiel sie heraus.

»Was man sich selbst einflüstert«, sagte er, »oder ...« Sein Blick traf mich, und ich fügte wie selbstverständlich hinzu: »... oder eingeflüstert bekommt.«

Es war eine bestrickende Idee. Kein Traummeister hatte ein Einsiedlerleben geführt, Nerevs wüstengebräunte Gefährtin Nema, die erste Künderin seiner Lehre, war aus der Erinnerung der Stadt nicht entschwunden; Postel hatte seitenlange Oden einer Schönen gewidmet, deren Namen in den Anfangsbuchstaben der Zeilen überliefert war; Nrada hatte einen Flüchtling von der Barbarenküste geliebt. Ich war bereit, in die Reihe der Halbvergessenen einzutreten. Kilean würde mich brauchen, so wie ihn die Stadt brauchte.

»Und du hast keine Angst, des Nachts mit mir allein im Turm zu sein?«

Ich blinzelte ihm zu. »Du kannst den Wagen nicht erproben, es sei denn, du setzt ihn in Fahrt.«

»Und wenn die Träume meinen schwarzen Doppelgänger befreien?«

»Dein Drachen-Ich? Dein Saddraq?« Ich warf den Kopf zurück. »Mit dem jagst du mir keine Furcht ein.« Ein wenig unheimlich war mir aber doch bei meiner Kühnheit.

»Nein?« Er zog mich an sich, küßte mich. Ich sträubte mich, dann aber überflutete mich das Glück. Ich hatte ihn für mich gewonnen, den Uhrenheiler oder was immer er war.

Der Druck seiner Arme schwand, er strich mir das Haar aus der Stirn. »Begreifst du, was du heraufbeschwörst?«

»Ist das die Liebe?« fragte ich, während die Gedanken in meinem Kopf in verzweifelter Hast versuchten, an ihre gewohnten Plätze zu gelangen.

Er lachte. »Du wolltest doch mein Saddraq kennenlernen. Merk dir gut: Das ist das Wesen, das ich sein könnte, der ungehobelte Kerl, der in mir steckt, der sich nimmt, was ihm einfällt, ohne Rücksicht auf patrizische Umgangsformen.«

»Wir Miscarier«, erklärte ich steif, »haben kein Drachen-Ich, keinen Torl-im-Inneren. Das sind Erfindungen von altfrüher. Wir lassen uns nicht von dunklen Innengewalten leiten.«

»Dein Saddraq schläft nur. Wart ab, bis ich es geweckt habe.«

Ich kniete nieder, wie um die Titel auf den Buchrükken zu entziffern, wollte verbergen, wieviel er bereits in mir geweckt hatte. Die Stille der Bibliothek floß über uns zusammen, in den gedämpften Sonnenstrahlen flimmerte der Staub, den Kilean ab und an von einem Folianten blies.

Hunderte, Tausende von Büchern drängten sich in den Reihen, schwerleibige und Däumlinge, heftdünne und solche, die ich mit einer Hand nicht hätte umspannen können. Bestimmt hatte mein Vater recht, wenn er behauptete, daß die Bücher so verschieden seien wie die Menschen, ihre Verfasser, großspurig oder bieder, verschämt oder aufdringlich, sauber und ehrlich oder heruntergekommen und verschlagen. Von manch einem war der Rücken abgeplatzt, so daß Schnüre, stark wie Würmer, zutage traten, bei anderen war der Einband beschabt oder glänzte fettig.

Und dann fand ich sie, weit unten im Regal in einer

erst zu drei Vierteln gefüllten Reihe, die Nachtbücher der Traummeister.

Meister Gundors Traumbuch stand in metallblauen Buchstaben auf dem Rücken des vordersten Bandes, wo ich eigentlich Nerevs Zeichen erwartet hatte. Auf berühmte Namen stieß ich, während mein Blick über die dicken Buchleiber sprang, Mechter und Elpert Thurq, Nrada, die Traummeisterin, selbst auf Postel und — in verschnörkeltem Gerank — auf den Namenssingsang der Feingesponnenen. Mythische und verschollene Gestalten beschworen die Silberlettern der ältesten Bände herauf: Ar-Gamma und Elm Jourq, den ›Drachner‹, und das erste Traummeister-Dreigespann. In der Tiefe der Vergangenheit, am Ausgang des Kristallenen Zeitalters, brach die Reihe ab; ich war bei den Großen Alten angelangt — bei Nya.

In diesen Bänden, die ich kaum mit Fingerspitzen zu berühren, geschweige denn aus ihrer angestammten Reihung zu ziehen wagte, war auch Miscaras Geschick von Anbeginn an aufgezeichnet. Menth, Dazterth und Kar Duriarq, die drei Meister, von denen das Siegel stammte, hatten geträumt, als die letzten Großen Alten für immer die Augen schlossen und ihre gläsernen Särge auf Schiffen aus Blauem Metall zu den Toteninseln überführt wurden. Mit ihren Träumen hatten die Meister den ewigen Kampf des Menschen gegen die übermächtige Natur begleitet; von gallertartigen Landdrachen würden die ersten Bände berichten und später vom Vorrücken der Gletscher und von ihrem Zurückweichen, dem Ansturm der Karr. Welche Träume mußten die Herren des Turms den Miscariern gesandt haben, als die Quellen versiegten und der Sand gegen die Bollwerke der Stadt brandete und die verrohten Stämme der Gletschernomaden die fruchtbaren Oasen verheerten? Miscara hatte überlebt dank seiner Traummeister. Es hatte der doppelten Bedrohung durch Wüste und Gletscher getrotzt, es hatte den wilden Heerzügen in der späten Heldenzeit widerstanden und den Hungersnöten, als der letzte gezähmte Drachen in den Hängenden Gärten starb. Miscara war gewachsen und erstarkt dank seiner Traummeister.

Vom nächsten Band aber war der Name getilgt, und ohne das Buch aufzuschlagen, ahnte ich, daß ich nun auf jene Jahre gestoßen war, die Sycoraq stets unwirsch überging: dunkle Zeiten, schwarze Nächte, notwendig wohl für den Ablauf der Geschichte, doch nicht eben erinnerungswürdig. Betrachten wir lieber Nrada, die kurz vorher während der Zeit der Streitenden Reiche mit ihren Träumen das Herz der Miscarier und die Tore der Stadt für die Flüchtlinge aus Sarmint und von der Barbarenküste geöffnet hat, oder den Aufschwung unter Mechter ... Und dies alles war geschehen, lange bevor sich die kalten Fallwinde zum unberechenbaren staubigen Torl wandelten und die neue Gefahr aus dem Norden ihren Schatten über die Wüste warf, der erste Thrak — ein wahrer Drachen in Menschengestalt — sein Grunelisches Reich zusammenraffte. Miscara, die letzte Gründung der Großen Alten, hatte ihren Zweck erfüllt, die Stadt war ein Fels in der Brandung der Geschichte, unbesiegbar und unzerstörbar, die Bücher der Traummeister bewiesen es. Hier im Turm, nicht auf dem geschäftigen Markt, nicht im Stadthaus, schlug das lebendige und lebenserhaltende Herz der Stadt. Welch Wunder, daß Miscara die traummeisterlose Zeit so unbeschadet überstanden hatte!

Allmählich tauchte ich durch die sechs Jahrhunderte miscarischer Geschichte zur Gegenwart empor. Die Sonne war an dem Fenster rechts des Pults vorbeigewandert und schien nun seitlich durch die Regale. Es wurde Zeit, daß ich ging.

Kilean hockte auf einem dreistufigen Tritt, seine Hände waren grau von Staub, und seine Lippen bewegten sich, als präge er sich jedes Wort, jeden Satz ein.

»Hast du Nerevs Traumbuch entdeckt?« fragte er.

»Mir wäre wichtig, zu erfahren, weshalb er auf das Träumen verzichtete. Ich, ein Fremder, mache sein Werk zunichte, widerrufe, wozu er sich nach vielen Jahren durchgerungen hat. Ich muß wissen, wo er irrte.«

Plötzlich sprang er auf und klatschte in die Hände. »Hinweg, ihr Schatten! Die Welt hat sich verändert seit Nerev! Wer einmal die Gläserne Sphinx überwunden hat, erschlägt auch den Drachen. Heute abend wagen wir es, Glauke.«

»Ich beeile mich«, versprach ich.

Dann, Kilean hatte mich zur Tür begleitet, rührte sich etwas in mir. »Wenn du noch einmal deinem Saddraq gestatten würdest ...«

Stumm wies er auf die Treppe.

Als der Ratsdiener mich in den kleinen Saal des Stadthauses führte, war die Luft von Rede und Widerrede verbraucht. Sie alle wirkten ermüdet: mein Vater, der einladend auf das Polster des Stuhles neben sich klopfte, Doratra, Sreban und Hettert, der über die Schnallen seines Wamses wischte, als wären sie verdreckt. An der Schmalseite des Tisches versteckte sich, die Kapuze tief in der Stirn, Ratsschreiber Karq Erlarq hinter Tintenfaß und Federkiel.

Während ich im Turm gewesen war, hatten sie eine *Richtschnur für lotrechtes Träumen* ausgebrütet, ein Papier, aus fünf aneinandergehefteten Blättern bestehend, das säuberlich in einen Vorspruch und mehrere Abschnitte unterteilt war.

»Sorgenschwer ist der Tag«, begann es, »drum sei heiter der Traum.« Alltagsnöte dürften ihn nicht belasten. Allgemein sei Fremdländisches, Köpfisches, Schwieriges ungeeignet für die Erbauung im Schlaf, gleichwohl dürften die wichtigen Belange der Stadt nicht ausgespart werden, denn der Traum bilde keinen Freiraum außerhalb jeder Verpflichtung, sondern sei als ein getreuer Spiegel des Tages und Quell neuer Kraft für den Morgen einzusetzen. Zerrbilder des Wirklichen, Fratzen von altfrüher, mittalische Ungeheuerlichkeiten hätten im nach-nerevschen Miscara keinen Platz, das Träume so klar und einsichtig und zukunftsweisend wie Ratsbeschlüsse brauche. Ein rechter Traummeister solle folglich stets das Mustergültige suchen und das Absonderliche, die Randerscheinung meiden, auch solle er das Aufnahmevermögen der Beträumten nicht überfordern, sie nicht durch Unheimliches beunruhigen und sich vorzugsweise auf einen Ort, einen Zeitabschnitt und ein Geschehen beschränken. Also sei zu träumen: geschmackvoll und höchstem Anspruch genügend gemäß den besten miscarischen Grundsätzen und ohne das Selbstgefühl ehrsamer Miscarier zu verletzen. Die Ausgestaltung der Träume mit Sinn und auch Bildern bliebe dagegen Aufgabe jedes einzelnen Tages, jeder Nacht.

Meines Vaters handfeste Denkart fand ich in dem Schriftstück nicht und ebensowenig Doratras zielstrebigen Willen. Kilean würde sich um eine derartige Richtschnur nicht scheren, falls er sie je zu Gesicht bekam, und solange er gegen keinen ›miscarischen Grundsatz‹ verstieß, hatte ich, die Zwischenträgerin, einen leichten Stand.

»Der Traummeister«, erklärte ich, da sie mich anstarrten, als hätte ich über ihr Papier zu befinden, »geht also ganz richtig davon aus, daß die Stadt Vergnügungsträume erwartet.«

Vergnügung! Ach, beim Torl, ich wußte ja nicht, in welch Skorpionennest ich damit trat. Für Sreban vergnügte man sich vorzugsweise im Wirtshaus bei einem ›deftigen Humpen, drallen Mägden und schwungvoller Musik‹. Könne der Meister nicht berauschende Träume schicken — ohne die ›eingeschränkte Kampffähigkeit‹ am nächsten Morgen? Auch was der Thrak an Schaukämpfen und Wagenrennen biete, sei nicht zu verachten, freilich müsse man für einen echt miscarischen An-

W

strich sorgen, dergleichen sollte als verschütteter miscarischer Brauch wiederentdeckt und nach miscarischen Regeln gestaltet werden. Kein Zartbesaiteter brauche sich bei geträumten Kämpfen der Toten und Verletzten wegen zu grämen, umwerfender Gedanke, diese Folgenlosigkeit. Aber er wolle — Sreban lehnte sich zurück und zupfte sich den Kinnbart — einem Neuling im Turm nicht zuviel zumuten.

Hettert kritzelte unzufrieden Zickzacks auf einen Zettel. Nächtliches Blutvergießen — er schüttelte sich — putsche auf. Wer sich nächtens wie ein Wüstenräuber aufführe, neige auch am Tage dazu. Er verlange eher nach nutzbringender als nach reiner Zerstreuung, und sauber müsse sie zudem sein. Wenn etwa im Traum gesungen werde, dann, bitteschön, ein Lied, das die Liebe zur Heimatstadt stärke, die Tugend preise und den Sinn erhebe. Nur keine Neuerungen!

Ehe Sreban etwas einwenden konnte, erinnerte mein Vater an frühere Traummeister. Oft hätten sie verwikkelte Familiengeschichten mit enterbten Ratsherrensöhnen, habgierigen Vettern und eitlen Großtanten heruntergeträumt. Nacht für Nacht eine Fortsetzung, daß die Leute den lieben langen Tag dem neuen Fummelkram entgegenfieberten. Nachahmenswert, diese Traumketten, er denke beispielsweise an eine kernige miscarische Handwerkerfamilie mit ihren kleinen Sorgen und großen Freuden ...

»Da schlaf ich ja im Schlaf noch ein!« platzte Sreban dazwischen. »Wenn schon Traumkette, dann vom Werdegang eines Drachentöters oder Heerführers.«

Was den einen belustige, meinte Doratra mit einem sanft-tadelnden Wiegen ihres Puppengesichtes, lasse den anderen kalt, man müsse eben vielerlei Wünsche unter einen Hut bringen, darin bestehe die Kunst lotrechter Traumplanung.

»Für Knechtstölpel und Patriziertöchter dasselbe?« Nimmermehr liefe das in eins, näselte Hettert, die Massen in der Niederstadt liebten gröbstes und anzügliches Spektakel, den Witzen ähnlich, die seit drei Tagen auf dem Markt die Runde machten; in den Frauenstuben der Hausburgen aber sei rosa Gespinst fürs zarte Gemüt gefragt.

Ich widersprach im Namen der überhaupt nicht zimperlichen Patriziertöchter. Wenn ich schon dabeisaß, wollte ich mitreden, da ließ ich mir auch von meinem Vater nicht den Mund verbieten.

Doratra überging die Zwischenrufe wie lästiges Fliegengebrumme. »Es ist belanglos, welche Art von Vergnügen diesem oder jenem mißfällt, wir müssen fragen, welche Träume Miscara frommen.« Sie hätte für den Anfang einen Vorschlag.

Gewichtig faltete sie einen Bogen Papier auseinander und händigte ihn dem Schreiber aus, der ihn mit weißlichen Fingern glattstrich und mit einer Stimme, als hätte er den Hals voll Asche, zu lesen begann.

1. Ein Traum, um das Volk der Niederstadt zu unterhalten:

Teneirische Tanzmädchen auf einer Hochzeit in den Kellm-Oasen; lächerliches Gebaren der grunelischen Gesandten, die im Rausch versuchen, Palmen zu erklettern; ein kurzer Blick in das Brautzelt; Ankunft unserer Planwagen voller funkelnder Geschenke.

2. Ein Traum, um den Werkfleiß zu heben:

Nerev auf Miscara herabschauend; emsiges Hämmern aus den Werkgewölben, Teppichweberinnen singend am Webstuhl; ein sarmintischer Händler mit einer Waage, deren eine Schale, gefüllt mit unseren Waren (Rädern, Hebeln, Uhren aus Blauem Metall) tief sinkt, während die andere, größere, gefüllt mit kostbarem Geschmeide, in die Höhe steigt; unermüdliche Werkleute, die unter Leitung umsichtiger Patrizier neue Burgen errichten, in den Gewölben schaffen und sich nach des Tages Mühe an reichlichem Mahl im warmen Abendsonnenschein laben.

3. Ein Traum, um den Mut unserer tapferen Verteidiger zu stärken:

In der Weite der Karr brennende Oasen, niedergemetzelte Karawanen, der wirre Heerwurm grunelischer Arglinge, finsteres Gesindel mit bluttriefendem Schennsann; am Räuberpaß hinter den Zinnen der Wachtürme unsere geübten Stadtsoldaten mit den überlegenen Hakenbüchsen; Kampf und Ehrung der heimkehrenden Sieger.

Gut ausgedacht, fürwahr, Hauptleute wie Zunftmeister würden sich die Hände reiben — falls Kilean diesen Plan herunterträumen sollte. Aber er war nicht der Mann, dem ich mir nichts dir nichts einen Traumplan aufschwatzte, zu sehr pochte er auf eigene Vorstellungen, und selbst wenn ihm Hakenbüchsengeknalle und lustiges Hämmern zusagen sollten, blieb es fraglich, ob seine schlafende Einbildungskraft auch meiner Stimme gehorchte.

Während ich noch grübelte, wie ich meine Bedenken am geschicktesten vorbringen könnte, lobte Sreban den Plan. Nur ein Winziges sei zu streichen: Auch im Traum dürfte nichts von den neuen, viel wirkungsvolleren Hakenbüchsen verraten werden.

Erlarq schrieb noch während des Wortwechsels den Traumplan ab. Schließlich streute er Sand auf das Papier, wartete, bis die Tinte aufgesogen war, schüttete den Sand zurück in das hölzerne Fäßchen und übergab das Schriftstück Doratra, die es an mich weiterreichte.

Die Beratung war geschlossen. Sreban und Hettert gingen, der Schreiber folgte ihnen. Mein Vater rieb den Rücken ungeduldig gegen die Lehne des Stuhles.

Ich schob Doratra den Traumplan wieder zu. »Wie

denkt Ihr Euch das Geschäft, Ratsherrin? Ihr befehlt, und er träumt ab? Wenn das so einfach wäre ...«

Doratra wischte sich mit einem Tuch über die Lippen. »Keiner erwartet im Handumdrehen vollkommene Träume, Glauke. Und betrachte den Plan als Vorschlag. Wenn er Besseres weiß ...«

»Anderes zu träumen, als ihm die Mittal eingibt, ist eines Meisters unwürdig.«

Mein Vater packte mich am Arm und drückte ihn, eine Geste, die beschwichtigend gemeint war, doch nur schmerzte. »Mußt ihn nicht verteidigen, Glauke. Sind unter uns. Beherrscht die Kunst nicht, der Neue.« Er hustete.

»Die Hauptsache ist«, meinte Doratra, »daß du dich auf *deine* Kunst verstehst.«

Sie nickte meinem Vater zu, der erhob sich und schickte sich an, den Raum zu verlassen. »Ihr mit Eurem Weiberkram«, schimpfte er in der Tür, »verderbt mir meine Tochter nicht damit.«

Verwundert wollte ich ihm nacheilen, doch Doratra beugte sich verschwörerisch zu mir. »Die Wände haben Kakerlakenohren.« Sie holte aus ihrem Beutel einen roten und blauen Stift hervor und hatte flugs eine Skizze hingeworfen, die zwei Menschen zeigte: ihn, hingestreckt auf ein Lager, in Blau, und sie, bei seinem Kopf sitzend, halb herabgeneigt und die Lippen flüsternd geöffnet, in Rot.

»Ein altes Geheimnis«, raunte sie, »glaubst du, die berühmten Traummeister der Geschichte wären je zu dem geworden, ohne ...«

»Ihr verratet mir nichts, was ich nicht schon wüßte«, sagte ich.

Sie betrachtete mich argwöhnisch von der Seite. »Ich hatte vor, dir zu empfehlen, daß du ihn nicht mit Dingen belasten solltest, die nicht seines Amtes sind. Aber es ist vielleicht so: zum Träumen gehören immer zwei.« Sie kniff den Traumplan zusammen, strich den Falz mit dem lackierten Daumennagel nach und schob ihn mir in den Blusenärmel. »Es wird mühsam genug sein, dem Traum mit eigenen Worten Leben zu verleihen. Um diese Aufgabe beneide ich dich nicht.« Sie hob den Kopf, und, was ich nie bei ihr vermutet hätte, sie blickte scheu um sich. »Es gab eine Zeit, da retteten die Gefährtinnen auf ihre Weise die Träume der Stadt.« Ein Flakon, wie man es in Grunelien für Duftwasser benutzte, stand plötzlich auf dem Tisch. »Drei Tropfen an den Tee, und er träumt ohne überflüssige Fragen nach deinen Wünschen.«

Das Flakon war so rasch in meinem Ärmel verschwunden, wie es erschienen war. »Ich bin immer für dich zu sprechen, Glauke, zu jeder Tages- und Nachtzeit.«

»Ratsherrin«, fragte ich beeindruckt, »Ihr habt an alles gedacht. Aber wenn Ihr den Wagen so sicher zu steuern versteht, weshalb hebt Ihr *mich* auf den Bock?«

Doratra zwickte mich in die Wange. »Weil ich selbst Träume erleben will, du Närrchen.«

Kilean hatte sich im Empfangsraum des Turmes ausgebreitet, er kniete, ein graues Tuch links von sich, ein graues Tuch rechts von sich, vor der Wand. Ich vermutete schon, er bete wie manch abergläubischer Fremder zu den Großen Alten oder beschwöre etwa die Drachen, da sah ich die Zangen auf dem rechten, die gläserne Deckscheibe auf dem linken Tuch: Er schraubte soeben die Bethische Uhr auseinander.

»Hier sind die Vorschläge des Rates«, sagte ich leichthin, »nichts, worauf du nicht von allein gekommen wärst.« Schwer hing der Beutel mit dem Flakon an meinem Gürtel.

Kilean überflog stirnrunzelnd das Papier. Ich dachte mir im voraus Erwiderungen aus: Der Plan nütze der Stadt; niemand zwinge ihn, Kilean, es sei denn sein eigener Verstand …

»Gut, angenommen.« Der Plan flatterte auf den Tisch. Als er meine Überraschung bemerkte, nickte er. »Richtig. Ich werde Eigensinn zeigen. Weil ich kein mechanischer Flötenspieler bin, der je nach Walze eine Melodie abträllert.« Mit dem Schraubenzieher kratzte er über das Papier. »Gestrichen, Grunelier sind auch Menschen. Und Kriegsgeschrei ist mir verhaßt.«

Er kehrte zu der geöffneten Bethischen Uhr zurück. Während er in den Innereien des Wunderwerkes herumstocherte, schwemmte der Zorn über die Bevormundung, der er sich nicht zu widersetzen wagte, die gemimte Gleichgültigkeit hinweg. Wüstenhochzeit — wie abgeschmackt! Unterhaltung sei nichts als Augenwischerei, gehobener Werkfleiß klingele nur im Geldsäckel der Patrizier. Und überhaupt ...

Ein wenig Kurzweil, versuchte ich ihn zu beschwichtigen, wem schade die? Die gesteigerte Schaffensfreude käme mittelbar jedem zugute, die Werkleute eingeschlossen. Er befände sich ja in keinem Fürstentum, sondern im freien Miscara.

»... sprach Sycoraq, und alle, alle glaubten's.«

»Bei uns, nur zum Beispiel, gibt es keine Bettler.«

»Weil ihr sie in Erzgruben und Werkhallen sperrt.«

»Was besser für sie ist, als in Torlnischen herumzulungern.«

Er fluchte, aber nicht meinethalben. »Eine Uhr ohne Zahnräder!«

Neugierig beugte ich mich über seine Schulter.

»Was bewegt die Zeiger? Hier in diesem Kästchen verbirgt sich der Mechanismus. Er klickt nicht, ruckt nicht, surrt nicht. Und wenn ich den Deckel gewaltsam öffne, zerstöre ich ihn — höchstwahrscheinlich.« Kilean überlegte lange, schließlich siegte der Wunsch, das Werk der Großen Alten zu erhalten, über die Wißbegier. Teil um Teil schraubte er an. Die Zeiger allerdings wollten ihm nicht gehorchen, sie klappten nach unten, wiesen allesamt auf die altmodisch verschnörkelte Fünf.

Er seufzte laut. »Ich fürchte, nicht anders verhält es sich mit dem verschlossenen Raum am Ende der Wendeltreppe. Khalib hat mich gewarnt: Dränge ich mit Gewalt in das Geheimnis ein — ›alles kaputt‹.«

Er befestigte unwirsch das Deckglas. »Ämmre würde mich tadeln: Einmal zuviel ›die Uhr geheilt‹.«

Plötzlich gerieten die Zeiger in Bewegung. Sacht schwingend wanderten sie in die richtige Stellung. Kilean klatschte in die Hände, kein Miscarier hätte seine Freude so unverhohlen ausgedrückt.

Der Ort, an dem die Träume geformt wurden, hatte nichts Geheimnisvolles an sich: drei Fenster hinaus in die Nacht; eine breite Lagerstatt mit hellbraunen Dekken und einem auffallend niedrigen blauen Stoffhimmel, der massig aus der Wand wuchs und durch armstarke Trossen gehalten wurde; eine vierschrötige, beschlagene Truhe, zwei einfache Schemel und eine kurze Bank, das war alles.

Wir sprachen den Traumplan durch. Kilean kritzelte seine eigenen Wünsche auf die Rückseite. Von Thruma wollte er träumen, dem Land seiner Kindheit, dessen bewaldete Hügel tiefer und lebendiger in sein Gedächtnis eingegraben seien als unsere Hausburgen. Dies wäre die beste Probe.

Khalib polterte herein, der rechte Ärmel war ihm nach oben gerutscht und entblößte einen Arm, mager wie ein Totengerippe. Aus dem Tonkrug, den er auf die Bank knallte, dampfte der Tee für mich, die ich nicht schlafen durfte. Auf einem Brettchen lagen Käsestücke, Brotkanten und Datteln.

»Khalib«, rief ich ihm übermütig zu, »was hättest du gern geträumt?«

Er ruckte herum, die Kiefer mahlten, ein Klumpen glitt hinter der ledrigen Haut des Halses hinunter. »Deine Träume werden dich auffressen, Nya!« Krachend fiel die Tür ins Schloß.

Kilean wollte sich, wie es die *Vorschule* empfahl, auf den Schlaf einstimmen. Da er sich in meiner Gegenwart nicht sammeln konnte, schlich ich, eine Kerze in der Hand, hinaus auf die Wendeltreppe. Ich hätte hinabsteigen sollen, doch mich lockte das verschlossene Zimmer.

Glasige Mosaike schmückten die gekrümmten Wände, sie betrachtend, sank ich, während ich mich Stufe um Stufe der Spitze des Turmes näherte, in die Vergangenheit unserer Welt hinab.

Grünende Auen weit bis zum Himmelsrund sah ich mit silbernen Landschiffen und silbernen Luftschiffen und — silbern im Schwarz der Unendlichkeit — mit jenem Schiff, das die Großen Alten aus dem Nichts herangetragen hatte. — Dies war der Beginn des Kristallenen Zeitalters.

Gallertartige Urwesen, die Vorfahren der Drachen, wogten über verkarstete Klippen, schattenhaft, nebelhaft wie Wolken im Wind, zerfasernd und ineinanderstrudelnd, sich verdickend und auseinanderstiebend, stets im Wandel, stets in Regung; rotglühende Schlote öffneten sich bis ins glutflüssige Innere unserer Welt, und diese spie ihre unbeständigen Kinder aus, im Flakkerschein der Kerze schienen sie zu leben, aus der Wand zu quellen, mich zu umströmen, bis der Schatten sie verschlang. — Ich hatte das Zeitalter der Formlosen durchmessen.

Trostlose Landschaften taten sich vor mir auf, rote Wüsten und kahle Gebirgsketten, kein Wildbach floß in den sturmdurchheulten Klüften, nur einmal blitzte aus dem tauben Gefels ein einzelner Kieselstein.

Und dann erblickte ich hinter dem letzten Absatz der Treppe wie am anderen Ende eines langen Tunnels, der in Wirklichkeit mit drei oder vier Schritten zu durchqueren gewesen wäre, eine Metalltür. Geknickte Pfeile und zerbrochene Speere waren in diesem Tunnel verstreut, schartige Schwerter lagen auf den Stufen, die, je höher ich stieg, desto mehr unter meinen Füßen wankten, Silberschiffe und wabernde Drachen lösten sich aus den Wänden, ein Brausen wie von hundertfachem Torl füllte meinen Kopf, zuckend verglomm die Kerze. Ich floh, stolperte blind treppab.

Durch das Schlüsselloch sickerte ein dünnes Rinnsal Licht. Ich setzte mich auf eine Treppenstufe und lauschte, bis mein Herzschlag sich beruhigte. Geräusche wie Seufzer und unterdrücktes Keuchen schwebten durch das Dunkel. Sie kamen von irgendwo weit unten im Turm oder womöglich aus Abgründen, die ich mir, allein im Finsteren, nicht vorzustellen wagte. Unwillkürlich hielt ich die Luft an: kein Laut. Vielleicht träumte Kilean schon, und die Mittal erwachte? Vorsichtig öffnete ich die Tür und lief auf Zehenspitzen zu dem Hocker am Kopfende der Lagerstatt. Schnell und stockend atmete er, und unter seinen Lidern ruckten die Augäpfel. Das war mein Zeichen ...

Wie seltsam, daß die Worte, die ich nun in sein Ohr flüstern sollte, als Bilder und Töne über das nächtliche Miscara hinabgleiten würden, um sich in den Köpfen der Schlafenden einzunisten. Welche Macht lag da in meiner Stimme! Wenn ich es nur wollte, konnte ich Sigmarq vor der ganzen Stadt lächerlich machen, wenn ich es nur wollte, konnte ich — für die Dauer eines Traumes — meine Mitbürger in kläffende Vierfüßer verwandeln oder mich zu ihrer Fürstin ernennen. Ich fühlte nach dem Flakon, und die Verlockung verflog.

»Träume von teneirischen Tanzmädchen«, säuselte ich, »die sich mit hochgebundenen Brüsten unter den Palmen der Oase wiegen, träume von schaumigem Dattelwein und gebratenen Pfauen, vom weißen Brautzelt und von den Schatten, die über seine Wände huschen, träume von geschenkbeladenen Kamelen und vom süßen Klang der Rohrpfeifen und Schalmeien.«

Dies war, ich begriff es, während ich ihn so eindringlich ausmalte, ein kraftloser Traum, ein einlullender Bilderbogen ohne Ziel und Biß, ein Traum, wie ihn Traumlose aus einfältigen Wunschgelüsten zusammenstoppelten.

»Träume von arbeitsamen Werkleuten ...«

Von einem Miscara sollte Kilean träumen, wie es sein könnte, heller und sauberer, einträchtiger, eine regsame und dennoch fröhliche Stadt, in der man keine Bettler aus den Torlnischen wegfangen mußte, eine Stadt, deren Bürger nicht der Schellblätter bedurften, um den Alltag zu ertragen, und sich dabei allmählich das Gehirn ausdörrten. Doch nicht ich hatte zu entscheiden.

»Träume von den fruchttragenden Wäldern in Thruma ...«

Ich rückte den Hocker ein wenig zurück, lehnte mich gegen die Wand. Die Spitze des Dochtes, die sich bis zum Rand der kleinen Flamme krümmte, glühte hellrot. Ich bückte mich nach dem Krug mit dem Tee, nippte von dem bitteren Getränk, ein Haar geriet mir zwischen die Zähne. Ich hielt den Krug unter den Leuchter, in der dünnen Schicht geschmolzener Butter, die den Tee bedeckte, klebten weitere Haare. Mit spitzen Fingern angelte ich sie heraus, streifte sie am Hocker ab, leckte die Butter von den Fingerkuppen.

Noch einmal von vorn. Dann war der Krug halb leer, die Kerze niedergebrannt, eine zweite löste sie ab. Meine Glieder wurden steif in der Kälte, ich reckte mich, stakste ans Fenster.

Finsternis hüllte die Gassenschluchten Miscaras, grau im Sternenlicht wuchsen die Hausburgen aus dem See der Nacht. Die Niederstadt war ein düsterer Flickenteppich, nirgendwo glomm Kerzenschein in den Fenstern. Da träumten sie, die Miscarier, und nur ich, ich allein wachte. Die beiden schnellen Monde stiegen hinter der Karr empor und zogen über die Himmelskuppel, der kleinere, ein bloßes Lichtfünkchen, jagte und überholte den heller blinkenden, größeren, durchquerte das Zwölfgestirn des Toten Pflügers und die Nördliche Sternöde. Unter dem durchlöcherten Band der Milchstraße flimmerte der grüne Stern Smaragd.

Ein gequälter Schrei rief mich an Kileans Lager zurück. Er hatte die Lippen geöffnet, seine Zunge formte unverständliche, angstvolle Worte. Sacht tippte ich ihn an.

Er schlug die Augen auf und starrte an mir vorbei zur Tür. »... es wollte herein, ich habe mich gegen die Tür gestemmt, doch es war stärker als ich. Dabei reichte es mir gerade bis zur Schulter. Dann schrie ich, um dich zu warnen.«

»Das ist dir auch geglückt.«

»Es war mein dunkler Doppelgänger, mein Saddraq ... Einen Unfug träumt man!«

Noch einmal wartete ich, bis Kilean schlief und seine Augäpfel ruckten. Noch einmal zwang ich mich zu flüstern. Hätte ich zu Doratras Tropfen Zuflucht nehmen sollen? »Du bist daheim im lieblichen Land Thruma, wo die Waldbauern Harz und Honig sammeln und der Nebelfluß an schroffen Felswänden vorüberschießt, wo die Biber Dämme bauen und Moos die Steine überzieht.«

Es war vielleicht nicht vernunftgemäß, in meinen Mitbürgern die unerfüllbare Sehnsucht nach einem Land sprießenden Grüns und zufriedener Waldbauern zu wecken, doch was war besser geeignet als glückliche Kindheitserinnerungen, um den Eindruck eines Alptraums zu verwischen?

Die zweite Kerze brannte nieder, ich war weder wach noch müde. Der Wind strich um den Turm, der sanft schwankte. Irgendwo knackte es. Näherten sich da auf der Treppe geisterhaft leichte Schritte? Die Decke rutschte mir von den Schultern, ich riß die Tür auf. Der Luftzug löschte die Kerze, ein Trippeln verhallte in der Tiefe.

Es dauerte lange, bis ich mich zurückgetastet, Feuer aus dem Stein geschlagen hatte. Dann trat ich hinaus in den gewundenen Treppengang. Nichts verriet einen nächtlichen Besucher. Nah, ganz nah war die Mittal gerückt, und ich war nicht einmal sicher, ob mich die gläsern dünne Wand noch von ihren Schemen trennte.

Als ich gegen Morgen in meine Hausburg zurückkehrte, schüttelte ich Landre wach. Stammelnd berichtete sie mir von Kamelen und Werkgewölben, von Bibern, die Dämme in einem nebelumwogten Fluß errichteten, und von honigschleckenden Waldbauern. Die Traumprobe war bestanden.

Khalibs bitteres Gebräu versetzte mich in einen merkwürdig schwebenden Geisteszustand, in dem Tag und Nacht und Nacht und Tag die Plätze tauschten und zu einem gleichmäßig flimmernden Band ineinanderschwammen. Ich nahm wahr, wie die Sonne sich hob und senkte, wie der Torl die Stadt mit Staub überschüttete und Kilean sie mit Träumen, ich drehte mich selbst im Mittelpunkt des Geschehens, und zugleich rückte mir alles fern. Wenn Kilean, gefolgt von meinen Mitbürgern, in das Traumesland eilte, um den Planwagenzügen in der Wüste nachzujagen oder durch die Klüfte des Drachengebirges zu klettern, hockte ich einsam und hellwach neben ihm und flüsterte. Meist erst lange nach Mitternacht lief ich durch eine ausgestorbene, kalte Stadt, in der nicht ein Hund jaulte, nicht ein Kater maunzte, in der nur der Gletscherwind um Hausecken strich; schwer wie ein Stein sackte ich in mein Bett; manchmal hielt mich Khalibs Tee noch Stunden fiebrig wach.

Bis in den lichten Mittag schlief ich wie eine Tote, dann schlang ich einige Bissen hinunter, Landres Geschnatter am Ohr, die freimütig diesen oder jenen Traum als langweilig abtat und sich — ich säße ja an der Quelle — wünschte, nachtschlafenderweise einmal baden zu dürfen. Und was die Bilder von dem kotigen Stroh in den Packöfen anbelange, solche Ekeleien könne der Meister sich sparen, sie trüge eine Griebe an der Lippe davon, das sei ja wohl nicht Zweck des Träumens.

Schon hetzte ich zum Turm, wo Kilean mit staubigen

Fingern in den Folianten wühlte, stets auf der Suche nach Nerevs Nachtbuch, stets auf der Suche nach dem geheimnisvollen Buch *Traumeszucht*, von dem Nrada schrieb, daß es sie die Kunst vollkommener gelehrt hätte als ihr Vormeister …

Schlag fünf Uhr eilte ich täglich zum Stadthaus, um den nächsten Traumplan abzuholen. Mein Vater, über eine Liste gebeugt, hakte die ›Nummern‹ ab, rechnete mir vor, wieviel Kilean erfüllt hätte, und ärgerte sich über jede Auslassung. Immer mehr verlangten sie von ihm: vier Träume, fünf, mit ausgefeilterem Inhalt, einzelne Hausburgen sollten zu erkennen sein.

Wieder schlürfte ich Khalibs Gift, wieder säuselte ich von den Gründern unserer Stadt, von tüchtigen Pferdezüchtern, von Drachentötern, die ihre Angst überwanden, von Liebenden, die durch das Tal des Zarch spazierten. Kilean flog davon in den silberbeglänzten Nachthimmel, und ich blieb zurück, einsam und ein Rauschen wie von fernem Wüstenwind in den Ohren.

Nicht jede Nacht glückten die Einflüsterungen gleich gut. Erlebnisse, an die sich Kilean tags nicht erinnerte, machten sich in den Träumen breit; bisweilen trieb auch die Mittal — wie ich am Morgen von Landre erfuhr — ihr Possenspiel, hängte geträumten miscarischen Patriziern grunelische Ordensbänder um, versetzte Katen in die Oberstadt und färbte sie zudem grün ein; ein spukhaftes Ungeziefer, kaum größer als die Ratten in den Katakomben unter der Stadt, huschte durch manchen Traum. »Das ist nicht unser Miscara«, sagten die Leute, und manchmal hielten sie mich auf dem Weg zum Stadthaus an, und ich mußte erklären, daß das Träumen ein wenig schwieriger sei, als Häute zu gerben oder Steine zu behauen, es stimme nicht, daß sich da einer sein Brot im Schlaf verdiene.

Wie oft deutete ein jeder in den Traum das Seine hinein! Was für den einen die Kellm-Oasen waren, betrachtete der nächste als die Hängenden Gärten unserer

Stadt, ein dritter wähnte gar, die Großen Alten in ihrer jugendfrischen Welt besucht zu haben. Dann gab es Zank, Hökerinnen rupften sich gegenseitig die Haare aus: Von meinem Gemüse hat der Meister geträumt, nicht von deinem Schmuddelzeug!

Sombarq lauerte mir fast jeden Tag seiner Teppiche wegen vor dem Stadthaus auf — bis ich meine Pflicht vernachlässigte und ein geflüstertes Fürstenschloß mit ihnen ausstattete. Die Mittal aber wollte, daß die Rattenwesen die Teppiche benagten und daß das Blut eines Landsknechts über die Borten schoß und zu roten Blumen im Teppichmuster gerann. Wie sollte ich Sombarq meine Unschuld beweisen?

Dazu kam, daß Kilean mit jeder erfolgreichen Einflüsterung an Selbstvertrauen gewann. Immer häufiger sträubte er sich gegen die eine oder die andere ›Nummer‹: ein Blick in die Mörsergießerei — wozu? Ein glückliches Hirsemahl am eigenen Herd in bescheidener Kate — unglaubhaft! Tanz auf dem Markt — wann hätten wir je auf dem Markt getanzt?

Wenn ich Kilean ins Gewissen redete, ihn an das Siegel gemahnte, lenkte er unwirsch ein. Doch was half das, da sein Saddraq im Verein mit der Mittal alles verfälschte, gar ins Gegenteil kehrte? Ich mochte ihm unsere rührigen und rechtschaffenen Patrizier in den glühendsten Farben schildern, im Traum liefen sie mit Eselshäuptern oder behaart wie die Affen herum. Die kühle Glauke in mir hatte längst ergründet, wo die Wurzel für derartige Abirrungen zu suchen war: Im Traum entblößte er seine innerste Einstellung, solange er die nicht änderte ... Gebändigt und zurechtgestutzt mußte er werden, der thrumaische Hinterwäldler, dann würde ich meine Aufgabe erfüllen können ... Und war er nicht fähig, sein Saddraq zu bezähmen, dann mußte ich eben Doratras Flakon gebrauchen!

Doch kaum vergiftete Khalibs Gebräu meine Sinne, gewann die andere Glauke die Oberhand. Gedachtes und Gelesenes, Gefühltes und Gesehenes vermischten sich. Ich sah Kilean auf dem Bett der Meister, einen unruhigen und gehetzten Mann, dessen Züge in Augenblicken der Entspannung knabenhaft sanft wurden und einen schalkhaften Ausdruck annahmen. Er, der sich nach außen so hart und unnahbar gab, wie verletzlich war er doch. Und wie schutzlos war er mir ausgeliefert! Manchmal, vom Rauschen in den Ohren betört, wenn er fest genug schlief, um nichts davon zu merken, strich ich ihm über das Haar. Mitleid fühlte ich mit ihm, dem Fremden, dem Uhrenheiler, und wohl schon ein wenig mehr als Mitleid. Tat er sich nicht um unseretwillen Zwang an, Nacht für Nacht auf einem Lager, das nicht für ihn bestimmt war? Tat er sich nicht Zwang an, wenn er mir den Eingriff in sein träumendes Ich gestattete? Und er litt, auch das glaubte ich zu spüren, unter einem unfaßbaren Geheimnis.

Es war kein gutes Vorzeichen, daß mich nach einem dunklen Weg durch ein nächtlich erstarrtes Miscara zur Unzeit lautes Rufen und Schreien aus dem Schlaf riß. Die Besatzung des Mittagstores baute sich unter meinem Erker auf, in Sprechchören verwahrten sie sich gegen einen Traum: Höflicher als sie suche keiner die nordländischen Fuhrwerke nach grunelischem Tand ab, außerdem ließen sie niemals einen Fremden im Torlstaub stehen.

Ardelt höchstselbst bemühte sich in unsere Hausburg, um mich zu warnen. Zum wiederholten Male hätte der Traummeister gegen die Weisung des Rates verstoßen, das Bild der Stadt nicht zu entstellen. Die Zunft der Gürtler und Riemenschneider habe sich bei ihm beschwert: In ihren Gewölben würde weder gefaulenzt noch mit der Ahle nach Zielscheiben geworfen. Mendert, eben jener in einen Esel verwandelte Patrizier, habe die Stadt verlassen und sich auf die Seite dieses Möchtegern-Thraks Sigmarq geschlagen. Mein Vater, der Ardelt vergebens Branntwein angeboten hatte, pflichtete ihm hustend bei. So ginge das nicht weiter, ein Wagen auf falscher, abschüssiger Bahn.

Unsere Schläfer, Ardelt hackte ihm das Wort ab, wünschten weder erschreckt noch beunruhigt oder besudelt und schon gar nicht in närrische Affen verwandelt zu werden. Eine Aussprache sei nötig.

An Kileans Statt ließ ich mich abkanzeln. Ich konnte mich ja nicht ständig auf das Lehrgeld berufen, das Kilean — und mit ihm wir alle — zu zahlen hätten. Ich konnte ja nicht ständig jede Ungereimtheit der Mittal anlasten.

Aber was hieß Ungereimtheit. Lobte nicht Turio gerade die wirresten Träume? Sprach er nicht von einem unverdienten Glücksfall für die Stadt? Nickte nicht Schagon, wann immer ich an seiner Beschlagmacherwerkstatt vorbeiging: »Es ist recht, weiter so, sagt ihm das, Herrin!«

Und wenn ich mir die Patrizier betrachtete: Hatte Ardelt denn kein Raubvogelgesicht? War Stadthauptmann Sreban nicht behaart wie ein Affe?

Kilean lehnte es ab, sich im Stadthaus von Ardelt seine Verfehlungen vorhalten zu lassen. Die Würde eines Traummeisters wollte gewahrt werden. Immerhin stieg er herab, um den nächsten Traumplan auf dem Turmvorplatz in Empfang zu nehmen. Unter den Augen vieler Gaffer schmeichelte ihm Doratra auf ihre leise Art. Oder war es verhüllter Tadel, als sie von einem Überfluß an Einbildungskraft sprach?

Mir jedenfalls überließ sie es wie gewöhnlich, die einzelnen Nummern vor Kilean zu verteidigen. Wie haßte ich dieses Gefeilsche um ›gemütlich eingerichtete Gesindehäuser‹, ›wohlwollende Worte der Großen Alten‹ und ›tapfere Wachturmbesatzungen‹! Kileans wegwerfendes »Den nicht!« klang in meinen Ohren, ich konnte seinen Unwillen, ja seine nachgerade körperliche Abscheu gegen allzu zweckgerichtet beschönigende Nummern nachempfinden, dennoch mußte wenigstens ich vernünftig bleiben: Denk an das Siegel, Kilean! So hangelte ich mich von Traumnummer zu Traumnummer und spürte doch, daß das dünne Band meiner Vermittlung bald reißen würde beim Tauziehen zwischen Kilean und dem Rat.

Eines Abends nach einem unerquicklichen Streit, ob Träume von Drachenkämpfen und Irrfahrten zur See den einfachen Menschen halfen, ihren Alltag zu meistern, kritzelte Kilean wieder einmal eine eigene Nummer auf die Rückseite des Traumplanes: Anstelle von Schwertergeschwinge und Seenot wollte er Friedlich-Freundliches zeigen, nämlich die Hängenden Gärten, so wie sie sein könnten: wirkliche Gärten mit Obstbaumhainen und Spazierwegen unter grünenden Reben. Ich wußte, daß er eigene Ziele und Absichten verfolgte, mir schwante auch, daß diese auf den ersten Blick so harmlose Nummer viel Sprengkraft in sich trug.

»Bist du etwa für die Verwandlung von Menschen in stumpfe Wiederkäuer?« fuhr er mich an.

Ich war es leid, jeden Tag mit dem Siegel zu drohen, und Khalibs Tee, der mich nächtens so aufputschte, lähmte mir Verstand und Willen. Ich nickte also und flüsterte drei Nächte hintereinander von Knechten, die in den Hängenden Gärten Obstbäume pflanzten und Gemüsebeete anlegten, von dampfenden Eintopfkesseln und Marmeladenkrügen und Schalen voller Weintrauben. Gefüllte Mägen statt Schell.

In der ersten Nacht aber träumte den Leuten nur von hackenden Männern, auf die süße ›Rebentropfen‹ herabregneten, und in der zweiten wuchsen die Marmeladenkrüge ohne menschliches Zutun aus der Erde. In der dritten Nacht endlich glückte es. Am Mittag darauf, während meines gewohnten Ganges zurück zum Turm, sah ich den Erfolg: Die Tore zu den Hängenden Gärten waren aufgebrochen, Werkleute liefen zwischen den Schell-Spalieren einher, schwangen die Axt, gruben die Wurzeln aus, karrten das Gesträuch ab.

Weder müde noch munter lehnte ich an der grobschlächtigen Umfassungsmauer der Gärten. Jaur sprang von einem Knecht zum anderen. Er schrie, geiferte — das eigene Gesinde verweigerte ihm den Gehorsam! —, wurde mit einem Altgesellen handgemein, Wams und Kittel zerfetzten. Ich drückte mich, als sei der Torl los, in eine Schattenecke; blind vor Wut raste Jaur an mir vorüber zum Stadthaus.

Das Band knirschte vor Spannung. Ardelt befahl mich zu sich und herrschte mich an: Zu wem hielte ich? Und ich sollte es nicht wagen, mich auf die Mittal herauszuschwatzen! Dann und wann eine Kinderei, die ließe er durchgehen, aber wenn der Fremde begänne, die Knechte gegen ihre Herren aufzuwiegeln ... Es fehlte wenig, und er hätte den Schrein aufgerissen.

Ich redete, da ich reden mußte, verteidigte Kilean wie mit gelähmter Zunge: Jaurs Schellpflanzungen seien ein Dorn im Auge eines jeden Traummeisters, viel sicherer als Schell vermochten die Träume einzulullen und Plakkerei erträglich zu machen, nichts hätte ich von Unbotmäßigkeit geflüstert ...

Ardelts Finger, dürr wie Vogelkrallen, trommelten auf den Ratstisch. Schließlich fuhr er hoch. Ein letztes Mal wolle er Kileans Eigenmächtigkeit dulden — als einen Versuch, den Geschäftsfeind auszuschalten, einen Schritt, den er zwar nicht billige, doch immerhin nachvollziehen könne.

Wäre ich noch die ratstreue Miscarierin gewesen, hätte ich Ardelt warnen müssen. Geschäfte waren Kilean gleichgültig, er war nicht mit miscarischer Latte zu messen, und er würde sich nicht begnügen.

Ich war entlassen. Stand verloren auf der Treppe des Stadthauses, der Himmel über mir ein Block von Blau. Drunten, über die Mittagsstraße, rollten schwerbeladene Planwagen: Jaur mit seinem Troß. Weitere Verstärkung für Sigmarq. Weshalb ließ Ardelt die Tore nicht schließen?

Der Lärm des Marktes, das Rattern der Fuhrwerke dröhnte in meinen Ohren. Verwünschtes Gebräu! In meiner Hand knisterte der nächste Traumplan. Ich hörte Kileans hartes »Den nicht!« und seine rauhen, thrumaischen Flüche. Es hatte keinen Zweck mehr, mich für meines Vaters Nummer von den Freuden des Handwerkers oder für Träume von wackeren Stadtsoldaten zu verwenden. Ich war als Vermittlerin gescheitert. Wenn es nur bald zur endgültigen Kraftprobe käme! Ardelt würde das Siegel zu Boden schmettern, das Volk vielleicht aufbegehren. Wie es auch ausginge, ich wäre frei.

Und wieder stapfte ich die langen Treppen hinan zum Turm.

Am nächsten Mittag der nächste Hader. Hettert paßte mich vor seiner Hausburg ab. Er hielt mir die *Richtschnur* vor das Gesicht und tippte auf den Vorspruch, sein ›Selbstgefühl eines ehrsamen Miscariers‹ sei verletzt, nie und nimmer lauere er mit dem Perspektiv hinter den Zinnen seiner Hausburg, um jungen Mägden ins Fenster zu schielen — aber unbedingt habe er sich in dem speichelsabbernden Schäferhund mit den blitzenden Schnallen am Halsband wiedererkannt. Und mit ihm, welche Schande!, sein Gesinde! Jantas habe ihre Tür verrammelt, selbst seine Schwestern straften ihn mit Mißachtung. Als mindestes fordere er einen Gegentraum, der ihn als *den* Ehrenmann zeige, der er sei! Wenn ich mein Amt für Verleumdungen mißbrauche, werde er sich höchstselbst um einen Ersatz bemühen! Da mochte ich abstreiten, soviel ich wollte, niemals würde er glauben, daß ich nichts von alledem eingeflüstert hatte.

Im Turm lud ich meinen Verdruß auf Kilean ab. Der aber klatschte erfreut in die Hände: Endlich, endlich sei es ihm geglückt. Er tänzelte in den engen Raum zwischen den Regalen, zeigte auf die *Vorschule* und eines der Nachtbücher: Ja, er habe sich vorgenommen, von

Hettert als von einem Schäferhund zu träumen — wo sein Gesicht doch eher dem Kopf eines Pferdes ähnele —, jeder künftige Traummeister müsse sich an solch einfachen Kunststücken erproben. Wenn er weiter so hurtig voranschritte, würde mein Dazutun bald überflüssig.

Er langte nach der *Vorschule,* das Lächeln wich von seinem Antlitz; er rutschte mir wieder davon in den Quicksand der Buchstaben. Ich strich über die Rücken der Bände, es juckte mir in den Fingern, sie vom Regal zu stoßen, all diese Postels und Nradas, diese Vorschulenschreiber und Traumlistenzusammensteller, die mir meinen Kilean stahlen! Jede freie Stunde hockte er zwischen den toten Leibern der Bücher — für mich hatte er keine Augen. Nur für Buchstaben, Buchstaben, Buchstaben.

Schlief denn sein Saddraq? Hatte es mich vergessen? Wollte er mich los sein? Überflüssig — überdrüssig? Merkte er nicht, daß ich mehr sein wollte als nur seine Flüster-Magd?

Ich entwand die *Vorschule* seinen Händen. »Du hast kein Gefühl für das richtige Maß«, schalt ich ihn, »hältst dich nicht an die *Richtschnur,* übertreibst und verzerrst und bringst den Rat gegen dich auf. Ohne mich hätte dich Ardelt längst aus dem Turm geworfen. Und zu Recht! Wenn du deine Macht mißbrauchst, um Zwietracht zu säen und üble Nachrede zu verbreiten ...«

Er schaute hoch, hob verwundert die Brauen. »Üble Nachrede? Turio erfuhr aus sicherer Quelle von Hetterts Streichen.« Schon war mein Vorwurf für ihn erledigt, klappte er die *Vorschule* wieder auf.

Ich wischte mir die staubigen Finger am Rock sauber. »Turio«, murmelte ich zornig. Mir war nicht entgangen, daß sich mein Ziehbruder bisweilen am Vormittag, wenn ich schlief, in den Turm schlich. Was heckten die beiden aus?

Bei der nächsten Gelegenheit, als der Torl uns in der Hausburg gefangenhielt, rief ich Turio auf mein Zimmer.

»Turio, Turio«, tadelte ich ihn, »du steckst dem Meister Skorpione ins Bett — willst du das Träumen abschaffen?«

»Ein Traummeister muß der Stadt unter den geschniegelten Rock gucken.«

»Ist dir klar, daß du dich in die Traumpläne einmischst? Oder habt ihr euch verschworen, einen Patrizier nach dem anderen zum Gespött zu machen und aus der Stadt zu ekeln? Warum fängst du dann nicht mit meinem Vater an — oder mit mir?«

Turio führte die rechte Hand über die Kerze, daß die Flamme ihm gegen die Finger leckte. Jeder müsse sich in diesen Tagen entscheiden, auch ich. »Du kannst nicht zugleich auf zwei Kamelen sitzen, Glauke. Und die Stadt trägt nicht gleichzeitig zwei Reiter, den Rat und den Traummeister. Einer muß fallen.«

»Jahrhunderte hat sie es vermocht.«

»Weil die Traummeister selbst Patrizier waren.«

Die kleine Flamme biß in Turios Hand. Er verbrannte sich noch, der Dummkopf! »Was gewinnst du, wenn Kilean fällt? Du spielst mit der Gefahr, Turio.« Und leiser fügte ich hinzu: »Ich will auch nicht, daß er fällt. Deshalb müssen wir vernunftgemäß vorgehen, behutsam und ohne irgendeinen unnötigen Streit vom Zaun zu brechen. Was er träumt, ist meine Angelegenheit, verstehst du?«

Turio blies sich über die Finger und begann mit den üblichen Ellbogenübungen. Arm gestreckt, Arm gebeugt. Und wieder gestreckt. »Sreban hat Jaurs Knechte in die Erzgruben gesteckt«, erklärte er schließlich bitter. »Und Schnallen-Hettert hat ihn dazu angestiftet.«

Ich begriff nicht.

»Weil sie ohne allerhöchste Weisung in den Hängenden Gärten Gemüse gepflanzt haben. Gegen Kilean wagen sich die Halunken nicht vor, aber die, die seinen Träumen gehorchen, zertreten sie. Du weißt, welche Schinderei sie erwartet.«

Viel hatte ich nicht über die Zustände in den Erzgruben und Erzhütten gehört, aber das wenige genügte: Dort schwitze man sich die Haut vom Leib, und die Luft sollte schlimmer sein als beim Torl. Wenn die kleinen Leute bei der Rangelei zwischen Kilean und dem Rat zerrieben würden, trug auch ich einen Teil der Schuld. Aber was vermochte ich schon auszurichten?

Turio grinste breit. »Mit mir verhandelt Sreban nicht, mit dir muß er es. Sag ihm, daß der Meister nichts von seiner Schandtat zu erfahren braucht, wenn er sie schnell bereinigt.«

Den Rat erpressen! Soweit hatte ich mich verstrickt, und mit jedem Tag, jedem Traum verstrickte ich mich fester.

Glücklicherweise zeigte sich Sreban nachgiebig, sein Zügelziehen, meinte er, sich gegen den Brustharnisch klopfend, hätte bereits gewirkt. »Träume sind gut für die Nacht«, hieße es nun in der Niederstadt, »für den Tag aber taugen sie nicht.« Eine kleine Gegenleistung müsse er nichtsdestotrotz von mir verlangen. Er warte noch immer auf einen Traum, in dem sich seine Stadtsoldaten wiederfänden. Was jeder Zunft recht wäre, sei ihm billig. Sie springe bereits ins Auge, diese Vernachlässigung.

Erleichtert verprach ich es ihm. Allerdings wagte ich nicht, Kilean Srebans Forderung offen und unverblümt vorzutragen. Aber gegen eine Rauferei angetrunkener Kameltreiber hätte er doch nichts einzuwenden? Sie war ja hervorragend geeignet, einen langweiligen Werktraum etwas aufzulockern. Undenkbar freilich, daß sich miscarische Knechte in die Haare gerieten. Aus Sarmint oder Teneirien durften sie ebenfalls nicht stammen, womöglich hätten deren Gesandte die Schutz- und Trutzverträge aufgekündigt. Und Kilean mißhagte es, alle

Schandtaten den Gruneliern anzulasten. Also einigten wir uns auf ›auswärtige‹ Streithähne.

Wieder schlürfte ich Khalibs Tee, wieder flüsterte ich, bis mir die Zunge wie verknotet im Munde lag. Sollte sich Kilean beschweren, daß Srebans wackere Stadtsoldaten die Keilerei so handfest schlichteten! Schließlich balancierte ich für ihn, der auf Traumesschwingen davonschwebte, über die scharfen Grate der Wirklichkeit.

Wie durch ein Wunder entging ich damals dem jähen Absturz. Turio berichtete mir von einer eilig und still einberufenen Ratssitzung, er brach sich fast den Arm aus Ärger darüber, daß seine sonst so zuverlässigen Zuträger ausnahmslos versagten. Nicht eine Andeutung, das hatte es noch nie gegeben! Und als ich meinen Vater auf die Sitzung hin ansprach, zog der die Brauen in gespielter Verblüffung zusammen. »Eine Ratsversammlung? Wann?« Insgeheim verwettete er keinen Nagelkopf mehr auf meine Verschwiegenheit Kilean gegenüber. Statt mir zu antworten, tadelte er ›den im Turm‹. Er sei ein rechter Stubenhocker mit seinen Büchern. Wen wundere es, daß er aus jeder Oase eine Fata Morgana träume. »Was heißt, er meidet den Trubel, das Aufsehen? Fummelkram! Raus ins Leben muß er! Zeig ihm unsere Werkhöfe oder, besser noch, führ ihn in die Hängenden Gärten, daß er sich nicht neue Ungereimtheiten ausgrübelt.«

Hätte ich aus seinen Worten etwas erahnen können? Nach wie vor wurde um jede erfüllte oder nicht erfüllte Nummer gerechtet, nach wie vor beschwerten sich Patrizier; der Ton allerdings hatte sich verändert, er war sanfter geworden, versöhnlicher. Sogar Hettert setzte, kaum daß er mich erblickte, ein verkniffenes Lächeln auf und rühmte Kraft und Farbigkeit von Kileans Bildern. Ohne etwas zu argwöhnen, tat ich genau das, was sie sich von mir erwünschten: Ich griff meines Vaters Anregung auf.

»Am ersten Tag im Turm«, erinnerte ich Kilean, »haben wir abgemacht, daß ich dir die Stadt zeige.«

Kilean hatte die Füße auf ein Fensterbrett in der Bibliothek gelegt, sich weit zurückgelehnt, die Hände im Nacken verschränkt und die Augen geschlossen. »Ich bemühe mich«, sagte er entrückt, »in meinem Geist die Wirklichkeit nachzubauen. Hausburg um Hausburg. Störe mich nicht.«

»Wie willst du nachbauen, was dir fremd ist?«

»Wer, meinst du, kennt die Stadt: der, der zwischen Torlnischen und Grundmauern umherirrt, oder der, der aus Turmeshöhe das Muster der Gassen beschaut?«

»Keiner von beiden«, antwortete ich, »der eine nicht, weil er ihr zu nah, der andere nicht, weil er ihr zu fern ist.«

Er pfiff anerkennend durch die Zähne. »Du machst deine Sache gut. — Welchen Weg hat der Rat für mich ausgesucht?«

Von seinem Mißtrauen verletzt, verwahrte ich mich gegen die Unterstellung, gestand allerdings im gleichen Atemzug ein, daß mir mein Vater einen Wink gegeben hätte.

Er sprang auf, warf sich einen Mantel über. »Wetten, daß man uns erwartet?«

Die Stadt lag vor uns, sonnenbeschienen und wie auf der flachen Hand ausgebreitet. Und dennoch blieben wir ihr fern, denn die Menschen blieben uns fern, fast entvölkert war die kurze Treppe hinab zu den Hängenden Gärten, kein unberufener Mund mischte sich in die Belange des Traummeisters, nur zwischen den Fensterläden schauten neugierige Augen auf uns herab.

In das Tor zur fünften und obersten Terrasse der Hängenden Gärten war ein messingblinkendes Schloß eingefügt worden. Lautlos schwangen die Flügel zurück.

In schnurgeraden Reihen prangten die mannshohen Schellsträucher, dunkel-olivgrün glänzten die Blätter. Eine braungefleckte Eidechse huschte, aufgeschreckt von unseren zaghaften Schritten, über den Weg. Links und rechts krallten sich die Sträucher mit armstarken Wurzeln in das sandige Erdreich. Die Luft war kühl, und dennoch umfächelte sie uns wie anheimelnder Hauch.

Kilean stemmte die Fäuste in die Seiten, sichtlich genoß er den Frieden der Oase inmitten der Stadt. In schmalen Rinnen, von roten Ziegeln eingefaßt, floß klares Wasser. Silbrige Fische ritzten mit den Flossen seinen Spiegel, daß der Schatten der kurzlebigen Strudel geheimnisvolle Schnörkel auf den Grund malte.

Wie selbstverständlich legte mir Kilean den Arm um die Schultern. »Was für ein blinder Tropf bin ich«, meinte er, »da jage ich in Büchern nach einem Zipfel des Lebens ...«

Sonnenstrahlen brachen sich an den Blättern und fielen raschelnd zu Boden. Die Reihen der Sträucher reckten und dehnten sich bis in die Karr. Und auch ich reckte und dehnte und wiegte und schmiegte mich, um mehr von Kilean zu spüren: Mein Saddraq war erwacht.

»Wenn nicht mehr Zahlen oder Zeichen«, entzifferte Kilean, was der schlanke Leib der Eidechse in den Sand schrieb, »entzweien uns von unsresgleichen ...«

»Kilean«, flüsterte ich, »versprich mir, daß du mich nicht von dir stoßen wirst, wenn du mich nicht mehr brauchst.«

»Wer sagt dir, daß ich je aufhören werde, dich zu brauchen.«

Mein Saddraq schlug einen Kobolzsprung voran. Für einen Augenblick waren wir allein unter dem eisblauen Himmel, nichts trennte uns, und die Zeit stand stille. Dann schwebte schmetterlingsgleich eine goldgelbe Gestalt heran.

»Hier finde ich Euch«, flötete sie, »in der fünften Ebene, wo der Duft sich fängt und die Sinne verwirrt. Kommt, wandert mit mir hinab.«

Mein Saddraq schrie auf und rollte sich zu einem harten, stachelbewehrten Fels zusammen, nicht unähnlich dem letzten Ei des letzten Drachens, das irgendwo hier unter den betörenden Schellsträuchern verborgen sein sollte, Feuer und Eisen trotzend, nicht lebend und nicht tot.

Doratra hakte sich bei Kilean ein und zog uns zur Mitteltreppe. Hinab ging's, vorbei an dünnen Rinnsalen und fleckig-rostbraunen Vasen aus gebranntem Ton. Axtschlag und Rädergekreisch zerrissen die Stille. Knechte in miscarisch blauen Kitteln eilten mit holpernden Schubkarren einher. Schaufeln schurrten über Stein. Quietschend fraßen sich Sägen in die Wurzeln der Sträucher.

»Der Rat hat sich Eures Traumes angenommen, Meister. Gemüse statt Schellblätter. Obst statt Schellnuß.«

Leichthin plaudernd, führte sie Kilean herum, und ich klammerte mich an seinem Ärmel fest, um ihn nicht zu verlieren.

Bereits die Hälfte der unteren Terrasse war gerodet. Man erlaubte sich nicht, die Sträucher zu verbrennen, ihr Duft hätte die gesamte Stadt in Rausch versetzt. Statt dessen streiften Knechte mit hölzernen Kämmen die wertvollen Blätter von den Zweigen. Mägde knieten, das Pflanzholz in der Hand, an den aufgeworfenen Beeten.

Getragen, doch kräftig, sangen sie dazu. Es waren einfache Lieder, wie sie das Volk in der Niederstadt mochte, von Liebesfreud' und Liebesleid, von Sturm und Sonnenschein. Als wir uns näherten, stimmten sie die überlieferte Weise vom Meister im Turm an, dessen Träume die Fittiche breiteten und zu jedermann hinabflogen: zu dem müden Handwerksgesellen und dem schnarchenden Zecher, zu dem Kind im Fieberbett und dem reichen Mann, der über gefüllten Truhen eingeschlafen ist, zu dem Mütterchen im wackligen Ohrenstuhl und dem Ungeborenen im Mutterleib, zu dem

Stadtsoldaten, der sich bei einem Nickerchen von der langen Wache erholt, und dem Dieb, der über den Träumen das Stehlen vergißt, zu dem Blinden, der für die Dauer der Nacht wieder sehend wird, zu dem Lahmen, der wieder gehend wird. Selbst zu den Tieren flogen die Träume, zu den Kamelen und Katzen, die noch im Schlummer maunzten. Es war ein schönes und versöhnliches Lied, das niemanden aussparte. Kilean lauschte ihm mit Vergnügen.

Ein Vorknecht klatschte in die Hände: Brotzeit. Die Männer, die die Setzlinge bewässert hatten, stellten die Gießkannen ab, die Mägde richteten sich auf und drückten das Kreuz durch.

An der gemauerten Einfriedung der zweiten Terrasse standen Eßkörbe. Man schlug das Tuch zurück, holte Brote und Eier heraus, Kruken mit gegorener Milch machten die Runde, ohne Eile biß man reihum von den Würsten ab.

»Sie würden sich freuen, wenn Ihr Euch dazugesellt, Meister.«

Willig ließ sich Kilean nieder, mit mir an der Seite. Ich hatte ehrfurchtsvolles Schweigen befürchtet, doch Doratra verstand es, den peinlichen Augenblick zu überbrücken. Wie heute die Arbeit liefe? Woran es fehle? Gewiß, die Stiele der neuen Spaten waren noch rauh, ob es half, sie mit Speckschwarte einzureiben?

Zufriedenheit, ringsum kauende Zufriedenheit, ich konnte es nicht fassen. Selbst auf meines Vaters Werkhöfen, der seine Leute wahrlich nicht schund, hätte ich Klagen über die Plackerei vernommen. Aber hier, unter Doratras Augen, schien sogar der Lohn auszureichen. Freilich, fünf Kupfermünzen pro Tag bei freier Kost, das war nicht schlecht. Wer soviel zahlte? Die Ratsschatulle natürlich.

Wie zu erwarten, kreiste das Gespräch bald um die Träume. Entpflichten und entlasten sollten sie, meinte ein ältlicher, hagerer Knecht, nicht fordern und belasten, dies tue der Tag zur Genüge. »Wir brauchen, was uns erhebt, aufmuntert, Kraft verleiht. Als Ihr damals die Mittal rieft, das hat meine Frau geängstigt. Denkt an die Schreckhaften und Herzschwachen.«

Sie redeten fast wie gebildete Leute, die Knechte und Mägde. Ein wenig Grusel, äußerte sich eine junge Magd in Landres Alter, das gehöre dazu, doch müsse sich alles zum Guten wenden, denn Träume sollten Hoffnung säen und Zuversicht in den Tag. Und wie schön sei es, sich selbst oder seine Nachbarn im Traum wiederzuerkennen. Ihren Bruder, einen Nadelmacher, hätte der Trubel in den Gewölben der Drahtzieher bis weit in den Morgen belustigt, dergleichen präge sich ein.

»Ich habe den Eindruck, in Miscara laufen nur gelernte Traummeister herum«, bemerkte Kilean zu Doratra, »und ich bin der einzige, der nicht weiß, was man träumen soll.«

Geheimnisvoll lächelnd erwiderte sie: »Dafür könnt Ihr es, Meister.«

Die Brotzeit war vorüber. Ohne Überstürzung nahmen Knechte und Mägde die Hacken und Pflanzhölzer wieder auf.

»In Grunelien«, plauderte Doratra, und ihre Augen blitzten Kilean an, »malt man Schreckensbilder vom Elend in Miscara. Hungerleider, halbe Sklaven unter der Knute eines verknöcherten Rates. Ihr habt die Greuelgeschichten gehört, nicht wahr, Meister? Zugestanden, der Überfluß führt nicht eben das Zepter in unserer steinigen Stadt. Aber wir haben es gelernt, mit Torl, Gletscher und Wüste zu leben. Weil wir nicht gegeneinander, sondern miteinander schaffen. Weil wir uns in Übereinstimmung bringen.«

Abseits, im finsteren Winkel zwischen Mitteltreppe und Terrassenmauer, kauerte ein Knecht. An seiner gebeugten Gestalt erkannte ich, auch ohne unter die Kapuze zu schauen, den Ratsschreiber Erlarq. »Wir gehören nicht ins Licht, Glauke Arnya«, raunte er und zog mich zu sich. Über seine Kutte krabbelten daumengroße Asseln.

»Warum versteckt Ihr Euch hier?« staunte ich.

Er kicherte verhalten, es klang, als würfe jemand Steine in einen schlammigen Tümpel.

»Habt Ihr nicht im Stadthaus zu tun?«

Beiläufig, fast zärtlich, schnipste er sich die Asseln vom Ärmel. »Überschätzt Euch nicht, Jungpatrizierin. Und vergeßt nie, wes Brot Ihr eßt.«

Welchen Ton maßte er sich an!

»Befolgt meinen Wahlspruch: Alles sehen, alles hören — und schweigen.«

Warnung oder Drohung, ich war erbost. »Ungeziefer wie Euch träumt mein Meister aus der Stadt, und zwar rascher, als Ihr die Asseln abschüttelt.«

Wieder klitschten Steine in den Tümpel. »Sie sind anhänglich, die Tierchen. Kehren immer zurück. — Und nun lauft, eh' Euer Meister nach Euch sucht.«

»*Gegen* den Rat vermögt Ihr nichts«, erklärte währenddessen Doratra, »*mit* ihm jedoch könntet Ihr manches in Miscara verbessern. Schaut Euch die Gärten an.«

Auf dem schmalen Weg zwischen den Beeten kamen uns zwei Männer entgegen: Ratsherr Hettert mit weithin blitzenden Schnallen und ein Knecht, der ein Pferd am Zügel führte. Der Ratsherr grüßte mit einem bärbeißigen Lächeln. Der Rat in Würdigung der Verdienste des Traummeisters … »Gewiß werdet Ihr das Pferd nicht zurückweisen. Ein kleiner Ausritt am Abend, der macht den Kopf frei.«

Kilean beklopfte sichtlich gerührt dem Tier die Flanken, untersuchte das Gebiß, prüfte Sattel und Zaumzeug. Es war ein zweijähriger kräftiger Rotfuchs, der schnaubend und hufscharrend die Musterung über sich ergehen ließ.

Die alten Stallungen am Fels hinter dem Turm, so Hettert, werde man herrichten, zwei weitere Reittiere aus dem Marstall des Rates möge der Traummeister selbst wählen. »Oder wünscht Ihr anderes, womit wir Euch Eure Träume entgelten könnten? Ist ja nicht die leichteste Arbeit«, fügte er fast verschämt hinzu.

Kilean strich dem Rotfuchs über die Mähne, plötzlich saß er auf. Mit einem Ruf sprengte er davon, vorbei an den Knechten und Mägden, über die Treppe hinauf zur nächsten Terrasse.

»Jeder Mann hat einen schwachen Punkt«, meinte Doratra zufrieden. Gemeinsam blickten wir ihm nach. Die Freiheit, die er auf dem Pferderücken gewann, verlor er gegenüber den Stadtgewaltigen.

Daß das Reiten nicht der einzige schwache Punkt Kileans war, erfuhr ich am gleichen Abend. Erhitzt vom langen Ritt, sprang er mir auf dem Turmvorplatz vor die Füße.

»Nun, Glauke«, sagte er, während ein Stallknecht dem Rotfuchs eine Decke überwarf, »war doch ein schöner Tag.«

Eine beiläufig dahingeworfene Bemerkung, hinter der ein Abgrund klaffte. Ich ahnte, daß Kilean die kleinen Unstimmigkeiten nicht entgangen waren, die gezierte Ausdrucksweise der Knechte, die Lässigkeit, mit der sie ihre Arbeit verrichtet hatten. Erlarqs Wahlspruch kam mir in den Sinn: Alles sehen, alles hören — und schweigen.

Stockdunkel war das Innere des Turmes. Ich tastete mich voran über die Wendeltreppe wie über den schmalen Grat meiner Vermittlungen. »Ich flüstere dir des Nachts hübsche Bilder ein, Doratra vermag dies bei hellichtem Tage.«

Kilean antwortete nicht. Ich balancierte, und selbst in der Geborgenheit des Turms schlugen mir die Böen mit Macht entgegen. Alle Berechnung, alles Abwägen, Schlängeln und Verrenken nutzte mir auf meinem Grat nichts, einmal mußte ich mich entscheiden. Wie beim ersten Besuch im Turm verlor ich die Stufen unter den Füßen. Kilean hielt mich. »Paß auf, daß du nicht strauchelst.«

Ich paßte auf, daß ich nicht fiel, ich sprang: »Diese Knechte hatten weiße Fingernägel.«

Wir traten ins Licht des Empfangszimmers. Kilean war wie ausgewechselt. Er wirbelte mich herum, hob mich an wie ein Kind, gestand mir, halb außer Atem, seine Furcht, daß ich ihn hätte belügen können. »Niemand wird mir ein Maultier für ein Kamel verkaufen.«

»Und wenn ich ...«

Er verschloß mir den Mund mit seinen Lippen. Dann fielen wir doch, Fennr und Arysa stießen aufeinander, und während sein Saddraq mir Schmerz zufügte, biß mein Saddraq ihm vor Lust in die Hand, die das Streicheln vergessen hatte.

Später am Abend verlangte Kilean, daß ich wie üblich an seinem Kopf saß, wie üblich einflüsterte. Er argwöhnte, daß die Lust in die Träume fließen würde, daß alle erführen, was im Turm geschehen war, daß ich unter allen schlafenden Männern der Stadt läge und die Frauen an ihrem Geschlecht irre würden.

Wieder hatte er es sich bequem gemacht, schlief den Schlaf der Meister, ich aber wachte, und meine Stimme durfte nicht zittern, während ich vom Bau der inneren Stadtmauer flüsterte und von den einsamen Stadtsoldaten im Auslug hoch in den Drachenbergen und von Misna, der Drachentöterin, und ich durfte nicht einmal sein dunkles Haar berühren, und als alle Nummern heruntergeflüstert waren, verließ ich den Turm. Wie üblich.

Draußen umfing mich eine wolkenverhangene, finstere Nacht. Maschinenhaft gleichmäßig knallten die Stiefel der beiden Stadtsoldaten, die mich wie jede Nacht geleiteten, auf den Stein. Der eine trug eine flackernde Laterne, deren dünner Schein den Weg kaum erhellte; doch auf die Häuserfronten malte sie riesenhafte Schattenwesen, die uns bald vorausssprangen, bald zurückblieben, sich in schmale Durchgänge reckten und sich die Köpfe an Erkern einrannten.

Schwarz gähnten die Torlnischen, und meine Begleiter sputeten sich, um an den dunklen Höhlungen möglichst rasch vorüberzukommen. Keine Kerze brannte hinter den geschlossenen Läden, nur vom Markt herauf drang dumpfes Stampfen.

Die Wolken rissen auf, mein Blick streifte die zerfetzte Milchstraße und stürzte in die leeren Tiefen der Nördlichen Sternöde. Ein dünner, silberner Schein kroch hinter dem Marstall herauf — für einen Augenblick glaubte ich, die traumverkündende Silberscheibe zu erkennen —, doch es war der größere der schnellen Monde, eine winzige wachsende Sichel, die eilig den Himmelsbogen hinankletterte.

»Wohin führt Ihr mich?« fragte ich, als ich zurück ins nächtliche Miscara gefunden hatte. »Dies ist nicht der Weg.«

»Nein, Herrin«, klang stumpf die Antwort, »am Markt ist es zu unruhig heute.«

Mir war, als hätte ich die Stimme erst jüngst vernommen. »Weshalb gehen wir dann nicht über den Richtplatz?«

»Um möglichen Anschlägen auszuweichen.«

Ich wußte nicht einmal, welcher der beiden Soldaten sprach. Beide hatten die Strickkragen bis über die Nase gezogen und die Helme tief in die Stirn geschoben.

Eher verwundert als besorgt, hakte ich nach. »Welchen Anschlägen?«

»Ihr seid der Schlüssel zum Turm, Herrin. Und der Turm ist der Schlüssel zur Stadt.«

»Ich bin ein Nichts, eine Botin des Rates, mehr nicht.«

»Wer Euch lenkt, lenkt den Traummeister. Wer Euch fängt, fängt den Traummeister.«

Er wurde mir unheimlich, der Stadtsoldat, der sich so

gar nicht geistlos-knapp ausdrückte. Wer waren sie, meine angeblichen Beschützer? Dämonen, die ihr nächtliches Reich auf den Tag ausdehnen wollten?

Häuser und Mauern schrumpften, krumme Katen säumten die Gassen, Katzen sprangen über niedrige Dächer. Schon wuchsen schwarz die Türme der Stadtmauer gegen das Himmelszelt.

»Wohin führt Ihr mich?«

Erst nach geraumer Weile erreichte mich wie durch ein hohles Rohr die Antwort. »In Sicherheit.«

Trotz der Verstellung erkannte ich endlich den Sprecher: Jaur! Es war zwecklos, dennoch stürzte ich davon, floh wie vor dem Torl.

Sie setzten mir nach, blindlings rannte ich in das Gewirr der Gassen, dem Markt zu, wo Fetzen von Geräuschen mir Leben vorgaukelten. Ich hätte schreien sollen, doch wer hätte sich je eines nächtlichen Schreies wegen in Gefahr gebracht? Dann lehnte ich mit den Schultern gegen eine Wand.

»Keine Furcht, Schätzchen. Noch kannst du uns nützen. Um deinetwillen wird dein Meister Ardelt in den Tod träumen und Sreban und Hettert die Fleckige Zehrsucht schicken — bis wir ihn in die Karr hetzen.« Ein häßliches Lachen quoll aus Jaurs Brust. Er langte nach mir, und ich brüllte, daß die Katzen flohen und der Lehm von der Mauer bröckelte.

Behandschuhte Finger verschlossen mir den Mund. Mich packte eine heiße, den Verstand auslöschende Wut. Doch wie sehr ich auch zubiß, wie sehr ich auch um mich schlug, sie ließen nicht locker.

»Ich dachte, du wärst ein vernünftiges Mädchen.«

Eine Gewalt wie ein innerer Torl schüttelte mich. Unter meinen brechenden Nägeln zerriß Jaurs Wams, ich trat um mich wie ein Fohlen, aussichtslos, gewiß, aber wie hätte ich das meinem Saddraq mitteilen können? Geschäftsmäßig zog Jaurs Gehilfe einen Strick hervor. Da torkelten drei Knechte, die von wilden Träumen und wildem Wein grölten, die Gasse herab. Jaur geiferte sie an, sie sollten sich — im Namen des Rates! — davonscheren.

Für einen Lidschlag war er abgelenkt, und mein Saddraq kreischte: »Helft mir, ich bin Glauke!«

Sie waren betrunken, doch sie kämpften wie gereizte Bären für die Gefährtin des Traummeisters, drei arme Kerle, denen das Schwarzbier den Blick umnebelte, gegen zwei geübte Krieger.

Ich kam frei — kein Fennr hätte mich mehr erjagen können, mich, die Saddraq-Glauke, die weder Lunge noch Muskeln spürte, die mit schattenhafter Ruhe über schartige Steine und krumme Stufen flog, die niemals fehltrat, vor der sich die streitenden Zecher auf dem Markt teilten wie vor einem Zug mittalischer Ungeheuer, die die Treppen zur Oberstadt hinanschoß wie ein spielender Torlbote, die ohne Mühe über scharfe Felsklippen huschte, endlich das heimische Tor aufstieß und im Hausflur zusammenbrach.

Landre ging mir beim Packen zur Hand. Sie kehrte den Staub vom Korbgeflecht des Koffers, sie legte die Kleider zusammen. Während wir meine Sachen durchmusterten, sprudelte es pausenlos aus ihr hervor: Wie sie mich bedauere, daß ich nicht ebenfalls hätte im Traum durch die Oasen galoppieren dürfen, kein herrlicheres Gefühl, als hoch im Sattel zu sitzen und den Wind zu spüren! Sie wolle nun kein Kamel mehr, sondern einen feurigen Rotfuchs. — Es war befremdlich, wie stark Kileans Erlebnisse den eingeflüsterten Traum überformt hatten.

Nicht minder befremdete mich, was Landre vom nächtlichen Markt berichtete. Den Männern, die sich nach aufreibenden Träumen mit Wein und Schwarzbier gestärkt hatten, war Arysa erschienen! Ohne Zweifel, sie wär's gewesen, eine gnadenlose Rachegöttin, die mit wehendem Haar und gezücktem Messer durch die Gassen stob und zur selben Stunde den Patrizier Jaur Jorq sowie drei andere Männer niedergemetzelt hätte!

Es gelang mir nicht, Landre von ihrer Meinung abzubringen.

»Dann wart Ihr Arysa, Herrin«, schlußfolgerte sie. »Arysa ist in Euch gekrochen. Schaut Euch die Leichen an: die Lippen zerbissen, vom Rücken ins Herz gestochen — wie im Lied.«

In ihren Augen blitzte Bewunderung, ja Neid. Mich aber streifte der Schrecken der vergangenen Nacht, wie Torlschutt begrub er jede Erinnerung. Hatte ich einen Dolch gehabt? — Mein Entschluß, fortan im Turm zu nächtigen, stand fest, ob mein Vater ihn billigte oder nicht.

Am liebsten hätte mich Landre in den Turm begleitet. So viele Vorschläge hatte sie für den Traummeister. Könnte ich Kilean nicht von unbehaubten Hausmägden flüstern? Das ›Ding auf dem Kopf‹ war ihr lästig, viel lieber trüge sie das Haar wie manch junge Patrizierin oder eben wie Arysa offen. Schicklich oder nicht, für sie bestimmte allein der Traum, was schicklich war. Und die Städtische Wäscherei und Färberei, das sechseckige Gebäude am Markt, sollte wieder in das verwandelt werden, was es ehedem gewesen war: Hitz- und Schwitzbad. »Ich möchte mich in warmem Wasser aalen und Dampf atmen, meine Haut soll auch mal was erleben. Muß herrlich sein nach dem Torl.«

Es klopfte, Turio, zerzaust und zapplig, glitt herein. Die Unordnung in meinem Zimmer erschreckte ihn. »Du ziehst aus? — Verstehe.« Es klang, als verkaufte ich mich nach Grunelien. »Ich komme immer zu spät.« Er räusperte sich. »Vielleicht brauchst du das im Turm.« Auf seiner Handfläche lag die Sicia meiner Mutter. Behutsam nahm ich sie auf. Als hätte ich es tausendmal geübt, löste ich mit einem Daumenschnipsen den Sperrhaken, und eine schmale Klinge schnellte aus dem Heft.

Landre tappte neugierig heran, sie spuckte auf die Klinge und rieb sie dann mit dem Schürzenzipfel, bis die Sonne gleißend darüberfloß. Wie lebendig zuckte die Ziselierung im Licht: eine Schlange, die ihren Rachen zum Biß öffnet. Wenn ich es recht bedachte, war ich froh, daß Turio die stählerne Beschützerin zu spät aufgetrieben hatte. Ich wollte nicht Arysa sein.

Abgekämpft saß Turio auf meinem Bett. Er preßte den angewinkelten linken Arm gegen den Oberkörper, mit der Rechten hielt er ihn fest. »Sag ihm«, meinte er düster, »er soll gleich nach Sonnenuntergang ins Tal des Zarch reiten. Ich erwarte ihn am Ende der Gletscherzunge.« Kileans Name ging ihm nicht über die Lippen.

»Die Wachtruppen der Erzhütten«, warnte ich, »schießen auf jeden, der sich unbefugt nähert.«

»Wer sich nicht in Gefahr begibt, der kommt drin um.«

»Du bringst ihn mir heil zurück, Turio!«

»Warum? Kann doch auf sich selbst aufpassen!«

Welcher Sandfloh stach Turio nur? So ruppig hatte ich ihn mir gegenüber noch nie erlebt. Um ihn abzulenken, erkundigte ich mich nach Neuigkeiten von Markt und Niederstadt.

Einsilbig erzählte er: Kritzeleien an den Wänden, ein Kreis, der Silberscheibe nachempfunden; Drachentöter Dhau als Strichmännchen, der sein Schwert gegen Krakeldrachen mit spitzem Kinn und Ratsherrenhut schwang. Lieder von der Wilden Woche machten die Runde: Da putzt der Herr dem Knecht die Stiefel, die Kinder füttern ihre Eltern mit Brei, und auf dem Manne liegt die Frau, tags wird geträumt und nachts gepraßt. Srebans Soldaten, aber auch die unsichtbaren Büttel Karq Erlarqs — aus Turios Mund hörte sich der Name des Ratsschreibers wie Kakerlak an — fahndeten nach ›Schmierfinken‹ und ›Lügenbarden‹. Und seit dem Morgen sei Arysa Stadtgespräch. »Die Nachtgeschöpfe gehen um, wehe, wer sich ihnen in den Weg stellt. Doch nicht gegen uns Kleine wird die Mittal wüten, sondern gegen die Herren.«

Nein, das sei nicht seine Auffassung, er berichte nur, Aberglaube wende sich stets gegen die Vernunft, doch die sei so oder so ohnmächtig in einer Stadt, die von Blauem Metall, Heerzügen, Schellnuß und anderem Wahnsinn lebe ...

Ich schickte Landre hinaus, denn endlich hatte ich begriffen, woher Turios Verdrossenheit rührte. Er rückte von mir ab, als ich mich neben ihn setzte. »Ich gehöre zu Kilean«, erklärte ich ihm, »aber du, Turio ...«

Er erhob sich brüsk. Auf der Schwelle zögerte er, die Hände zu Fäusten gekrampft. »Ihr habt meine Unterstützung — solange ihr dem Rat nicht auf den Leim kriecht. Und schau dir als erstes die Vorratskammern im Turm an. Sind sie leer, mußt du sie schleunigst füllen. Kennst du die Winksprache der Klappermasten auf den Wachtürmen? Ich vertausche oben gegen unten. Blitze mit einem Taschenspiegel, um mich zu rufen.« Er warf, eine Geste der Verzweiflung, die Arme empor. »Eigentlich sollte ich froh sein.« Die Tür knallte zu.

Eine Stunde später klopfte ich an die Turmtür. Khalib umtanzte mich wie ein aufgeregtes Kind. »Die Nya zieht ein, die Nya zieht ein!« Lachend und brabbelnd riß er Landre den Koffer aus der Hand, lachend und brabbelnd hüpfte er die Wendeltreppe hinan und führte mich in mein künftiges Zimmer neben dem Empfangsraum mit der Bethischen Uhr.

Ich schritt mein Reich ab, freute mich über den Ausblick auf Dächer und Wüste, nahm probehalber auf einem der drei gepolsterten Hocker Platz, schob die Kissen zurecht, die sich auf einer behaglichen Liege häuften, fand auch den in der Täfelung versteckten schmalen Durchgang zum Waschraum, der mich mit seinen weißen Kacheln und einer Überfülle von Wasser, das aus blauglänzenden Rohren schoß, überraschte. Wie Khalib nur all das Wasser heraufbeförderte! Selbst eine kleine Wanne aus weißem Porzellan — mir als Auswuchs grunelischer Verschwendungssucht bekannt — paßte noch in den engen Raum.

Khalibs Lärmen lockte Kilean an. Als er eintrat, hüpfte mein Saddraq kaum weniger als kurz zuvor Khalib. Doch zur Begrüßung strich mir Kilean lediglich über die Wange.

Enttäuscht klappte ich den Koffer auf. Er öffnete den in die Wand eingelassenen Schrank, reichte mir Bügel.

»Was suchst du eigentlich oben im Gebirge bei den Erzhütten?« fragte ich.

»Was ich suche?« Achtlos hängte er die Kleider in den Schrank. »Weißt du, Glauke, die Erzhütten sind vielleicht nicht nur der Quell eurer Macht, sondern ebenso eurer Not. Was dort geschieht — weit weg von Hausburgen und Katen, wie du denkst —, verdüstert euer Leben. Glaube nicht, daß ich unbedingt erpicht darauf bin, durch Felsschründe zu klettern. Und außerdem ...« Ein Bügel hatte sich verhakt, vorsichtig hebelte er ihn frei. »... und außerdem ertrage ich dieses Eingezwängtsein nicht, diese Zweckträume und Anbiederungen.«

»Die Hütten leitet immer noch Sigmarq. Mit ihm und seinen Leuten ist nicht zu spaßen.«

»Mit mir auch nicht. Keiner wird sich erkühnen, mich anzugreifen.« Er verstaute den Koffer über den Kleidern und schlug die Schranktür zu.

An das Siegel wollte er nicht erinnert werden. Sollte Ardelt es wagen, der Stadt das Träumen zu verbieten! Mit den Fingern schnipsend, berief er sich auf Ämmre: »Einem Zahnrad gib soviel Spiel wie nötig, dem Menschen soviel als möglich. — *Ich* fürchte keinen Widersacher.« Und er fluchte in seiner rauhen, thrumaischen Sprache.

»Aber du nimmst von ihnen Geschenke an. So wirst du nie frei sein. Ein Reiter hoch zu Roß sendet andere Träume über die Stadt als ...«

»Soll ich den Rotfuchs etwa zurückgeben? Das liebe Tier? Da sei der Drache vor!« Er lachte laut auf, dann zog er mich an sich. »Es ist schön, daß du jetzt hier bist, kleine streitsüchtige Patriziertochter.«

Khalib polterte herein. »... aufhängen, die Burschen«, murmelte er vor sich hin, »an die Wand mit ihnen.«

Er schob die Hocker beiseite und drückte eine Metalltafel an die Wand unmittelbar über meinem Bett. Ohne Nagel oder Leim haftete sie. Umgeben von einem silbrigen Rahmen schimmerte eine mattgraue Fläche. Erwartungsfroh bleckte Khalib die Zähne.

Kilean starrte wie ich in das Grau. »Diese herrlichen Farben«, witzelte er, »einfach prachtvoll.«

Khalib stocherte mit dem hornigen Zeigefinger auf dem unsichtbaren Bild herum. »Hier Nya, Myth, zweite Gruppe. Landeschiff, alles da.« Plötzlich schlug er sich mit der Hand vor die Stirn, es knallte, als ob ein Mauerstein vom Dachfirst auf die Straße fiel. »Trottel, vergessen ...«

Eine streichelnde Berührung des Rahmens, und schon öffnete sich ein Fenster in eine andere Welt, eine Welt, die mir auf Anhieb vertraut und heimisch war: die feuchte Wiese mit dem jüngst gesetzten Holunder, die Drachenberge im Hintergrund, rechts der Lander, das Silberschiff der Großen Alten. Nein, sie waren weder groß noch alt, sondern gewöhnliche fröhliche Menschen, so jung wie ich, Nya. Neben mir stand Myth, schalkhaft blinzelnd auf Turios Weise, alle acht hatten wir uns versammelt — so viele kühle Sommer und harsche Sturmzeiten waren seit jenen glücklichen Tagen verstrichen ... Das Bild verschwamm vor meinen Augen.

Ich schluckte die Erregung hinunter, tippte nun wie Khalib auf die Gestalten und nannte eine um die andere beim Namen, worüber Khalib endgültig aus dem Häuschen geriet, mit den Händen gewaltige Dinge in die Luft malte, beinahe über einen Hocker stolperte und das Sitzmöbel mit Fußtritten in den Nachbarraum beförderte.

»Jetzt verstehe ich«, meinte Kilean, »weshalb er dir den Zutritt gewährte. Du bist deiner Ahnin wie aus dem Gesicht geschnitten.«

Es war mehr als das. Mir kam es vor, als hätte ich mich damals mit Myth an den Flügel des Landers gelehnt, während Beth uns für immer im Bild festhielt. Verrückt. Und doch fiel mir sogleich eine Erklärung ein. Damals, als kurz nach Nradas Wirken die Traumeskunst eine zweite Blüte erlebte, lehrte ein Namenloser, der sich schlicht und anmaßend ›Mensch‹ nannte, daß alle Menschen nur ein einziger — und folglich er selbst — seien. Dies schienen manche Schriften der Großen Alten zu bestätigen, denn sie redeten immer wieder von ›dem Menschen‹. Der Mensch hatte das Feuer gebändigt und sich tausenderlei Maschinen geschaffen, der Mensch hatte die Erde umgewühlt, und der Mensch war hinausgezogen ins kalte Nichts. Der Mensch hatte an allem schuld, und dem Menschen war alles zu verdanken.

»Ich bin du«, lehrte Mensch und unterschied nicht Mann und Frau. Seine Gegner spotteten: »Wenn wir alle nichts sind als der eine Schnürsenkel, der sich durch die Ösen der verschiedenen Leben windet, wo ist dann der Knoten?« Und sie liehen sich Geld von ihm und zahlten es nicht zurück, denn wer könnte bei sich selbst borgen? Mensch aber beharrte auf seiner Lehre, allein nach ihr sei vollkommene Gerechtigkeit gewährleistet: Was ich meinem Feind antue, erleide ich sozusagen in anderer Öse von ihm. Bald sah sich der Rat gezwungen, Menschs Lehre zu verbieten, da Diebe und Mörder sich auf sie beriefen: Die Untat trägt ihre Vergeltung bereits in sich. Wer straft, setzt neues Unrecht und straft letztlich nur sich selbst.

»Manchmal spielt unser Gedächtnis Versteck mit uns,

Glauke«, erklärte Kilean, »manchmal ruft es aus einer Ecke: Hier bin ich!, doch die Ecke ist leer. Die Gelehrten der Weltkunde an der Imperialen Universität von Rengor bezeichnen diese Empfindung als ›schon-geschaut‹. Es geschieht bisweilen, daß jemand eine Stadt oder ein Haus betritt, in dem er sich noch nie aufgehalten hat, und scheint ihm jede Kleinigkeit vertraut, dann ist's das Schon-geschaut.«

»Ich weiß«, sagte ich, »bei uns heißt dieses Gefühl ›der Kuß der Mittal‹.«

Sobald Kilean den Turm verlassen hatte, befolgte ich Turios Rat und überprüfte die Vorräte. Khalibs Küche war ein finsteres Loch, die Fenster verhangen oder verdreckt, genau konnte ich das nicht unterscheiden, rot glommen die drei Herdplatten. In einem Becken, groß wie eine Sitzbadewanne, erledigte Khalib den Abwasch. Neben dem Herd dampfte es aus einem Topf. Ich schnupperte: ein Gebräu, dick wie Suppe, doch mit atemberaubend starkem Teearoma. Nein, tiefer wollte ich in die Küchengeheimnisse des wirren Alten lieber nicht eindringen.

Khalib trocknete sich die Arme bis zu den Ellbogen ab und begleitete mich in den kleineren Raum nebenan, der ebenfalls nur durch eine völlig vergraute Scheibe spärliches Licht erhielt. Hier stapelte sich in Regalen bis zur Decke, was die Miscarier ihrem Traummeister zusteckten: die Geschenkkörbe, Flaschen und Kruken, grunelische Zinndosen mit bunten Schildchen; Säcke voll Linsen, Haferflocken, Sonnenblumenkernen, Gläser, in denen dunkle Früchte schwammen oder Verlorene Eier, welche mit Oliven und eingesalzenen Schneehasenkeulen. Von der Decke baumelten Kamelschinken und Dörrzwiebeln. Wäre der muffig-süße Geruch nicht gewesen, hätte ich mich hungrig sehen können.

»Wie lange, schätzt du, reichen die Vorräte?«

Khalib schaute auf seine Finger, als könnte er es daran abzählen. Dann antwortete er klar und schlicht: »Das hängt von der Eßlust ab, Nya.«

»Und wenn wir fasten?«

»Nicht nötig.« Er verschwand hinter einem Regal. Ich folgte ihm durch die versteckte Tür in einen weiteren, noch düstereren Raum. Regale wuchsen auch hier bis an die Decke, schwere Tonkrüge, Einweckgläser und wiederum Einweckgläser füllten sie, ich mußte den Schmutz mit dem Daumennagel abkratzen, um die aufgeklebten Schildchen entziffern zu können. Pflaumen aus dem Spätling 582 — das war über fünfzig Jahre her! Schierfisch in Salzlake, 545; Drachenkraut, 498. Einige Gläser waren irgendwann geplatzt, stumpfe Scherben lagen im Regal, dazwischen Mumien von Früchten.

»Reiß das Fenster auf, und wirf das Zeug in den Torl, Khalib.«

Er wiegte den Kopf. »Gute Sach', schmeckt, hmm.« Ein Glas war offen, er steckte den Zeigefinger hinein, führte ihn im Kreis, der Finger war von grünlichem Schimmel bedeckt. Genüßlich leckte er ihn ab. »Kosten?« Er bot mir seinen Finger an. Mich schüttelte es.

An der rückwärtigen Wand waren Säcke wie Schanzwerk übereinandergehäuft. »Zwieback«, erklärte er, »Nradas eiserner Vorrat.« Aber Nrada war bereits gut zweihundert Jahre tot! Vorsichtig klopfte ich gegen einen Sack, er dellte sich, als enthielte er Staub.

Khalib kicherte und schob mich zwischen den Zwiebacksäcken hindurch in einen weiteren, stockdunklen Raum. Unter meinen Füßen quietschte es schwammig. Ein kalter, olivgelber Schimmer irrlichterte über den Boden, die Wände, selbst die Decke — Glimmpilze! Ringsum wucherten sie, einzeln, in Trempeln, allesamt von einem fahl atmenden Leuchten befallen.

Khalib pflückte einen von der Wand und biß hinein, daß leuchtender Saft auf meinen Rock spritzte. Seine Zahnreihen glänzten wie Perlmutt, nichts anderes war mehr von ihm zu sehen als diese Zähne.

»Laß mich wieder raus, du Kinderschreck. Du hast gewonnen.«

Er drehte einen weiteren Pilz aus der Wand. »Und wenn dies die Unsterblichkeit wäre, Nya? Du würdest wie ich werden, aber du könntest alle Zeiten überdauern. Du würdest über die Stadt blicken: Die Häuser wachsen und verfallen, über dir treiben die Wolken, neue Sterne erscheinen am Nachthimmel und verglühen. Manchmal besucht dich ein Menschlein, beladen mit kleinen Sorgen und kleinen Nöten. Und dann welkt es dahin, das Menschlein. Du könntest sein wie ich, Nya, meine Einsamkeit hätte ein Ende, gemeinsam würden wir warten ...«

»Du bist wahnsinnig.«

»Verschlinge diesen Pilz, Nya, und das Tor zur Ewigkeit öffnet sich dir.« Er umkrallte meine Schulter, der lodernde Pilz schwebte näher und näher, blendete mich, ein sanfter Geruch ging von ihm aus, betörender als Schell ...

»Verschlinge ihn, Nya, und das Tor ...«

Arysa, hilf! Meine Hand zuckte nach der Sicia, im Pilzlicht lebte die Schlange auf, schon sprang sie ihm an die Kehle.

»Das Tor! Ach Tore, Töre, dumme Törin«, jammerte und schluchzte er, »armer alter Khalib muß alles selbst fressen.« Und er kaute den Pilz hinunter.

Hufgetrappel schreckte mich aus dem Schlaf. Die Milchstraße spannte sich kalt über die Karr, der Tote Pflüger grub seine Furche in das Sternenmeer, fern flackerten die Feuer der Wachtürme. Die Stadt aber, finster und vom Grau des Gletschers beherrscht, war nicht auszumachen. Dort schliefen sie und träumten.

Ein Stadtsoldat ritt heran, das Pferd herumreißend, warf er einen Verpflegungssack sowie zwei Wasserschläuche ab. Der eine platzte auf, doch nicht alles versickerte. Ich rief ihm nach, es fruchtete nichts, er setzte davon, ein dunkler Schemen, den die Nacht verschluckte.

Sooft ich auch meine Laterne schwenke, es ist umsonst. Kein Licht antwortet mir vom Turm. Doch er hat an mich gedacht und an meinen Durst. Hitze und Sand werden mich nicht zu ihm zurücktreiben. Und das läßt mich hoffen. Sosehr auch seine dunkle Seite Macht über ihn gewonnen hat, die Erinnerung an unsere gemeinsamen Tage ist nicht tot in ihm.

Solange die Sonne brennt, gibt es für mich nichts Schlimmeres als den Durst. Nächtens jedoch quält mich ein anderes Verlangen: Ich möchte aus eigener Kraft träumen können. Vielleicht ist es genau das, was mir, seit er kam, am meisten fehlt. Der eigene Weg ins Himmelsblau. Ich möchte wissen, was in meinem Kopf verborgen ist. Ich möchte die Welt mit dem eigenen inneren Auge betrachten — eine Gabe, die jeder Bettler in Rengor besitzt. Ich möchte meinem Saddraq gegenübertreten, auch dies, ich habe Angst davor, aber der Wunsch, zu erfahren, welche Möglichkeiten in mir stecken, ist stärker als diese Angst. Werde ich im Traum Kilean töten? Werde ich mich ihm unterwerfen oder zu unseren Feinden überlaufen? Bin ich im tiefsten Grunde meines Ichs kalt wie Eis oder ein hingebungsvoll dummes Schätzchen oder Arysa? Ich will es wissen.

Vielleicht fliege ich auch mit den Torlboten über die Stadt, die die meine war, vielleicht verwandle ich mich in eine Zieselmaus und beschaue die Welt von unten, vielleicht entdecke ich ein Überbleibsel von Nya in mir, vielleicht begegne ich meiner Mutter. Es muß herrlich sein, eigene Träume zu träumen. Und zu vergessen. Und wieder zu träumen.

Auch auf die Gefahr hin, in den Bauch des Drachen zu geraten wie damals in der ersten Nacht, die ich im Turm verbrachte.

TRAUMESZUCHT

Nach Rauch und Russ stinkend, kehrte Kilean von den Erzhütten zurück. »Heute sparen wir uns das Flüstern«, sagte er erschöpft und stieg, ohne einen Bissen zu essen, zum Traumzimmer empor.

Kaum sank auch ich auf mein Lager, verdichtete sich der Brandgeruch, den er mitgebracht hatte, zu einem ächzenden Gebilde, halb Berg und halb Drachentier. Und dieses Erzhütten-Ungeheuer riß den roten Schlund auf und brüllte nach Futter. Da wälzte sich das Futter heran: ein endloser Strom von Verdammten, zwölf in einem Glied. Sie trotteten im gleichen Schritt, und sie trugen die gleiche Tracht: vom Hals bis zu den Knöcheln in dunkelblauem Zeug, die nackten Füße in harten Schuhen; schwarze Kappen umschlossen fest das Haar. Und sie alle hatten die gleichen Gesichter. Und sie alle schienen gleich alterslos zu sein und ohne Geschlecht. Aufgereckt gingen sie, aber nicht aufrecht. Sie hoben die Köpfe nicht: Sie schoben sie vor. Sie schritten nicht, sie setzten die Füße. Und der Berg schlürfte sie unersättlich ein, schlürfte auch mich ein ...

Ohrenbetäubende Helle schlug über mir zusammen. Von den rußgeschwärzten Wänden troff es eiskalt und kochendheiß, aus Feuermäulern schossen glühende Metallschlangen auf mich zu. Und ich kämpfte um mein Leben. Packte mit riesiger Zange eine Schlange, zerrte sie weg von mir, hieb sie mit sausendem Beil in Stücke. Und die Schlangen bissen um sich, ihre Blutfunken fraßen mir Löcher in Lederschürze und Haut, leckten mir das Haar vom Schädel, spritzten mir ins Gesicht. Da schrumpfte und schmorte ich zu einem Wesen wie die Dämonen rings um mich im Rauch, fratzenschneidend, mit haarigen Gliedmaßen, winselnd vor Schmerz.

Ein Mann, ladestocksteif und übermenschlich groß, stand ungerührt inmitten des Getümmels, und im Flakkerlicht warf seine Gestalt drei Schatten. Ich war entdeckt, verloren ...

Die zerhackten Stücke der Schlangen wuchsen und streckten sich und kreisten mich ein; die Funken selbst gewannen Leben, sie wanden sich aus den Zangen, Schreie gellten ringsum. Entsetzt floh ich, wer strauchelte, den fraß dampfverzischend das Gezücht.

Der Riese mit den drei Schatten hob die Hand, und aus jedem der Schatten stampfte eine Schar geharnischter Recken hervor, schwarz und gnadenlos.

»Steh!« rief der Riese. »Du gehörst mir!«

Sosehr ich auch rannte, ich kam nicht vom Fleck in der Schlacke; ich bewegte die Beine in wahnsinniger Hast; sobald ich einen Lidschlag verschnaufte, ruckte ich IHM näher, ich lief nicht schnell genug, um auf der Stelle zu bleiben ...

ER beugte sich zu mir herab, das Antlitz hinter der gläsernen Maske war von Rauchschwaden verborgen.

»Willkommen, Herrscher«, höhnte ER, »was sind deine Befehle?«

Ich sprang auf, und während ER lachte, stolperte ich davon, und ich zwängte mich durch ein winziges Loch ins Freie. Doch wie ER so aus voller Brust brüllte, zuckte und puffte der Berg, die Halden an seinen Drachenflanken gerieten in Fluß, Schutt rutschte über die Schründe, Schlacke kippte aus Loren, Rauch, dicht wie Schlamm, glutdurchsät, quoll herab ...

»Torl, Torl!« gellte ein Ruf.

Ich kugelte und kollerte den steilen Hang stadtwärts. Doch nicht mehr Schlacke und Späne, kein Staub und kein Schutt brodelte da. Was grau war, ward blau, was grollte und dröhnte, klang nun metallisch, hallte und tönte. Zahnräder sprangen mir gegen die Stirn, Hebel und Kolben hieben auf mich ein, Bolzen und Nockenwellen, Achsen, Muttern, Hülsen, Nieten umstrudelten mich. Schon brandete es gegen die Burgen, riß die Läden in Fetzen, fraß Scharten in Mauern, zermalmte Karren und Buden. Zahnräder und abermals Zahnräder schossen heran. Federn, Nägel, Klemmringe prasselten nieder, Schrauben, Splinte, Stifte gruben sich mir ins Fleisch, Kugeln stopften mir Mund und Nase ... bis ich zusammen mit der Stadt qualvoll erstickte.

Am Morgen fand ich auf dem Umgang des Turmes einen halbbetäubten jungen Torlboten, der — gehetzt vom geträumten Torl — gegen ein Fenster der Bibliothek geprallt war. Behutsam trug ich den Vogel durch die schmale Flügeltür, versorgte ihn mit einem Schälchen Wasser.

Nicht nur der Torlbote hatte unter Kileans Nachtmahr gelitten. Vom Umgang aus glich die Stadt einem aufgestörten Ameisenhaufen, allenthalben liefen Stadtsoldaten Streife, Patrizier eilten von Hausburg zu Hausburg, und durch die Karr galoppierte staubaufwirbelnd eine Gruppe Reiter: Zuwachs für Sigmarqs Zeltstadt. Hatte Nerev solcher Schreckensträume wegen alles nächtliche Erleben verdammt? Mir jedenfalls brannte der Kopf wie von Drachenfeuer, und der Schrecken stak mir noch in den Knochen; ich malte mir aus, wie Ardelt im Stadthaus tobend vor Wut auf dem Siegel herumtrampelte. Kilean hatte die Grundlage miscarischen Handels und Wandels, das Blaue Metall und die Erzhütten, angegriffen. Da mußte der Rat einschreiten. Ich hörte schon die Stimmen: »Der Fremde gehört gedörrt! In die Karr mit ihm!«

»Wer unbeherrscht träumt«, murrte ich, während ich dem Torlboten Brotkrumen vor den Schnabel hielt, »ist kein Meister.« Angst zu verbreiten, die selbst einen sturmgewohnten Vogel in blinde Flucht schlägt!

Kilean, der auf einem runden Tisch zwischen den Regalen Sigmarqs Geschenk, das Spiel ›Kampf den Drachen‹, aufbaute, stimmte mir — ein wenig kleinlaut —

zu. »Ich war zu erregt, das hätte ich bedenken müssen. Die Zügel sind mir aus der Hand geglitten.«

Sein Leichtsinn konnte ihn den Kopf kosten!

Sorgfältig strich er das Tuch mit den bunten sechseckigen Feldern glatt und suchte sich die Spielsteine, Drachen- und Menschenfiguren, zusammen.

»In mir ist alles ruhig. Meine innere Weckuhr rasselt nicht. Erstaunlich, ich spüre keinerlei Gefahr.«

Er setzte eine Drachenfigur auf eines der möglichen Ausgangsfelder im Braun des Gebirges. »Weißt du, Glauke, die meisten Träume fliegen an einem vorüber wie zerfasernde Wolken. Nichts von ihnen haftet, und schon das erste Licht des Tages zerteilt sie. Nur Träume, die wie glühende Eisen sind, wirken nach, die hinterlassen ihr Brandmal.«

Meine Hände waren kalt und flatterten. Er ergriff sie, rieb sie warm. Die Angst, jawohl, die Angst, sei ein guter Lehrmeister, so nützlich wie der Soldat auf dem Auslug hoch oben in den Bergen, dessen Alarmgeschrei die Bürger aus trügerischer Ruhe aufjage. »Alles Unglück in deiner Stadt rührt daher, daß deine Miscarier abgestumpft und angstlos sind, den Torl kalten Sinnes einberechnen und die Augen vor dem verschließen, was in den Erzhütten geschieht. Versteh mich, ich bin nicht für blinde Angst, sondern für die Art von Angst, die den Blick für die Gefahren schärft. Eben wie meine Weckuhr, die rasselt, wenn mein Leben bedroht ist.«

In mir brodelte noch der Alp der Nacht, und ich sträubte mich, darin etwas Gutes zu sehen. Träume sollten anmutig sein und hehr, sie sollten einen von Zwängen befreien und einem nicht die Brust verengen. »Du redest wie einer«, sagte ich, »der die Angst nie kennengelernt hat.«

Kilean stieß mit den Knien gegen den Tisch. Drachen wie Knappen purzelten allesamt um. »Mädchen, Mädchen«, tadelte er mich. Dann stellte er die Figuren wieder auf.

O doch, er hatte die Angst kennengelernt, schon als Kind, als seine Mutter mit ihm aus Invenau floh. Was war das für ein Leben: nirgendwo Ruhe, nirgendwo Rast. In den Ställen der Waldbauern verbargen sie sich, mieden die Wirtshäuser. Er durfte mit keinem Fremden reden und mußte selbst den Spielgefährten seine Herkunft verheimlichen. Argwohn bei jedem neuen Gesicht. Dazu die Schreie, mit denen seine Mutter aus dem Schlaf fuhr ... Später gab sie ihn bei dem sprücheklopfenden Meister Ämmre in die Lehre. Aber auch da blieb die Angst ein ständiger Gast. Berechtigterweise: Jezebel, die Mutter, wurde gefangen und, wie in Invenau üblich, durch Gift gerichtet. Als er die schlimme Botschaft vernahm, verplapperte er sich — damals rasselte seine Weckuhr zum ersten Mal. Mitten in der Nacht der Abschied vom alten Ämmre und seiner dicken Frau. Und am Morgen traten die Schergen die Tür ein und verschleppten, da sie seiner nicht habhaft werden konnten, die beiden. Seine Schuld.

»Geh nach Miscara!« hatte seine Mutter ihm geraten. Aber wie weit wurde ihm der Weg! Barhèl, das Nordland, Grunelien. Weshalb verfolgten sie ihn noch? Vermuteten sie bei ihm Wunderdinge von seiner Mutter? Ihr geheimes Wissen? Nichts als seinen Wandersack trug er bei sich. Zweimal allein an der Barbarenküste rasselte seine Weckuhr die Angst, die Schlaflosigkeit erzeugt, das Ohr schärft, jedes Rascheln in Gefahr umdeutet. Er schlug sich als Uhrenheiler durch, aber er wanderte nicht aus freiem Entschluß. »Wie man in Grunelien sagen würde: Ich wurde gewandert.« Meroplis, Rengor. Dort wollte er unterkriechen, nichts sein als ein unauffälliger Allerweltskerl, in einer Dachkammer hausen, sich um nichts kümmern, nur leben. Doch der Milchkärrner, der am Tag in seiner Bettstatt schlief, war ein ›Bildungsfreund‹. Durfte er sich ausschließen, wenn die Bildungsfreunde sich durch die Schriften der Großen Alten und durch die Gesetzbücher des Thrak buchstabierten? Immer lauter die angestammten Rechte forderten? Trotzdem: Er stellte sein Licht unter den Scheffel, verschwieg, was seine Mutter ihn gelehrt hatte, selbst dann noch, als es seinen Freunden hätte nützen können. Ein geducktes Leben. Und wieder rasselte die Weckuhr. Diesmal waren es die Büttel des Thrak, die um das Haus schlichen, ein Zufall, daß er sie entdeckte. Für einige Tage gewährte ihm ein Weltkundler der Imperialen Universität Zuflucht, dann wurde ihm auch dort der Boden zu heiß unter den Füßen. Und in der Ferne lockte Miscara.

»Als Traummeister habe ich Einfluß, ich werde gebraucht; und das schönste und klügste — altklügste — Mädchen der Stadt liebt mich. Jetzt bin ich nicht länger ohnmächtig. Niemals wieder werde ich mich dukken.«

Der Torlbote krächzte, lüftete die Flügel, als wollte er auffliegen. Ich, die ich wirkliche Angst nur aus dem Traum kannte, schwieg beschämt.

Die Tür zur Wendeltreppe klappte. Turio trat aus dem Durchgang zwischen den Regalen in den Raum. Srebans Haudegen, erklärte er, nach Atem ringend, hätten ihm — trotz Tageslosung! — den Zutritt zum Turm verweigert, ein Glück, daß er die Ratspost hatte vorweisen können.

Er händigte Kilean zwei Briefe aus. Der eine enthielt eine auf Seidenpapier gekritzelte Warnung Doratras: *Zerbrecht das Werkzeug nicht!* Der andere war ein Schreiben meines Vaters. Ratsherr Erast entbot dem Traummeister seinen Gruß und bat ihn, ›der Sitte freudig gehorchend‹, als Ehrengast zu einer Traumesfeier auf seine Hausburg.

Kilean pfiff durch die Zähne. »Versteht ihr das? Sie laden mich noch zum Fest!«

Auch ich konnte mir keinen Reim darauf machen. Mit meinem Vater streckte der Rat Kilean die Hand entgegen. Und dies nach dem Alp der letzten Nacht ...

Turio kratzte an einer Drachenfigur herum, einem geschnitzten Dämon mit häßlichen Ausstülpungen. Er riet schlankweg ab. Allein im Turm sei ein Traummeister sicher. Nicht, daß er meinem Vater eine Hinterlist zutraue, aber ... »Ihr ahnt nicht, was für ein Tollhaus die Stadt ist: Soldaten überall. Kakerlak und seine Kumpane haben am Markt eine Häuserwand geweißt, jetzt malen sie mit Ruß Bilder darauf, ein ganzes Dutzend für den einen Traum. Und die edle Dame Doratra höchstselbst erklärt sie mit Zeigestöckchen und allem Schnickschnack. Ihr hättet noch eine Mordswut auf den Thrak: den Riesen mit den drei Schatten. Wie der mit seinen Leuten umspringt, sie, wenn ihn das Gelüst packt, dem ehernen Drachen in den feurigen Schlund wirft und so weiter. Kein Wort vom Torl, kein Wort vom Blauen Metall, kein Wort davon, daß in den Erzhütten Gefangene und Zwangsverpflichtete schuften. Ein Traum, sagt sie, wird erst wirklich durch die Deutung, die man ihm gibt.«

In den Hausburgen trommelten die Patrizier das Gesinde zusammen. Ein nichtgedeuteter Traum, behaupteten sie im Sinne Doratras, gliche einem ungeöffneten Brief, und natürlich besaßen sie allein das rechte Federmesser, um den Brief aufzuschlitzen. Anscheinend hatte es der Rat versäumt, die Patrizier beizeiten auf eine Auslegung einzuschwören, und so verkündeten die Brigier, mit dem dreischattigen Unhold sei niemand anders als Sigmarq gemeint, dessen Geschlecht die Erzhütten verwaltete. Mein Vater sprach von Fummelkram, einem Schabernack der Mittal, den auszutüfteln die Wüste zu sieben hieße. Hettert wollte herausgefunden haben, daß der Weg in den Drachenberg die Rückkehr in den Mutterschoß versinnbildliche. Einige Werkmeister erzählten sogar ihren Untergebenen, daß es zu den Koboldstreichen der Mittal gehöre, die Dinge auf den Kopf zu stellen: Wenn also im Traum der Torl durch Fleiß und Industrie in Gruben und Erzhütten entstünde, dann sei genau das Gegenteil richtig, nur durch ein Mehr an Fleiß und Industrie ließe sich der Torl beseitigen. Schließlich hetzten hier und da heimliche Parteigänger Sigmarqs: In dem schrecklichen Unhold offenbare sich Kileans wahres Wesen, sein gnadenloses Saddraq, wehe der Stadt, die sich einem solchen Scheusal ausliefere.

Wie immer in Eile, schüttete sich Turio eine Hand voll Brotkrumen, die ich eigentlich dem Torlboten zugedacht hatte, in den Mund. »Unter Gleichaltrigen hat Sigmarq die meisten Anhänger — bei denen, die nie geträumt haben, fest im Sattel ihres Gewerks sitzen oder in ihrer Sippe das große Wort führen. Die haben Angst vor jeder Veränderung.« Er hustete, wischte sich die Tränen aus den Augen. »Falls es hart auf hart kommt — ihr wißt, wie ihr mich rufen könnt. Oben gegen unten vertauscht. Ich habe eine Menge Freunde, handfeste Leute wie Schagon, die bereit sind, euch zu schützen, denn sie erhoffen sich noch viel von den Träumen.« Er verschwand zwischen den Regalen.

Kilean war gerührt. »Ich mache ihn zu meinem ersten Knappen«, sagte er und stellte einen Spielstein auf das Tuch. »Den Drachen im Gebirge werde ich Torl nennen, und dort, in der hintersten Ecke, lauert der grunelische Thrak. Im Augenblick ärgert uns dieser hier« er wies auf eine schwarze Figur, die gegen das Rot der Wüste deutlich abstach — immerhin billigte er Sigmarq die Würde eines Drachen zu. »Doch schau dir die Gestalten innerhalb der Stadtmauern an. Drachen sind das wohl kaum. Die meisten verbergen ihre Gesinnung unter einem staubigen Umhang. Wie soll ich in der grauen Masse Knappe von Argling unterscheiden?«

»Wirst du die Einladung meines Vaters annehmen?« fragte ich dazwischen.

Er hob die Schultern. Es wäre immerhin zu überlegen, obwohl ... »Überall wimmelt es von möglichen Drachenhelfern. In den Hausburgen, im Stadthaus.«

»Mein Vater ist kein Argling!«

»Kannst du dich dafür verbürgen?« Er lehnte sich zurück, beobachtete mich. Mit der rechten Hand zupfte er sich am Hals. »Ich habe einige Erfahrungen mit Patriziern gesammelt, ich traue keinem.«

Er zog, ritsch-ratsch, einen Grenzstrich: hie gut, da böse. Und mich, die ich mich trotz allem auch dem Rat und meinem Vater gegenüber verpflichtet fühlte, setzte er damit unter Druck. Ging es meinem Vater — und ebenso Ardelt — denn nicht um das Wohl Miscaras? Ja, ich war sogar bereit, Sigmarq ein Restchen guten Willens zuzugestehen.

»Und was ist mit der Niederstadt? Da wohnen nach deiner Vorstellung nur brave, ehrsame, sittsame und ebendarum arme Bürger, nicht wahr? Haben dich am Lichten Morgen nicht auch Werkleute angegriffen?«

Ich sah, daß er ein Lächeln unterdrückte. Allzulaut waren seine Gedanken: Ach, meine kleine Patriziertochter, du mußt ja die Deinigen verteidigen, du weißt es ja nicht besser, kennst die Welt nicht.

»Du zerreißt meine Stadt. Dabei gehören wir alle zusammen, Oberstadt wie Niederstadt. — Überhaupt, wo hast du deine Recken?«

»An Helden mangelt es, wie gewöhnlich. Sie schlafen im Gläsernen Berg, und keiner kommt, sie zu wecken. Außer vielleicht ein Träumer.«

Er nahm eine Figur. Hart und ruppig, als ergrimme er sich über sie, stülpte er ihr eine gläserne Kappe, nicht größer als ein Fingerhut, über. Das war der gläserne Helm, das Kennzeichen der Recken. »Meine Mutter hat mir ans Herz gelegt, bescheiden abzuwarten, zuzuschauen und mich nicht einzumischen. Sie selbst hat sich jedoch eingemischt. Und auch ich kann nicht im stillen Kämmerchen Uhren heilen und auf Gleitende Sterne hoffen, die womöglich nie erscheinen werden — und derweil verwüsten die Drachen die Welt.«

Der Torlbote hopste herbei und pickte nach den gemalten Fischen im Nordmeer. Ich schnipste ihm die verbliebenen Krumen zu. Wo sah ich mich in Kileans Spiel? Zur Hälfte hier, zur Hälfte da? Der Riß durch die Stadt ging mitten durch mich hindurch.

Den Regeln entsprechend wählte Kilean für seinen Recken drei Knappen aus, darunter den Stein, den ich zu meiner Figur bestimmt hatte. Knappen aber konnten von jedem Drachen bezwungen und schlimmstenfalls sogar in Arglinge verwandelt werden. Außerdem wollte ich niemandem gehorchen müssen. Auch meine Figur sollte der Helm eines Recken zieren!

Kilean packte meine Hand. »Steine ohne eigenen Antrieb, ohne Traum, können keine Recken abgeben.«

Ich murrte, es betraf nicht allein mich, Turio hatte den Drachentöterhelm ebenso verdient.

»Dazu müßtet ihr erst den Gläsernen Berg erklimmen.«

Was für eine Narretei! Ein einzelner Recke gegen drei oder mehr Drachen! Wie wollte Kilean unter diesen Umständen gewinnen? Wenn er uns nicht mehr Bewegungsfreiheit einräumte, brachten ihn bereits die Arglinge in Bedrängnis.

»Ich weiß. Aber im Spiel wie im Leben mußt du dich den Gegebenheiten fügen, willst du sie verändern. Sagt Ämmre.« Er lachte auf. »Zur Not kippe ich den Tisch um.«

Ein Poltern, ein Gebrabbel erklang von der Tür her: »Traumeszucht ... Traumessucht ... Träume sucht ...«

Der Torlbote flatterte hoch und krächzte erbärmlich. Khalib schlurfte zwischen den Regalen hervor, mit beiden Händen schwenkte er einen wuchtigen Folianten, von dem sich der Staub in Wolken löste. Der Torlbote stieß einen schrillen Schrei aus und stürzte sich mit aufgerissenem Schnabel und gestreckten Krallen auf Khalib. Der schlug mit dem Folianten nach dem gefiederten Angreifer, verfehlte ihn knapp. Der Vogel verschwand um eine Regalecke, tauchte unerwartet zwischen zwei Bücherreihen hindurch und setzte zu neuem Sturzflug an. Khalib hielt das Buch wie einen Schild vor sich, rannte dabei blindlings gegen einen Schemel, schon sauste der Torlbote wieder auf ihn nieder.

»Torl! Torl!« schrie er den Vogel an.

»Torl! Torl!« echote das kleine schwarze Ungeheuer — und dann war der Angriff vorüber, der Torlbote hockte seelenruhig auf Khalibs Schulter, schaute um sich, zupfte Khalib auch einmal am Ohrläppchen, was dieser, eselhaft grinsend, geschehen ließ. Khalib knallte den Folianten auf das Lesepult, gleich darauf trollte er sich mitsamt dem Vogel.

»Beim Drachen!« murmelte Kilean. »Das ist das Buch!« Er klappte den mit Eisen beschlagenen Deckel nach rechts. Ich rutschte zu ihm, betrachtete die kunstvoll verschnörkelten goldenen Lettern.

SAMADHI — Traumeszucht oder: Die Kunst, dem Unwirklichen feste Formen zu verleihen.

Darunter eine krakelige Bleistiftnotiz, halb ausgewischt von der Zeit: ›Auszuhändigen dem Adepten, sobald er die zweite Ebene erreicht.‹

»Der gute Khalib!« Kilean blätterte, vor Aufregung schnalzte er mit der Zunge. Die Seiten trugen Knickspuren von Eselsohren, Papierschnipsel und Fäden staken zwischen ihnen. Der linke Rand war schwarz und fettig von zahllosen Fingern, die ihn berührt hatten, so daß ich mich ekelte, ihn nun meinerseits zu berühren. Die Seiten liefen schier über von Schriftzeichen: von klaren schwarzen Druckbuchstaben und vom Rot der Anfangswörter und Überschriften, von bläulichen Fußnoten und grün hervorgehobenen Absätzen. Zwischen den Zeilen aber und zur Mitte zu, wo tief im Falz feste Schnüre saßen, drängte sich ein Gewürm handschriftlicher Bemerkungen im halb verblichenen Blau miscarischer Tinte, in dunkelrotem Atrament — oft mit warnenden Dolcheszeichen versehen — und in schwarzer Tusche; jemand hatte gekleckst, wie auch ich gekleckst hatte unter Sycoraqs strengem Blick. Kilean blätterte zurück, legte den

Finger auf die Anfangszeile, und der Foliant sprach aus meinem Munde zu uns.

»Ich bin das Buch, das du suchst. Ich bin das Buch, das Gewalt über dich bekommt. Ich bin das Buch, das dich umkrempeln wird. Darum hüte dich: Verschreibst du dich mir nicht ganz, überschlägst du auch nur eine Seite, überspringst du einen Absatz, ein einziges Wort, werde ich dein Saddraq gegen dich rufen. Allein, wer viele Jahre mit mir ringt, wird mich zwingen.«

Die selbstbewußte Rede des Buches entzückte Kilean. Er mutmaßte, daß einer der Feingesponnenen es verfaßt hätte, doch fanden wir keinen Hinweis auf seinen Ursprung. Die Randkritzeleien allerdings führten, sofern sich ihre Urheber auswiesen, bis in die früheste Blüte miscarischer Traumeskunst zurück. Ransun hatte darin gelesen und Postel, Nrada hatte ihre Erfahrungen einfließen lassen …

»Ich werde dich lehren, den Traum von Fiebergesicht und Schell-Gaukelei zu scheiden. Ich werde dich lehren, ohne jeglichen Traum schlafend zu ruhen. Ich werde dein bildhaftes Gedächtnis schulen und dir Mittel offenbaren, die Wirklichkeit im Geiste nachzubilden, daß kein Grashalm und kein Windhauch an ihr fehle. Ich werde dich über die drei Stufen der Traumbeherrschung geleiten, als da sind: im Traum wach zu sein und die Täuschung als Täuschung zu erkennen; im Traum furchtlos zu sein, denn seine Schemen und Truggebilde können dich nicht verletzen; im Traum frei zu sein, denn wer wach und furchtlos ist, vermag seinen Verstand zu gebrauchen und der Mittal seinen Willen aufzunötigen. Ich werde dir Wege weisen, den Strom der Zeit zu beschleunigen, anzuhalten und umzukehren. Ich werde dich heißen, Ursachen zu säen und Wirkungen zu ernten. Du bist ein eifriger Schüler, so sollst du dein Saddraq reiten und dich von ihm durch Wachwelt und Mittal tragen lassen, denn Reiter und Roß sind eines.«

Die eigene Stimme schien mir fremd, während ich die

altertümlichen Worte las. Mit jedem Satz, den das Buch durch mich sprach, wuchs sein Bann.

»Du bist auserkoren für das höchste Amt in Miscara. Doch nur wenn du Einklang findest mit Wolken und Sternen, mit deinem Saddraq und der Mittal, mit Drachen und Menschen wirst du Meister des Turms. Darum sprich mir nach: Ich werde nie vergessen, daß ich ein Tropfen im Meer, ein Sandkorn in der Wüste, ein Hauch im Wind bin. Ich werde nie vergessen, daß meine Träume Geschenke sind, von keinem Zweck und keinem Ziel abhängig. Ich werde nie vergessen, daß jedes Lebewesen und jedes Ding sein Bild in sich trägt, das ich bloßlegen, nicht aber ändern kann.

Befolgst du dies, wirst du Hüter und Helfer und Heiler sein, befolgst du dies nicht, wird die Nacht dich verschlingen.«

Ich schaute Kilean auffordernd an, halb im Scherz wiederholte er die Worte des Buches.

»Du wirst lernen, in die Mittal einzutauchen und ihre fünf Ebenen zu durchwandern — oder du wirst scheitern und nie wieder zur Oberfläche, die du Tagwelt nennst, emporsteigen. Du hast bereits die erste Ebene, die der wirren Träume aus Tagesfetzen und Erinnerungen, durchmessen. Nun mußt du den Schrecken vor den Ungeheuern der zweiten Ebene überwinden und sie am Zaum nehmen — oder sie werden dich am Gängelband führen. Du wirst der Macht der Großen Alten in der dritten Ebene trotzen und mit ihnen Zwiesprache halten — oder zu ihrem Sprachrohr werden. Du wirst dich verlieren und in der vierten Ebene selbst als Formloses unter Formlosen das Grundgerüst allen Seins erfühlen — oder deine Form nie zurückerlangen. Und falls du der formlosen Versuchung widerstehst, wirst du auf der fünften und letzten Ebene im Kieselstein das All und im All den Kieselstein schauen. Aber wisse wohl: Wer die Ebene des Kieselsteins erreicht hat, muß fünfmal erwachen, ehe er den Tag gewinnt.«

Mein Blick glitt zu einer Kritzelei am Rand: »Wer aber gibt uns die Gewißheit, daß wir nicht auch aus dem Tag zu erwachen vermögen? Und aus dem Tag des Tages?«

Kilean klappte das Buch zu und preßte es mit beiden Armen an sich. »Endlich, Glauke, endlich!« Ohne sich von seinem Schatz zu trennen, trat er mit mir auf den Umgang, an die klare Luft.

»Dieses Buch macht mich zum Meister! Sollen sie versuchen, mich zu bestechen, sollen sie versuchen, mich zu erpressen! Ich werde an den Tag träumen, was an unverwirklichten Möglichkeiten in uns — in dieser Stadt — steckt. Jahre Lehrzeit habe ich nicht, ein paar Wochen ungestörten Lesens und Übens nur wünsche ich mir, ein paar Tage — zieh dein hübschestes Kleid an, Glauke, und begleite mich. Ich darf den Rat nicht vergrämen. Noch nicht.«

Mein Vater hatte die Feier von langer Hand vorbereitet; bunte Tücher, die aus den Fenstern hingen, ein Spruchband, das den Traummeister willkommen hieß, dienernde Knechte. Er selbst kehrte in dunkelroter Festjoppe den gewichtigen Ratsherrn heraus, dennoch wollte sich keine Herzlichkeit einstellen. Kileans Traum überschattete die Begrüßung, die höflich und steif verlief, so als sei er ein grunelischer Gesandter.

Nicht der Saal, sondern das Dach unserer Hausburg war für die Feier hergerichtet worden. Man hatte die Steine mit Matten bedeckt, das Rohr zum Wassersammler war verschlossen, und den gewohnten Blick auf Berge und Turm versperrten Wagenplanen, die den kalten Gletscherwind abhielten. Stadtseitig engten sonnendurchschienene Markisen die Sicht ein.

Kaum kletterten wir aus dem Schacht der Dachtreppe, ging ein Ah! und Oh! durch die plaudernden Gäste. Patrizierinnen jeglichen Alters umringten Kilean. Endlich einmal hatten sie den scheuen Traummeister zum Anfassen nahe bei sich.

»Ihr träumt wirklich entzückend, Meister!« flötete die eine.

»Welche Verfeinerung des Geistes habt Ihr erreicht!« himmelte ihn eine andere an. »Worauf dürfen wir uns für die nächsten Nächte freuen?«

»Einfach drachig, Euer Schattenmann! Als ich erwachte, hatte ich am ganzen Körper Gänsehaut.«

»Woher nehmt Ihr nur all Eure Einfälle?«

Wie sich Kilean auch wehrte, sie drängten ihm Dosen aus Perlmutt, Tütchen mit Süßigkeiten und zierliche Spielwerke aus Blauem Metall auf. Die einen hatten sich auf völlig unmiscarische Weise die Wangen gelb, die anderen braun bemalt. Die Lippen glänzten rot oder fast schwarz, und sie bewegten sich zum wonnigen Gestammel wie Würmer. Miscara hatte Schminke und Putz entdeckt, doch wer bestimmte, was als schön zu gelten hatte? Ich zweifle nicht, hätte ich damals Kilean von grünen Lippen, rostigen Nägeln im Ohr und einem roten Pinsel als Haartracht geflüstert, sie hätten sich die Ohrläppchen durchbohrt und sich wie die Barbarinnen vom Nordmeer den Schädel rundum kahl geschoren.

Mein Vater nahm mich mit ernster Miene beiseite. »Hat dein Zimmer hergerichtet, die Landre«, raunte er, »kannst sofort wieder einziehen. Noch ist's nicht zu spät, vom kutscherlosen Wagen zu springen.«

»Er rollt zu schnell, Vater.«

»Liebst den Fahrtwind, nicht wahr?« Grämlich und vorwurfsvoll sagte er es, doch Gram und Vorwurf galten nicht mir, sondern ihm selbst. »Kann es dir nachfühlen — bis ihr in der Schlucht zerschellt.«

Ehe ich etwas erwidern konnte, trat Jantas zu uns, die Wölbung ihres Leibes verbarg sie unter einem weiten grünen Kleid. Sie umarmte mich und schluchzte auf. »Du hast es gut, Glauke.«

Hatten ihr die Träume keinen neuen Schwung verliehen?

»Mein Leben ist fest eingerichtet. Da kann kein

Traum dran rütteln. Vielleicht, daß meine Kinder glücklicher werden — für sie soll er träumen.«

Ardelts Kommen unterbrach das Gespräch. Jantas wich zurück, deutete einen Knicks an — vor mir! — und verschwand zwischen den Patrizierinnen.

Wir ließen uns an einer kleinen erhöhten Tafel nieder: Kilean in der Mitte, ihm zu Seiten Ardelt und mein Vater, neben Ardelt Sreban und Doratra, der die Sitzordnung mißfiel, die sie an den Rand verbannte, und ich, ebenfalls von Kilean abgeschnitten, zur Rechten meines Vaters. Ich war besorgt wegen seines Angebots zurückzukehren und doch im Augenblick nicht in der Lage, ihn auszufragen.

Nur einmal hatte ich bislang ein Fest miterlebt: Jantas' Vermählung. Es war eine langwierige und schweigsame Feier gewesen, nur hin und wieder durch einen Tischspruch über die Pflichten einer miscarischen Mutter oder über die beste aller Stadtverfassungen, die miscarische Endokratie, aufgelockert. Jetzt aber hörte man Geplauder und Lachen selbst von den Mägden, die die Gläser füllten. Die Trinksprüche allerdings hatten sich wenig geändert seit damals.

Ardelt als oberster Ratsherr begann: »Mögen der Meister und seine Träume unseren miscarischen Sinn bestärken und uns zu neuen Taten für die Stadt beflügeln!«

Das war höflich und wohlwollend gesagt, die Gläser klirrten aneinander, und Kilean dankte ebenso höflich und wohlwollend. Traum und Tat seien die beiden Seiten einer Münze, die Tat finde sich wieder im Traum, und der Traum verwirkliche sich in der Tat.

Ich weiß nicht, an welchen Traum mein Vater dachte, denn er hustete dazwischen und erhob das Glas darauf, daß die Träume verbänden, eben weil sie unverbindlich seien.

Das veranlaßte Doratra, zu bemerken, daß ein rechter Meister das Verbindliche mit dem Unverbindlichen zu verbinden wüßte.

Kilean prostete Doratra zu: Ihm werde der Faden für seine Traumgebinde schon nicht ausgehen.

Ich sah es ihm an, er blieb nicht unbeeindruckt von dem Getue um seine Person, das ihm eigentlich hätte zuwider sein müssen.

Mein Vater klatschte in die Hände. Die Spielleute griffen zu Mähnenrandelle und Trumscheit, eine fröhliche Weise erklang. Mägde brachten Platten mit dampfendem Braten herbei. Unter ihnen entdeckte ich Landre. Sie hatte sich herausgeputzt, daß es eine Freude war, sie anzuschauen: Weiße und gelbe Bänder verwandelten die einfache Haustracht in ein schmuckes Kleid — und das Haar trug sie offen! Knicksend schenkte sie mir ein. »Hatte Angst«, flüsterte sie abgehackt, »will leben, nicht im Torlstaub ersaufen.« Was sie noch murmelte, ging im Randellenrasseln unter. Die Musik packte mich, meine Zehen tippten gegen den Boden.

Ein älterer Patrizier mit Tränensäcken unter den Augen stemmte sich hoch. »Gestattet der Meister meiner Gespons eine Frage?«

Hannah, die Liebreizende, strich sich eine Locke kokett aus der Stirn. »Ihr weiltet doch in Grunelien, Meister. Ist es wahr«, ihre Stimme erschauderte, »daß der Thrak auf dem Höhepunkt seiner Feste einen ehernen Drachen bis zur Rotglut erhitzen läßt und dann eigenhändig Jungfrauen in seinen Schlund wirft? Klingt ihr Geschrei aus der glühenden Höhlung tatsächlich wie das Geheul der Drachen?«

Kilean straffte sich. »Ich hatte noch nicht das Vergnügen«, erklärte er steif, »einem Festmahl des Thrak beizuwohnen. Ebensowenig drang je Geheul von Drachen an mein Ohr. Sie gelten als ausgestorben.«

Voller Genugtuung legte ich einen Finger an die Wange. Einige der Patrizierinnen klopften Beifall.

Doch Hannah gab sich nicht zufrieden. »Stimmt es«, hakte sie nach, »daß die Drachen weder schlafen noch träumen?«

»Und Pferde, träumen Pferde?« rief ein Fitier quer über die Tafel.

Mit einem Mal gerieten die Spielleute aus dem Takt. Sycoraq, der an einem der unteren Tische saß, schmallippig und mit unstetem Blick, schob den Teller beiseite und erhob sich, um eine seiner Begriffsbestimmungen, die Drachen als Ausgeburten des glutflüssigen Inneren, als Wesen aus Feuer, Stein und Rauch betreffend, herunterzurasseln.

Die Hitze aus dem Reich des Riesen mit den drei Schatten wallte über das Dach. Schellen und Randellen erklangen lauter. Mein Vater tauchte sein Tuch in ein Wasserschälchen, um sich die Stirn zu netzen. Jantas nestelte an den Knöpfen ihres Kleides, worauf Hettert sie mit einem Rippenstoß zurechtwies, und Sycoraq sprach, sich den Kinnbart zwirbelnd, von den Drachen, die, nie schlafend, nie träumend, das Land versengten.

»Wir werden niemals erfahren, ob die Wesen, die vor uns waren, je ruhten«, meinte Kilean beschwichtigend, »Tiere jedoch, die wie wir aus Fleisch und Blut beschaffen sind, träumen vermutlich. Die Katze maunzt im Schlaf und streckt die Krallen, und der Pavian rollt die Augen, wie ja auch wir Menschen im Schlaf die Augen rollen.«

Derart belehrt zu werden, ertrug Sycoraq nicht. »Genau«, zischte er hämisch, »das Träumen haben wir von den Affen ererbt, von den Närrischsten unter den Vernunftlosen. Tierisch ist es, nicht uns gemäß. Du plauderst mit Hammeln und verstehst ihr Blöken, denn du selbst bist ein Schaf im Traum. Nichts ist dem Träumenden so eigen, wie Dazwischenliegendes zu überspringen, zeitlos zu handeln. Alle Gesetze der Vernunft wie der Natur sind aufgehoben. Du schwebst über dem Meer und näherst dich den Sternen, was allein den Großen Alten vorbehalten war, wähnst gar, ihre Erde am Mond zu erkennen. Du siehst dich wach im Schlaf und glaubst aufzustehen und nimmst die Erscheinungen um dich herum für wahres Leben, so verworren sie auch sein mögen. Zum Schluß ringst du mit dir selbst, um den Schlafzustand zu verlassen und dem Trug zu entweichen. Erwachst du endlich, zweifelst du an deinem Wachsein und bist, gefüllt von Mißtrauen, unfähig zu den Geschäften des Tages. Wehe den Kindern, die, dem Schabernack der Mittal ausgesetzt, in steter Ungewißheit heranwachsen! Wie sollen sie jemals Sinn von Widersinn, Recht von Unrecht, Nützes von Unnützem zu unterscheiden lernen? Während der Träume schläft die Vernunft. Deshalb hat Nerev sie verboten.«

Die Mähnenrandellen schwiegen, der Wind blähte die Planen. Landre und andere Bedienstete, Teller oder Krüge in den Händen, lauschten.

»Ihr dauert mich, Sycoraq«, fertigte ihn Kilean ab, »daß Ihr verdammen müßt, was Ihr offenbar nur mit Gewissensbissen genießt. Schlimmer ist, daß Ihr den Menschen vorschreiben wollt, nichts als geschäftstüchtig-kalte Rechner zu sein. Ihr selbst verleugnet Euer Wunschbild, indem Ihr Euch ereifert. Ihr redet von vernunftgemäß und seid so stolz auf Euer Denkvermögen, doch Eure Vernunft ist bestenfalls scheuklappenbehafteter Verstand. Ihr haltet Euch für ein reines Geisteswesen und vergeßt, daß Ihr wie die Tiere einen Körper und eine Seele habt — und gerade deshalb braucht Ihr Träume, Träume, die Euch wieder zu einem ganzen Menschen machen. Ohne das, was Ihr das Tierische in uns nennt, wäre unser Leben um manches ärmer, sinnlos vielleicht.«

Sycoraq rang, die Zähne aufeinanderpressend, um Beherrschung. Kilean wusch sich betont gemach das Fett von den Fingern, winkte Landre heran, die hübscheste Dienerin, und bat sie, ihm nachzuschenken.

»Kennt ihr die Folter, die vor Jahrhunderten die Fürsten der Kellm-Oasen erfanden? Sie ließen den Gefangenen wecken, wann immer die Augäpfel ihm zuckten. Nach wenigen Nächten schon war er ein willenloses, zitterndes Bündel Mensch, sein Leib verfiel, der Geist verwirrte sich, daß er im hellen Sonnenschein die ausgesperrten Schemen der Nacht erblickte. Brach man die Tortur nicht ab, war er dem Tode geweiht.«

»Schlafentzug«, schrillte Sycoraq dazwischen, »so wirkt Schlafentzug.«

»Ihr habt Euch selbst gefoltert all die Jahre. So wie Ihr die Augen vor dem Torl verschließt, habt Ihr die Träume, die Euch hätten beunruhigen können, ausgesperrt. Aber wie Ihr Euch dreht und wendet, im Traum kehrt die Wahrheit zu Euch zurück, die Ihr am Tag von Euch stoßt.«

»Der Schlaf der Vernunft, lehrten die Großen Alten, gebiert Ungeheuer!«

»Was bedeutet dies: Schlaf der Vernunft?« Kilean schnipste mit den Fingern in Sycoraqs Richtung. »Nicht die schlummernde, für eine Zeitlang schlafende Vernunft, sondern der Schlaf in Gestalt der Vernunft. Da ist das Vernünftelnde, das Rechnende und Berechnende im Menschen besonders wach und ›gebiert Ungeheuer‹, weil ihm weder Angst noch Mitgefühl Einhalt gebieten.«

Ardelt hackte mit dem Kinn nach meinem Vater, und der verstand. Auf sein Zeichen hin besannen sich die Spielleute ihrer Pflicht, Mägde eilten nach frisch gefüllten Schüsseln, schafften mehr Wein herbei.

Landre drehte sich auf einer niedrigen Bank vor den Spielleuten im Kreis, mein Vater runzelte die Brauen, dann sah er es der Dienerin nach, denn sie entzückte seine Gäste; zwei junge Fitier waren regelrecht in sich zusammengekrochen, um Landre besser begaffen zu können, und am hinteren Ende der Tafel klatschten Patrizier und Patrizierinnen zu Landres Wirbelschritt. Sycoraq hatte recht, die Träume hatten das Tier in uns geweckt, nichts, was auf meinem Dach geschah, war mehr vernunftgemäß zu nennen. Und doch bereute ich es nicht, beneidete ich sogar Landre um die ungekünstelte

Ausgelassenheit, mit der sie sich über alle Schranken hinwegsetzte. Ich selbst hätte mir gewünscht, so zu wirbeln.

Junge Patrizierinnen folgten Landres Beispiel, die Fitier hatten sich die blauen Kappen aufgesteckt, leerten reihum einen schweren Tonkrug und eilten dann zu den Tanzenden. Hettert schimpfte laut auf Jantas, sie sei noch nicht zu dick, um ihre Beine ein wenig zu schwingen, dann trat er, ein grünes Tanztuch schwenkend, schnallenblitzend eitel auf Doratra zu; mit leichtem Schritt tänzelte sie voraus.

Irgend jemand versetzte irgend jemandem eine Ohrfeige, worauf alle lachten, allein Sycoraq hielt sich beleidigt an seinem Glas fest und verteilte boshafte Bemerkungen in die Runde.

Manche Patrizierin schielte nach Kilean, Hannah war bereit, auf den leisesten Wink hin aufzuspringen, doch keine traute sich an ihn heran. Er saß da, nüchtern, hellwach und gespannt, als lausche er in die Nacht hinein oder als warte er auf etwas, das nichts mit dem Fest zu tun hatte. Mich fröstelte, wenn ich ihn so sah: Rasselte seine Weckuhr? Geduldig hörte er sich Srebans Prahlereien an, selbst auf Ardelt wirkten sie peinlich. Ebenso geduldig gab er einem angetrunkenen Patrizier Auskunft, der den Reif Duriahs und andere Wunderdinge der Großen Alten im Turm vermutete. Geduldig und sich bisweilen wiederholend, fragte er meinen Vater über die Wagenmacherei aus: Zu geduldig ... Ich verzichtete darauf, ihn um einen Tanz zu bitten.

Plötzlich stand Ardelt mit einem Leichenpackergrinsen vor mir und überreichte mir, den Arm geziert schlenkernd, ein Tanztuch, das mit dem Dreieck der Deltier gezeichnet war. Ich hatte keine Wahl, steckte das Tuch an meinen Gürtel. Er zog mich hinter den Bänken entlang vor die Spielleute, zerrte mich im Kreis herum. Ich kannte nur den gemessenen Schreittanz der Stadtfeiern; er hätte mich freigeben sollen, damit ich hätte springen und wirbeln können wie die anderen, doch er preßte mich an sich wie ein Raubtier seine Beute und schob mich über die verrutschten Matten, daß ich nicht wußte, wohin mit den Füßen.

»Sag ihm«, raunte er mir ins Ohr, »er soll träumen, träumen, träumen. Die Großen Alten haben es so eingerichtet, und ich will nie aufhören damit. Im Traum holt man nach, was immer man versäumt hat — jung will ich sein und tanzen wie damals, bevor ... Sag ihm das, tanzen soll er mit dir im Traum, dann ist alles verziehen. Ich will sie nicht spüren, die morschen Gelenke. Wo ist mein Leben hin? All die Jahre geopfert der Stadt, vom Quicksand verschluckt ...«

Sein Kinn stachelte mir gegen die Wange. »Hat versagt, das Siegel, ein totes Stück Metall, wirkungslos seit Nerev ...« Er hustete ab. »Ist Geheimnis des Rates. Wir tanzen, und die Mittal tanzt mit uns.«

Ich war steif wie ein Stock. Während er mich über die Matten schleifte, überschlugen sich meine Gedanken: Deshalb also die geheime Ratssitzung! Deshalb also das Fest! Aber warum verriet mir Ardelt das? Und weshalb rasselte Kileans Weckuhr?

Ardelt stolperte, rieb sich die Knie. »Habe ich etwas gesagt?« Er musterte mich mit stechenden Augen.

Ich schüttelte den Kopf, räusperte mich. »Nichts. Ich habe nichts gehört, der Lärm ...«

Er quetschte mir die Hand, stakste mit mir zur Tafel zurück, murmelte: »Mäßigt Euch, Brüder, mäßigt Euch ... Du bist Beauftragte des Rates, Glauke, vergiß das nie.«

Mir brannte die Neuigkeit auf der Zunge, doch wagte ich als Äußerstes, Kilean zuzublinzeln und zum Siegeszeichen den Daumen zu heben. Allerdings erreichte ihn meine Botschaft nicht. Wie ein Großer Alter inmitten von Dämonen saß er zwischen den sich lautstark ereifernden Ratsherren. Wein und Schwarzbier hatten Gemüter wie Gesichter erhitzt.

»Pferde hat er«, näselte Hettert quer über den Tisch, »ein Mädchen auch, was will er denn noch? Stopfen es ihm von vorn und hinten rein!«

»Was ist Wahrheit?« stichelte Sycoraq, »Wahrheit ist Übereinstimmung.«

Und Sreban platzte plump heraus: »Übereinstimmung mit uns, dem Rat, gilt auch fürs Träumen.«

Sogar mein Vater, der, da er hustete, soeben noch den Anschein erweckt hatte, als wolle er die Peinlichkeiten übertönen, hieb plötzlich mit der flachen Hand auf den Tisch. »Fummelkram! Was müßt Ihr auch vom Torl träumen! Kann mir keine Radspeiche von Eurer Wahrheit kaufen.«

Kilean, äußerlich ruhig, verteidigte sich: »Was habt Ihr gegen Wahrträume?«

Mein Vater zerbrach einen Hühnerknochen. »Schrekken verbreitet Ihr, treibt die Leute zu kopflosen Taten!«

Ardelt hieß meinen Vater durch ein Fingerspreizen schweigen. »Miscara braucht das Blaue Metall. Das ist die Wahrheit. Ohne die Erzhütten stünden die Heere des Thrak längst vor unseren Toren. Wir sorgen schon für unser Wohl, Fremder. Unsere Markscheider suchen nach besseren Lagerstätten, Hüttenmeister und Metallschmelzer forschen nach neuen Verfahren.«

»Und derweil erstickt Ihr am Torl.«

»Er ist das kleinere Übel.«

»Ich halte mit aller Kraft den Deckel zu«, schimpfte Sreban, »und Ihr schürt das Feuer. Wollten mir zwei meiner Leute doch den Dienst in den Hütten verweigern!«

»Ihr seid ein verständiger Mann«, wandte sich Ardelt nochmals an Kilean, »wir dürfen nicht gestatten, daß Wohlstand und Macht unserer Stadt untergraben werden. Den Torl träumt Ihr uns nicht vom Hals. Lernt Eure Kunst, träumt Eure Träume, meinethalben von den Großen Alten, aber fallt nicht auf die Verlockung herein, alles besser wissen zu wollen als der Rat.«

Er erhob sich und schlug am Rande des Daches eine der Zeltplanen zurück. Jenseits des Saksaulwaldes, in jener Senke, die der Backofen heißt, brannte ein Wachfeuer. In seinem Schein konnte ich eine winzige schwarze Gestalt erkennen: einen Gedörrten.

»Er hat«, erläuterte Ardelt leidenschaftslos, »die Träume auf andere Weise gedeutet als wir.«

In Kileans Antlitz zuckte kein Muskel. »Ich werde Euch von den Großen Alten träumen!«

Als könne er den fröhlichen Schall von unserer Hausburg vernehmen, schwang der Gedörrte in der noch immer flirrend heißen Luft bald nach links, bald nach rechts.

Fennr streifte, die Silberscheibe anheulend, durch die Drachenberge; doch ich fürchtete ihn nicht, denn ihm fehlten noch Zähne und Tatzen. Arysa, ein kleines Mädchen, hockte in einer Mauernische und spielte mit einem Holzmesser. Und der Riese mit den drei Schatten besaß erst deren einen.

Da wußte ich — träumend wußte ich es —, daß ich durch die zweite Ebene der Mittal brach wie durch eine morsche Zwischendecke und in die Vergangenheit glitt. Die Zeit war ein emsiger Maurer, der eben vollendete Häuser Stein um Stein auseinandernahm, verfallende Gemäuer verjüngte, Bauschutt in die Stadt karrte und Putz von den Wänden spachtelte. Miscara schrumpfte, fremde Heere erhoben sich vor seinen Toren aus dem Staub, sammelten sich und zogen nach jenseits der Wüste. Die toten Geschlechter kletterten aus den Grüften im Berg, als ein nimmer versiegender Strom ergossen sie sich in die Stadt, ein jeglicher suchte seine Hausburg, um dort Brot und Milch auszuspeien und endlich zurück in den Mutterschoß zu schlüpfen. Drachentöter ritten durch die Wüste, sie stocherten mit Schwertern in Qualm und stinkender Asche und erweckten die Ungeheuer zu neuem Wüten.

Die Großen Alten erwarteten mich. Sie standen vor ihrem Silberschiff wie auf dem Bild, doch sie waren nicht jung, und sie scherzten nicht. Sie starrten mir entgegen: hagere Riesen mit weißem Haar und einer Haut, wettergegerbt wie Saksaul. In ihren Augen aber loderte die Glut, die nie erlischt. Nur in Nyas Augen glomm es grün. Sie packte mich, ihre Zähne kniffen mir in den Nacken; als sei ich ein Katzenjunges, hob sie mich empor und schleppte mich zwischen den fünfeckigen Burgen hindurch hinunter zum Richtplatz.

Da versammelten sich die Großen Alten auf den Rängen, reglos und unnahbar, und ich strauchelte ins Rund, und der eisige Wind, der aus ihren Gesichtern wehte, blies mir die Kleider vom Leib, daß sie meine Blöße sahen.

»Wo ist das kostbare Gut, das wir dir anvertraut haben?« forderten sie. »Wohin hast du verschleudert, was wir dir vererbten? Zeig uns, was übriggeblieben ist!«

»Welches Gut?« fragte ich, und indem ich fragte, wurde mir mein Versagen bewußt: Sie hatten mir die Stadt anvertraut, und ich hatte nicht achtgegeben, und die Stadt war verkommen.

»Du hast unseren Damm zerstört und dem Torl die Tore geöffnet.«

»Du hast Schell in den Hängenden Gärten gepflanzt und den Markt Schächern und Feilschern überantwortet.«

»Du hast das Wasser der Bäder in Bleichlauge verwandelt und die Menschen dem Durst preisgegeben.«

»Du hast die Stadt in obere und niedere Viertel zerhackt und Feindschaft unter ihre Bewohner gesät.«

Ich wollte rufen, daß ich all dies nicht getan hätte, aber schon drehten sie mir das Wort im Munde um und fragten mich, was ich dagegen getan hätte. Hätte ich je im Rat gefordert, den Menschen das Wasser gerecht zu bemessen? Hätte ich je in den Erzhütten die Arbeit verweigert, um dem Torl Einhalt zu gebieten? Hätte ich je die Schellblätter ausgespuckt, die mir die Sinne verschleierten?

Der eisige Wind riß mir die Haut vom Fleisch. Da weinte ich um die Stadt.

Doch Nyas Augen leuchteten über mir. »Dies können wir dir vergeben. Eine Stadt läßt sich erneuern. Wo aber ist das kostbarere Gut, das wir dir anvertraut haben?«

»Welches Gut?« fragte ich, und indem ich fragte, wurde mir mein Versagen bewußt: Sie hatten mir ihre Wahrheit anvertraut, und ich hatte sie nicht geteilt, und die Wahrheit war versickert wie Wasser im Sand.

»Du hast deine Macht auf Geheimnisse gegründet, und unsere Bücher sind verdorrt und unsere Maschinen verrostet.«

»Du hast den Ursprung des Torls verschwiegen, und die Lüge, er sei die Rache der Drachen, hat sich in den Köpfen eingenistet.«

»Du hast die dunklen Seiten aus dem Buch der Geschichte getilgt und die Opfer deiner Grausamkeit in die Mittal verbannt.«

»Du hast die Wahrheit über die Träume verfälscht und sie nach deinen Zwecken zurechtgestutzt.«

Ich wollte rufen, daß ich all dies nicht getan hätte, aber schon drehten sie mir das Wort im Mund um und fragten mich, was ich dagegen getan hätte. Hätte ich je mein Recht zu wissen eingeklagt? Hätte ich je, wenn im Rat mich keiner hörte, die Wahrheit auf den Markt getragen? Hätte ich je den Mut aufgebracht, mich gegen die Lüge der Mächtigen und gegen den Aberglauben der Unwissenden zu stellen?

Der eisige Wind riß mir das Fleisch von den Knochen. Da weinte ich um die verlorene Wahrheit.

Doch Nyas Augen leuchteten über mir. »Dies können wir dir vergeben. Wissen läßt sich wiedergewinnen, die Wahrheit vergeht nicht. Wo aber ist das kostbarste Gut, das wir dir anvertraut haben?«

»Welches Gut?« fragte ich, und ich marterte mich:

Was war wertvoller als die Stadt, was war wertvoller als die Wahrheit, doch nichts wollte mir einfallen.

»Du hast deine Geschwister von den Plätzen der Ratsversammlung verjagt und die gemeinsame Abstammung verleugnet.«

»Du hast sie mit dem Recht des Stärkeren zu stummen Arbeitstieren gemacht.«

»Du hast sie dem Drachen zum Fraß vorgeworfen um deines kleinlichen Vorteils willen.«

»Du hast deinen Sinn verhärtet, wenn sie deine Hilfe brauchten.«

»Du hast jedes Unrecht demütig erduldet und die Hand, die dich schlug, noch geküßt.«

»Du hast deinen Leib feilgeboten und deine Haut zu Markte getragen.«

Ich wollte schreien, daß ich all dies nicht getan hätte, aber schon drehten sie mir das Wort im Munde um und fragten mich, was ich dagegen getan hätte. Hätte ich je meine Furcht überwunden und aufbegehrt, wenn man mich in die Katen der Niederstadt steckte? Hätte ich je den Dienst verweigert, wenn man mir befahl, die Hellebarde zu senken? Hätte ich je die Stimme erhoben, wenn die anderen schwiegen?

Der eisige Wind zerrte an meinen Knochen. Und in sein Heulen mischten sich Rufe nach Vergeltung. Da begehrte ich auf und überwand meine Furcht und erhob meine Stimme und beschuldigte die Großen Alten, selbst Urheber allen Übels zu sein, die Stadt unzureichend geschützt zu haben, ihre Wahrheiten nicht auf die rechte Weise übermittelt zu haben, vergessen zu haben, daß nicht alle Menschen ihre Kraft besäßen. Und waren nicht sie vor den Stürmen der Wirklichkeit geflohen? Hatten nicht sie den Turm errichtet? War es nicht der Schatten ihrer überlebensgroßen Gestalten, der auf Jahrhunderte verhinderte, daß Neues aufkeimte? War nicht der Rat ihre Erfindung? Sie hätten in ihrer Weisheit voraussehen müssen …

Meine Knochen rollten im Wind auseinander. Die Großen Alten verließen ihre Plätze und schritten ins Dunkel der Nacht. Nur Nya sammelte alle meine Knochen ein und reichte sie mir, auf daß sie Fleisch ansetzten.

Als ich erwachte, waren Knochen, Fleisch und Haut unverletzt, die Großen Alten hatten meinen Leib verschont, an meinem Geist jedoch nagte ein schwer faßbares, unbestimmtes Schuldgefühl. Was hatte ich mir vorzuwerfen? Ich hatte gelebt wie andere Patriziertöchter auch, ich war unter Menthes Obhut herangewachsen, hatte gelernt, fleißiger vielleicht als andere, und war meinem Vater zur Hand gegangen. Ich hatte nie jemanden gequält, niemals geraubt oder betrogen, höchstens einmal Landre oder einen Knecht gedemütigt. War das so schlimm? Sie vertrugen es ja, waren daran gewöhnt. Ich hatte getan, was man in Miscara von mir erwartete. Und dies sollte nicht reichen? Schlecht sein? War es meine Schuld, daß ich in ein traumloses Zeitalter hineingeboren worden war?

»Da hat dir dein Saddraq einen Drachenstreich gespielt«, sagte ich zu Kilean, als er wie an jedem Morgen kam und zu mir ins Bett schlüpfte. »Schleifst uns auf den Richtplatz, beschuldigst Gerechte wie Ungerechte!«

»Aber, Mädchen, das war doch nur eine nächtliche Gaukelei.«

Zufrieden schob er mir den Arm unter den Kopf, zufrieden zog er mich an sich. Ja, das war er: zufrieden mit seinem Traum, seinem Erfolg. Er hatte es sich bewiesen, daß die Großen Alten seinem Ruf gehorchten. Er hatte das Werk von Menschenaltern gewogen. Er hatte es zu leicht befunden. Er.

Ich wehrte die Hand ab, die nach mir tastete. »Weißt du, was du getan hast? Du hast alles verworfen, was unsere Vorfahren geschaffen haben. Du hast Miscaras Geschichte zu einer Kette von Versäumnissen, Verbrechen und Abirrungen erklärt und zum Schluß sogar die Großen Alten als Dummköpfe abgeurteilt.«

»Freu dich doch mit mir, daß ich die dritte Ebene so schnell gemeistert habe.«

Ich entwand mich ihm, warf mir die Kleider über. An diesem Morgen war ich nicht in Stimmung für Zärtlichkeiten. »Nirgendwo steht, daß du deshalb unser gesamtes miscarisches Gemeinwesen unterhöhlen mußt.«

Der Ärger über das dumpfe Gefühl der Schuld, das er in mich gepflanzt hatte, verwandelte meine Worte in stachlige Geschosse. Was maßte er sich an, den Stab über uns zu brechen, er, ein Namenloser, Fremder, Dahergelaufener!

Kilean musterte mich erstaunt. »Die Patriziertochter«, meinte er dann trocken, »beißt um sich.«

Das war zuviel, ich ging. Ich brauchte Abstand, einen klaren Kopf, die kalte Luft in den Gassen.

Über Nacht hatte sich Miscara in eine belagerte Stadt verwandelt. Zwei Dutzendschaften Stadtsoldaten riegelten den Turm ab, angeblich, um den Traummeister vor Übergriffen zu schützen; Streifen allenthalben, doppelte Besetzung der Stadtmauern, die Läden vieler Hausburgen waren verrammelt, als brause der Torl heran. Sreban hielt den Deckel fester auf den Topf.

Drei Soldaten, noch jung und mit den hungrigen Augen der Niederstadt, doch schweigsam, wie es ihr Dienst verlangte, geleiteten mich die Treppen zum Markt hinab. Vor der geweißten Häuserwand hatte sich das Volk versammelt, Händler und Knechte, Mägde, die Kinder auf den Schultern trugen.

Kaum daß sie mich entdeckte, löste sich eine ältere Hausmagd aus der Menge und stürzte, Haß auf den Lippen, mir entgegen. »Mörderin! Mörderin!« kreischte sie; einer meiner Begleiter stieß sie zu Boden. Erst später erfuhr ich, daß ihr Mann, ein Wachsoldat bei den Erzhütten, am Morgen von einer Felsklippe gesprungen war.

Die Bilder an der Wand sprachen für sich. Die Großen Alten hatten zwar — Kelle und Stein in der Hand — die Hausburgen errichtet, ihre wahren Schätze jedoch verbargen sie in unerreichbaren unterirdischen Grotten. Welche Gefahr auch immer die Stadt bedrohte, Horden von Nomaden, dräuende Gletscher, Sanddünen, die Großen Alten schauten stumm von ihrem Winddamm herab, klein, fern, immer entrückter. Nein, sie besaßen kein Recht, über die Stadt zu richten, die sie im Stich gelassen hatten.

Ich mußte Doratra, oder wer immer die Bilder entworfen hatte, bewundern. Sie waren ein Traum, in Kreide und Ruß gefaßt, und gewiß hatten sie dazu beigetragen, daß zumindest äußerlich der Aufruhr vom Morgen am Verebben war. Aus den Werkgewölben drang das übliche Hämmern und Fluchen. Qualm wehte von der Stadtschmiede herüber, unter Zeltplanen wurde gefeilscht. Der Alltag hatte Miscara eingeholt. Alles im Griff.

Oder doch nicht alles. Schagon, der Beschlagmacher, paßte mich auf der Breiten Treppe ab. »Noch zwei solcher Träume, und keiner läßt sich mehr wie ein Ochse unter das gewohnte Joch spannen!«

Er japste, von Erregung übermannt, nach Luft. »Ich habe immer geschwiegen, mußte dankbar sein, als Fremder in Eurer Stadt Unterschlupf gefunden zu haben — aber jetzt werde ich wie die anderen meinen Teil fordern: vom Wasser, vom Reichtum, vom besseren Leben. Der Rat muß das einsehen. — Wie schade, daß Grunelien keinen Traummeister hat!«

Reglos, wortlos lauschten die Soldaten seinen aufwieglerischen Reden. Und als uns auf dem Weg hoch zum Stadthaus ein Karren lärmend entgegenholperte, schloß sogar der eine zu mir auf, wisperte hastig, nie wieder wolle er die Hellebarde gegen seine Brüder erheben.

Ich wandte mich zu ihm um, doch ich erblickte nur

das ausdruckslose Gesicht einer menschlichen Kampfmaschine, Strickkragen bis über den Mund, Helm in die Stirn gedrückt.

Das Stadthaus war verwaist. Lediglich Schreiber Erlarq kramte, hinter Stößen von Akten versteckt, in irgendwelchen Papieren.

Als ich herantrat, raffte er einige Zettel auf dem Pult zusammen, schob sie in eine Mappe. Gerade noch erhaschte ich die Überschrift: *Bekanntmachung über die Absetzung des Traummeisters.* Ich fragte nach Ardelt oder jemandem aus dem Rat.

Erlarq lüftete die Kapuze um ein winziges. »Der Rat, das bin ich.« Er kicherte dünn und dümmlich.

Unversehens äffte er Ardelts verhalten-schrillen Tonfall nach: »Und wer besorgt uns dann Träume? Der alte Stumpfsinn kehrt zurück, Sigmarq reibt sich die Hände.«

»Ich laß mich nicht Leuteschinder schimpfen!« näselte Hetterts Stimme dazwischen. »Auf wieviel Tage reichen eigentlich die Vorräte im Turm?«

»Stellt uns an den Pranger, der Laffe!« Das war Sreban. »Mußte alle Tore verrammeln, daß uns nicht jeder fähige Mann von dannen zieht. Habe bereits mit Abgesandten vom Ladestock verhandelt: Hat keinen Zweck, uns selbst weiter zu belügen, ist ein unbelehrbarer Träumer.«

Meines Vaters Baß erklang: »Keinen Zweck, Fummelkram. Schleichen in der Nacht bis in die Hirsefelder, Sigmarqs Landsknechte, und das nur, um mitträumen zu können. Ein paar Zugeständnisse an unsere Werkleute ... Wenn meine Tochter ...« Ein brüllendes Gelächter wie aus mehreren Kehlen. »Gewähren wir ihm freies Geleit.«

»Freies Geleit?« geiferte Hettert. »Meine Chetier reißen ihn in Stücke!«

»Der Meister wird nicht fliehen«, sagte ich, und Erlarq kicherte erneut — diesmal mit der eigenen

Schlammtümpelstimme. Unter seinem tintenfleckigen Ärmel rutschte ein Schriftstück hervor: *Bekanntmachung über die Absetzung des Rates.*

»Wem dient Ihr?« verlangte ich zu wissen und griff nach seiner Kapuze. Augenblicks sank er in sich zusammen und wieselte schattenhaft-behende zur Tür.

Noch während er öffnete, flötete er: »Oh, Dame Doratra, gut, daß Ihr mich von dieser Närrin erlöst.«

In meinen Augen glich Doratra seit je einer Trugdattel, deren duftende gelbe Schale ein Fruchtfleisch, giftiger als zehn Skorpione, umhüllt. Erzählten sich nicht die Mägde, daß sie eine eiserne Schatulle mit Sterntalern besäße, jenem goldschimmernden tödlichen Metall, das es vor Jahren, als der Gleitende Stern zerplatzte, über Südgrunelien aus dem Nachthimmel geregnet hatte? Und hieß es nicht, daß die eiternden Schwären, an denen ihr Gemahl dahingesiecht war, von eben jenen Sterntalern herrührten? Freilich konnte es sich bei diesem Gerücht ebensogut um eine gezielte Verleumdung der Atrier-Männer handeln, die Doratra den Aufstieg in den Rat neideten und sich den Einfluß einer Frau nicht anders zu erklären vermochten als eben durch Drachenzauber.

Wie dem auch sei, mir gegenüber zeigte Doratra unverändert die weiche, duftende Schale. Sie legte mir den Arm um die Schultern, tat freundlich, fast mütterlich. »Ich glaube, wir sollten einmal miteinander reden — von Frau zu Frau.«

Wir setzten uns im großen leeren Sitzungssaal an den großen leeren Tisch, vor uns die Karte der Welt, uns zur Linken die sonnenüberflutete Fensterwand und dahinter die Stadt.

»Wie könnt Ihr noch lächeln nach einem solchen Traum, Ratsherrin?« fragte ich. »Drückt Euch keine Schuld zu Boden?«

Sie strich mir nachsichtig über das Haar. Glaubte ich,

daß sich die Ratsmitglieder aus Reue und Gram umbrächten — wegen eines Traumes? Sie alle hätten es längst gelernt, mit der Erinnerung an wenig heldenhafte Taten zu leben oder sich ihrer noch zu brüsten, wenn nötig. »Wer schmutzigen Rädern in die Speichen greift, kommt nicht mit sauberen Händen davon. Wenn du etwas bewegen willst, darfst du nicht zimperlich sein.«

Stockend begann sie, von sich zu erzählen, von dem Mädchen, das sie einst war und das sich Träume wünschte, um in die Fußstapfen der Traummeisterin Nrada zu treten, ihrer Ahnin. Mit Träumen die verworrenen Geschicke der Welt ein wenig ordnen, eine bessere, frauliche Welt zu schaffen ... Wie oft hatte der Torl seither die Stadt heimgesucht!

»Ich bin kein Sigmarq«, sagte sie, »mich treiben weder Machtlust noch Blutrausch, doch ich weiß: Wer etwas ausrichten will, muß eiserne Träume haben. Und ich will viel ausrichten.« Sie senkte die Stimme. »Seit Jahrhunderten herrschen Männer in Miscara. Und mit ihnen Gold und Blaues Metall, Torl und Schell, Hellebarde und Peitsche. Ein Traum wie der von heute nacht könnte unsere Schwestern aufrütteln. Wenn wir uns gemeinsam aufbäumen, hält sich kein Mann im Sattel.«

Sie hustete, und das grelle Sonnenlicht leuchtete durch die Schale ihres Wesens, hart und grimmig malte der Schlagschatten ihr Gesicht. »Was in meinen Kräften stand«, fuhr sie halb flüsternd fort, »habe ich versucht. Ich habe mir das Gift der Zarchspinne eingespritzt, und ich bin an den stickigen Grund der Katakomben getaucht, doch nur einmal, weit in der Karr, streifte mich der Schatten eines Traums. Ich bin keine Nrada, ich vermag nicht, die Nachtgedanken der Menschen zu lenken. Deshalb habe ich all meine Hoffnungen auf den Traummeister gesetzt — einen Mann.« Sie seufzte, berührte mit ihrer kalten Hand meine Wange. »Und auf das Mädchen, das ihm einflüstert.«

Ich traute ihr nicht, dachte an die Trugdattel und an

den Haß, den sie in ihrer Brust verschlossen hatte. Was wollte sie von mir?

»Vor Jahren habe ich mich befreit, aber auf Männerweise, und viel von mir selbst verleugnet dabei. Jetzt ist es an der Zeit, daß wir alle uns auf Frauenweise befreien. Lange genug habe ich auf diese Nacht gewartet. Diese Nacht — oder keine. Zweimal ist es mir gelungen, den Rat zu beschwichtigen, ein drittes Mal wird es mir nicht glücken. Deshalb muß Kilean träumen, was wir ihm auftragen. Und falls er sich sperrt, greifen wir zu weiblicher List. Wenn die Männer nichts verstehen als zu träumen und zu handeln, müssen wir für sie vordenken und entscheiden.«

Sie schob mir einen zusammengefalteten Zettel zu. »Der heutige Traumplan. Befolge ihn bis aufs I-Tüpfelchen.«

»Die Zeit der Traumpläne ist vorüber.«

»Dann wirst du dein Flakon benutzen. Du hast es doch noch? Drei Tropfen an Kileans Tee.«

Die Kälte ihrer Hand, die meine Wange streichelte, drang tief in mich. Und mit der Kälte strömten ihre Gedanken auf mich über. Ich wurde wieder die alte Glauke, nüchtern, berechnend. Es hieß: die anderen — oder ich. Ich würde meiner Figur den Helm der Drachentöter überstülpen, Kilean würde mein Knappe sein. Mein Wille, meine Rache, meine Stadt.

Ich schüttelte die Anwandlung ab, wollte mich erheben. Doratra zog mich sanft auf den Stuhl zurück. Gewiß, es falle schwer, den Geliebten zu hintergehen, aber ohne diesen rettenden Traum sei seine Zeit ohnehin ein für allemal abgelaufen. Noch eine Nacht zielloser Unbotmäßigkeit, und der Rat schlüge zu.

»Ich fürchte«, flüsterte sie, »wir beide haben uns viel zu fest an Kilean gekettet. Stürzt er, muß ich nach Grunelien fliehen. Wirst du mich begleiten?«

Mit einemmal fügte sich mir ein Bild: So wie ich neben Doratra saß, glich ich dem Mädchen, das sie einst gewesen war, und sie glich der Ratsherrin, die ich dereinst sein würde — nach Jahren verzehrenden Machtgerangels und Jahren bitteren Einpassens. Ich empfand Mitleid mit ihr und — ein plötzliches Grauen vor mir selbst.

»Stürzt der Traummeister«, beschwor sie mich, »wird Sigmarq alles an sich reißen. Dann wird er wirklich über die Stadt hinwegschreiten, der Riese mit den drei Schatten. — Ich verlange von dir lediglich, was von altfrüher her Zuflucht und Waffe von uns Frauen war.«

»Du bist Arysa«, sagte ich, meiner Eingebung folgend, »die sich rächen will an den Männern.« Und ich knüllte ihren Traumplan zusammen.

»Und du«, ihre Stimme war schneidend scharf wie die Klinge der Sicia, »du bist weder Mädchen noch Frau. Kaum berührt und schon verdorben.«

Was ich befürchtet hatte, war geschehen. Der Rat belagerte den Turm. Die Stadtsoldaten, die mit versteinerten Mienen den Vorplatz besetzt hielten, kreuzten vor mir die Hellebarden. Alles Befehlen, jede Vorhaltung stieß auf taube Ohren. In der Abgeschiedenheit des Turmes war Kilean der Gefangene des Rates geworden, der er im Grunde von Anfang an gewesen war.

In meiner Not formte ich aus den Händen einen Trichter und rief nach ihm. Stumm und leblos weiß ragte der Turm vor mir auf, ein Stachel im Fleisch der Stadt, den der Rat herausschneiden wollte. Kein Traummeister beugte sich über die helle Brüstung.

»Wer hat der Dirne die Plärrerei gestattet?« donnerte Srebans Baß über den Platz. Mit Riesenschritten stapfte er herbei, um die Soldaten für ihre absichtliche Nachlässigkeit abzukanzeln.

Hinter Sreban eilte mein Vater heran, der blaß war und die kräftigen Hände ineinanderknäulte, daß die Knöchel knackten. Es mußte ihm schwerfallen, sich das Scheitern seiner hochfliegenden Pläne einzugestehen.

»Komm nach Haus«, sagte er schlicht und fügte, als er die Weigerung in meinen Augen las, bitter hinzu: »Dein Wagen rast in den Abgrund, Glauke. Bremst ihn nicht mehr, auch wenn du dich vor die Räder wirfst.«

Ich war froh, meinen Vater vor mir zu wissen, und ich war so voller Vertrauen, daß ich bettelnd die Finger um die breiten Hornknöpfe seines Wamses krallte. »Aber Ihr vermögt es, Vater, Ihr seid ein wichtiger Ratsherr, gebt nicht auf, ohne Kilean sind wir verloren.«

Er legte mir die Hand auf die Schulter. »Bist ihm verfallen, armes Kind. Jetzt weist man mir den Wechsel dafür vor, daß ich die eigene Tochter um Einfluß und Macht verschacherte.«

Ein Röcheln und Rasseln erschütterte seine Brust. Er rang mit dem fressenden Staub in der Lunge, kein befreiendes ›Fummelkram‹ kam von seinen Lippen, sondern Speichel, der schwarz und rot auf den Steinboden tropfte. Auch Blaues Metall und Torl wiesen ihre Wechsel vor. Schwer wie ein wankender Fels stützte er sich auf mich.

»Vater«, flüsterte ich, »ich muß Kilean sprechen. Ich bin im Streit von ihm gegangen. Sobald er schläft, komme ich und pflege Euch.«

Mein Vater zog eine schmale Branntweinflasche aus einer Innentasche des Wamses, spülte sich mit dem Fusel den Mund aus und spuckte das Zeug zu Boden. Seine Finger gruben sich in meine Schulter, er schleppte mich mit sich. »Nicht wir sind verloren, er da oben ist's ... und du wärst es mit ihm ... mitgedörrt ...«

Sein jammervoller Zustand nahm meiner Auflehnung die Kraft. Wie im Fieber redete er vor sich hin, nannte mich bald Glauke, bald Tonach, beschuldigte sich, die Tochter vernachlässigt, falsch erzogen, an einen Fremden weggegeben zu haben, nie würde ich, Tonach, ihm das verzeihen. Für wen, wenn nicht für mich, Glauke, lebte er. Bisweilen versagte ihm die Stimme, sein Wille jedoch versagte ihm nicht. Kaum daß wir in unserer

Hausburg angelangt waren, sperrte er mich in mein Zimmer.

Da stand ich nun in meinem Erker. Jenseits der Hängenden Gärten hob sich der Turm düster vom roten Abendhimmel ab. Unerreichbarer denn je. Die Reue, die lastende Schuld, die die Stadt heimsuchte, holte mich wieder ein. Wie das Gift der Trugdattel wühlte Doratras Urteil in mir: nicht Mädchen noch Frau. Kaum berührt und schon verdorben. Ich hatte es allen recht machen wollen, und ich hatte es niemandem recht getan. Kilean würde glauben, daß ich ihn verraten hätte, und ich hatte die verraten, zu denen ich von Geburt gehörte. Ich hatte meinen Vater enttäuscht und Doratra, ich hatte in meiner Sucht, Brücken über das Eis zu schlagen, gelogen und getrogen, hatte bei jedem Traumplan Kilean in die Irre geführt und den Rat hintergangen, und nun klafften die Gletscherspalten nur desto tödlicher auf. Wenn sie heute nacht den Turm stürmten und Kilean dörrten, dann war dies mein Verschulden.

Noch war es nicht soweit. Der Tote Pflüger sank hinter die Drachenberge. Kilean würde träumen, und so lange er träumte, besaß er die Kraft, den eisernen Ring, der sich enger und enger um ihn schloß, zu sprengen. Waren sie nicht zumeist Söhne der Niederstadt, die Soldaten? Wühlte nicht auch in ihnen das Schuldgefühl? Kakerlak würde die eine Verlautbarung zerreißen, die andere, richtige aus dem Ärmel ziehen und entfalten.

Solcherart getröstet, legte ich mich angekleidet auf mein Bett, das kalt war und nach Torlstaub roch. Kilean würde bei mir sein durch seinen Traum. Doch der Traum, der aus dem düstren Gebälk der Decke quoll, war nicht Kileans Werk.

Die Nacht teilte sich, und aus dem Dunkel schälte sich die übermächtige Gestalt eines Mannes. Die scharlachrote Schärpe des obersten Kriegsherrn hatte er sich um die Hüfte geschlungen, ein Ende davon verlor sich in der Finsternis. In seiner Rechten wog er das Ratssiegel, und er glänzte von den blanken Stiefeln bis zum gläsernen Helm; was machte es da schon aus, daß er drei Schatten warf.

Wie war ich stolz, daß er mich auserkor! Beide Arme streckte ich ihm entgegen und bat ihn, mir die Hände mit bunten Reifen zu binden. Ich kniete mich vor ihm nieder, um ihm die Stiefel zu wichsen, und ich reichte ihm den Schlüssel, damit er mich in meinem Zimmer einschloß, bevor er die Hausburg verließ. Im Ratssaal setzte er sich auf meinen Kutschbock und ergriff die Stadt-Zügel. Tausendmal besser als ich vermochte er, die miscarischen Blauschimmel zu lenken. Was hätte ich ihm dreinreden sollen, viel zu schwierig war seine Kutschkunst für mich. Das Haus sauber und die Mägde auf Trab zu halten, das war meine Bestimmung.

Wohin ich auch blickte, Gestalten, hell und hehr wie er, bezauberten Mädchen und Frauen. In Hausburgen wie Katen streckten sie ihnen die Hände hin, auf daß sie gefesselt würden. Und damit kein Fleck vom Arbeitsschweiß den Glanz der Männer trübe, drängten sich die Frauen zu den gewölbehaft-dunklen, erdigen Hausburgeinfahrten, wo die Jauchefässer aufgestellt waren, und leerten diese, wobei sie sich der gebundenen Hände wegen verrenkten und viel verschütteten. Dabei flehten sie ihre Recken an, abseits zu stehen, sich nicht zu beschmutzen und ihnen, den unwissenden und ungeschickten Frauen, zu raten und zu befehlen. Ihr schönster Lohn war es, die Göttlichen oben im Lichte zu bewundern, wie sie Kugeln für Mörser gossen und Hakenbüchsen an Torlboten erprobten.

Mit den anderen Frauen klatschte ich Beifall, als die Ratsherren die miscarischen Blauschimmel auf der Weltkarte Stück um Stück voranschoben. Mit den anderen Frauen lief ich vors Stadthaus und forderte: »Das Brot verteuern! Und hebt die Steuern!« Der Drache Krieg brüllte in der Karr, ich winkte neben den anderen

Frauen am Mittagstor den hinausziehenden Helden zu und schmückte sie mit Blumenkränzen. Und wenn Söhne und Gatten im Sand verröchelten, was für ein Glück! Dann stiegen wir rasch aufs Kindbett und gebaren der Stadt dutzendweis neue Krieger.

Kehrte mein Recke, berauscht von Blut und Schell, nach Haus zurück, hielt ich ihm meine Wange hin, damit er nicht vergaß, mich, wie es Sitte war, zu schlagen. Ich pflegte und umhätschelte ihn, bis er sich in ein zottiges Ungeheuer verwandelte, aus dem Kiefer spitze Zähne sprossen, die Finger verwuchsen, Hände zu Pfoten wurden, die Augen rot glühten. Wie die anderen Frauen frohlockte ich, endlich solch ein zottig-zähnefletschendes Ungeheuer, das grunzte und sich fläzte, im Haus zu haben und es bemuttern zu dürfen! Wie schön, seinen unersättlichen Bauch zu stopfen! Welche Freude, wenn ihm nach der Fütterung die Rute schwoll und er nach mir grapschte und sich auf mich wälzte und in meinem Leib herumstocherte! Da hatte ich mein Untier gezähmt …

Für einen Augenblick war es, als ob Wolken aufrissen, und ich sah eine andere Art von Frauen: Sie trugen die Sicia stets bei sich und stachen zu, wenn es ihnen beliebte; sie feilten Späne von den Sterntalern und mengten sie dem Gatten an den Eintopf, sie quetschten Trugdatteln aus und mischten, damit der herbe Geschmack nicht allzusehr hervortrete, den Saft mit Branntwein. Sie pflückten Gletscherkresse und kochten daraus einen Absud, der, tagaus, tagein genossen, jeden Mann zum kraftstrotzend-gefügigen Trottel machte; sie liefen in der Dämmerung zu ihren Schwestern oder zur Weisen Frau und tauschten Erfahrungen mit Milchtau und Steinwurzpulver aus, womit sie den Männern die Kraft ihrer Lenden raubten oder aber verdoppelten; und wenn sie es wollten, brachten sie nur Töchter zur Welt.

Das Wolken-Fenster verwehte. Wie die anderen Mütter hieb ich meinen Töchtern auf die Finger, sobald sie nach dem Fleisch langten, das nur den Knaben zustand; wie die anderen Mütter schloß ich sie in enge Kammern und stülpte ihnen die Haube aufs Haar. Wie die anderen Mütter führte ich meine Töchter ihren Helden zu, damit sie zu Müttern würden wie ich. Und wie die anderen Mütter pflanzte ich ihnen Gehorsam ein: Männer haben die Stadt erbaut und die Menschheit von den Drachen befreit. Männer haben das Träumen erfunden, das Blaue Metall gewonnen, das erste Geld geprägt. Männer haben die Maschinen entworfen und die Werkhallen errichtet. Männer vermehren den Reichtum der Stadt und vergrößern ihre Macht. Männer sorgen dafür, daß die Maschinen schnurren und die Welt sich dreht. Darum ehre den Mann, der auch dich erschuf.

Milchiger Schein umfloß mich. Die Silberscheibe wanderte über das Himmelszelt, doch sie war nicht makellos, wie ich sie kannte, abgehärmt kam sie mir vor, zerschunden ihr Antlitz, zernarbt, zerfurcht, altersfleckig, und trotzdem leuchtete sie mit der Kraft ungebrochener Hoffnung. Arysas Raunen verhallte allmählich in der Karr. Fennr heulte von fern her die Scheibe tief verwundet an, und die Scheibe gewann an Klarheit. »Selene«, flüsterte ich im Schlaf, und ich wußte dabei, daß ich den angestammten Namen der Mondin aussprach.

Ihr sanftes Strahlen zerstreute die Nachtschatten, die sich in den Klüften zwischen den Hausburgen eingenistet hatten, es sickerte durch die Dächer, durchdrang die Mauern bis in den Felsengrund, löste sie auf. In dem milchigen Schein verließen wir Frauen, gleich, ob Patrizierin oder Magd, Hausburgen und Hütten, ein Säckchen über der Schulter, die Kinder an der Hand. Von allen Enden der bleichen Stadt, aus den krummen Gassen nahe den Packhöfen und von den Steigen der Oberstadt strömten meine Schwestern zuhauf. Derbknochige Stallmägde hasteten heran, gebrechliche Greisinnen, die sich auf ihre festlich geschmückten Enkelinnen stützten,

Ardelts Frau war darunter und Landre, Jantas und — singend — die Fitierinnen. Frauen von den Feldern am Zarch brachten uns Stiegen voll Gemüse mit, junge Sigmierinnen verteilten gezuckerte Früchte an hopsende Niederstadtmädchen, andere Frauen senkten aus den Fenstern ihrer Hausburgen Truhen mit Kleidern. Und mit ihnen allen zog ich zu der ausgebrannten Hausburg der Kapten und nahm von ihr Besitz. Über Miscara aber schienen Selene und Sonne zugleich.

Nur für einen Traum währte meine Gefangenschaft. Am Morgen entriegelte Landre die Tür: Nimmermehr könne sie dulden, daß ›ein Mann‹ mich eingesperrt hielte! Diese Zeiten seien vorbei!

Als sie so hereinstürmte, Zorn in den Augen, jedes Wort mit den Händen unterstreichend, da wäre ich ihr am liebsten um den Hals geflogen wie einer lang und schmerzlich vermißten Schwester. War das überhaupt Landre, die tölpelhafte Stubenmagd von ehedem? Sie hatte das strähnige Haar wie gewohnt hochgesteckt, ihre Gesten waren wie gewohnt ungelenk, und doch erkannte ich die altvertraute Landre kaum wieder. Konnte ein Traum soviel bewirken? Wir hatten gleiches erlebt, gleiches erlitten, mochte ihr die Zunge weiterhin bei jedem Wort am Gaumen kleben, mochte sie weiterhin mit zwei linken Füßen daherschlurfen, wir waren verschwistert von Geburt, sie — ein Stück meiner selbst.

Ich faßte sie an den Schultern und konnte mich nicht satt sehen. Statt des ausgeblichenen Kleides trug sie den mit Bändchen verzierten Rock vom Fest — es war ja auch ein Festtag für uns! »Soll er nur schimpfen, der Herr Erast, ich sag' ihm meine Meinung! Mit uns springt keiner mehr um!«

Ich schämte mich, daß es eines Traumes bedurft hatte, um mir die Scheuklappen von den Augen zu reißen. Und zugleich war ich überglücklich, eine Schwester gewonnen zu haben.

»Landre!« schallte es zum Fenster herein. Im Torweg gegenüber fuchtelte eine beleibte Magd mit den Armen. »Wir richten uns 'ne Hausburg ein. Kommst du mit?«

Natürlich kam Landre mit, und ich folgte ihr. Ich fühlte mich frei und leicht, wie von Schell berauscht.

Aber nicht auf jeden wirkte der Traum gleich. Menthe saß, als wir sie holen wollten, auf dem Küchenschemel und stierte in den erloschenen Herd. Verstört griff sie nach meiner Hand. Sie, bei der ich so oft Zuflucht gesucht hatte, klammerte sich nun an mich. »Glauke, Kind, ich darf nicht mehr fürs Essen sorgen, sagt Landre, aber wozu bin ich sonst nütze? Es kann doch nicht alle Tage Wilde Woche sein. Hab' ich denn soviel falsch gemacht, dich schlecht aufgezogen?« Sie schniefte und redete davon, daß uns die Männer zum schlimmen Ende ›blau dreschen‹ würden.

Ich kniete nieder und schichtete Späne in das Feuerloch. Landre verwehrte es mir. »Soll der Herr Erast sich seine Suppe selbst kochen!«

So gerieten wir aneinander, meine Schwester und ich. Sie warf mir Halbherzigkeit vor und ich ihr Mitleidlosigkeit. Gedachte sie tatsächlich, die Männer durch leere Teller zu bekehren?

Sie stemmte die Fäuste in die Hüften. Ob ich etwa alles beim Alten belassen wolle? Ohne selbst am Herd zu schwitzen oder zu hungern, würden die Männer nie die ›Frauenarbeit‹ schätzen lernen. Wir stritten uns hitzig wie Kinder, doch ohne uns ernstlich zu ärgern, und zu guter Letzt lachten wir gemeinsam über unseren Eifer. Menthe begann zu heizen, und wir eilten zum Tor hinaus, um nichts zu verpassen.

Als wir die Menniertreppe hinabhüpften, spürte ich sie wieder, die Freiheit. Die Last, die mich im Turm so oft bedrückt hatte, die Anspannung der Gratwanderungen, war von mir gewichen. Ich war meiner Verantwortung für das Geträumte ledig, wie meine Mitschwestern hatte ich meine Fesseln verloren.

Unterwegs rissen wir, sofern uns nicht andere zuvorkamen, Zettel, die die Absetzung des Traummeisters verkündeten, von den Torflügeln, klärten einige Jungmägde darüber auf, daß nicht jeder Mann ein Feind sei, halfen bei den Deltiern nach, wo sich drei beherzte Muhmen weigerten, die in mehreren Schränken gehorteten Torlschuhe der Sippe an Bedürftige zu verteilen.

Ungewöhnlich viele Frauen waren unterwegs. Hauben lagen im Staub und manch bunter Ehereif. Männern begegneten wir in den engen Gassen um den Kalten Platz nicht, und das war gut so, denn jede zweite Magd fühlte sich stark und gnadenlos wie Arysa. Auch Landres Rocktasche barg ein Gemüsemesser — falls ihr einer ›in die Quere‹ käme.

Erst am Markt stießen wir auf die zu allem entschlossenen Vertreter des anderen Geschlechts. Die Marktwache versperrte den Zugang zu Warengewölben und Vorratslagern, sie wurde verstärkt durch bewaffnete Händler, die bärbeißige Mienen zogen und bereit waren, ihr Gut mit ihrem Leben zu verteidigen. Vor meines Vaters Werkhöfen standen, die Arme verschränkt, Stellmacherlehrlinge und -gesellen. Sie ließen sich von den vorbeiströmenden Hausmägden und Hökerinnen anpöbeln, johlten bei den jüngeren lauthals zurück und behaupteten steif und fest, sie seien ›ganz anders‹, sie seien der lang ersehnte neue Schlag von Mannsbildern.

Auf der Abendseite der Hängenden Gärten entdeckte ich in der Menge Jantas. Sie hatte sich ihren Säugling auf den Rücken gebunden, armrudernd bahnte sie sich einen Weg zu mir. »Ich habe ihn eingesperrt!« rief sie. »Soll er vermodern! Den Vater brauchen meine Kinder nicht!«

Weiter oben waren Frauen aus der Niederstadt dabei, sich der ausgebrannten Hausburg der Kapten zu bemächtigen. Vor dem Eingang staute sich die Menge. Verkohlte Stuhllehnen, haufenweis Schutt und Gerümpel flogen aus den Fenstern. Ich verspürte große Lust, mit zuzupacken, und drinnen, wo es noch dunkel war und muffig roch und der Torlstaub aus Ecken und Fugen kroch, Ordnung zu schaffen. Was für eine Erleichterung, einmal aller Herrinnenpflichten enthoben zu sein, eine unter vielen zu sein! Ich wollte dazugehören, und ich wollte Landre, die, einen Scheuerlappen in der Hand, über die rauhen Dielen rutschte, in nichts nachstehen. Meine unverwirklichte Möglichkeit, das war sie doch!

Ein stoßweises Schluchzen drang aus einem Winkel. Dort hockte, das Gesicht in den Armen verborgen, eine Magd auf einer behelfsmäßig zusammengezimmerten Bank. Ich tippte sie an, kniete mich nieder. Es dauerte eine Weile, bis sie den Kopf hob, stammelnd berichtete. Nie wieder wollte sie ein Messer anfassen, nie wieder. Er hätte sie geschlagen, ja, aber schlecht sei er nicht gewesen. Mußte er sie aus dem Traum rütteln? Mußte sie drohen, ihm davonzulaufen? Ein Krückstock lag neben ihr, dünn und zerbrechlich vom Alter klang ihre Stimme.

»Hier bist du in Sicherheit«, redete ich erschrocken und gedankenlos auf sie ein, »du bist nicht allein.«

So wie es in mir brodelte, so grollte es draußen. Der Torl nahte und machte um ein Haar unsere Arbeit zunichte, denn die Fensterläden waren verbrannt und die Angeln verrottet. Tische mußten herhalten gegen Stein und Staub. Kaum eine hatte an Kerzen gedacht, die Kinder plärrten, und die alte Frau schluchzte untröstlich. Wir husteten und stemmten uns gegen die Tische vor den Fensterhöhlen, und wir fürchteten uns vor der Wucht der heranspringenden Steine.

Der sei auch so eine Männerangelegenheit, hörte ich, der Torl. ›Wir Frauen‹ brauchten weder Blaues Metall noch Waffen, ›wir Frauen‹ hieben keine Breschen in den Damm der Großen Alten, und ›wir Frauen‹ bliesen keinen Qualm und keinen Staub aus den Schloten der Erzhütten. Aber wie immer kam das Ungemach, das ›die

Männer‹ ersannen, auch über unsere Häupter, ›wir Frauen‹ litten unter dem Torlhusten, ›wir Frauen‹ mußten den Dreck beiseite räumen …

Ich spürte den Haß, und ich ahnte, wer da sprach. Im Dunkel der Hausburg bemerkte sie mich nicht, ich war ja nur eine Magd unter vielen, die sich gegen den hereindrängenden Torl stemmten. Und wie ich so hustete und keuchte und der Staub mir in den Augen brannte, wußte ich plötzlich was geschehen war: Doratra war in den Turm geschlichen, Doratra hatte Kilean Gift an den Tee geträufelt, Doratra hatte ihm ihren Zorn auf die Unterwürfigkeit der Frauen und ihre Hoffnungen eingeflüstert. Ich zitterte, aber nicht länger vor Anstrengung und Torlfurcht. Arysa stand hinter mir, den Dolch an der Seite, Arysa, die Todfeindin aller Berührten und Verdorbenen.

»Das ist mein Haus, dies ist unsere Burg«, sprach sie, »Tod jedem Mann, der sie betritt.« Leiser klang es in Doratras Tonfall: »Ich werde nicht nach Grunelien fliehen, ich werde euch Lesen und Schreiben lehren und die Gesetze der Natur und der Stadt …«

Das Donnern und Brausen, das jedes Menschenwort übertönt hatte, verebbte. Mägde schneuzten in Schürzen, als eine graue Wand stand der Staub vor den klaffenden Fenstern.

Doratra war eine übermüdete Frau mit grauem Haar, keine Sicia stak in ihrem Gürtel; sie erkannte mich nicht einmal, als ich an ihr vorbeischlich. Ich band mir den Schal vor Mund und Nase, versah mich mit einem Paar passender Torlgaloschen aus ehemaligem Deltierbesitz und schlüpfte durch das spaltweit geöffnete Tor.

Zum Turm wollte ich, doch ich kam nicht einmal bis zum Stadthaus. Aus den Torlstaubwolken, die über dem Markt lagen, quollen alptraumhafte Gestalten: zottige Wolfshäupter mit Eberhauern und Stierhörnern, Soldaten, die sich als Fennrs verkleidet hatten und im Gleichschritt treppan stapften. Mit sich zerrten sie ein eisernes

Ungetüm, halb Maschine, halb Tier, das mit einem gewaltigen Widderhaupt bewehrt war und Pulverfässer auf dem krummen Rücken schleppte.

Atemlos, verklebt von Schweiß und Staub, traf ich Turio dort, wo ich es gehofft hatte: auf dem Dach unserer Hausburg. Noch wehte unter uns die Saat des Torl durch die Gassenschluchten, doch überall, an allen wichtigen Treppengabelungen, auf den Plätzen, am Markt, tauchten gehörnte Häupter aus dem Grau. Dumpf dröhnte der Schlag des Rammbocks gegen den Turm. Über den Drachenbergen aber senkte sich allmählich die Sonne.

»Was wird nun aus eurem Aufbegehren?« fragte Turio düster. »Das halbe Volk genügt nicht. Und die andere Hälfte folgt Srebans Trommeln.«

»Ich wünsche mir eine Welt, in der Landre so bleiben kann, wie sie jetzt ist«, sagte ich. Ein Kloß verstopfte mir die Kehle.

Turio stellte sich in den rötlichen Sonnenschein und hob die Arme und knickte die Arme, und ich buchstabierte ihm vor, was er gegen die Dämmerung zu schreiben hatte:

Es gibt nur eine Rettung: Entfessele die Mittal! Entfessele die Mittal!

Aber Kilean schlief bereits.

Der Mittag ist so heiß, daß die erloschene Kerze auf dem Klapptisch allmählich umsinkt. Selbst meine Eidechse ist in den Schatten des Zeltes geflohen. Das Wasser im Schlauch schmeckt schal, und ich zähle die Schlucke. Der Durst soll mich nicht unter die Mauern der Stadt treiben.

Mehr als das Wasser, mehr als die Träume fehlt mir Kilean. Ich möchte ihn bei mir haben, den Arm am Morgen über seine Brust legen, seinen Atem hören, ihm zu lang gewachsene Haare aus den Augenbrauen zupfen.

Manchmal verläßt ein Reiter die Stadt. Dann hoffe ich: Das ist *er,* er kommt zu dir, und ich male mir aus, wie er vor meinem Zelt vom Pferd springt, wie ich ihm entgegenstürze, wie ich ihm mein kleines Reich zeige, die Klappstühle und das Feldbett, die zerschlissenen Planen und die Platten der Harnische, mit denen ich den Spalt zwischen Zelt und Wüstenboden verstopft habe. Auch meine Eidechse müßte er sehen. Zufrieden und unbehelligt könnten wir — solange das Wasser reicht — in diesem Zelt leben, nichts um uns und keine Gesellschaft als uns selbst, fern dem Verhängnis, fern dem Turm. Doch dann dreht der Reiter ab und folgt der Planwagenstraße am Fuß der Berge, und ich frage mich: Der dort im Turm, ist er noch dein Kilean, ist er noch der, nach dem du dich sehnst?

Manchmal erreichen mich Fetzen seiner Träume. Da renne ich die Treppen zum Markt hinunter. Die Menschen wenden sich ab, schlagen die Fenster zu, verrammeln die Tore, wer keine Torlnische findet, verhüllt sein Antlitz. Angst verzerrt ihre Gesichter, sie straucheln, springen beiseite.

Ein Schnaufen, hechelnd, röchelnd, jagt hinter mir her. Ich fliege die Stufen hinab, die Furcht im Nacken — ich fahre herum: Die Gasse ist leer, allein mein Atmen hallt von den Mauern wider. Ich hetze auf den Markt. Händler kreischen auf, Stadtsoldaten werfen die Hellebarden von sich, stieben auseinander. Wie leergefegt der Markt. Ich weiß, der Brunnen wird mich retten. Ich beuge mich über seinen klaren Spiegel — entsetzt schrecke ich hoch.

Nach Sekunden rollte das Aufstöhnen der Stadt wie ein ferner Donner über mich hinweg. Ich liege auf dem Feldbett, im Säuseln des Windes erinnere ich mich, was ich in dem Buch *Traumeszucht* gelesen habe:

> So schnell du rennst, es ist hinter dir, das Ungeheuer, du hörst sein Stampfen und Schnauben, sein heißer Atem streift deinen Nacken. Du kannst ihm nicht entgehen, du mußt gegen es antreten. In der dritten Nacht endlich wendest du dich um: Dampf verhüllt das Haupt des Drachen. »Wer bist du? Was willst du von mir?« Höhnisches Gelächter antwortet dir. »Willst du es wirklich erfahren?« Der Dampf verweht, das Ungeheuer trägt deine Züge.

Kalt funkeln die Sterne der Wüste auf mich herab, die beiden schnellen Monde ziehen ihre eintönige Bahn. Und so, unter dem Toten Pflüger und der Nördlichen Sternöde, frohlocke ich trotz des Alps, der noch in mir zittert: Kilean stellt sich dem Kampf. Vielleicht wird er sich selbst erkennen und sein Saddraq bezwingen. Solange er kämpft, besteht Hoffnung.

Stadt aus Glas, Stadt aus Stein

Wie ein Saddraq-Traum erscheint mir heute unser Weg durch die Katakomben, jenem einzig verbliebenen Zugang zum Turm, den vermutlich eine Nacht früher Doratra gewählt hatte. Ich sehe Turio vor mir, er hievt den schweren Felsdeckel vom Einstieg in die Stadt unter der Stadt, und ich fühle die kalten Metallsprossen im Schacht. Turios Blendlaterne leuchtete die Gänge nicht aus, der Faden, den ich abspulte, war bald zerrissen. In den Kammern zu den Seiten häufte sich der Unrat vergangener Geschlechter, sarghafte Truhen, geborstene Räder, Tuche, spinnwebhaft darübergebreitet.

Irgendwann trafen wir auf einen Abgrund, in dessen finsterer Tiefe Scherben sich lautlos verloren; wir betraten Stollen ohne Ende, kreuzten, wiewohl wir geradeaus gegangen waren, meinen zerrissenen Faden.

Ratten strömten uns entgegen wie Wellen von Schlamm, kauernd verbargen wir uns in einer Nische. Getrappel und Schatten wie Torlboten. Untiere im roten Schein von Fackeln, wolfsköpfig mit Eberhauern, Stierhörnern: Srebans Stadtsoldaten, die den Turm von unten hatten stürmen wollen. Nun flohen sie in heillosem Laufschritt, gehetzt von wolkenhafter, schwarzer Angst, die dichter und dichter auch unser Versteck füllte. Und dann hörte ich einen Schrei, einen dutzendfachen langgezogenen Schrei, der allmählich im Abgrund verhallte. Endlich wich der Alp von uns.

Wir klommen den erstbesten Schacht empor, gefaßt auf das Ende, den verschlossenen Deckel. Doch oben im Licht erwartete uns, grienend wie über einen gelungenen Streich, Khalib, den Finger vor den Mund hebend. »Pst, pst, er schläft.«

Maskenhaft starr war Kileans Gesicht, und die Lippen verzerrte ein Lächeln, das nicht von Freude herrührte. Bartstoppeln sprossen ihm aus dem Kinn, unnatürlich weiß spannte sich die Haut über den Backenknochen. Kilean schlief, und der Schlaf bedeutete ihm nicht Erholung, sondern äußerste Anspannung. Er träumte bereits die volle Nacht.

Kilean schlief, und solange er schlief, hielt er die Stadt in Atem. Kilean schlief, und solange er schlief, waltete seine Macht.

Verbraucht und stickig roch die Luft in meinem Zimmer, übersättigt von Träumen, schweißgeschwängert. Ich drehte am Knauf, stieß ein Fenster auf. Rauch wehte herein, beizend und bittersüß. Unten auf dem Turmvorplatz brannte im Schatten der weichenden Nacht ein Scheiterhaufen. Stadtsoldaten mit rußgeschwärzten Lederharnischen stocherten in den Flammen. Vor dem Turm lag, in der Mitte zerbrochen, der Rammbock.

»Die Schafsköpfe«, meinte Turio, »wollen uns ausräuchern und verbrennen Schellgestrüpp.«

Betörende Schwaden schwebten, vermischt mit den Träumen, auf die Hausburgen hinab. Was gedacht war, dem Traummeister die Sinne zu benebeln, kam über die Stadt. Ich schlug das Fenster zu. Khalib hüpfte durch seine düstere Küche, er grölte, sich immerfort wiederholend, einen klapprigen Vers von Feuersbrunst und Drachengunst. Im Vorbeispringen rührte er in einem Topf, aus dem kalt glimmend Blasen stiegen.

»Stärk dich, Barurq«, krächzte er und verteilte die schimmernde Suppe mit einem großen Holzlöffel an unsichtbare Gäste. »Friß, Fennr, bald leckst du Blut! Wo steckst du, Arysa, kauerst hinterm Herd, was?«

Er leuchtete mit dem Löffel in die Ecken, daß die Schaben in die Ritzen rannten. Als er uns entdeckte, drückte er uns gegen die verklebte Schürze, nannte uns seine ›Kinderchen‹. Ich stolperte, er schimpfte auf Fennr, der seine Pfoten so mitten in den Weg strecke, ein Zottelbiest, das uns durch seine schlechten Tischsitten noch verschrecke.

Mir wurde eng in dem Gedränge der unsichtbaren Geister, die Khalib ›für die Wilde Woche‹ abfütterte. Turio aber, immer hungrig, immer durstig, nahm die bauchige Kanne von der Herdplatte und schlürfte den Tee direkt aus der Tülle. An solch einem Tag dürfe er nicht müde werden.

Unvermittelt kicherte er, zuckte mit dem kranken Ellbogen in die Luft, als stieße er jemandem in die Rippen. »Also, Zrausal, das ist ein guter Witz!«

Ich zerrte Turio aus der Küche.

»Es war wirklich ein guter Witz«, beteuerte er auf der Wendeltreppe. »Treffen sich zwei Drachen ...« Er stutzte, zog die Nase kraus. »Hab' doch glatt vergessen ...« Geistesabwesend tappte er hinter mir her.

Von den Wänden des Turmes schimmerte Rauhreif, und an jedem Vorsprung klebten schattenhafte Fetzen wie von einem schwarzen Gewand. Als ich blinzelte, war das schneeige Weiß verschwunden. Auch die Schattenfetzen, Spuren des Nachtmahrs Furcht-und-Schrekken, den Kilean auf die Soldaten in den Katakomben gehetzt hatte, lösten sich auf, als tauten sie im Schein der Laterne.

»Wach auf, Kilean«, sagte ich, als ich wieder vor seinem Bett stand. »Deine Träume sind zu gierig in ihrer Eifersucht auf das Leben, sie sickern in den Tag, zerfressen sein Grundgefüge.«

Durch die geschlossenen Lider starrte er mich an. Mit geschlossenen Lippen fragte er: »Wer hat mir geraten, die Mittal zu entfesseln?«

»Du lenkst sie nicht. Sie wird dich überrennen. Und uns.«

»Du spinnst«, meinte Turio sachlich, »unterhältst dich mit einem Schlafenden ...« Er verstummte.

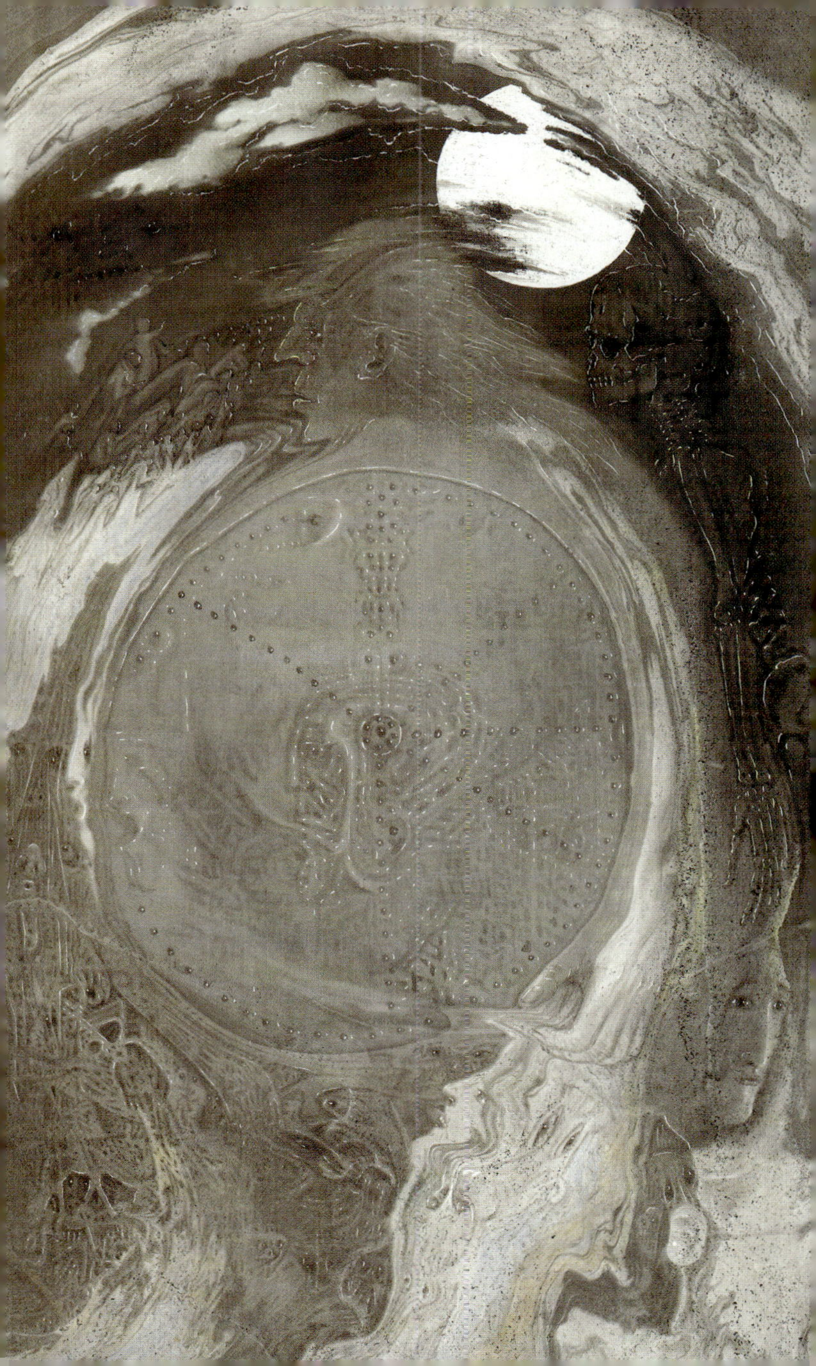

A
B
C
D
E
F
G
H
K
L

Ich wollte Kilean wachrütteln, doch der Blick seiner geschlossenen Augen bannte mich fest, die Hand, die ich ausstreckte, erreichte ihn nicht; sosehr ich mich auch anstrengte, es glückte mir nicht, ihn zu berühren. Jetzt hat es auch dich gepackt, dachte ich, gleich raunt dir Zrausal, der Flüsterer, Witze ins Ohr.

Da brach die Sonne durch die Rauchwolken und färbte die berußten Scheiben rot. Ein Jaulen hallte über den Turmvorplatz, Schreie höchster Pein.

»Komm!« Erlösend warm ruhte Turios Hand auf meiner Schulter. »Hier haben wir nichts verloren, doch da unten beginnt jetzt der Tanz.«

Kilean schlief, und solange er schlief, hielt er die Stadt in Atem. Kilean schlief, und solange er schlief, waltete seine Macht.

Und Kilean schlief den ganzen Tag. Und die kommende Nacht. Und noch einen Tag. Die Jahresuhr im Turm war auf ›Wilde Woche‹ vorgerückt.

Auf dem Turmvorplatz hatte eine Gewalt, stärker als der Torl, den Scheiterhaufen auseinandergerissen. Stadtsoldaten saßen auf den Trümmern des eisernen Widderhauptes und leckten sich die verbrannten Hände. Glühende Bohlen ringsum verströmten Qualm und Hitze, daß einem die Tränen aus den Augen rannen.

Hoch über uns ballten sich die Rauchfahnen zu einer einzigen schwellenden und schrumpfenden Wolke, die sich ungetüm und ungestüm über die Stadt schob, Köpfe und Leiber absonderte, Fratzen mit glutroten Augen und klaffenden Schlünden, aus denen gelblicher Speichel niedertropfte, Wolken-Wesen, die stets aufs neue zerfaserten und zu wahnhaften Zerrbildern zusammenklumpten, wallend und unfaßbar wie die Drachen der Heldenzeit, wie die Formlosen aus der vierten Ebene der Mittal.

Dann zerteilte eine morgendliche Gletscherbrise die Ungeheuer, zerrieb ihre Gliedmaßen an den Zinnen der

Hausburgen, zerschrammte sie an den Felsklippen der Oberstadt. Abertausende kleiner Wolken-Dämonen fletschten nun in den Gassen die Zähne, sprangen über Mauern, fingen sich in Innenhöfen, trieben, ihre dünnen Klauen streckend, über die Katen der Niederstadt.

»Tod und Torl!« murmelte Turio, und ich wußte, wir befanden uns da, wo Tag und Traum ineinanderfließen. Die Wilde Woche war angebrochen.

Und wie es sich für eine Zeit der Unordnung gehört, verschmolzen in ihr die Tage und Begebenheiten. Taumel duldet keine Reihenfolge. Narrenscharen krakeelten in den Gassen, auf dem Markt praßten Fuhrknechte und Wäscherinnen. Nerevs Papiergeld flatterte aus den Fenstern, Münzen klimperten nach, wir trampelten über die miscarisch-blauen Schnipsel. An der Frauenburg entrollten drei Halbwüchsige ein Laken, schwarz auf weiß forderten sie: ›Alle Macht den Kindern!‹ Karq Erlarq wuchtete, wanzenhaft geduckt, Aktenmappen aus dem brennenden Geheimarchiv des Rates. Jungmägde und Jungknechte warben für eine Ehe zu dritt, zu viert, zu fünft. Die grunelischen Gesandten flohen bis auf einen, der Grobschmied werden wollte. Rote Hunde und grüne Katzen streunten über die Treppen, allein die Torlboten blieben schwarz wie seit je, sie kreisten niedrig und klopften mit den Schnäbeln gegen die Fensterläden und krächzten ihren Warnruf, ohne daß sie jemand beachtete.

Kilean schlief, und solange er schlief, hielt er die Stadt in Atem. Kilean schlief, und solange er schlief, waltete seine Macht.

Bisweilen kehrte ich besorgt zu ihm zurück. Sein Bart sproß, und die Wangen fielen ihm ein. Unter den Lidern aber ruckten unruhig die Augen. Er verausgabte seine Kräfte, kein Meister vor ihm hatte jemals Nacht und Tag und Nacht geträumt.

Auch bei hellstem Sonnenschein riß es manch einen fort in den Traum. Ardelt fand man, das Amtssiegel in der Hand, eingenickt auf den Stufen des Stadthauses.

Mir erging es nicht anders als den meisten meiner Mitbürger. Kaum kroch ich entkräftet und ausgelaugt, doch innerlich sirrend wie ein zu straff gespannter Draht in mein Bett, schwemmten mich Kileans Bilder hinweg. Da war ich bei den Knechten, die die Tore des Stadtverlieses aufbrachen, unterstützt von einer klirrenden Horde Gletscherlinge, deren Eishauch jedes Schloß sprengte. Da stahl ich mich mit Kroban Thurq, dem Ratsherrn für abhängige Oasen, in Richtung Sarmint davon. Da weilte ich bei den Stadtsoldaten in den Wachtürmen, die — zumeist dem mittleren, traumlosen Alter angehörend — der fremden Gewalt wacker trotzten, sich gegenseitig wachhielten und keine von einer Frau bereitete Speise anrührten; und trotzdem lagen ihre Hakenbüchsen am Boden, grinsende Gnome saßen darauf und schnappten nach jeder Hand, die sich näherte. Da entdeckte ich Sreban im Stadthaus, wohin er seine geübtesten Männer, Wüstenkämpfer und Hauptleute, zusammengezogen hatte. Zornesrot öffnete und schloß er den Mund, doch er brachte keinen Laut hervor, weil ihm ein zappelndes, lebendiges Knäuel in der Kehle stak. Die Signalmasten auf den Türmen allerdings winkten sich gegenseitig Mut zu. Turio entzifferte mir ihr hölzernes Gestammel: »Sigmarq, wo bleibst du? Schick Truppen! Alle Tore stehen offen. Sigmarq, wo bleibst du?« Aber Sigmarq wagte es nicht, Sreban den Rücken zu stärken und seine Landsknechte gegen eine Macht zu senden, die er nicht begriff.

Sah ich meinen Vater in diesen Tagen, schnürte es mir die Luft ab. Der Torlhusten hatte ihn aufs Bett geworfen und schüttelte ihn schlimmer denn je. Mehr noch als unter der fressenden Krankheit litt er unter dem Niedergang des Rates, unter Kileans unbestellten Träumen. Ich kniete an seinem Lager, er strich mir übers Haar und fluchte, obwohl er doch seine Lunge schonen sollte, auf ›den da oben‹, der ihm und der Stadt seine Hirngespinste aufnötigte. »Kein Geld, kein Rat, kein Schell, kein

Torl — um ein Haar hätte er gar uns Männer abgeschafft, dein großer Abschaffer! Als nächstes wird er noch die Arbeit wegträumen!«

Lindernden Tee flößte ich ihm ein, vermengt mit ein wenig Branntwein. Ich wollte ihn trösten, ihm sagen, daß nicht ein Ende in Wirrnis und Schrecken drohe, sondern ein schöneres Leben beginne. Welches Kind wurde nicht unter Schmerzen geboren? Seine Ohren aber waren taub für meine Worte.

»Ungeheuer und Dämonen überall ... Die Opfer Nerevs. Hörst du nicht, wie sie ihn rufen? Wird ein Alp draus, glaub mir, Glauke, an der Wirklichkeit zerschellt jeder Traum.«

Er sank aufs Kissen zurück, schloß ermattet die Augen und flüsterte: »Müssen rollen, meine Wagen, müssen rollen. Bringen das Brot ... rollen, rollen, rollen ...«

Ich schlich auf Zehenspitzen davon. Kein Wagen fuhr an diesem Tage und am nächsten und am übernächsten durch die Stadttore. Dennoch mußte niemand hungern. Im Gegenteil. Ehemalige Ratsknechte hängten die Türen der Speicher aus. Ohne die mindeste Furcht vor dem Torl bockten sie quer über den Markt eine Festtafel auf und deckten diese mit Silber aus den Patrizierburgen ein. Dann saßen sie im Kreis; die Hausmägde und Schmiedegehilfen, die Schuttkärrner und Weberinnen, auch den einen oder anderen Jungpatrizier entdeckte ich zwischen ihnen. Jantas, so selbstbewußt, daß ich sie kaum wiedererkannte, warf mir eine Kaninchenkeule zu. Sie aßen und sangen dabei die alten Lieder auf den Meister, der rechtet und richtet, dem keine Nacht zu lang, kein Traum zu bang, der im Schlafe weckt, was in dir steckt. Und sie stießen auf den Gleitenden Stern an, mit dem er gekommen wäre, denn das galt ihnen als sicher: Kilean war der verheißene Erretter, der die Not endete, alles wendete.

Einmal zerschnitt Turios Stimme ihr ausgelassenes Lärmen. »Ihr feiert, und Sigmarq steht vor den Toren!«

Die Männer sprangen auf, ihr Kampfgeschrei schlug in Lachen um. Sigmarq, der Ladestock, wie leicht wäre der zerbrochen, »da unser Meister für uns träumt«.

Als die Schatten der Drachenberge den Markt verschlangen, schichteten Gesellen aus den Nerevschen Werkhallen einen Scheiterhaufen und entzündeten ihn mit Blättern, die sie aus ihren Dienstheften fetzten. Zwischen den Scheiten krümmten sich dickleibige Zunftbücher, knisternd barsten die Schilder mit den Geschlechterzeichen und die hölzernen Tafeln aus den Hausburgen, auf denen die Vorrechte der einzelnen Patrizierfamilien vermerkt waren. Wasserträger schürten das Feuer mit ihrem Joch, Greisinnen streiften sich die Hauben vom schütteren Haar und warfen sie in die Flammen — Menthe, meine harmlose Amme, schloß sich der Geste des Aufbegehrens an. Sogar einige Stadtsoldaten, die jüngeren zumal und welche aus der Niederstadt, rissen sich die Rangabzeichen von den Lederharnischen, Hellebarden glühten aus.

Im Schein der Flammen zogen sie Masken über die Gesichter. Fratzen aus der Mittal, wie sie Kilean erträumte, zottige, geschwänzte Umhänge, Lederklauen, Stachelröcke. Die Bodenkammern so mancher Hausburg spuckten aus, was noch zusammengerümpelt war aus vor-nerevscher Zeit. Wie altfrüher tanzten sie durch die Gassen, über die Treppen, gehörnt und peitschenschwingend, auf Stelzen oder mit Fledermausflügeln. Was sich in Jahrzehnten aufgestaut hatte, platzte in einer Nacht über die Stadt herein.

Dämonen über Dämonen umwirbelten mich, trollhafte Geschöpfe, blitzende Gletscherlinge, Fennrs ungestümes Gefolge, dampfende Drachenmenschen, hundert grimmige Arysas. Verlassen saß ich am Marktbrunnen, ein brennender Schuldschein flatterte in das schwarze Wasser und erlosch. Ich erhob mich und schritt durch die taumelnden Massen, die sich vor mir teilten, hinter mir schlossen. Ich war gefeit gegen ihren Rausch, ohne

Angst vor den Larven, doch besorgt um die Stadt, um meinen Vater, um Kilean. Einmal glaubte ich, in einer katzenhaften Unholdin Landre zu erkennen, ich zupfte sie an den spitzen Ohren, doch die hielten, als seien sie mit dem Kopf verwachsen.

Nahe den Gewölben der Gewürzhändler traf ich wieder auf Turio. »Wie habe ich den Umsturz herbeigesehnt«, bekannte er, »aber ich habe ihn mir anders vorgestellt: geordneter. Mit Sinn und Verstand vorbereitet und verwirklicht.« Ein hilfloser Seufzer. »Was soll's. Und wenn Kilean mich unbedingt zum Anführer träumt ...« Er holte tief Luft. »Hoch die Mittal! Dämonen, mir nach! Noch verschanzt sich das Gelichter im Stadthaus!«

Und er zog, von heulenden Ungeheuern begleitet, die Breite Treppe hinauf.

Wenig weiter betrachtete Schagon, der Beschlagmacher, die geborstenen Torflügel der Marktwache. »Ihr Miscarier«, sprach er mich an, »seid wie Kinder. Steckt eure eigenen Häuser an.« Er wischte sich eine Rußflocke aus dem Gesicht.

Tatsächlich brannte nahe den Hängenden Gärten die Hausburg der Atrier. Doch keiner schüttete Sand in die Flammen, keiner schleppte Wasser heran. Das gesamte Gesinde, selbst einige Jungpatrizier, tanzten zwischen den von den Zierfenstern niederplatzenden Glasscherben.

Qualm und Aschenwolken, Dämonen oder Stadtsoldaten, nichts und niemand vermochte mich aufzuhalten, ich rannte zu unserer Hausburg, denn mein Vater war unfähig, vor den Flammen zu fliehen. Gestalten wichen mir aus, die außer dem aufrechten Gang wenig Menschliches an sich hatten. Geschwänzte Riesen, Rachegeister mit ellenlangen Krallen, bucklige Zwerge, denen Stroh aus dem Kopf wuchs. In den Schlitzen der Masken blitzten Augen gläsern irr. Kilean trieb es zu weit, das war keine befreiende Macht mehr, die da in den Straßen herrschte, sondern die blanke Lust an der Zerstörung!

Auf den Stufen des Marktbrunnens lag ein Mann, das Gesicht war zerfleischt, doch an den glänzenden Schnallen des Wamses erkannte ich Hettert. Unweit davon hockte an der verlassenen Tafel ein Kerl in grüner Dämonentracht, grinste breit wie ein Frosch und fraß von einem abscheulichen Klumpen Fleisch.

Ich stieß auf ihn herab wie der Habicht auf das Huhn. »Dein Werk? Zeig deine Hände! Wer bist du?«

Abwehrend hob er die blutigen Krallen. Ich packte ihn am grünen Kragen — es war eine kalte und speckige Hautfalte.

»Nutzt die Verwirrung, um dein Mütchen zu kühlen, säst Mord und Totschlag«, fuhr ich ihn an, eigentlich aber haderte ich mit Kilean. »Die Häuser brennen, die Papiere brennen, in Blut und Asche versinken wir.«

Der Dämon öffnete das Maul, eine zwiegespaltene Zunge peitschte über den Tisch. Mein Griff lockerte sich, das Scheusal setzte quärrend über den Markt und sackte in das Loch zu den Katakomben.

»Wach auf, Kilean«, flehte ich in die Nacht, »mach dem Spuk ein Ende!« Kraftlos fügte ich hinzu: »Es ist mehr als genug, du entläßt den Alptraum in die Welt.«

Doch Kilean schlief, und solange er schlief, herrschte die Mittal.

Vor unserem Tor stand breitbeinig, ein Küchenmesser in der Hand, Landre. Als sie mich erkannte, wich die Anspannung aus ihren Zügen. »Alles in Ordnung!« rief sie und verfiel in die alte, nuschelnde Sprechweise. »Laß mir doch meine Hausburg nicht anzünden.«

Kilean aber ruhte abgehärmt und lächelnd auf dem Bett der Meister und schlief. Durch die geschlossenen Lider funkelten mich seine Augen an. Ich beschwor ihn, die Stadt zu schonen und meinen Vater zu schonen und sich zu schonen, und nicht Kindern und Narren Brandfackeln in die Hand zu drücken.

»Sollte ich die Mittal rufen, ohne daß ihre Dämonen kämen?« fragten seine reglosen Lippen. »Im Feuer erneuert sich die Stadt.«

Roter Widerschein flackerte über das Ratsfenster. Sreban und seine Krieger hatten sich von Überraschung und Dämonenschabernack erholt, schwarz von Ruß beschworen sie alle Drachen, ihnen beizustehen. Von der Stadthaustreppe spuckte ein Mörser Eisenschrot gegen Turios anrennende Schar. Qualm wehte über den blutverschmierten Ratsplatz, in den Nischen stöhnten und röchelten die Verwundeten. Turio, leichenblaß, befahl den Rückzug.

Gestalten, grauenhafter als die Dämonen, nahten von der Stadtschmiede her. Ein Mann ohne Kopf führte sie an. »Wo steckst du, Nerev?« schallte es aus seiner Brust. »Komm raus, Blauräderner, wir haben eine Rechnung zu begleichen!«

Drohend streckten seine Gesellen die verstümmelten Arme zum Turm. Der eine war in der Mitte zerquetscht wie von einem gewaltigen Zahnrad. »Du hast uns deinen Maschinen zum Fraß vorgeworfen!« schrien sie. »Im Traum aber leben wir!«

Mumienhafte Menschen mit leeren Augenhöhlen, denen die Haut Stück um Stück von den Knochen platzte, kreischten: »Um deines Machthungers willen, Nerev, sind wir gedörrt worden! Im Traum aber leben wir!«

Ich stolperte über ein Kratzeisen, preßte mich gegen die Wand einer Hausburg. Wohlgenährte Männer mit geröteten Patriziergesichtern schritten heran, gekleidet in miscarische Nachtgewänder. »Zeig dich, Blauräderner!« forderten sie. »Du hast uns in den Tod geträumt, im Traum aber leben wir!«

Unaufhaltsam wie der Torl stapften sie treppan, dem Turm zu.

»Was wollt ihr da oben?« rief ich voller Sorge um Kilean. »Nerev ist lang schon verblichen!«

Da reckte sich der Hauptlose vor mir auf, den Stummel seines Halses verdeckte die Purpurschärpe eines Ratsherrn. »Nerev, meinst du, ist tot?« dröhnte mich seine Brust an. »Überall in der Stadt rieche ich ihn. — Sucht, wo er sich eingenistet hat!«

In einem Ruck schwenkte der Heerzug der Untoten um, wälzte sich auf den Ratsplatz. Wirkungslos pfiff das Schrot des Mörsers durch ihre Leiber. Die Zerräderten fegten Turio und sein Häuflein beiseite, wer ihnen nicht auswich, wurde zertreten. Mit ihren Krücken erschlugen die Einbeinigen die Soldaten am Mörser. Hellebarden splitterten, Hakenbüchsen wurden zerknickt. Durch umgestürzte Schränke und verkeilte Bohlen bahnten sich die toten Schläfer einen Weg in das Stadthaus. Ich hörte Pulverknall, Schreie, Knirschen, dann verstummte der Lärm. Mit dem Bildnis Nerevs aus dem Ratssaal kehrten die Untoten zurück. Sie hieben, noch auf der Treppe, den Rahmen zu Bruch, zerstückelten die Leinwand, verbrannten die Fetzen. Und schon sammelten sie sich aufs neue.

»Nun ist es genug, Kilean«, bettelte ich, »was willst du mehr? Sreban ist geschlagen, der Rat zersprengt. Gib Nerevs Opfern ihre Ruhe zurück.«

Doch Kilean, traumwach auf seinem Lager, stöhnte nur statt einer Antwort. Die Untoten gehorchten ihm nicht. Sie drückten die Tore von Hausburgen ein und ließen, da sie Nerevs nicht habhaft wurden, ihre Wut an greisen Patriziern aus. Sie rissen den Alten die Kleider vom Leib, peitschten die Nackten durch die Gassen, trampelten über die Gestrauchelten, begruben Händler unter den eigenen Waren, machten Jagd auf Stadtsoldaten und stießen sie in das Loch, in das man sonst den Torlschutt kippt.

Ich eilte ihnen nach, und die Furcht verlieh mir Mut. »Was wollt ihr denn noch?« rief ich dem Hauptlosen hinterher. Er fuhr herum, stapfte auf mich zu, daß ich in mich zusammenkroch. Der Leib ohne Kopf beugte sich herab.

»Sühne!« dröhnte seine Brust. »Unrecht muß ans Licht, und sei es nach Menschenaltern!«

In meiner Not versprach ich ihm im Namen der Stadt, was er sich erwünschte.

Ich hockte auf einer Treppenstufe, kalt war der Stein, gegen den ich lehnte. Die Untoten waren verschwunden. Ein Zittern erfaßte meinen Körper.

In Nacht und Flammen lief ich erneut durch die Gassen. Wie ausgestorben waren Plätze und Steige, und mein Schreien hallte von den dunklen Mauern. Dann kam das Grollen über Miscara, und ich suchte Zuflucht in der erstbesten Kate, kauerte mich mit zwei Kindern, die sich an mich klammerten, hinter einen umgestürzten Tisch.

Noch vor dem Morgen erstickte der Torlstaub alle Brandstätten.

Als das Grollen verebbt war und der Staub in den ersten grünlichfahlen Lichtstrahlen, die durch die Fensterspalten fielen, auf- und niederschwebte, verspürte ich ein schreckhaftes Rucken; für die Dauer eines Pulsschlags stob ein dumpfer Ton über die Stadt wie ein gemeinsames Aufatmen aus zehntausend Mündern. Die beiden Kinder, zwei magere Knaben mit dünnen, schorfigen Armen und spitzen Schultern gähnten herzhaft, schmiegten sich aneinander und sanken augenblicks in Schlaf.

Da wußte ich, daß Kilean erwacht war, daß der Turm die Menschen aus seiner Gewalt entließ, und ich wußte auch, daß er auf mich angewiesen war, wie wir auf ihn angewiesen waren in unserer herrenlosen Stadt. Also folgte ich den verwehenden Spuren von Tatzen und gespaltenen Hufen hinauf zum Turm. Der Platz war freigeschwemmt, als hätte nie ein Scheiterhaufen dort gebrannt.

Kilean saß im Speisezimmer und stärkte sich. Er hatte tiefe Augenränder, sein Bart war ungeschoren, und manchmal verfehlte seine Hand den Becher. Zwischen den Wursthappen, die er von seinem Teller spießte und eilig hinunterschlang, zwischen den Schlucken aus dem Becher sprudelten Fragen aus ihm hervor: Wer vom Rat sich noch in der Stadt aufhielte? Wie groß die Schäden an den Hausburgen wären? Ob Turio die Leute in den Gefängnisstollen befreit hätte? Wieviel Tage und Nächte, beim Drachen, verflossen seien?

Ich schaute auf der Uhr im Nebenzimmer nach, das neue Jahr, Sturmzeit und Windstern waren angebrochen, wir hatten den Jahreswechsel verschlafen und verträumt.

Soweit ich Auskunft geben konnte, berichtete ich. Die Stadt war ohne Rat: Hettert tot, Kroban Thruq geflohen, mein Vater bettlägrig. Ardelt traumessüchtig, Doratra in der Frauenburg, Sreban verschwunden, vielleicht zu Sigmarq übergelaufen. Wenn uns eine Gefahr drohte, dann braute sie sich vor den Mauern der Stadt zusammen; Kilean mußte nicht einmal durch das Perspektiv schauen, um sich von Sigmarqs Machtgewinn zu überzeugen. Zelt an Zelt reihte sich in der Karr, der Herr Ladestock, geübt in solchen Dingen, würde Geduld zeigen. Allerdings mangelte es da draußen an Wasser, das würde er sich von den Drachenbergen heranholen. Auch mußten wir täglich mit kleineren Übergriffen, Scharmützeln im Vorfeld der Stadt, im Tal des Zarch oder um die Hirsefelder rechnen.

Kilean nickte. »Ich kann nicht schon wieder träumen, eine Nacht Ruhe ...« Er schluckte einen Bissen hinunter. »Das ist, als ob du dein Blut verströmst. — Wo treibt sich Turio herum? Er sollte hier sein.«

Eben noch hatte Turio mit einer Handvoll Lehrlinge die Leichen aus dem Stadthaus geräumt. Er war überall und nirgends zugleich, verhinderte Plünderungen, fing Planwagen mit Blauem Metall ab, das Brigier und Chetier aus der Stadt schmuggeln wollten, stellte seine Freunde als Wachen vor Stadttoren und Speichern auf.

»Turio wird ab sofort die Stadtsoldaten befehligen«, meinte Kilean; er stopfte sich ein halbes Spiegelei auf einmal in den Mund, kaute. »Solange wir noch nicht auf Harnisch und Hakenbüchse verzichten können.« Daß Turio Drill und Hauptmannsgebrülle verabscheute, ließ er nicht gelten. »Ich brauche ihn auf diesem Posten, Ratsherrin Glauke Arnya.« Er tunkte ein längliches Brötchen in den Tee. »Ämmre meinte, man soll zuerst die Achsen stecken, um die sich alles dreht. Also: Wen heben wir auf die Stühle im rat-losen Stadthaus?«

Gemeinsam sprachen wir mögliche Getreue durch, von Schagon, den Kilean schätzte, da dieser wie er selbst einst aus Grunelien geflohen war, bis hin zu Jantas, zu Landre. An Begeisterung würde es nicht fehlen, an Erfahrung um so mehr. Aber auf wen sonst hätten wir zurückgreifen können? Viele Patrizier und Zunftmeister hatten die Stadt verlassen, die restlichen waren zumeist bei den Leuten verhaßt. Und woher sollten wir wissen, welcher Knecht das Zeug zu einem Ratsherrn hatte? War es falsch, daß wir uns unter diesen Umständen im Kreis derer umsahen, die wir kannten? Und wer, wenn nicht Kilean, hätte einen neuen Rat benennen können?

»Doratra?«

»Diese Giftmischerin?« Kilean stukte das Brötchen auf den Teller, daß es aufplatzte. »Sie hätte mit mir verhandeln können, aber nein ...«

»Sie mißtraut jedem Mann.«

»Um ein Haar hätte sie mir das Spiel verdorben. Eine Knappenfigur, die aus der Reihe tanzt — allerdings, ihr Traum hatte Biß.«

Besänftigend legte ich ihm die Hand auf den Arm. Verständlich, daß er Doratra zürnte. Gegen mein Empfinden verteidigte ich sie. »Sie hat dich betrogen, aber sie hat den Anstoß gegeben. In deinem Spiel ist sie eine Reckin, denn sie hat Kraft und eigenen Antrieb.«

»Diese Kraft hat sie sich von der Mittal erborgt.«

»Und du? Ohne Fennr und Arysa, ohne die Dämonen, ohne den Heerzug der Untoten würdest du jetzt im Backofen dörren.«

»Den Heerzug der Toten?« Er schauderte, kniff die Lider zusammen, zwei steile Falten durchschnitten die Stirn. »Ich habe nichts von diesem Heerzug geahnt, aber jetzt sehe ich ihn.« Er schlug die Lider wieder auf. »Ich habe die Untoten nicht gerufen.«

»Es sind unsere Verbündeten. Dich trägt, was Nerev und der Rat auf immer verdrängen und versiegeln wollten.«

Kilean wiegte den Kopf. »Die Mittal hat sich verändert, seit sie Mechter vor hundert Jahren beschrieb.«

»Wir werden ihnen Sühne leisten müssen«, drängte ich, »wenn ich nur wüßte, wie.«

Er schenkte sich dampfenden Tee nach, rührte gedankenverloren einen Löffel Zucker hinein. »Die Untoten … Als erstes werden wir ihre Namen und Schicksale ermitteln …« Er seufzte. Alle Last der Vergangenheit war nun uns aufgebürdet.

Kilean trank in großen Schlucken, stellte den Becher heftig ab. »Trotzdem. Doratra ist in meinen Augen eine machtgierige, wenn auch überaus gescheite Patrizierin. Ein Sandkorn im Uhrwerk.«

»Wahrscheinlich war sie das. Bis sie, notgedrungen, über sich hinauswuchs. In ihr haben alle Frauen Miscaras aufbegehrt, Kilean. Und was du ein Sandkorn nennst, ist vielleicht der Kiesel, auf dem die Welt ruht.«

Er lachte lautlos. »Einverstanden. Da müßte mich der Drache reiten, daß ich nicht für euch Frauen entschiede. Also bleibt sie als einzige im Amt. — Zum nächsten: Wer wird in Werkhallen und Werkhöfen bestimmen? Wer oben in den Erzgruben und -hütten? Sigmarq darf nicht einen Tag länger dort herrschen. Ich beneide euch nicht, ihr im neuen Rat habt ein Gebirge von Arbeit vor euch. Ich will euch nichts vorschreiben; ein Traummeister, der sich verzettelt, taugt wenig. Die Grundzüge jedoch sollten wir gleich gemeinsam festlegen.«

Ich holte Bleistift und Papier aus meinem Zimmer, die Mine war abgebrochen. Ich spitzte den Stift mit einem Messer an — und hätte mich fast in den Finger geschnitten, weil ich nicht davon ablassen konnte, Kilean zu beobachten. Keine Spur mehr von dem in sich gekehrten Uhrenheiler. Selbstbewußt reckte er das Kinn vor, seine Finger klopften ungeduldig gegen den Becher, und in den Augen hatte er jenen Blick, der mich später so oft erschrecken sollte.

»Bist du bereit? Erstens: Ich will, daß kein Mensch, der die Hände regt, in dieser Stadt hungert; und ebenso, daß ein jeder, der schaffen will, Lohn und Brot findet. Desgleichen, daß keiner, weder durch Not noch durch Gewalt, zu menschenunwürdiger Plackerei gezwungen wird. Spielleute, Gaukler und Gelehrte werden von der Stadt beköstigt.

Zweitens: Das schlimmste für mich war in Grunelien wie anderswo die Ohnmacht der einfachen Menschen. Ich will deshalb, daß jeder nicht nur sein eigener Herr, sondern sein eigener Ratsherr ist, daß jedermann — und jede Frau — ein Wort mitzusprechen hat in den Belangen der Stadt.

Drittens: Verboten sind die Folter und das Dörren, das Auspeitschen des Gesindes und andere körperliche Züchtigungen; Menschenschinder und Tierquäler werden im Traum bloßgestellt.

Viertens: Ihr müßt lernen, unvernünftig zu sein. Wer sich stets rechnend und berechnend durchs Leben schlägt, verrechnet sich zuletzt. Mißtraut auch im Rat dem Naheliegenden, dem vermeintlich Naturgegebenen. Traut euren Gefühlen, lauscht eurer inneren Stimme.

Fünftens: Jede Veränderung fängt bei den Kindern an. Sie müssen unverkrümmt heranwachsen. Geben wir ihnen also die gleichen Rechte wie den Erwachsenen …«

Ich warf den Bleistift hin. Früher hatte der Rat hanebüchene Traumpläne an Kilean herangetragen, nun verlangte er von uns den blanken Unsinn. Wie sollten wir im neuen Rat entscheiden, wenn wir nicht der Vernunft folgen durften? Wenn obendrein jeder seine Nase in alle Rats-Töpfe steckte und die Suppe nach seinem Geschmack würzen wollte? Wie sollten wir unsere Entscheidungen durchsetzen, wenn wir über keinerlei Machtmittel verfügten? Ohne ein gerüttelt Maß an Druck würde sich keiner in den Erzgruben abrackern — und dies war nicht die einzige menschenunwürdige Arbeit, die es zu verrichten galt. Was er erstrebte, war unverwirklichbar, hier wie andernorts, ein Schlaraffenland, das nicht nur gebratene Tauben in der Luft erforderte, sondern dazu Bürger, gewitzt und kundig wie Werkmeister und allesamt arbeitsversessen wie Ameisen. Mein Traummeister träumte bei hellichtem Tag so wie damals mein Vater.

»Du betrachtest die Sache auf alte Weise, Glauke. Eben vernunftgemäß, wie Sycoraq es dir eingetrichtert hat. Dein Geist folgt eingefahrenen Spuren, starrt auf das Bisherige, die angeblichen Notwendigkeiten. Wir werden uns in Miscara das Reich der Freiheit erobern. — Wie soll je Neues glücken, wenn wir es nicht hier und heute wagen? Die stärkste Kraft im Menschen ist auf unserer Seite, die Kraft zu träumen.«

Khalib tappte herein, sammelte das Geschirr auf ein Vorrückbrett. Kilean räkelte sich und gähnte entspannt, nun, da er alle Schwierigkeiten auf mich abgewälzt hatte. Brabbelnd machte sich Khalib an der Tür zum Umgang des Turmes zu schaffen, stieß sie auf. Lärm schwappte herein, Rufe nach dem Traummeister. Kilean sprang auf, schritt hinaus. Auf dem Turmvorplatz hatten sich Schuttkärrner und Wäscherinnen, Hausmägde und Wasserträger versammelt. Werkleute drängten aus der Schorfgasse heran.

Kalt umwehte mich der Wind, über Sigmarqs Zeltstadt draußen in der Karr flimmerte die Luft. Schwarze

Brandwunden klafften im Muster der Hausburgen. Weshalb aber waren auch Katen reihenweise ein Opfer der Flammen geworden?

»Wir wollen jeden Abend Braten und Wein!«

»Meister, erhalte uns unsere Burg!«

»Hoho, denkt an meine Teppiche!«

Gellende Stimmen und Widerhall brausten ineinander wie Sturmgeheul.

»Stell die Dämonen an, die sollen für uns arbeiten!«

»Träum uns gesund und jung, Meister!«

Kilean umfaßte mit beiden Händen die Brüstung. Seine Zähne mahlten, als kaue er noch. Es wurde still, nur der Gletscherwind sang um den Turm. Blau von Menschen war der Turmvorplatz, blau von Menschen die Gassen und Steige ringsum, blau von Menschen die Dächer der nächsten Hausburgen. Und Kilean war sich seiner Stunde wohl bewußt.

»Einst haben die Großen Alten diesen Turm errichtet«, rief er, »und sie haben in ihm geträumt, um das zu schauen, was ihnen zu erleben nicht mehr vergönnt war und was sie für eine ferne Zukunft erhofften: eine Stadt voller Menschen, ihnen ebenbürtig, selbstsicher und tatkräftig, miteinander verschworen, doch offen der Welt. Seither hat Miscara manchen Ansturm erfahren von Wüste und Gletscher, von Nomaden und Gruneliern; auf das Zeitalter der Drachentöter folgte das der Streitenden Reiche und das der Zersplitterung.

Immer aber haben die Traummeister versucht, die Erinnerung an die Großen Alten lebendig zu halten, immer haben sie versucht, ihre eigene Gegenwart zu deuten und zu mahnen. Bis Nerev vor einem Menschenalter von dieser Stelle aus das Ende allen Träumens verkündete und ihr dem Schlaf der Vernunft anheimfielt.

Nun seid ihr wieder erwacht, Miscarier, ihr reibt euch die Augen und blickt um euch: Der Spuk ist vorüber, eure Fesseln sind gesprengt. Ihr werdet miteinander teilen, die angenehmen Dinge des Lebens wie die unangenehmen: Arbeit und Brot, Behausung und Bekleidung, das Wasser und, nicht zu vergessen, das Wissen. Wir werden Not und Armut überwinden und die Sorge um den morgigen Tag, wir werden Knechtschaft und Torl beseitigen, den Kindern Platz zum Spielen einräumen und denen feste Werkplätze geben, die sich täglich aufs neue verdingen mußten. Miscara wird erblühen wie nie zuvor. Die Zeit ist angebrochen, in der die Träume Wahrheit werden.«

Wenn Träume wahr werden, fällt das Große leicht und das Kleine schwer. Der alte Rat war aufgelöst, doch wie sollte ich den neuen zusammenrufen? Landre war nicht zu Hause, Schagon nicht in seinem Werkgewölbe, Turio unterwegs. In den Durchgängen an der Menniertreppe lallten Betrunkene, und wenn ich einem Knecht etwas auftragen wollte, antwortete er frech: »Geh doch selbst.«

Auf den Stufen des Stadthauses saß ein junger Soldat, die Hellebarde quer über den Knien, sein Milchgesicht mit einer Schreibunterlage aus Pappe vor der Sonne beschirmend. »Niemand drin«, sagte er schläfrig, »und es darf auch niemand rein.« Ein T aus rotem Stoff war an den Lederharnisch, der um seine schmächtige Gestalt schlackerte, geheftet. T für Turio oder Traummeister?

Ich redete auf ihn ein, daß er Turio holen, Schagon herbringen solle. Er blinzelte mich an. Er dürfe seinen Posten nicht verlassen. Schließlich drückte er mir die Hellebarde in die Hand. »Dann bewachst du das Stadthaus.«

Im Vorraum war es schummrig. Die Lüster an den Wänden brannten nicht, die Türen der Schreibstuben standen offen. Im hellen Ratssaal lagen Papiere über den Boden verstreut, Aktenstöße waren von den Bänken gerutscht. Ein dunkles Rechteck an der Täfelung zeigte, wo vor Tagen das Bildnis Nerevs gehangen hatte. Nur die Befestigungsschrauben, die abgebrochen aus der Wand ragten, zeugten noch von dem Schrein mit dem Siegel der Drei Meister. Speckig glänzte der Tisch, zerlaufenes Naschwerk klebte auf den Platten.

Nein, ich fühlte mich nicht als die Herrin der Stadt. Ich lehnte die Hellebarde an die Wand und schob den Ratsstuhl mit dem eingeschnitzten Ny an die Stirnseite des Tisches. Sollte von mir aus der Vorsitz jede Woche wechseln ... ich war niedergeschlagen, mir war, als müßte ich allein die verworrenen Angelegenheiten einer Stadt ordnen, die nicht von Menschen, sondern von zwergenhaften Wesen bewohnt wurde. Ich wünschte mir Kilean herbei, ein ermunterndes Wort von ihm hätte den Staub von meinem Gemüt geblasen. Jedoch, es war meine Stadt, meine Aufgabe, im Stadthaus mußten wir Miscarier aus eigener Kraft walten.

Befremdlicherweise waren auf dem Ratstisch Mappen gestapelt. Jede trug einen Namen, doch keinen einzigen davon kannte ich. Namen von Patriziern und Namen von Handwerksmeistern fand ich darunter, die einfachen Vornamen von Knechten und sogar einen grunelischen Adelstitel: Elion Lubborq, Waran. Ich blätterte und stieß auf absonderliche Anschuldigungen: *... verleumdet den Traummeister und den Rat, beim Tagträumen ertappt, streute Sand in Räderwerke, durchwacht Traumstunden, wiegelt zur Faulheit auf, stört andere beim Träumen, hetzt gegen Fleiß und Industrie, verrät Werk-Träume an Teneirier, stiftet andere an, die Wilde Woche zu feiern. Nacht-Schwänzer, Selbstträumer, Maschinenmörder, Traumfeinde.* Und immer wieder schlossen die Akten mit Vermerken wie: *... in die Gruben verpflichtet, im teneirischen Feldzug gefallen, bei Flucht im Backofen verendet,* und öfter noch, vor allem bei Patriziern und Meistern: *Bettunfall, Bettunfall.*

Ich trat in das Sonnenlicht, das durch die Fensterwand brach, um mich zu wärmen. Wer hatte mir die Akten auf den Tisch gepackt? Was verlangten die Untoten von uns Lebenden? Was hieß Sühne, was Rache, was Recht? Eines war mir klar: Nichts konnten wir ungeschehen machen. Aber wir konnten den Mantel des Verschweigens wegreißen, wir konnten die Wahrheit auf dem Markt aushängen, Opfer benennen — und Schuldige. Würde dies genügen, die Untoten zu besänftigen?

Die Tür schwang auf, Landre schaute herein, zog die Nase kraus. »Das Herz von Miscara«, sagte sie und schlurfte um den Tisch. »Igitt!«

Welche Erleichterung, ein lebendes Wesen bei mir zu wissen! »Mäßigung, Ratsherrin«, wies ich sie scherzhaft zurecht. »Mäßigung.«

Verwundert schaute sie mich an. »Eine Räuberhöhle das. Ohne Seife und Salmiakgeist ...«

Zögernd näherte sie sich einem Stuhl, drückte mit der Faust auf das quietschende Leder, setzte sich behutsam. »Ich, die Ratsherrin Landre Landert, gebiete hiermit ...«, sie blickte suchend um sich, »... daß alle Mannsbilder an dreieinhalb Tagen in der Woche schrubben und bügeln, waschen, wischen, kochen und die Kinder nähren.« Sie bog sich vor Lachen. »Tauge nicht zur Ratsherrin«, nuschelte sie, »mir fällt nur Unfug ein.«

»Was Fug und was Unfug ist, werden wir bestimmen.«

»Glaubst du?«

Sie kramte aus ihrer Rocktasche einen Brief, der nach Doratras Duftwasser roch. Diese teilte mir knapp mit, daß ich sie mit einem Ratsherrnstuhl nicht mehr locken könne, ihr Platz sei in der Frauenburg. Möbel und Bettzeug benötige sie für ihre Schützlinge, und sie listete Beschwerden über gewalttätige Stadtsoldaten und davongelaufene Ehemänner auf. Das müsse unbedingt verhandelt werden.

Es klopfte. Eine alte Frau in karierter Leinenschürze trat durch die Tür. Sie, eine Hebamme aus der Niederstadt, wurde allgemein als weise Frau geschätzt, von vielen Mägden nachgerade verehrt. Grund genug für Turio, sie für den Rat zu empfehlen. Ihr folgte ein drahtiger Vorarbeiter im blauen Kittel der Nerevschen Werkhallen, der sogleich erklärte, daß er nur auf einen Tag ›anrücke‹, das nächste Mal sei ein anderer dran, er gerate sonst in den Ruf eines Drückebergers.

Gleich darauf meldete sich der milchgesichtige Stadtsoldat zurück. Er führte Schagon bei sich, dessen Hände gefesselt waren. »Ich dachte, ich soll ihn bringen, weil er ein grunelischer Argling ist«, murmelte er verlegen.

Schagon polterte, es sei nicht ›gerechtlich‹, mit einem so umzuspringen, ohne Verhaft-Schein, diese jungen Burschen ... Er setzte sich mit dem Rücken zum Fenster, der Alten gegenüber.

Ich wollte nicht ohne Turio beginnen, doch Schagon knetete ungeduldig die Hände ineinander, Landres Ratssessel quietschte, und der Werkmann betrachtete seine Schuhspitzen und brummte etwas von vertaner Zeit.

Also eröffnete ich die erste Sitzung eines neuen Rates, eines neuen Zeitalters, aber es war, als ob ich keine eigene Stimme hätte, als ob ich entweder Kilean oder Ardelt nachäffen müßte; eine große Stunde, Haufen von Sorgen, nach den wilden Tagen festen Tritt gewinnen, Träume würden uns die Arbeit nicht abnehmen.

»Der Torl muß weg«, sagte die alte Frau mitten in mein Geschwätz, »die Kinder sterben dran. Die wohnen ja nicht alle in staubfreier Höhe wie die Töchter der Oberstadt.«

Ich verhaspelte mich, schlug vor, Sycoraq als Ratsschreiber einzustellen, freilich müsse der Torl weg.

Turio platzte mit einer Verspätung, die zur Gewohnheit werden sollte, herein. Im Laufschritt eilte er zum Tisch, hörte mir zappelnd zwei Sätze lang zu, unterbrach mich: Die leeren Ratsstühle sollten je eher, desto besser mit Vertretern der Gewerke oder Stadtviertel besetzt werden, »aber gewählten Vertretern, nicht vom Turm herab ernannten«. Und die Patrizier müßten von ihren Pfründen vertrieben werden, auch den kleinen in den Zünften ...

»Mich hat keiner ernannt«, wandte der Werkmann ein, »wir haben gelost.«

»Gelost?« brauste Turio auf. »Ihr betrachtet den Rat wohl als Sahneschlecken.« Er hustete, daß er im Gesicht rot anlief. »Beim Drachen, kopfloses Volk, wo ich hinschaue! Die einen wissen nicht, wie man den Patriziern auf die Sprünge hilft, die anderen losen um Ratsstühle. — Und derweil führe ich auf allerhöchsten Traum Geharnischte spazieren.«

Schagon räusperte sich. »Wir müssen gerechtlich vorgehen«, meinte er, fortwährend die Finger ineinander verschränkend, »auch bei den Patriziern. Jeder ist ein Einzelfall.«

»Waren sie gerecht zu dir?« fuhr ihn Turio an. »Rede mir nicht ein, daß sie dir aus lauter Gutmütigkeit Unterschlupf gewährten. — Und du«, bedrängte er den Werkmann, »waren sie zu dir gerecht?«

Hölzern saß der ausgeloste Vertreter der Werkhallen auf der vordersten Stuhlkante; statt zu antworten, wakkelte er mit dem Kopf: Schütteln und Nicken zugleich. Verzichten könnten sie schlecht auf die Chetier in den Hallen, nur die wüßten so richtig Bescheid, und mit der neuen Maschinenkunst ...

Es war an der Zeit, daß ich die Zügel anzog. »Mäßigung, Ratsbrüder.« Ich biß mir auf die Zunge, schon wieder Ardelts Amtsmiscarisch!

»Der Torl muß weg.« Der hochgesteckte Haarschopf der Hebamme wippte zweimal auf und nieder.

»Ohne Eisen und Blaues Metall — wovon sollen wir leben?« fragte Turio sanft. »Für unsere Waren, Feldschlangen wie Uhren, tauschen wir uns das Getreide und alles Weitere ein. Deshalb denke ich ...«

»Leben wir denn?« fragte sie zurück, bescheiden wie

die niedrigste Hausmagd und halsstarrig wie ein Wüstenkrieger. »Früher, vor Nerev, sind wir auch zurechtgekommen. Mit Hirse, tagaus, tagein, wenn's sein mußte, aber die Kinder konnten atmen.«

»Ein erstrebenswertes Zeitalter war das nicht eben.«

»Ein Kristallenes Zeitalter wird es nie geben. Der Torl muß weg.« Ihr Haarschopf wippte: keine Widerrede.

Turio preßte seinen Arm auf den Tisch, so als wollte er mir die leere Hand bettelnd entgegenstrecken. Schagon und der Werkmann blieben wortkarg. Vieles wäre zu bedenken, sie hätten nicht die Übersicht, wer hätte die schon.

»Großmutter Merras, ich stimme dir zu«, dröhnte der Werkmann plötzlich. »Bei uns in der Halle erwartet jeder das Ende des Torl. Der Traummeister hat es versprochen.«

Turio stützte den Kopf in die Hände. Als ob er für den Torl wäre ... »Er ist wirklich ein Fluch der Drachen. So leicht bannen wir ihn nicht.«

»Meine Freunde, alles zu seiner Zeit.« Ich lehnte mich zurück, rieb mit den Schultern gegen das in die Lehne geschnitzte Ny. »Die Großen Alten blicken auf uns.«

Ein weiterer abgedroschener Satz. Hatte ich denn gar nichts Eigenes im Kopf? »Das Wichtigste zuerst: Miscara ist eine belagerte Stadt. Sigmarq steht vor den Toren, vielleicht harrt er auf Verstärkung aus Grunelien oder von den Oasen, vielleicht trommelt er noch heute zum Sturm. In jedem Fall aber wird er uns die Planwagen-Straßen abschneiden wollen. Also müssen wir haushalten, uns zur Verteidigung rüsten, die Handelswege freikämpfen. Und nicht zuletzt, ihm die Erzgruben und -hütten entreißen.«

Wie Nya es getan hätte, verteilte ich Aufgaben: Schagon würde die Speicher der Stadt verwalten, Turio die Besetzung der Erzgruben vorbereiten.

»Wir werden den Torl zähmen und dennoch nicht darben. Kilean meint, wir müßten es nur wagen. Er wird die unverwirklichten Möglichkeiten aus der Mittal hervorzaubern. Und ein Leben ohne Torl, das ist so eine unverwirklichte Möglichkeit. Wir dürfen nur nicht dem gewohnten Trott anheimfallen, sagt Kilean. Wir dürfen uns nicht von dem, was bisher einzig als vernunftgemäß galt, behexen lassen. Jetzt, da das alte Joch zerbrochen ist, werden sich unsere Kräfte vervielfältigen.« Wieder war es nicht mein Tonfall. Es fehlte nur Kileans harte Aussprache. »Denn jeder ist sein eigener Herr und weiß, daß er für sich selbst arbeitet. Jeder wird seine besten Einfälle beisteuern ... Wenn wir Gärten auf jedem freien Stückchen Boden anlegen, das restliche Schellgestrüpp ausmerzen, das Wasser gerecht verteilen ...«

»Du scheinst«, bemerkte Turio trocken, »deine Mitbürger nicht zu kennen.«

»Und du ahnst nicht, was in den Menschen steckt.« Ich sträubte mich gegen Turios Zweifel. Wer konnte schon ermessen, was möglich war, was nicht?

»Altfrüher pries man Miscara«, schloß ich, »als eine Stadt, offen nach außen, frei und lebensfroh im Inneren. Miscara wird wieder diese Stadt werden.«

Es fiel so leicht, wohltönende, leere Sätze zu sprechen — an dem beschmierten Tisch, hinter den Akten der Untoten, im Dämmerlicht, das durch eine verrußte Scheibe sickerte.

Ich war abgespannt. Stuhlgerücke drang an mein Ohr.

»Werde mir das nächste Mal einen Hocker mitbringen«, sagte Landre, »kann ja nicht denken auf dem Ding da.«

»Der Torl muß weg«, klang es von der Wandelhalle.

Dann verloren sich die Schritte in der Ferne.

Ein Leuchter mit drei Kerzen brannte vor mir auf dem Ratstisch. Der Schatten hinter den gestapelten Mappen reichte bis in die hereinquellende Nacht. Ein meckerndes Lachen schwirrte durch den Saal. »Herrin?«

Nahe der in der Täfelung verborgenen Schreibstubentür geriet ein Haufen eingestaubter Papiere in Bewegung, kroch auf mich zu, verwandelte sich in eine gebückte Kutte. Ein Augenpaar blinkte auf, verschwand im Schatten der Kapuze.

»Ihr seid jetzt Herrin im Stadthaus wie im Turm«, zischte eine Stimme, dünner noch als Wind, der sich im Kamin fängt, »und ich bin Euer dienstbarer Geist, getreu und zuverlässig.«

»Ich habe Euch nicht gerufen, Karq Erlarq«, sagte ich laut, »Ihr seid Eures Amtes enthoben.«

Karq Erlarq glitt über den Boden auf mich zu. Ich packte ihn bei der Kapuze, riß sie ihm vom Kopf. Sein Gesicht war wächsern bleich, dreckig-weiß die Brauen, dreckig-weiß das Haar, aus den rötlichen Augen starrten mich die Pupillen an, zwei schwarze Stecknadelköpfe. Dieses Geheimnis also verbarg Erlarqs Kapuze: Er war ein Schneeling, und als ein solcher fürchtete er den Ekel der anderen wie das Licht des Tages.

»Das solltet Ihr nicht tun, Herrin!« Rasch stülpte er sich die Kapuze wieder über. Ein Bündel grauer Mappen schwang in seiner wie aus weißlichen Würmern zusammengesetzten Hand.

»Ich brauche Euch und Eure Kakerlaken-Dienste nicht.«

Sein Schlammtümpellachen verlor sich unter der Saaldecke. »Jeder Herr der Stadt braucht mich. Und Ihr besonders.«

Die Kutte sank in sich zusammen. Das Bündel plumpste zu Boden. Als hätte ihn eine Dielenritze verschluckt, war er verschwunden.

Ich wollte die Mappen nicht aufheben, doch meine Neugier siegte. Jeweils in der linken oberen Ecke der Deckel prangte in steifer, unverschnörkelter Handschrift ein Name.

DOREH ATRA, GENANNT DORATRA. Ich öffnete die Mappe. Was war da nicht alles aufgezeichnet! Die Sterntaler, die sie einst besessen hatte, und die Flakons in ihrem Ärmel, ihr Weg in den Turm. Lehrte sie tatsächlich in der Frauenburg an ausgestopften Männerkleidern den Umgang mit der Sicia?

ARDELT. Seiten über Seiten Ratshändel, oft mit schlimmem Ausgang für seine Widersacher. Die Namen der Hausmägde, denen er nachgestiegen war. Und nun *zerträumt.*

ERAST. Säuberlich aufgelistet *anfechtbare Geschäfte* aus meines Vaters Jugendjahren, kaltgestellte Nebenbuhler und eine Menge Lügen und Verleumdungen, auf welche Weise er in den Rat gekommen, seinen Platz behauptet hätte, welche Gerüchte er verbreitet und welche Gegner er angeschwärzt hätte. Die letzte Seite: *Läßt hinter Wagenschuppen Schellsträucher aus Hängenden Gärten einpflanzen. Seit Wilder Woche bettlägerig. Fortgeschrittener Torlhusten.*

LANDRE. *Ungebildet und beeinflußbar. Anfällig für Bestechung.*

TURIO. *Neigt zu Abenteuern. Nennt TM die Schlafmütze im Turm! Fordert Umwälzung von unten. Besitzt zur Zeit neben TM als einziger Fähigkeit Stadt zu führen.*

Ich hatte geglaubt, damit sei der Aufmarsch der Ungeheuerlichkeiten vorüber. Doch da war noch eine Mappe.

GLAUKE ARNYA. Das einzige Blatt war jungfräulich weiß. Und dies traf mich mehr, als wenn das Ungeziefer all meine Fehltritte und leichtfertigen Worte gesammelt hätte.

Nacht um Nacht führte uns Kilean in ein neues Miscara, eine Stadt, die im hellen und klaren Schein der Silberscheibe funkelte und blitzte, eine Stadt wie aus geschliffenem Kristall mit gläsernen Türmen und gläsernen Erkern, mit gläsernen Plätzen und gläsernen Bogengängen. Buntgekleidete Menschen wandelten über die breiten Treppen, Menschen, die sich nie einen Schal vor den Mund banden, nie Torlschutt beiseite schippten. Fröhlich plaudernd schlenderten sie in die gläsernen Tore der Werkhallen, fröhlich plaudernd kamen sie wieder hervor. Frei wehte das Haar der Frauen auf den Feldern vor der Stadt. Sie säten, und sie ernteten, doch sie beugten ihre Rücken nicht, und ihr Singen klang von den Palästen der Niederstadt wider. Und wenn sich die Buntgekleideten im Schein der Silberscheibe um gläserne Festtafeln sammelten, konnte ich nicht Meister und Lehrlinge, nicht Männer und Frauen unterscheiden. Alle sahen gleich farbenfroh und heiter aus, alle waren schön auf ihre Weise, und selbst Greise und Greisinnen spazierten jugendhaft untergehakt über die gläsernen Treppen. Was für eine Stadt, in der solche Menschen wohnten!

Was für ein jammervolles Miscara dagegen, in dem ich jeden Morgen erwachte! Khalib als erster Anblick, Fitier mit gespaltener Oberlippe, krummbeinige und verwachsene Rangen aus der Niederstadt, Händler mit verlebter Raubtierfratze; kaum ein Gesicht, in das Alter oder Hunger oder Krankheit nicht Scharten geschlagen hätten. Dazu die Stadt selbst. Schutt und Geröll auf eintönigen, zugigen Plätzen, Unrat in Torlnischen und Gestank aus Einfahrten. Torflügel, von denen die Farbe des Lichten Morgens längst abgeplatzt war, zerschlissene Mauern, Katen, schief und hinfällig. Die Werkgewölbe dunkle Löcher. Wie schrie meine bedrückend staubige, bedrückend steinige Stadt danach, ihrer nächtlichen Schwester anverwandelt zu werden!

Kilean hatte die vierte Ebene der Mittal erreicht, die Ebene der Formlosen, jener Urwesen, deren Ineinander alle Gestalten erzeugt, und mit ihrer Kraft schien er den Fels in Kristall und stumpfe Miscarier in Buntgekleidete umzuzaubern. Wasserträger, gebeugt vom Joch, richteten sich auf; Altmägde rieben sich die Krähenfüße aus Schläfen und Augenwinkeln. Fitier zupften sich die Lippe zurecht. Wer sich in der gläsernen Stadt entdeckte, eiferte seinem Ebenbild nach.

Kilean träumte, daß sich die Buntgekleideten im Halbrund der gläsernen Versammlungsstätte trafen. — Im kalten Morgenlicht stolperten Werkleute über die Trümmer am Richtplatz, sie sahen die Masse des Schuttes, doch sie murmelten: »Geträumt ist geträumt«, und das hieß soviel wie: beschlossen und besiegelt. Ich besorgte die ursprünglichen Risse aus dem Ratsarchiv und leitete sie an, als sie Schutt und Sperren beiseite räumten.

Kilean träumte, daß gläserne Hausburgdächer auf Dattelpalmen und Weinstöcken wuchsen. — Am Tag darauf legten die Stellmacher meines Vaters den Kopf in den Nacken und blickten hoch zu den steinernen Zinnen. »Leicht danebengeträumt ist auch geträumt«, sagten sie und brachten, von Schagon unterstützt Hebebäume auf den Dächern der Hausburgen an und hievten Erdreich empor.

Kilean träumte, daß die Buntgekleideten gegen die Drahtverhaue und Wachtürme um die Erzhütten pochten, wie Glas zersprangen die Pfosten. — Und Turios Stadtsoldaten vertrieben nach kurzem, erbittertem Gefecht Sigmarqs Hauptleute; die ehemaligen Wachposten griffen selbst zu Axt und Fackel und brachen die Tore der Gefängnisstollen entzwei. Die zur Fron in den Gruben Verurteilten genossen das Licht des Tages und den eisigen Wind der Drachenberge. »Geträumt ist geträumt«, flüsterten auch sie, als trauten sie der gewonnenen Freiheit nicht.

Kilean träumte, daß ein bergwärts gerichteter Torl Staub und Schlacke von der Stadt sog, daß der Rauch sich in die Schlote der Erzhütten zurückkräuselte und die Luft klar und durchsichtig wie Glas wurde. — Und die Vorarbeiter und Werkmeister der Hütten kamen zusammen, sie kratzten sich die Stirn, husteten und schimpften: »Geträumt ist geträumt.« Die Metallschmelzer löschten die Feuer in den Öfen, kein Qualm drang mehr aus den Schloten, von Mal zu Mal toste der

Torl mit einer geringeren Fracht Staub über die Stadt herab.

Sigmarq, in kalter Berechnung, überfiel mitten am Tage drei Planwagen-Züge, zu spät leistete Turio Entsatz, und der Signalmast vor Sigmarqs Hauptzelt klapperte seine Nachricht herüber: »Geträumt ist geträumt.« Es fiel schwer, keinen Hohn herauszulesen.

Kilean träumte, daß sich die Buntgekleideten über Werk- und Gesetzbücher beugten. — Und ich stand vor einem Dutzend Mägden, Landre in der ersten Reihe, malte Wörter mit Kreide an eine blau gestrichene Tafel und buchstabierte ihnen: *Aller Fortschritt ist nur die Verwirklichung von Träumen.*

Schließlich entdeckte ich mich selbst im gläsernen Stadthaus:

Mit mir saßen meine Freunde um den kristallenen Ratstisch. Hinter den gläsernen Wänden aber spazierten die Buntgekleideten vorbei. Wer wollte, trat ein, nahm seine Nase ab und steckte sie zwischen die Akten. Allenthalben lugten Nasen zwischen den Seiten hervor, dünne und stämmige, blasse und borstige, und nur eine Mappe mit genügend Nasen war gültig. In der lichtdurchströmten Wandelhalle waren die Akten der Untoten säuberlich zur Einsicht aufgebahrt, und in den durchsichtigen Amtsstuben schauten die Buntgekleideten den Schreibern auf die Finger.

Wieviel düsterer als dieses gläserne Stadthaus war unseres in der Stadt aus Stein! Als ob am hellichten Mittag der Schatten des Turmes darauf fiele. Doch ich täuschte mich. Ruß und Staub aus früheren Tagen verschleierten die Fensterwand.

Auch unsere Beratungen schienen in Ruß und Staub zu ersticken. Schagon legte eine schier ansteckende Verzweiflung an den Tag, wenn er mit sich und uns rang, wie Alter und Wohlbefinden, Arbeitsschweiß und Kinderzahl für eine möglichst *gerechtliche* Zuteilung von Mehl und Fleisch, von Milch und Gemüse einzuschätzen seien. Für manche Zureichefrau in den Werkhallen, die nicht mehr nach Nerev hießen, für manchen Gerbergesellen bedeuteten drei Unzen Rosinen den Unterschied von Alltag und Festtag.

Oft scheuerte das Ny gegen meinen Rücken, und ich wollte nach langer Gedankenhakelei aufspringen: Wir verzetteln uns, Freunde, mit Fummelkram! Aber wer außer uns kümmerte sich darum, daß die Wasserrohre in der Niederstadt gereinigt wurden? Daß die Jauchekübel, wie unsere hartnäckige Großmutter Merras vorschlug, aus den Hauseinfahrten entfernt wurden? — Wo waren denn die Jauchekübel in der Stadt aus Glas?

»Ist es geträumt?« fragten die Leute, ein Ratsbeschluß allein galt ihnen nichts. Ich haßte es, jeder Kleinigkeit wegen Kilean anzubetteln: »Träum bitte von Schagons Zuteilungszetteln. Gewiß, sie passen nicht in deine gläserne Stadt, aber glaubst du, die Leute lassen sich mit ihnen entlohnen, wenn du es ihnen nicht vorträumst?«

Ohne Kileans Unterstützung war unsere Mühe nichts wert. Landre forderte, in ihrer Erregung mit dem Hokker kippelnd, daß ›uns Frauen‹ jede Zunft offenstand. Da mochten wir abstimmen, da mochte Sycoraq den entsprechenden Erlaß in der Wandelhalle auslegen und auf dem Markt aushängen: Tinte und Federstrich bewirkten nichts. Da mochte Landre den Zunftmeistern die Türen einrennen, die Jungmägde in den Hausburgen beschwatzen: »Macht was aus euch, lernt das Sattlerhandwerk oder die Gewindeschneiderei!«, selbst in der Frauenburg fragten sie zurück: »Hat er es geträumt? — Nein? Was willst du dann von uns?«

Manchmal traf mich ein Blick von draußen. Magere Lehrlinge hielten die Hände an die Schläfen, um besser durch die Fensterwand spähen zu können. Selten nur wagte sich eine meiner Schülerinnen bis auf die Wandbank im Ratssaal vor und verfolgte unsere Arbeit als stiller Zuhörer. Selten nur erkundigte sich ein Patrizier nach den Beschlüssen: »Bleibt mein, was mein ist?« Zu tief saß die alte Gewohnheit, sich in oben und unten einzuordnen und auf den allerhöchsten Fingerzeig zu warten.

Lediglich die neuen grunelischen Gesandten, zwei stattliche wüstengebräunte Männer, die mir nach einer Ratssitzung den Beglaubigungsbrief mit dem Siegel des Thrak überreichten, nisteten sich nachgerade in der Wandelhalle ein. Sie schrieben sich unser geringstes Papier ab, besonderen Eifer aber verwendeten sie auf die Akte ihres Landsmannes Elion Lubborq, Waran.

Bei meinen Mitbürgern erweckten die Untoten nicht die Aufmerksamkeit, die ich mir ausgemalt hatte. Seit je war für einen Miscarier Vergangenes vergangen. »Laßt doch den Toten ihre Ruhe«, meinte selbst Jantas, »das waren andere Zeiten damals, wer wird jemanden dafür beschuldigen, daß er tat, was alle taten?« Ein Werkmann tadelte mich unverblümt: »Zwei alte Untermeister sind zu Sigmarq geflohen — nur wegen eurer Akten. Wie viele Leute wollt ihr noch vergraulen? Weshalb müßt ihr den Staub vom letzten Torl aufrühren?«

Immerhin durchforschte bisweilen ein Jungpatrizier oder Lehrling die Mappen, um sich Gewißheit über das Schicksal des Vaters oder Großvaters zu verschaffen.

Auch lockte anfangs die schiere Neugier manchen Handlanger, manche Wäscherin in die Wandelhalle. Sie begafften mit offenen Mündern die grüngeäderten Marmorsäulen — und verdrückten sich wieder.

Einmal hielt ich eine Gehilfin aus der Färberei am Ärmel fest. »Was kann ich dir zeigen?« fragte ich und wies auf die aufgereihten Papiere. »Soll ich dir unseren Beschluß über die Wasserverteilung vorlesen?«

Sie nestelte an ihrem Schultertuch, lauschte ohne Anteilnahme. Ihr Blick schweifte über die Stühle, über die Täfelung der Wände. »Die Polster sind zerschlissen«, sagte sie.

Ich erzählte ihr von der Karte der Welt, von Sigmarqs Belagerungsring, von den Kämpfen um den Auslug, den Turio glücklich behauptet hatte, von den gefaßten Spitzeln, dem vermutlichen Wassermangel in Sigmarqs Lager und davon, daß er jeden Spießruten laufen ließ, der sich um der Träume willen nachts von den Zelten entfernte.

»Unser Traummeister wird ihn verjagen«, meinte sie treuherzig.

»Was willst du wissen?« hakte ich noch einmal nach. »Was treibt dich her?«

Sie bestaunte das Schnitzwerk der Stühle, die verrottete Pracht des Ratssaales. »Hab' mich im Traum hier gesehen. Da muß ich ja herkommen.«

»Der Traum bedeutet, du sollst dich beteiligen. Uns loben oder tadeln, je nachdem. Uns etwas vorschlagen. Uns unterstützen oder uns, wenn du nicht zufrieden bist, absetzen und nach Haus schicken.« Es sollte ein Scherz sein.

Sie wickelte sich die Zipfel des Schultertuches um die geröteten, von Farbflecken verunzierten Unterarme. »Ich gehöre zu den Bottichen. Ihr und der Meister werdet die Sache schon richten.«

Schneidend kalt war der Sturm, der von den Drachenbergen herabfauchte, doch er kam klar und sauber über die Stadt, ohne Staub und ohne Schlacke. Wir nannten ihn noch Torl, in dem Namen aber schwang nicht mehr die verhaltene Angst.

Ungestüm und unaufhaltsam wie der Torl rollten auch Kileans Träume über die Stadt. Vieles geschah so rasch und unvermutet in diesen Tagen, daß selbst ich bangte, wohin uns der Traumeswind blasen würde. Vom Markt hatte er die Händler gefegt. Schagons Buden bestimmten dort das Bild; manche Richter aus dem Geschlecht der Deltier und selbst manchen Werkmann hatte er zu Sigmarq oder bis nach Grunelien gepustet; mit sich trug er die Gefangenen aus den Gruben und die Metallschmelzer von den Erzhütten. Sie verlangten Behausung und Beschäftigung, und wann immer sich die Kälte des Windsterns milderte, lagerten sie sich auf den Stufen des Stadthauses, so daß ich über sie hinwegsteigen mußte, wollte ich zur Ratssitzung.

Notgedrungen setzten wir Kileans Wahlspruch in die Tat um, teilten und verteilten. Doch wer neu aufteilen wollte, mußte zuallererst einmal wegnehmen; und welcher Patrizier, welche Sippe verzichtete schon freiwillig auf ein Zimmer oder auch nur auf eine ungenutzte Kammer? Kilean träumte, und bald zählten handfeste Wäscherinnen die Zimmer. Werkleute von den Erzhütten und ›Unbehauste‹ aus der Niederstadt zogen, ihre Habseligkeiten auf dem Rücken, ein. Landre ritt auf einem ratseigenen Rappen flink wie ein Torlbote von Oberstadt zu Niederstadt und von Niederstadt zu Oberstadt, um hier zu beschwichtigen, dort aufzumuntern, da ›im Namen von Meister und Rat‹ einzuschüchtern und anderswo, wenn das Geträumt-ist-geträumt seine Wirkung verfehlte, unterstützt von einem Trupp Stadtsoldaten, den Einziehenden die Tore zu öffnen.

So wirbelte Kileans Wind selbst in meine Hausburg eine sechsköpfige Familie. Fremde Stimmen schallten mir nun auf der Treppe entgegen, fremde Kinder spielten auf dem Dach Haschen, fremde Gerüche stiegen mir in die Nase. Landre hatte die ehemals Unbehausten in meinem und dem angrenzenden Zimmer untergebracht. Glauke, geh du voran, hieß das, zeig den Damen in den anderen Burgen, was Teilen bedeutet.

Quer durch den Flur hatte mein Vater einen Bretterverschlag nageln lassen, ich war froh darüber, denn ich wollte nicht sehen, wie sie sich bei mir ausbreiteten. Der Lärm aber schwappte doch herüber, zwei Frauenstimmen stritten, Hühner gackerten — in meinem schönen Erkerzimmer!

Es ist ja nur vorübergehend, tröstete ich mich, bald errichten wir Burgen in der Niederstadt, riech nicht hin, hör nicht auf das Gegacker. Stell dir lieber unsere Stadt aus Glas vor. Wenn es schon mir ins Herz schnitt, wie mußte es dann in anderen Patriziern kochen und brodeln! Da halfen nur Träume. Besänftigende Träume, einlullende Träume, versöhnende Träume. Träume und immer wieder Träume.

Menthe fing mich vor dem Zimmer meines Vaters ab. Sie schniefte, unter den Arm hatte sie sich ein Kissen geklemmt, denn die Hände brauchte sie, um ein Vorrückbrett mit einem Suppenteller und einer Kerze zu tragen. »Er plappert wie im Fieber«, warnte sie mich. »Ist ein Jammer, die eigene Tochter nimmt ihm alles weg.«

Die Tür knarrte hart und kurz. Mein Vater lag dösend unter der Decke mit dem blauen Rautenmuster, seine stoppligen Wangen glänzten gesund und säuglingshaft rosig, und die Ringe um die Augen waren verschwunden. Er erweckte keinesfalls den Anschein eines Dahinsiechenden.

»Mit dem Torlstaub bleibt Euer Husten aus, nicht wahr?« erkundigte ich mich erfreut.

Mein Vater fuhr hoch. »Paß auf, setz dich nicht!«

Ich konnte an dem Polsterstuhl aus dem Arbeitszimmer, der am Fußende des Bettes stand, nichts Besonderes erkennen. Dennoch hockte ich mich auf die Bettkante und griff, wie Ärzte das tun, meines Vaters Hand.

»Soll von fernen Ländern träumen, dein Kilean. Mag sie nicht leiden, die gläserne Stadt mit den fleißigen Werkleuten, Fummelkram das Ganze. Wegführen soll er mich ins Tote Land, dorthin, wo das Feuer aus den Bergen schießt, an die Barbarenküste oder sonstwohin, nur fort, weit weg von hier. Richte ihm das aus, ja?« Er schloß die Augen, ein kindlich-genüßlicher Zug spielte um die Lippen, sein Atem ging ruhig ohne das mindeste Rasseln, er hüstelte nicht einmal.

»Eure Werkleute verlangen nach Anleitung, Vater. Keiner kennt die Wagenmacherei so wie Ihr. Ihr habt stets die Aufträge an Schmiede und Sattler vergeben ...«

»Weshalb vertreibt ihr mich dann von den Wagenmacherhöfen? Dein Kilean mit seinen Träumen und auch du?« Er zog die Hand zurück, lachte schrill auf. »Schon gut, vergessen wir's. Das Leben ist auch nur ein Traum, Fummelkram ...« Sein Blick klebte an dem Stuhl fest. »Meine Tochter! Schau sie dir an! Sitzt jetzt an meiner Statt im Rat, das kluge Kind. Kannst ihr gelegentlich was flüstern, wird es brauchen im leeren Stadthaus.«

Wie Säuseln von einer Brise, die über Sanddünen streicht, klang es vom geweißten Stein der Wände wider.

»Kilean wünscht Eure Mitarbeit, Vater. Ohne Männer wie Euch, mit Eurem Wissen ...«

»Er schwafelt, dein Kilean, hat nie auf einen anderen gehört.« Und wieder ein Blick zum Stuhl. »Nicht wahr?«

»Sagtet Ihr nicht stets, wenn die Wagen nicht rollen, bleibt die Stadt stehen?«

»Miscara!« Er richtete sich halb auf, drehte den Kopf unwirsch zur Seite und spuckte auf die Dielen. Er hatte die Lust am Wagenbauen verloren, jede Lust, ausgenommen die aufs Träumen. Er war nicht einmal mehr Herr im eigenen Haus — gab es in der Stadt aus Glas überhaupt einen Platz für ihn? Wozu sich abplacken? Wozu sich aufopfern? Wozu? Von den kahlen Wänden hallte es wie leises Gelächter.

Ich war verärgert, und ich fühlte mich mitschuldig an seinem Zustand. Kindische Flausen, so ein Bettenstreik, redete ich auf ihn ein. Ich, seine Tochter, sei bitter enttäuscht. Wenn nun alle im Bett bleiben wollten!

»Bin krank. Laß mich duseln.«

Turio und Landre, sein Zulieferer Schagon und viele andere rackerten sich bis zum Umfallen ab ...

»Kann dir verraten, was sie erreichen.« Er stützte sich mit dem Ellbogen auf dem Kopfkissen ab. Verhohlene Freude blitzte in seinen Augen. »Narren seid ihr, so wie er ein Narr ist, dein Gespons. Den Torl abschaffen! Weiß er-da-oben nicht, daß wir Hirse löffelten, bevor Nerev die Hütten einrichtete? Glaubt er denn, im alten Rat hätten nur Hohlköpfe und Schaumschläger gesessen? Ihr praßt wie die Maus im Sack, und in ein paar Wochen sind die Ratsspeicher leergeschlemmt. Bevor sein Salat auf den Dächern grünt, wird der Sand eure Knochen decken.«

Er lachte, laut, anfallartig.

»Das werdet ihr erreichen: Zuerst packt euch der Hunger, dann wird Sigmarq eure gläserne Stadt überrennen, und zum schlimmen Ende werden hier die Grunelier herrschen. Ein Glück, daß ich das nicht mehr erlebe.«

Er sank zurück, ein alter, bärtiger Mann mit dem Gesichtsausdruck eines Süchtigen, der sich auf Träume von Feuersbrunst und Kriegsgeschrei freut. »Laß uns allein. Geh.«

Ich sah zum Stuhl. Fast konnte ich das Wesen erahnen, das sich in der Einbildung meines Vaters dort breitmachte: Es war Zrausal, der Flüsterer. Er, der Lügner und Gerüchteverbreiter, der Witzereißer und Verräter, blies meinem Vater all diesen Unfug vom Hunger und von Sigmarqs Sieg ein. Es gab nur einen Menschen, nur eine Macht, die diesen Unhold davonjagen konnte.

»Zrausal?« fragte Kilean kurz. »Zrausal findet sich nicht ohne Grund ein. Lies bei Nrada nach: Dem Wisperer erscheint der Flüsterer.«

Niemals hatte mein Vater gelogen oder betrogen, niemals andere angeschwärzt!

»Weißt du es?« Seine Finger verhakten sich in dem bunten Armreif, den er mir geschenkt hatte. »Wie sonst sollte einer Rang und Reichtum erringen in einer Stadt wie der euren?«

Ich erinnerte mich, was ich in Kakerlaks Mappe gelesen hatte, und die Tränen stiegen mir in die Augen. »Bevor du kamst, war meine Stadt die beste der Welt«, klagte ich, »alles hatte seine angestammte Ordnung, und ich war ein Teil dieser Ordnung.« Es war so bequem gewesen, mit der Hälfte der Wahrheit zu leben, nur die wohlbeschaffene, wenngleich etwas graue Oberfläche der Dinge zu sehen. Durch die Träume war diese Oberfläche aufgeplatzt wie die Haut auf einer Eiterbeule. Es gab keine angenehme Wahrheit, nicht einmal für mich.

»Glaubst du«, versuchte mich Kilean zu trösten, »ich hätte, während ich mich durch Thruma und Grunelien, durch das Nordland und die Wüste schlug, nicht auch dann und wann die Wahrheit gebeugt oder mir einen Happen Eßbares gestohlen? Natürlich werde ich deinem Vater helfen, soweit ich es vermag, ohne an die Ursache zu rühren.«

Kilean träumte von meinem Vater als dem unverwüstlichen Werk-Obermeister, der hustend und schimpfend über die Wagner-Höfe stapft, so als sei er noch der Ratsherr Erast, Besitzer von Gewölben und Brettern, von Werkzeug und Pferden, ein tatkräftiger Wagenmacher, der eigenhändig die Festigkeit der Widerlager und die Spur der Räder prüft, der den Pechsiedern in die Kessel schaut und den Gesellen auf die Finger.

Mit allen Schläfern der Stadt stand ich zwischen Karrendeichseln und wuchtigen Bohlen für Rollwagen, mit allen Schläfern der Stadt war ich dabei, als mein Vater »Zu-gleich!« rief und die Altgesellen die Stützen unter frisch beräderten Wagen wegstießen, mit allen Schläfern der Stadt beobachtete ich, wie er die beiden jüngsten Lehrlinge — Mädchen in schmucken blauen Kitteln! — nach Bremsschuhen schickte und sie die gußeisernen Pantoffeln mit dem aufgenieteten Messingschild ›Vorsicht beim Grätschen!‹ aus dem Werkzeugschuppen holten. Vor der Macht dieser Bilder floh Zrausal. Die Macht dieser Bilder jagte meinen Vater aus dem Bett, und sie zog auch mich am Morgen in die Werkhöfe.

Bereits am Tor hörte ich meinen Vater schimpfen. Ich kletterte zu ihm auf den Bock einer halbfertigen Kutsche, von wo aus er, da ihm das Laufen sauer wurde, seine Männer antrieb: Her mit den Leitern! Wo bleibt die Schmiere? Vergeßt mir die Bremsschuhe nicht!

Widerspruchslos fügten sich die drei gewählten Vormänner, die während seiner Abwesenheit die Arbeiten geleitet hatten, unter seine Befehle. Geträumt war geträumt.

Hatte ich erwartet, daß sich mein Vater wegen der beiden Mädchen, die unschlüssig einem Werkzeugschuppen zusteuerten, ereifern würde, so wurde ich enttäuscht. Kein Wort, daß er zum Gespött anderer Zunftmeister würde, kein Wort, daß er sich tausendmal ohrfeigen könne, sich entlaufene Küchenkräfte aus der Frauenburg aufhalsen zu lassen. Geträumt war geträumt.

Zögernd traten die beiden aus der Brettertür des Schuppens. Das Sonnenlicht flimmerte auf den blank geschmirgelten eisernen Pantoffeln mit dem Messingschild. Ringsum die Handlanger und Gesellen johlten, die Mädchen erröteten. Alles verlief nach Traum. Sie hatten ihre Eselei begangen, die Lehrlingstaufe war überstanden. Sie gehörten dazu.

Ich rutschte auf dem harten Holz des Kutschbocks nach vorn und betrachtete meinen Vater von der Seite. War er noch der, den ich kannte? Er hatte dasselbe abgewetzte Wams an wie stets, dieselben buschigen Brauen wölbten sich über der von borstigen Härchen und Poren übersäten Nase, nichts unterschied ihn von dem Mann, der mir seit meinen Kindertagen vertraut war. »Habt Ihr nichts auszusetzen, Vater?«

Er spuckte in einen Haufen Hobelspäne, kratzte sich am Hinterkopf, als hätte ihn zugleich mit Zrausal auch die Sucht, alles zu bemäkeln, verlassen. Erst auf meine wiederholte Frage begann er zu sprechen, schwerfällig, wie mit verknoteter Zunge. Lesen und Schreiben, schön und gut, so ganz recht wäre es ihm schon nicht, daß seine Leute am hellichten Vormittag Buchstaben auf die Bretter malten, wo die Arbeit unter den Nägeln brannte. Und sobald sie die Kunst erst einmal beherrschten, gelte der Handschlag unter Zeugen nichts mehr, alles müsse niedergekritzelt werden, er sehe sich schon unter einem Berg von Papier- und anderem Fummelkram ersticken. Aber schließlich hieß es ... Ich wußte, jetzt kam der Spruch, der alles rechtfertigte.

»Also gefällt Euch«, stichelte ich, »was Kilean erträumt?«

»Gefallen oder nicht, wer fragt danach?«

Drei Zimmerleute gafften zu uns herauf, mein Vater schickte sie mit kräftigen Flüchen an die Arbeit zurück. Doch kein Wort fiel gegen Kilean. Noch vor Tagen hätte er sich ergrimmt, Kilean einen unbelehrbaren Weltverbesserer genannt, auf Weiber im Stellmacherkittel und schriftkundige Handlanger geschimpft. Nichts von alledem. Keine Ausfälle, nur ein einziges ›Fummelkram‹.

»Mit Träumen ist schlecht spaßen, Kind«, meinte er, als ich vom Bock stieg. Er war auf den Beinen, doch die Feder in ihm war gesprungen.

Kilean war erstarrt. Er schlief nicht, er wachte, und doch ruckte sein Kopf nicht um Nagelbreite, als ich zwischen den Regalen hervortrat. Seine Füße ruhten auf dem schmalen Sims des Fensters, der Stuhl, auf dem er saß, war zurückgekippt, die Hände hatte er über dem Bauch gefaltet, kaum merklich hob und senkte sich seine Brust. Die Augen, weit geöffnet, sahen nichts. Schlafwandlerisch mühelos hielt er das Gleichgewicht, und dennoch war mir, als könnte der geringste Laut meinerseits ihn aufschnellen lassen.

Bedacht, kein Geräusch zu verursachen, strich ich den Staub von einem Stapel Folianten, setzte mich. Ich konnte nicht benennen, was mich beunruhigte, ich war auch nicht gekränkt, daß er mir keinerlei Aufmerksamkeit schenkte, ich wußte ja, daß bei ihm der übliche Maßstab auf den Kopf gestellt war, sein scheinbares Nichtstun härteste Arbeit bedeutete ... Was Khalib soeben auf der Treppe gemurmelt hatte, klang mir noch in den Ohren: »Ruft die Formlosen, werden fressen ... bleiben leere Hüllen!«

Eigentlich hätte ich — trotz Vaters Behexung — glücklich sein müssen. Ich hatte alles erreicht, was ich mir nur je gewünscht hatte: Ich war Ratsherrin und die Gefährtin des Traummeisters Die Miscarier, ›unsere Miscarier‹, wie Kilean sagte, verehrten mich als die ›gütige Dame im Turm‹, die sie erhörte und für sie beim Meister vorsprach. Meine Freunde, selbst meine ehemalige Hausmagd, bekleideten hohe Ämter. Auch das Leben in der Stadt floß wieder in geordneten Bahnen, Sigmarq wagte keinen Angriff, und der Torl hatte sich in die Berge verkrochen. Es gab nichts, das mir fehlte. Ich hätte glücklich sein müssen. Wo kamen die Schatten nur her? War ich, bevor Kilean zum erstenmal träumte, glücklicher gewesen? Nein, damals hatte das Wort Glück für mich keinen Sinn gehabt außer dem des günstigen Zufalls und eben jenem des Aufsteigens, des Erreichens. Also lag es an mir selbst. Oder an Kilean.

»Noch einen Vorschlag, Glauke?«

Ich schrak hoch. Das war nicht die Stimme, die ich liebte, so hatte vielleicht Mechter seine Gefährtin gefragt oder Nerev.

»Gib meinem Vater seine Mäkelsucht zurück.«

»Ich werde mein Bestes tun.« Nur die leichte Bewegung von Lippen und Kinn zeugte davon, daß er wirklich mit mir redete.

»Und die Leute sollen Schagons Zuteilungsmarken nicht gegen Schellnüsse oder Schwarzbier tauschen.«

»Bereits berücksichtigt.«

Er verlor sich, wenn er die gläserne Stadt gestaltete. Verlor sich selbst. Wurde zu einer Maschine, dazu bestimmt, Träume herzustellen. Nach Bedarf. Maßgerecht.

Wirkungssicher. Ohne Spiel und Freiheit. So wie es sich der alte Rat nur hätte wünschen können. Vor der Wilden Woche hatte Kilean sich gegen die geplanten ›Nummern‹ gesträubt und gesperrt. Nun träumte er die eigenen, nicht minder festgelegten ab. Zweck und Ziel mochten sich geändert haben, aber rechtfertigten unsere Zwecke, unsere Ziele seinen Umgang mit den Träumen? Die straffe, strenge Hand, die alles Überschäumende auszumerzen trachtete? Führte Traumeszucht stets zu Zuchtträumen? Oder schwang dabei auch die Angst mit, in den Träumen zuviel über sich zu verraten? Eines fühlte ich in diesen Tagen: Kilean entglitt mir, das war es, was mich am meisten beunruhigte. Seine reglose Haltung. Der entrückte Blick. Die Gedanken, die bruchstückhaft zu mir flatterten: »Meine Träume sollen Richtschnur für menschgerechtes Handeln sein. Nichts Zufälliges darf sich in sie mengen. Wer sie beherzigt, wird schon heute Bürger der Stadt aus Glas.«

Sein Gesicht war so gesammelt und gelöst, so gleichmütig und so unentschlüsselbar. Weniger denn je vermochte ich zu erahnen, was hinter der glatten Traummeisterstirn Gestalt annahm. Wieviel näher stand mir da der ein wenig linkische Uhrenheiler aus dem nebeligen Thruma!

Ich trat hinter ihn, ich mußte ihn mit Händen spüren, sein Haar riechen, mich vergewissern, daß er bei mir war. »Die Träume zehren an dir, Kilean. Spann einige Nächte aus. Laß uns wegreiten, über die Gletscher wandern.«

Er lehnte sich gegen mich, ich rieb ihm mit den Fingerspitzen die Schläfen.

»Ich taste mich voran, Glauke, die dunkle Wendeltreppe hinauf. Mir fehlt das Licht, das meine Mutter besaß, ihr Wissen. Damals hat sie mir eingeschärft: Wenn du erwachsen bist, geh nach Miscara. Da bist du den Großen Alten am nächsten.« Er blickte kurz zu mir auf. »Bin ich das?«

Wie oft hatte er sich den Kopf darüber zermartert, was Jezebel, seine Mutter, an seiner Stelle träumen würde. Weshalb hatte sie ihn überhaupt nach Miscara geschickt? Hatte sie etwa vorhergesehen, daß er zum Traummeister ernannt werden würde? Anfangs hatte er anderes vermutet, hatte er in Miscara Wunderdinge aus dem Kristallenen Zeitalter erwartet, vielleicht ein Gerät, geeignet, die Großen Alten — einen zweiten Gleitenden Stern womöglich — herbeizurufen. Doch das hatte sich rasch als Irrtum erwiesen. Aber plötzlich entdeckte man seine Gabe, berief man ihn in den Turm. Plötzlich hatte er Einfluß. Sollte er etwa verwirklichen, was ihr, Jezebel, in Invenau und anderswo mißlungen war? Bestand darin seine Aufgabe? So betrachtet, wäre es nicht umsonst gewesen, daß sie vor drei Jahrzehnten mit dem trügerischen Gleitenden Stern abstürzte, daß sie einen Fürsten erst für sich und für ihr Wunschbild vom menschlichen Miteinander gewonnen und kurz darauf an den Drachen Macht verloren hatte. Er führte ihr Werk fort. Allerdings war er dieser Aufgabe kaum gewachsen, viel zuwenig von ihrem Wissen hatte sie damals dem ängstlichen, verspielten Knaben vermitteln können. Er versuchte ja, das Spärliche, an das er sich erinnerte, zu verwenden. Es bildete jedoch noch nicht einmal ein ausreichendes Grundgerüst, ständig war er gezwungen dazuzuerfinden. Wie würde Jezebel die Stadt aus Glas einrichten wollen? Wie würde sie nicht gegen die Natur, sondern mit ihr leben wollen? Welche Rechte und Pflichten waren für jeden Menschen verbindlich?

Ich hätte überrascht sein sollen, aber ich war unfähig dazu, denn eine leichte Anwandlung von ›schon-geschaut‹ befiel mich, die Mittal hauchte Kileans Worten die ihr eigene Unwirklichkeit auf. Ich kräuselte die Finger in sein Haar. In meinem Bild von ihm rückte alles an den rechten Platz: seine Gabe zu träumen und seine hohe Gestalt, seine Vorstellung von der Gläsernen Stadt und vom Miteinander der Buntgewandeten. Stets führte die Spur zu seiner Mutter und von da zum Gleitenden Stern und von da …

»Deine Mutter«, vergewisserte ich mich, »war also eine Große Alte? Stammt sie von der Erde? Und dein Vater?«

Ein Lächeln grub senkrechte Furchen um seine Mundwinkel. »Ach, Mädchen. Immer Fragen, das handele ich mir ein. — Meinen Vater kenne ich nicht und will ich nicht kennen. Und Jezebel war keine Große Alte, denn sie war nicht dabei, als unsere Welt bewohnbar gemacht wurde. Von der Erde hat sie mir kaum erzählt, sie war wie gehemmt, fragte ich sie aus. Die Erde ist wohl nicht der blühende Garten, den du dir ausmalst, sondern ein verbrauchtes Gestirn. Um unsere Welt geht es. Sie war für die Großen Alten *der* Anfang, und das soll Miscara für mich, für uns sein. Wir dürfen nicht auf Gleitende Sterne hoffen. Und deshalb träume ich und träume ich … Ämmre hat mich gelehrt: Nicht Rädchen, sondern Achse sein. Ich wußte nicht, daß sich einmal so viel um mich drehen würde.«

Er schloß die Augen, als sei er am Ende seiner Kräfte. Mein Uhrenheiler und Traummeister mutete sich zu, was weder den Großen Alten noch seiner Mutter gelungen war. Auch er würde scheitern … Ich hatte große Lust, wie mein Vater auf Miscara zu spucken, Kileans Wandersack auf den Rotfuchs zu schnallen und die Frau des einfachen, wandernden Uhrenheilers Ki-Leanth aus Thruma zu werden, vom Alltag gebeutelt und doch wohlgemut. Wäre nicht auch Kilean irgendwo auf den Landstraßen zwischen Teneirien und der Barbarenküste glücklicher?

»Ich würde gern mit dir allein sein, nur für einige Tage«, wiederholte ich meinen Vorschlag. »Ohne Traumespflichten und ohne Ratssorgen. Jede Magd, jeder Werkgeselle kennt das Glück der Zweisamkeit. Uns aber verfolgt die Stadt. Bis in den Schlaf.«

»Es ist, als ob du dich gegen den Torl stemmst. Die

Macht der menschlichen Trägheit ist so gewaltig.« Er nahm die Füße vom Fensterstock, drehte sich zu mir um. »Schauen sie euch im Stadthaus in die Papiere? Besucht irgend jemand eure Sitzungen? Wozu, für wen träume ich? Ach, Glauke, muß ich sie denn alle erst umkneten?«

Ein Zittern lief ihm über die Schultern, verebbte. Ich beugte mich zu ihm hinab. Wie in mancher Nacht berührte der Hauch meines Mundes sein Ohr. Leise redete ich auf ihn ein. Daß er sich nichts Übermenschliches abverlangen solle. Daß ein wenig Ausspannen keine Fahnenflucht bedeute. Daß drunten in der Stadt, droben auf dem Gletscher eine Welt voller Lachen und Freiheit auf ihn warte.

»Ich forme, aber noch ist der Ton nicht gebrannt.«

Die Traummeister altfrüher, hielt ich ihm entgegen, hatten sich beschieden, aufrüttelnde, begeisternde, mitleiderregende Träume, Träume aus den ersten drei Ebenen der Mittal zu schicken. Sie hatten nicht geformt, sondern geheilt, sie hatten den Gebrechen der Stadt nachgeforscht und die gesunden Kräfte gefördert.

Er seufzte. »Aufrüttelnde Träume genügen nicht. Begeisterung verpufft. Ich will keine Strohfeuer entfachen.« In Grunelien hatte er einen Hauptmann des Thrak kennengelernt. Wie sehnsuchtsvoll spielte der auf der Windlade — und keine Stunde später erschoß er eines aufmüpfigen Wortes wegen einen Gefangenen. »Deine Mitbürger sind abgestumpft. Der angeblich tiefe Eindruck meiner Träume verweht wie Vogelspuren im Sand. — Nun wohl, Glauke, wenn wir ein neues Miscara wollen, brauchen wir zuallererst den neuen Miscarier.«

»Deine Buntgekleideten ...«

Er nickte. »Ich weiß, du würdest sie lieber bei ihrem Verstand packen, aber deine Worte würden auf taube Ohren stoßen. Du würdest ihr Gefühl rühren wollen, aber wo ist es, solange ich es ihnen nicht eingepflanzt habe? Ja, wenn alle so wären wie du, Glauke, dann bedürftet ihr keines Traummeisters. Du bist das eigentliche Wunder in dieser Stadt. — Am liebsten würde ich nur für dich träumen.«

Wenn ich schon ein Wunder war, dann gab es mehr von meiner Art. »Denke an Turio, an Landre. Du hast unverwirklichte Möglichkeiten entdeckt und freigesetzt, Kilean. Was verlangst du mehr? Also raff dich auf, die Stadt stirbt und verdirbt nicht, wenn wir für ein paar Tage die kühle Luft der Drachenberge atmen. Du stemmst dich nicht allein gegen den Torl, du hast Freunde und Helfer ...«

»In der Nacht bin ich allein.« Er lehnte sich zurück, hob die Füße wieder auf den Fensterstock und entschwand in die Fernen, in die ihm keiner zu folgen vermochte. Und wenn ich meine Arme noch so fest um ihn schlang, ich würde sie nie verscheuchen, diese verfluchte Einsamkeit des Träumers.

In jener Nacht wanderten Kilean und ich über die Gletscher, kalt blies der Wind, blau schimmerten Himmel und Eis. Spalten taten sich vor uns auf, abgrundtief. Da nahm er mich bei der Hand, und wir sprangen hinüber. Den Gipfel aber, den wir erklimmen wollten, verhüllte weißer Dunst. Und vor uns dehnte sich schier endlos das Eisfeld voller Spalten.

Ich verstand den Traum, der ein Geschenk war für mich. Doch sein Sinn, Hand in Hand zwingen wir es, war mir zu offenkundig und zu einfältig.

Am nächsten Morgen trugen einzelne Menschen in den Gassen Schneebrillen, und manche Kinder liefen zögerlich und sprangen über jede Steinfuge, als hätten sie Eis unter den Füßen. Zuviel Macht lag in den Träumen, viel zuviel Macht.

Wie das Roß im Göpel drehte ich mich im Kreis: Turm und Stadthaus, Werkhallen und Packhöfe, Turm und Stadthaus.

»Glauke, wir brauchen Brennholz.«

»Ratsherrin, zahlt Ihr die dreiundneunzig Flaschen Schwarzbier, die das Niederstadt-Gesindel mir weggesoffen hat?«

»Herrin, ist es rechtens, mir die Stallungen zu nehmen?«

Wenn ich verschnaufte, so schien es mir, kam auch mein Göpelwerk knirschend zum Stillstand.

Im Halbdunkel der riesigen Halle, die die Großen Alten ehemals für ihre Land- und Luftschiffe errichtet hatten, zählte ich Fässer, Kisten, Stiegen. Meine Kladde füllte sich mit Strichen, und dennoch bezeugten die geräumten Ecken, die mannshohen Krüge, aus denen es hohl widerhallte, daß wir das aufgesparte Gut verschleudert hatten.

Schon trabte ich wieder am Göpelbaum, eilte ich zu den Hängenden Gärten, wo die Hirse grünte und der Salat sproß; zum Überleben würde es reichen, doch der Anblick der frischen Halme war mir ein schwacher Trost. Hatten wir uns nicht Zeiten des Überflusses erhofft?

Weiter trieb mich der Göpel im Kreis. In der Frauenburg warteten meine Schülerinnen bereits auf mich, ich stellte mich vor die blaugetünchte Tafel und buchstabierte ihnen die Worte *Freiheit, Gleichheit, Geschwisterlichkeit. Im Traum sind wir eines Sinnes,* schrieb ich ihnen vor, und *Wissen ist der Schlüssel zur Mündigkeit.* Das Lesen übten wir nicht an den mir zum Überdruß bekannten blaßbunten Geschichten von fernen Ländern und fernen Zeiten, sondern an den Akten der Untoten.

Sobald meine Base Jantas ihr Kind nicht mehr stillte, entschlüpfte ich für ein Stück der Drehung dem Göpel, gab Mappen und Kreide an sie weiter. Ratsherrin Glauke Arnya schwirrte der Kopf von zu vielen Dingen, als daß sie täglich zwei Stunden für Haupt- und Nebensätze, für kleines und großes Einmaleins hätte opfern können.

Mit Schagon saß ich unter der Karte der Welt, auf der

rundum fruchtbare Länder und üppige Oasen eingezeichnet waren. Gemeinsam rechneten wir Münder gegen Säcke, Viehherden gegen Zuteilungsscheine auf. Wo blieben sie, die Planwagenzüge und Kamelkarawanen? Sigmarq schnitt uns, wie die weißen Wimpel auf der Karte anzeigten, die Handelswege ab — mit Ausnahme jenes einen weit oben über dem Gletscher, auf dem noch immer Lastschlitten fuhren. Fast täglich kam es zu Scharmützeln. Was Sigmarqs Männer nicht verpraßten, stapelte er, uns zum Hohn. Man munkelte, daß er Schuldscheine ausstelle, den grunelischen Waffenhändlern Berge von Blauem Metall und den Söldnern aus aller Herren Länder Fuhrwerke voll Beute verspreche — für die Zeit nach seinem Sieg.

Aber selbst wenn ein Wagenzug den Belagerungsring durchbrach, womit sollten wir künftig die Waren bezahlen?

Ein Gehilfe Schagons mit der gespaltenen Oberlippe der Fitier schleppte Mappen heran, aus denen Zettel quollen. Schagons gewöhnliches Geschäft: Klagen und Forderungen. Da beschwerten sich ehemals Unbehauste über Nachbarn, die angeblich die doppelte Menge Brennholz erhielten; Mütter wünschten — einem Schreiben Doratras zufolge — einen Milchzuschlag, Korbflechter und Teppichweber fühlten sich übervorteilt, alle verlangten mehr, und ein jeder Fall wollte überprüft werden, eine Arbeitslast, die nicht einmal der alte, bestens eingespielte Rat mit seinen Schreibern und Bütteln bewältigt hätte.

Schagon schob die Mappen beiseite: Keine Zeit für Einzelfälle. Wir rechneten, bis die Zahlen wie aufgestörte Wespen durch meinen Kopf schwirrten. Kein teneirischer Händler würde seine Tuche gegen bloße Traumgespinste tauschen. Ohne Blaues Metall, ohne die funkelnden und ratternden Erzeugnisse der Werkhallen, ohne das berühmte miscarische Ei, ohne die gefürchteten miscarischen Waffen würde meine Stadt zu einem vergessenen Nest am Rande der Wüste werden, bar allen Glanzes, aller Pracht. Auch dies war eine unverwirklichte Möglichkeit der Stadt. Und ich würde nicht einmal behaupten können, welche der wirklich-unwirklichen Städte glücklichere Bürger hätte. War es so erstrebenswert, in einer prächtigen, ruhmbedeckten Stadt zu leben? Landre würde es bestimmt genießen, Turio aber wäre es gleich, solange das Brot reichte und Wein und Datteln gediehen.

Die Tür in der Täfelung öffnete sich, schattengleich kroch es herein: Kakerlak. Schagon griff wie selbstverständlich nach dem Aktendeckel, den ihm der Schneeling entgegenstreckte.

»Seit wann arbeitet der für Euch?« fragte ich, meinen Widerwillen mit Mühe bezähmend.

Schagon zuckte mit den Schultern.

»Und womit entlohnt Ihr ihn?«

»Entlohnen?« Er zupfte sich an der Braue. »Von mir bekommt er nicht einmal den Wasserschein. Aber nützlich ist er.«

Geistesabwesend blätterte Schagon in den Zetteln. »Dachte ich mir's doch!« Die Chetier hatten gehortet: Butterfässer und Krüge mit gezuckerten Früchten. Die Atrier verbargen Blaues Metall in den Katakomben. Und in den Handelsgewölben der Mennier war alles zu erhalten, was das Herz begehrte — gegen einen entsprechenden Aufpreis.

»Wir sollten Turio verständigen«, meinte er dumpf, »es muß alles gerechtlich zugehen.« Doch ein Dutzend, auch ein Hundert aufgestöberter Säcke retteten uns nicht.

Wieder trabte ich im Göpel-Kreis. In der Niederstadt blies mir der Wind erfrischend gegen die Stirn. Die Menschen kannten und grüßten mich. Werkleute, ehemals in den Erzhütten beschäftigt, rissen eine Gasse auf und legten die verstopften Röhren frei, in denen noch zu Ransuns Zeiten die Abwässer geflossen waren. Frauen tünchten die krummen Wände der Katen hellgelb, bläulich und hellila. In den Winkeln zwischen den Häusern, die ehemals als Torlnischen gedient hatten, boten fliegende Händler Küchengeräte, bunten Krimskrams für Kinder und Naschwerk feil, darunter fünfeckige Gebilde aus Zuckerguß, die gläserne Hausburgen darstellen sollten. Wie gern hätte ich ihnen zugerufen: Spart euch das Essen vom Munde ab! Ackert und rackert! Die fetten Wochen sind vorüber, jetzt kommen die mageren Monate!

Wäsche, quer über die Gasse gespannt, verhängte mir den Weg. In den Höfen schwappte Lauge aus Zubern, Landre stritt in schrillem Ton mit Wäscherinnen: Es sei richtig, daß die Warmbäder wie altfrüher der Allgemeinheit zur Erfrischung und Entspannung dienten, ja doch, höchstselbst wolle sie sich darum kümmern, daß jede von ihnen einen Platz an strömendem Wasser erhielte, ein wenig Geduld bitte, das hieße nicht, verträumt und vertröstet.

Erleichtert begrüßte sie mich. Sie war, obwohl so dickköpfig und dickhäutig wie je, den Tränen nahe. Einem Dutzend geifernder Münder war sie nicht gewachsen. Die unverfrorensten unter den Wäscherinnen verlangten sogar den Torl zurück, der ihnen leichte Arbeit beschert hatte.

Turm und Stadthaus, Werkhallen und Packhöfe, Turm und Stadthaus, wie das Roß im Göpel drehte ich mich im Kreis.

Tags darauf wich ich von meinem Kreis ab und kletterte die knarrende Holzstiege zu Turios Befehlsstand, dem Wachturm am Mittagstor, empor.

»Ich mache mir Sorgen, Turio«, begann ich, als die schwere Tür hinter mir zuschwang, und ich wußte im Augenblick nicht, was mich mehr beunruhigte, die schwindenden Nahrungsvorräte oder die ungezügelte Macht der Träume.

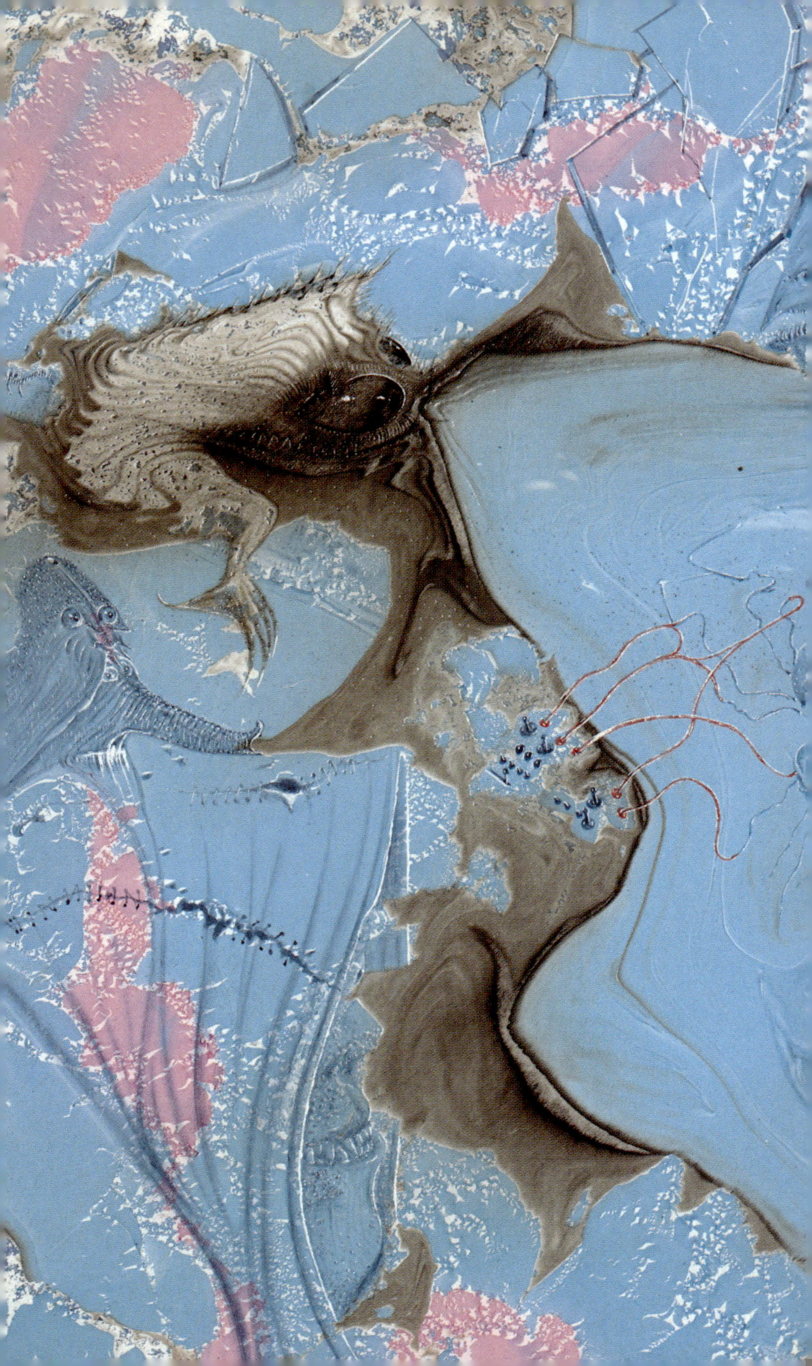

Turio stützte sich mit den Fäusten auf einen Tisch, er wandte mir das Gesicht zu und sah mich müde an. Der schwarzlederne Harnisch war ihm zu groß, die Arme staken wie dürre Zweige in den Schulteröffnungen. Bisweilen blinzelte er, um ein Zucken des Augenlids zu unterdrücken. Auf dem Tisch lag, beschwert vom bläulichglänzenden Stadthauptmannshelm, ein Bogen Papier, der Postenplan für die Nacht. In der Mitte des Raumes häuften sich in einer ummauerten Feuerstelle angekohlte Äste und zusammengeknüllte Seiten.

Während ich berichtete, übte Turio gedankenabwesend den steifen Ellbogen. »Sigmarq schnürt uns die Luft ab«, meinte er, »lieber heute als morgen würde ich losschlagen. Aber er im Turm will nicht. Vielleicht hat er sogar recht. Vielleicht können wir wirklich nur auf seine Träume bauen.«

Einerseits müßte er, Turio, es gutheißen, wenn Kilean kraft seiner Gabe Burgfrieden stiftete, wenn er angesichts des Feindes vor den Mauern die Aufmüpfigkeit der Fitier dämpfte, unnötige Reibereien ausräumte. Doch andererseits, nicht als Stadthauptmann, sondern als Turio, der frühere Botengänger, hätte er sich klarere Fronten gewünscht. Weniger Träume, dafür mehr eigenes Zupacken. »Notfalls hätte ich den Patriziern die blanke Klinge gezeigt — statt sie weichzuträumen.«

»Da hättest du Blut vergossen, nicht nur in der Wilden Woche.«

»Mit Lust und Freude hätte ich's. Wie Fennr wäre ich zwischen sie gefahren, hätte ich Sigmarq und Sreban und Hettert den Hals umgedreht. Wenn ich jetzt einem Patrizier begegne, weiß ich nicht: Wer ist er? Was denkt er? Wie steht er zu uns? — Sie hätten ihre Schandtaten gesühnt, die Hurenböcke!«

Was hätte ich vorgezogen? Kileans sanfte Gewalt der Träume oder Turios Schreckensherrschaft? Erschlagene oder Umgeträumte? Zählte wirklich Vernunft und Einsicht so wenig? »Und die Werkleute und Knechte, Gesellen und Handlanger — empfinden sie wie du, Turio?«

Er verkniff den Mund, als hätte er auf eine ranzige Feige gebissen. Woher sollte er das wissen? Er kam ja kaum mehr unter die Leute. »Sie leben wie im Rausch. Bedenken, Zweifel sind ohnehin nicht ihre Sache. Und wo es dennoch im Hirnstübchen funkt, lullen die Träume von der Gläsernen Stadt unsere wackeren Schlafwandler gleich wieder ein wie vordem zerkaute Schellblätter.«

Unwirsch führte er mich auf den Wehrgang. Ich lehnte mich neben ihm an die hölzerne Brüstung. Der trokkene Atem der Karr schlug mir entgegen. Turio reichte mir sein Perspektiv. Da hatte ich sie lebensgroß vor mir, Sigmarqs Heerscharen. Miscarische Soldaten, die im grellsten Sonnenglast Hakenbüchsen anlegten und absetzten, Wüstenkrieger von den Kellm-Oasen, kampferprobte Haudegen, die mit Säbeln auf Pfähle eindroschen. Dahinter das bunte Gestreif der Zelte. Wenig daneben starrten mir die schwarzen Mündungen von fünf Feldschlangen ins Gesicht, beste miscarische Wertarbeit.

»Eines Tages bei Morgengrauen wird er angreifen. Noch wartet er auf Pulver und Verstärkung aus Grunelien.«

»Er verbündet sich wirklich mit dem Thrak?«

»Auch der Thrak fürchtet Kilean und seine Träume. Sie könnten ansteckend sein. Aber ohne ein Mittel, den Turm zu knacken, wird Sigmarq den Angriff nicht wagen.«

In einer Wachstube unter dem Wehrgang schimpften Soldaten, was das Zeug hielt. Dem einen war die Frau davongelaufen, einem anderen waren die ›Futterzettel‹ gekürzt worden, und das, obwohl er fünf Mäuler zu stopfen hatte. Ein Dritter verteidigte den Traummeister, die Aussicht auf eigene Zimmer zähle wohl gar nicht?

»Sie hatten heute nacht Dienst«, erklärte Turio, »haben nicht geträumt. Keine schlechten Männer.«

»Du schläfst auch nicht, wenn Kilean träumt.«

»Nein. Ich habe einen klaren Kopf nötig.«

Wir traten zurück in den Schatten des Befehlsstandes. Turio schob das Perspektiv zusammen und stülpte die Kappen über die Linsen.

»Kilean verpfuscht uns noch alles«, sagte er, »wir quälen uns ab, dabei sind wir nur seine Hampelmänner. Ich möchte so viel verändern: Die Werkleute der unterschiedlichen Gewerbe müssen sich zusammenraufen, statt sich wie gewohnt zu befehden; ein Vertreter der Handlanger sollte in den Rat gewählt werden — gemeinsam sollten wir nach einem Ersatz für das Blaue Metall forschen, den Torldamm der Großen Alten flikken oder einen neuen Platz für die Erzhütten suchen ... Doch *er* ernennt mich zum Stadthauptmann und nagelt mich hier fest. Er übertüncht alle Schwierigkeiten, nichts wird ausgetragen. Er legt die Hütten einfach still kraft seiner Träumerei. Nächstens eröffnet er sie wieder. Und wir beschließen dann im Rat, was bereits abgeträumt ist. Ist das die Art der Großen Alten?«

Ich war entsetzt. »Ohne Kileans Träume wäre der Mann mit den drei Schatten längst über die Stadt hinweggeschritten, ohne Kileans Träume lägst du, Turio, mit durchgeschnittener Kehle im Staub. Unsere Schwäche ist der Nährboden für die Mittal.«

Turio ging zum Tisch. Sein Bleistift tänzelte über das Papier. Jeder Soldat in Miscara gehorchte seinem Befehl — solange Kilean träumte. »Ich glaube nicht, Glauke, daß er diesen Wüstenmarsch weiter durchhält. Jeder Mensch braucht Entspannung im Schlaf. Er verausgabt sich und bricht uns zusammen. Erschrick nicht, aber wie verteidigen wir das Erreichte, wenn wir nicht mehr auf *ihn* rechnen können?«

Während ich träumte, befand ich mich im Einklang mit dem, was war, und dem, was sein würde. Ich war eine zufriedene Bürgerin des gläsernen Miscara, einer blitzblanken und freundlichen Stadt, mit glänzenden Terrassen und buntgekleideten Menschen, die sie bevölkerten wie malerisches Beiwerk.

Sobald ich aber erwachte, verwehte der Zauber, und die Sorgen holten mich trotz aller Traumesmacht ein. Wie flehentlich ich auch zum Bild der Großen Alten hochblinzelte — um Nyas sonst so zukunftsfroh lächelnde Lippen spielten Hohn und Vorwurf. Was würdest du an meiner Stelle beginnen, fragte ich schlaftrunken. Wie würdest du die Stadt lenken? Wie kämst du mit den Träumen zurecht? Aber sie und ihre sich forsch auf den Flügel des Silberschiffs stützenden Geschwister antworteten mir nur mit vieldeutigem Grinsen.

Als Kilean wieder einmal am Morgen zu mir ins Bett kroch, erschöpft von der Nacht und eher ruhe- als liebebedürftig, als ich sein tiefes, ruckhaftes Atmen vernahm und den warmen Körper an meiner Seite spürte, da malte ich mir aus, wie wir unter den verstaubten Folianten der Bibliothek das eine entscheidende Buch entdeckten — vielleicht war es Nerevs Traumbuch? —, das Buch jedenfalls, das das Geheimnis des ›rechten‹ Träumens lüftete! Ich wollte darin lesen ... Wie ein Nachtgespinst entglitt mir die Seite.

Später stellte ich mir vor, daß wir im Rat Vorschläge sammelten, erörterten, beschlossen. Doch waren wir weiser als vor Wochen Doratra und der alte Rat? Wer überhaupt durfte sich anmaßen, zu bestimmen, welcher Traum dem Vorarbeiter in den Werkhallen, welcher der Hökerin am Markt frommte? Und selbst in dem Fall, daß wir uns strengstens nach dem Nutzen für die Stadt richteten, wo war dieser zu suchen?

Ich sah mich, während Kilean gleichmäßig gegen meine Wange atmete, eine Volksversammlung einberufen; das Halbrund des ehemaligen Richtplatzes füllte sich mit blauen und bunten Gewändern, und ich fragte meine Mitbürger: Welcherart Träume sind eurem, sind unser aller Glück förderlich? Und jeder Mann, jede Frau begehrte anderes. Des einen Sinnenlust war schon dem nächsten anstößig, diese rief nach Träumen, rosa wie Wiegenlieder, jene verlangte zu fliegen, die dritte fürchtete den Absturz. Die Rettung der Gläsernen Stadt vor Torl und Hunger, vor Einkreisung und Wasserverknappung geriet außer Sicht, das Staubkorn im eigenen Schuh drückte den einzelnen mehr als die Geröllawinen, die unaufhaltsam heranrollten.

Kilean umklammerte mich im Schlaf, als wollte er mich nie mehr loslassen. Nya, die zum Ende ihres Lebens selbst in Traumeswelten geflohen war, verlachte mich von ihrer grünenden Wiese herab. Gab es überhaupt Träume, die auf alle Menschen paßten? Meine Miscarier hätten ja einander gleichen müssen wie die gelangweilt fröhlichen Bewohner der Gläsernen Stadt. Freilich hatte ich gelesen, daß sich ein jeglicher Schläfer ohne Mühe das Seine aus den Träumen herauspicke und sich in den geeigneten Gestalten wiedererkenne. Dem Saddraq des Träumers folge — wie Ruf und Widerhall — das Saddraq des Beträumten. Aber stimmte dies noch, wenn Kilean die Formlosen beschwor und in Wesen und Geschick eines jeden eingriff? Die meisten Traummeister waren mehr als behutsam vorgegangen und hatten sich gehütet, Lebende in ihren Träumen herbeizubefehlen: Du sollst dir kein Bild machen. Doch Kilean modelte bereits die gesamte Stadt nach seinem Bilde.

Ich schlängelte mich unter Kileans Arm hervor, der schwer wie ein Tau über meiner Brust gelegen hatte, kleidete mich an, stieg in die Bibliothek und trat hinaus auf den Umgang, wo der Gletscherwind an meinen Haaren zerrte und die Stadt wie Riesenspielzeug vor mir ausgebreitet war. Furcht nagte an mir, wenn ich hinabblickte über Hausburgen und Katen, das ferne Gekreisch der Torlboten im Ohr, die in den Felsschründen jagten.

Gaben nicht unsichtbar Lemuren aus der Mittal auf den Werkhöfen den Ton an? Öffneten nicht sie den Lehrmädchen die Tore? Wer, wenn nicht sie, zwang die Fitier, den Besetzern ihrer Hausburgen noch Kiepen und Körbe auf die Zimmer zu tragen? Pflanzten nicht sie das Grün auf die Dächer, rissen nicht sie die Katen an der Stadtmauer ab? Welche Dauer hatte solcherart Dämonenwerk?

Wie durch den Kuß der Mittal verschwammen die Formen, wurden flüssig, um neu zu gerinnen. Das träge Treiben um die Zuteilungsbuden auf dem Markt, die behäbigen Werkleute in den Dachgärten, selbst weit draußen in der Karr die gestreiften Zeltplanen, das alles hatte ich schon gesehen, schon erlebt: Im Traum, wann sonst. War es noch Stein, schwer und rauh, woraus die Burgen mir zu Füßen bestanden? Blitzte es nicht bereits gläsern von den Zinnen? Schritten nicht Buntgekleidete über die klingenden Treppen? Wachte ich oder träumte ich? Was unterschied denn beides noch voneinander?

»Mittal am Mittag, Mittal am Mittag.« Schlurfend und polternd kam Khalib aus dem Inneren des Turms. Er trug eine dreckverklebte Kanne in der Hand, aus der er abwechselnd einige Tropfen in die quietschenden Angeln der Glastür zum Umgang träufelte — und einen Schluck trank.

Ich fragte ihn ohne Umschweife, wo er Meister Nerevs Traumbuch versteckt hätte.

Der Name erschreckte ihn, er setzte die Kanne drinnen auf einem Folianten ab, wischte sich die Hände an der Schürze sauber und begann wie ein Besessener in den Regalen zu kramen: »Hier nicht, dir nicht.«

»Du weißt seinen Ort«, drang ich in ihn, »also her damit! Weshalb hat Nerev das Träumen eingestellt?«

»Hier nicht, dir nicht.« Katzbuckelnd bot er mir die Schätze der Bibliothek an, das ›Archiv der verlorenen

Phantasien‹, die Erinnerungen Delths, das ›Buch der Wandlungen‹ und die ›Siebzehn Traumverzückungen‹ Elm Jourqs, Bücher mit prunkvollen Malereien und solche, deren Papier sich weich und glatt wie teneirische Seide anfaßte.

Ich glaubte mich dem Geheimnis ganz nah. Nerev, dessen Name in meinen Ohren hart und kalt wie Blaues Metall klang, der rücksichtslos geschaffen und rücksichtslos vernichtet hatte, Nerev hatte sich vielleicht nicht geirrt. Vielleicht endeten formende Träume stets in einer Sackgasse?

Entschlossen packte ich Khalib am Ärmel, zog ihn, der sich linkisch sträubte und lauthals klagte, die dunkle Wendeltreppe hinauf bis ans äußerste Ende, wo die Mosaike im Kerzenschein auflebten.

»Ich werde deine Pilze ausräuchern«, drohte ich, »sperrst du mir die Tür nicht auf!«

Japsend, die Arme abspreizend, lehnte er sich gegen die Tür. Die Augen quollen ihm schier aus den Höhlungen. Er öffnete den Mund — zwei Reihen gelber Zähne —, eine fremde Stimme erscholl: »Bis hierher und nicht weiter, mein geliebter Schüler. Wer jene Tür sprengt, fällt den Turm. Die Großen Alten dulden nicht, daß du an ihr Geheimnis rührst.«

Ich wich zurück. Mit dumpfem, meckerndem Lachen verfolgte mich Khalib. In der Bibliothek langte er, als wäre nichts geschehen, nach der Kanne und fuhr fort, Türangeln und Kehle zu ölen.

Die Gärten auf den Hausburgen verdorrten. Wer sollte auch tagaus, tagein hundert Eimer Wasser fünf oder sechs Stockwerke hoch auf die Dächer schleppen, wo der trocken-kalte Wind die Feuchte aus dem Erdreich sog? Trotz Landres Einspruch sahen wir uns gezwungen, die Warmbäder zu schließen. So reichte das Wasser wenigstens für die durstige Niederstadt und die Beete in den Hängenden Gärten. Nach wie vor gedieh dort und im Tal des Zarch die Hirse, doch sie ernährte nicht länger Herden von Ziegen und Hammeln, sondern Menschen.

Hirse am Morgen und Hirse am Abend, Hirse, vermischt mit Rosinen, und Hirse mit Sirup, Hirse als Brei und Hirse als Fladen und Hirse als Kuchen. Werkleuten und Jungpatriziern genügten Schagons Hirsezuteilungen nicht, sie tafelten wie die Buntgekleideten abends an langen Tischen auf dem Markt und brieten sich Ratten am Spieß, als wären es Leckerbissen. Selbst den Torlboten stellten sie mit Netzen nach, die sie zwischen den Hausburgen spannten. Schwarze Federn stoben durch die Straßen, wenn die Mägde rupften; sie sangen von Lustwandeln und Schlemmerei in der Stadt aus Glas. Auch wenn sie Hirse löffelten und die Knochen benagten, erklang ihr Gesang von Menschen so bunt, Gesichtern so rund, von Pantschen und Plantschen in silbernem Quell … Sprach ich sie an, dann klagten sie nie, höchstens hieß es, Sigmarq sei schuld. Hat der Meister den erst zerträumt, werden Seide und Wein in unsere Stadt strömen, leben werden wir wie die Großen Alten.

Vor Sigmarqs Lager aber übten grunelische Schennsannkämpfer die Stärke ihrer Arme am steinharten Holz der Saksaulbäume. Ich fröstelte auf dem Umgang des Turmes in der hellsten Mittagssonne, und öfter als einmal ertappte ich mich bei Drachen-Wünschen: Worauf wartest du, Sigmarq? Hast du nicht genug Krieger? Greif doch an! Wie der Kampf auch ausgeht, Sorge und Dämonenwerk haben dann ein Ende.

In der Höhe des Turmes blieb ich, wie mir schien, von der Not der Stadt verschont. Auf unserem Tisch gaben sich Gerichte ein Stelldichein, die ich nie zuvor gegessen hatte: taufeuchte teneirische Trauben und Knusperfladen, wie sie an den Küsten des Nordmeeres gebakken werden, Schokoladeneis und gedünsteter Schinken nach Feldherren-Art. Durften wir schwelgen, während unten Hirse und wieder Hirse die Schüsseln füllte? Halb aus Mitgefühl, halb, um mein Mißfallen zu bekunden, schnitt ich einen langen Streifen Schinken für Turio ab, wickelte ich für Landre Feigentörtchen in ein Tuch, packte ich ein Körbchen für Menthe und meinen Vater. Schmunzelnd beobachtete mich Kilean.

Sahne-Eierkuchen mit Haselmus, Störrogen aus Thruma, Schneehasenherzen in Aspik, von Tag zu Tag zauberte Khalib rarere Speisen herbei. Wo kamen die Leckereien nur her? Ich malte mir schon geheime Maultierkarawanen aus, die nächtens schwer beladen und mit umwickelten Hufen an Sigmarqs Wächtern vorbeigetrieben wurden, einzig, um den traummeisterlichen Tisch zu beliefern.

Gefüllte Seegurken, Bambusspitzensalat, geröstete Heuschrecken — das ging zu weit! Die Stadt darbte, und wir wetteiferten mit den Festgelagen des Thrak!

Ich stieß meinen Teller beiseite, er schepperte zu Boden. Wie konnte sich Kilean erfrechen, von Gleichheit zu träumen und selbst wie ein Fürst zu schlemmen!

Kilean brach in ein ungebärdiges Gelächter aus. Das Geschirr auf dem Tisch tanzte und klirrte. »Erstaunlich«, gluckste er, »erstaunlich, wie das wirkt!«

Khalib tappte herein und wischte die Dielen sauber. »Ein Löffelchen Hirse für Nya«, murmelte er, »ein Löffelchen Hirse für Myth, ein Löffelchen für den Traummeister und eines für seinen Schüler.«

Vor mir auf dem Tisch standen Teller mit Hirsebrei und Schüsseln mit Hirsepudding, Hirsekuchen, Hirseknödel, Hirsesuppe, geröstete Hirse, angekeimte Hirse, Hirse, Hirse, Hirse!

Kilean schenkte mir Schwarzbier ein — aus Hirse-Malz und Hopfen gebraut. »Wir können ganz gut von Hirse leben«, meinte er lauernd, »wenn wir sie mit den richtigen Träumen würzen, nicht wahr?«

Ich war empört, und gleichzeitig sträubte ich mich, mir einzugestehen, daß Kilean mich gefoppt, daß ich nichts von dem Schwindel gemerkt hatte. Ich spießte hier und spießte da einen Happen auf, kostete: Hirse schmeckt nach Hirse, wenn der Spuk verflogen ist.

»Du belügst mich«, fuhr ich Kilean an, »gaukelst mir vor, was nicht ist.«

Kilean stocherte mit der Gabel in dem, was bis eben Störrogen gewesen war. »Ich habe euch etwas vorgetäuscht, dir und den Menschen in der Stadt, weil ihr Anspruch darauf habt, gut und abwechslungsreich zu essen, und ich Trauben und gebratene Hühner weder herbeizaubern noch mit Träumen kaufen kann.«

Ein Spruch aus einem der alten Bücher fiel mir ein: »Die Hungrigen träumen von gefüllten Tellern und vollen Krügen, doch wenn sie erwachen, wird ihre Seele leer sein und ihr Körper matt.«

Der einfache Satz verwirrte Kilean. Geistesabwesend leckte er die geschwärzte und gesalzene Hirse von der Gabel. »Solange ich Traummeister bin, wird in meiner Stadt niemand hungern.«

»Aber ich hungere«, widersprach ich und schaute auf die Speisen, die trotz aller Gewürze so grau und eintönig waren wie das Leben unter dem Torl. »Ich hungere nach dem Unverfälschten, dem Echten. Den Hunger kannst du mit Blendwerk nicht stillen. Und wenn ich erwache, wird meine Seele nicht leer sein, sondern voller Zorn.«

Kilean hob den Kopf und starrte mich schweigend an. Mit Schrecken spürte ich, daß er wieder zum Former wurde.

»In Thruma sagt man: Lug und Trug hat kurzen Flug. Auch mir widerstrebt es, Blendwerk zu träumen. Denn damit ändere ich nichts, damit gebe ich lediglich dem Sog der alten Wirklichkeit nach. Sie sollten Hirse essen und es wissen. Sie sollten die Hirse schmecken und die Hirse preisen. Erst dann werden wir fähig sein, die gläsernen Ziegel übereinanderzuschichten.«

Er tunkte einen Finger in den Napf mit Hirsemus und

zog damit auf dem Tisch ein Dreieck. »Wir können zwischen folgenden Möglichkeiten wählen.« Er deutete auf die erste Ecke. »Hier haben wir bescheidene Miscarier, die nicht mehr als eine Schale Hirse am Tage verlangen und glücklich dabei sind.« Sein Finger schwenkte zum zweiten Eckpunkt. »Miscarier, die nach allen Genüssen des Gaumens gieren, doch mit schmackhaften Träumen abgespeist werden. Oder«, er zeigte auf die verbliebene Ecke, »Miscarier, die echte, ungeträumte Genüsse fordern — und sie sich im Torlstaub erarbeiten müssen. Welche ziehst du vor?«

In meinen Ohren rauschte es, und in diesem Rauschen hörte ich Kinder wimmern und meinen Vater husten. Träume sollten befreien, doch wir verstrickten uns immer hoffnungsloser in das eiserne Netz der Notwendigkeiten.

»Wir könnten uns wohl eine Zeitlang mit Hirse bescheiden und mit uneingelösten Träumen. Die Stadt aus Glas aber erreichen wir auf diesem Wege nie, sie fliegt uns nicht zu, während wir die Hände in den Schoß legen. Und vergessen wir Sigmarq nicht. Seinen nächsten Zug im Drachenspiel. Die bedrückende Einengung. Auch ein unbedeutendes Nest weit hinter der Wüste kann sich vom Weltgeschehen weder lossagen noch loskaufen. In Wahrheit haben wir keine Wahl.« Er wischte mit einem Tuch zwei oder drei Ecken aus. »Nerev hatte recht: Nur Fleiß und Industrie bringen uns voran. Die gläsernen Paläste stehen auf Grundmauern aus Blauem Metall, und die gläsernen Maschinenwerke, die uns morgen die Arbeit abnehmen werden, müssen wir heute in Schweiß und Staub zusammenschrauben. Ja, Glauke, unsere Stadt aus Glas liegt jenseits einer Mauer aus Torlstaub. Zu früh haben wir unseren Wunschträumen nachgegeben.«

Ein sanfter Schwindel wie von zu großer Höhe hatte mich erfaßt. Ich krallte mich an Kilean fest. Der Turm schwankte, und mit jedem seiner Pendelschläge dröhnten Worte: unmöglich — unwirklich — unmöglich — unwirklich. Hohler und hohler klangen sie, ferner und ferner.

Der scharfe Geruch von Branntwein holte mich zurück. Kilean schwenkte einen Becher unter meiner Nase. Wie konnte ich mich an einem festhalten, der selbst vor den Stürmen des Tages sich bog wie ein Grashalm im Torl!

»Du wirst nicht für uns entscheiden«, flüsterte ich, »du nicht, Uhrenheiler aus Thruma.«

Er ließ mich nippen, strich mir das Haar aus der Stirn. »Wie sollte ich! Nur versprich dir nicht zuviel von deinen Mitbürgern.«

In meinem Zimmer warf ich mich aufs Bett. Im Dämmerhimmel über der Stadt schaukelten einzelne Sterne. Allmählich schwand meine Erregung. Warm und wohlig wurde mir zumute. Ich verstand plötzlich meinen Vater, der die Sorgen des Tages mit Branntwein wegspülte; und ich konnte auch Nya verstehen, die in Träume geflohen war; und ich konnte sogar Kilean verstehen, der Stück um Stück seine Lebens- und Traumeskraft an die Formlosen verlor.

Khalib trapste herein. »Hirseplätzchen?« fragte er mitleidvoll.

Eiskalte Gletscherlinge hatten über Nacht von mir Besitz ergriffen. Todnüchtern und von einer schattenhaftfrostigen Wut erfüllt, eilte ich zum Stadthaus. Leer war die Treppe, leer die Wandelhalle, durch ein geöffnetes Fenster wehte Wind herein. Kein Miscarier kümmerte sich darum, was in diesen marmornen Mauern geschah.

In einer Amtsstube hockte Sycoraq. Mit zwei Hilfsschreibern viervielfältigte er Aushänge, die doch niemand lesen würde.

»Wo steckt Kakerlak?« fuhr ich ihn grußlos an.

Sycoraq kniff die schmalen Lippen zusammen und musterte mich — ganz der unzufriedene Lehrer. Ich lief in den Ratssaal, und da saß die Kutte mit dem Schneeling auf meinem Stuhl.

»Ihr sucht mich?« stellte Kakerlak zischelnd fest und rutschte beiseite. »Da bin ich.« Mit jedem Wort, das er sprach, wuchs er um ein Geringes. »Ihr wünscht Auskunft, was Eure verehrten Mitbürger denken. — Nichts denken sie. Sie träumen.«

»Ich will wissen, was sie denken würden — unbeeinflußt durch Träume.«

Aufrecht und gemach schritt Kakerlak um den Ratstisch. Als er zu meinem Stuhl zurückgekehrt war, hielt er inne. Der Baß meines Vaters erscholl: »Lieber morgen am Torlstaub erstickt als heute verhungert.«

Niemand verhungerte in unserem Miscara! »Schagons Hirsezuteilungen ...«

»Fummelkram!«

Die Kapuze hochgereckt, stelzte Kakerlak weiter zu Srebans Sitz. »Alles im Griff, metzeln Sigmarq nieder. Aber übers Jahr rückt der Thrak höchstselbst an. Mit fünfmal zehntausend Mann. Brauchen Waffen. Mehr Waffen. Schlagkräftigere Waffen. Mörderischere Waffen.« Unmerklich hatte sich der Tonfall des ehemaligen Stadthauptmanns in den Turios gewandelt. Doch nie hätte Turio dergleichen gefordert!

»Seid Ihr dessen so sicher, Herrin?«

Was sagten meine Schülerinnen, was Doratra dazu? Welche Stellung bezog die Frauenburg?

»Ist reine Männersache, der Torl.«

»Wir Frauen haben ein Recht darauf, in die Erzstollen zu kriechen und im Feuer der Schmelzöfen zu rühren!«

Kakerlak übertrieb, so vernarrt in die Lederschürzen der Männer waren meine Schülerinnen nicht. Die Kutte kicherte — fein und hell, als belustige sich Doratra.

»Richte uns wie versprochen eine Kinderburg ein, Glauke, aber jenseits des Zarchtals, wo der Staub nicht hinweht, dann soll uns der Torl gleich sein.«

Ich seufzte. Erkundigte mich nach der Meinung der

Knechte und Mägde, der Zunftmeister und Gesellen. In bestem Marktmiscarisch hagelte es Antworten.

»Seit der Wilden Woche lunger' ich rum.«

»Wie sollen wir Zahnräder für Uhren feilen ohne Blaues Metall?«

»Mir fehlen die feinen teneirischen Stoffe. Soll ich nur aus Leinen schneidern?«

»Hoho, Herrin, keiner kauft meine Teppiche. Früher hat sie der Staub schnell zerfressen. Und jetzt? Schafft mir Ersatz! Ich versprech Euch: halbe-halbe.«

Ich vermißte im Gewirr der Stimmen warnende, mahnende, hilfreiche. Suchte keiner einen Ausweg?

»Wir sind auch groß geworden — trotz Torl.«

»Lauchessen ist schlimmer als der Torlstaub.«

»Häuser ausbessern war gut bezahlte Arbeit.«

»Kaufen unsre Oasen zurück.« Ein lautes Näseln wie von Hettert. »Und Sarmint dazu. Soll zittern, der Thrak!«

Ich hielt mir die Ohren zu. Das Geschrei von Händlern, die sich gegenseitig überbieten, konnte nicht schriller klingen.

»Du belügst mich, Kakerlak.«

»Wie könnte ich, Herrin.« Das Ungeziefer beugte vor mir die Kapuze. »Von heute ab«, raunte es, als es im Schattensee zwischen zwei Stühlen versank, »seid Ihr mir Dank schuldig.«

Die Tür klappte, Landre schlurfte, zerzaust und verärgert, herein. »Schagon will das Futter für Pferde kürzen«, schimpfte sie, »mein Rappe frißt angeblich zu viel. Soll ich etwa den Sattelriemen enger schnallen?«

»Hast du mit Schagon gesprochen?«

»Ach, der lehnt jede Bevorzugung ab. Die wär nicht gerechtlich.«

»Und wenn es sich um ein Ratspferd handelt?«

»Bei dem sind nicht nur alle Menschen gleich, sondern auch alle Pferde.«

Endlich saßen wir vollzählig um den Ratstisch. Sogar

Turio war pünktlich, denn er war an der Reihe, die Sitzung zu leiten. Auf den freien Stühlen aber machten sich unsichtbar Ratsherr Wassermangel und Ratsherrin Hirse, der ehemalige Ratsherr Sigmarq und selbst der Thrak breit, und obwohl sie kein Wort von sich gaben, bestimmten sie, was in unserer Runde geschah. Wie es Kakerlak angekündigt hatte, konnte sich Turio dem Nutzen einer besseren Bewaffnung nicht verschließen. Schagon erinnerte an die leeren Ratsspeicher, und Landre fand den Torl zwar furchtbar, aber ehe ihr Rappe darben mußte ...

Der Werkmann, wiederum ein neuer, schwieg. Desto heftiger jedoch ereiferte sich Großmutter Merras. Ihr Haarknoten wippte bald zur Seite, bald nach vorn. Früher hätten die einfachen Menschen auch nichts anderes gekannt als Hirse, und die hätte ihnen geschmeckt. Erst Nerev hätte ihnen mit seinen Träumen von Macht und Herrlichkeit, von Maschinenwesen und Überfluß den Kopf verdreht. Jedermann wollte nun die Patrizier nachäffen, die kleinen Freuden zählten nichts mehr. Anstatt besser zu leben, wollten wir nur mehr fressen! »Ich habe eine Menge Menschlein in die Welt geholt, und so viele davon hat die verfluchte Drachensaat erstickt! Der Torl bleibt abgeschafft!«

Wir verstummten betreten. Begriff sie nicht, daß es um weit Wichtigeres ging als gefüllte Bäuche? Sycoraq, der hinter seinem Pult fleißig Rede und Gegenrede mitgeschrieben hatte, räusperte sich und hob mit wichtiger Miene die Hand. Obwohl er nicht zum Rat gehörte, erteilte ihm Turio das Wort.

Ardelt habe vor zwanzig Jahren, als während eines besonders heißen Sommers der Staub wochenlang den Markt kniehoch bedeckte und die kleinen Kinder wie Fliegen starben, eine Untersuchung anberaumt. Er, Sycoraq, sei damals noch Schüler gewesen, dennoch habe er bei den Berechnungen, wie viele Menschen dem Torl zum Opfer gefallen seien, helfen dürfen. Im Archiv des

Rates müsse das Papier noch aufbewahrt sein. Gewiß, den einen oder anderen Unvorsichtigen habe der Torl von der Straße gerissen. Doch abgesehen davon ... »In der Regel waren andere Ursachen für das Hinscheiden verantwortlich, als da sind: allgemeine Abzehrung und Blutarmut, übermäßiger Schell- und Branntweinzuspruch und angegriffene Lunge. Manchem kränkelnden Greis, zugestanden, verkürzte der Torl das Siechtum.«

Gewohnheitsmäßig zwirbelte sich Sycoraq den spitzen Bart. Er genoß es, uns belehren zu dürfen. »Wiewohl Torlhusten und Erstickungsanfälle bisweilen als äußerlich erkennbare Anlässe auftraten, konnten wir in keinem einzigen Fall auf den Torl als den vorrangigen Wirk-Grund schließen. Ein unmittelbarer Zusammenhang ist nicht nachweisbar.« Dessenungeachtet halte er es für gerechtfertigt, ja im Sinne der Stadt, wenn das einfältige Volk den Torl als Rache der Drachen betrachte, die in ihm das Menschengeschlecht dafür straften, daß dieses einst die Welt der Drachen für sich eroberte.

Ich ahnte, daß Sycoraq die Tatsachen in seiner Erinnerung einfärbte, so wie Karq Erlarq unter den Stimmen der Stadt die dem alten Rat genehmen ausgewählt hatte. Ich ahnte es und schwieg, denn ich wollte hören, was mich beruhigte, ich wollte meine Zweifel beschwichtigen. Was hatte Kilean gesagt: Es ist, als ob du dich gegen den Torl stemmst. Niemand vermochte dies.

»Hast du deine großartigen Worte vergessen, Glauke?« fragte Großmutter Merras. »Sprachst du nicht vom Leben ohne Torl und davon, daß wir uns nicht entmutigen lassen dürften? Was ist mit dir geschehen?«

Ich zog den Kopf ein wie ein Kind, das man tadelt. »Ich habe«, antwortete ich leise, »gelernt zu unterscheiden. Das Leben ohne Torl ist eine unmögliche Wirklichkeit, zumindest vorerst. Nicht alles, was in der Mittal schlummert, kann ans Licht des Tages gehoben werden.«

Sie seufzte und barg ihr Gesicht in den faltigen Händen.

»Es ist ja nur vorübergehend«, versuchte Turio sie und auch mich zu trösten. »Wir werden Blaues Metall ohne Staubausstoß gewinnen. Oder wir werden die Erzhütten verlegen. Oder ...« Plötzlich schlug er mit der schmächtigen Faust auf den Tisch. »Das ist verdammte Tagschwärmerei. Bin ich denn der einzige, der vorausdenkt? Alle sollten sich beteiligen! Aber jeder paßt auf, daß er selbst mit dem Rücken an die Wand kommt. Beim Drachen, es wird viel Kraft kosten ...«

»... die wir vorerst nicht erübrigen können«, schnitt ihm Schagon das Wort ab, und er stoppelte sogar aus den Rücklagen einen Gemüsezuschlag zusammen, um Freiwillige für Gruben und Erzhütten anzulocken. Zwei Tage warteten wir. Es meldete sich nicht ein einziger.

Mein Vater pustete erbärmlich, als er die steile Wendeltreppe des Turmes emporstieg, alle zehn Stufen verschnaufte er. Kurzatmig war er geworden — und das, obwohl kein Staub mehr in der Luft flimmerte. Khalib, der die Laterne hielt, zappelte vor Ungeduld.

Kilean begrüßte meinen Vater wie einen alten Vertrauten. »Ich habe Euch rufen lassen, weil ich Euch brauche, Meister Erast.« Er winkte ihn zum Tisch. Khalib brachte eine Kanne Tee, Kandiszucker, Branntwein und die allgegenwärtigen Hirseplätzchen. Dankbar lächelte mir mein Vater zu.

»Ihr spürt den Torl doch am eigenen Leib«, meinte Kilean, »ich dachte, nichts wäre schrecklicher für Euch.«

Mein Vater, den dampfenden Becher in den Händen, nickte. »Aber die Wirklichkeit ist stärker als die Träume.«

»Und der Husten, die Atembeschwerden?«

»Sind der Preis, den wir Miscarier zahlen. Der Preis für unsere Freiheit. Für rollende Wagen. Für gefüllte Teller und Speicher. Auch Ihr werdet ihn für Eure gläserne Stadt entrichten müssen.«

Kilean gefiel die Art, wie mein Vater antwortete. Er

stand auf, trat ans Fenster. »Morgen werden sich die ehemaligen Hüttenmeister und Markscheider am Stadthaus melden, ebenso die Metallschmelzer und Berghauer. Fehlt noch ein Obermeister für die Leitung der Gruben und Hütten.«

Er drehte sich herum. Seine Hände staken in den weiten Taschen des schlichten miscarisch-blauen Kittels, den er für gewöhnlich trug. Aus der einen Tasche schauten die Enden einer Federzange hervor.

Mein Vater quälte sich aus dem Stuhl. Dankte Kilean ausweichend, daß er seine Fähigkeiten so hoch schätzte. »Ist indes nicht mein Handwerk. Wagnerei, Hebezeug- und Gerüstbau, jegliche Stellmacherei, da mögt Ihr auf mich zählen. Für die Erzhütten sucht Euch einen anderen.«

»Ich beriefe gern einen erfahrenen Meister des Hüttenfachs, einen, der sich leider meinen Träumen entzieht.«

Er nannte den Namen nicht, doch ich wußte, wen er meinte: Sigmarq. Er gehörte gedörrt und nicht in sein früheres Amt zurückberufen!

»Rachegelüste sind kein guter Ratgeber, Glauke. In der Stadt aus Glas wird nicht Untat mit Untat vergolten, nicht gezüchtigt und gestraft, sondern geheilt.«

Zu sehr sprach der Former aus ihm, als daß ich bereit gewesen wäre, ihm Glauben zu schenken. »Sigmarq ist krank. Der Drache Machtgier hat die lichten Kräfte seines lchs zerfressen. Nun beherrscht ihn sein Saddraq, ein dunkles Ich ohne Gnade: Doch sobald er angreift, gerät er in meine Gewalt. Ich werde ihn von seinem Drachen befreien, so wie ich Euch, Meister Erast, von Zrausal befreit habe. Bis dahin aber brauche ich Euch, braucht Euch die Stadt als Obermeister der Erzhütten.«

Mein Vater preßte die Hände gegen die Brust, als würge ihn der Husten. Plötzlich platzte er heraus: »Verstehe. Komm ich nicht willig, werd' ich beträumt. Seid ein elender Menschenschinder, Kilean von Nirgendwo, ein Antreiber, Besserwisser, Menschenumträumer — und ein verdammter Tor! Euer hochmütiges Saddraq ... Seid selbst so ein Drachenmensch ...«

Die Adern an seinen Schläfen traten wie blaue Schnüre hervor. Er verschluckte sich, rang um Luft, stürzte einen Becher Branntwein hinunter.

Kilean betrachtete ihn mit unverhohlener Freude. Alles, was an den entrückten Former erinnerte, war von ihm abgefallen, er glich einem großen Kind, das sich vor Vergnügen in die Hände schlägt. Mein Vater, wetternd und schimpfend, war wieder der alte. Die Traumheilung, von der ich nichts bemerkt hatte, schien geglückt.

Ich drückte Kilean einen Kuß auf die Wange, er legte den Finger auf die Stelle — unser Zeichen des Einverständnisses.

Der Branntwein tat meinem Vater wohl. Er schniefte laut und öffnete den Strickkragen seines Wamses. Kilean versprach ihm, daß er ihn nicht zwingen, ihm seine Entscheidungsfreiheit nicht rauben wolle, nicht einmal mit Träumen. »Als Starrkopf und Poltrian seid Ihr mir mehr wert«, fügte er, halb im Scherz, hinzu.

Ich begleitete meinen Vater die Treppe hinunter. Er stützte sich auf mich. »Hast dir einen Wilden eingefangen, Kind. Einen Klotz. Aus dem ungehobelten Thruma, Waldbauer hätte er werden sollen statt Traummeister.« Er schneuzte sich. »Die Stadt tanzt nach seiner Pfeife. Mußt ihn zähmen, Kind, so wie er uns gezähmt hat. Bei Tod und Torl, du mußt ihn zähmen!«

Als ich in das Empfangszimmer zurückkehrte, hatte Kilean die Bethische Uhr auseinandergenommen. Auf dem Tisch lagen neben dem gläsernen Deckel die Zeiger, neben Schräubchen schmale, metallene Kästchen, eines davon war aufgebrochen, es barg ein buntes Durcheinander von farbigen Steinchen und Metallperlen, goldglänzenden Bändchen und Fädchen; es war, als ob ich in das glitzernde Innere eines Kaleidoskops blickte.

Kilean kniete auf einem Hocker vor dem runden Loch in der Wand, hebelte und bog Klemmfedern zurück. »Ich möchte bis zum Uhr-Grund vordringen«, rechtfertigte er sich.

Was die Großen Alten nicht von sich aus preisgeben, dachte ich, zwingst du ihnen auch mit Zange und Schraubenzieher nicht ab. Seine Antwort dachte ich mir gleich dazu: Wie sonst soll ich ihnen ihr Geheimnis entreißen?

Draußen, am tiefblauen Himmel, schwebten hauchzarte Federwölkchen, Netze waren zwischen den Hausburgen gespannt. In den Hängenden Gärten ackerten Mägde. Die Stadt, gemustert von sonnengrellem Licht und kaltem Schatten, war heller, bunter als früher. — Und ab morgen würde erneut ein grauer Schleier das farbenfrohe Bild eintrüben.

Ich lehnte mich gegen das Fensterkreuz. Da hockte er, zerspielte wie ein neugieriger Knabe das Wunderwerk der Großen Alten. »Kilean, deine Träume schmecken mir nicht mehr.« Es fiel mir schwer, auszudrücken, was ich empfand. »Die Stadt treibt uns davon ins gläsern Ungewisse. Deine Träume durchtränken alles, schwemmen die Grundfesten der Wirklichkeit davon.«

Er hob den Kopf. Ein abschätziges Lächeln.

»Nein, sag nicht, dies seien die Bedenken einer ehemaligen Patriziertochter, die sich an die ihr vertraute Welt klammert. Vielleicht stammen meine Bedenken daher, aber das gibt dir kein Recht, sie beiseitezuwischen. Emsiges Schaffen in Werkhallen und Zunftgewölben, kernige Stadtsoldaten auf dem Wachgang, singende Gärtnerinnen, geläuterte Patrizier, die ihre Erfahrung der Gemeinschaft leihen — die Träume lassen sich nicht wie Gäule vor den Karren deiner Zwecke spannen, du peitschst sie zuschanden dabei und die Menschen mit ihnen. Ich weiß, ich selbst verlange solcherlei Traumeinpeitschungen von dir, ich und der Rat. Sogar den Torl holen wir uns wieder über die Stadt.«

Er richtete sich auf, legte die schmale Uhrmacher-Zange und zwei weitere Kästchen auf dem Tisch ab. »Du kennst das Spiel ›Kampf den Drachen‹, Glauke. Von einer bestimmten Stellung an erzwingt ein Zug den nächsten. Du mußt dich auf ihn einlassen, sonst verschlingt der Drachen deinen Helden.«

»Und ich glaubte, die Träume könnten diesen Zugzwang brechen. Dazu sind sie doch da. Das Unabänderliche abänderlich zu machen, nicht wahr?«

Ärgerlich schnipste er gegen die Kästchen. Zwei Schrauben rollten über die Tischkante. »Träume haben ihren eigenen Zugzwang.«

»Ohne Spiel-Raum, ohne Wahl-Freiheit? Du läßt dich festbannen wie die Wüstenmaus von der Schlange: starrer Blick, regloser Körper.«

Er packte mich an beiden Händen. In seinen Fingern zuckte der Zorn. »Ich sage dir, deine Miscarier haben nichts anderes verdient! Drachenmenschen und Knappen, das sind sie. Die einen boshaft, die anderen ohne eigenen Ansporn. Weshalb wohl weichen wir Schritt um Schritt zurück? Weil sie wie Bleiklötze an unseren Füßen hängen! Du hast völlig recht, die Grundfesten der Wirklichkeit sind nicht irgendwelche Häusermauern, diese Grundfesten sind im Menschen drin, da müssen wir den Hebel ansetzen; ohne dort etwas zu verändern, geraten wir immer wieder in den Sog des Althergebrachten.«

Khalib gaffte mit offenem Mund zur Tür herein. Kileans Eifer war viel zu laut für den kleinen Raum.

»Bedeutende Traummeister waren stets Werkmeister der menschlichen Seele. Sie haben es vermocht, das fremde Saddraq anzusprechen — die Kräfte, die im Inneren jedes Menschen schlummern, die Triebe und Gelüste, die Vorlieben und Abneigungen zu wecken und zu stärken oder niederzuhalten und auszumerzen. Für sie ist der Mensch ein Uhrwerk, das sie zerlegen und wieder zusammenbauen; manch eines muß lediglich neu eingestellt werden, ein anderes stolpert und stockt, der Sand übler Gewohnheiten ist eingedrungen, Vorurteile verklemmen die Rädchen, die Tugend-Achsen sind verrostet oder gar geborsten, hier fehlt ein Tropfen Lebensfreude ... Ich zerstöre nicht, und ich schaffe nicht. Ich befreie, ich heile, ich vervollkommne.«

Mein Blick streifte das aufgebrochene Kästchen auf dem Tisch. Kilean verkleinerte, was er tat. Er drang bis zum Uhr-Grund vor. Setzte den Menschen, wie es ihm zweckmäßig dünkte, zusätzliche Federn ein, drehte an Anker und Hemmung, beschleunigte die Unruh.

Er würde nicht ablassen, bis alle meine Mitbürger auf dieselbe Weise sein gläsernes Zeitalter herbeiticken.

Kilean, im Vollgefühl seiner Macht, lachte. Ich dagegen fühlte mich kümmerlich, war verzagt, als müßte ich mich für meinen Kleinmut entschuldigen — und Khalib stand in der Tür, den Ausdruck blanken Entsetzens auf dem Gesicht, die geäderten Augen aufgerissen, und murmelte und murmelte zusammenhanglose Silben: »Ver-renn ver-renn.«

»Du verziehst dein Näschen, Glauke, als sei ich ein Ungeheuer und wollte deine Miscarier mit Haut und Haar verschlingen. Dabei geschieht alles nur zu ihrem eigenen Nutzen und Frommen.«

Aufkreischend drehte sich Khalib um und schlug die Tür hinter sich zu.

»Was ist daran verwerflich«, fuhr Kilean ungerührt fort, »wenn morgen früh Hauer und Metallschmelzer erwachen — sie werden sich keiner Veränderung bewußt sein — und einen neuen Sinn für das Gemeinwohl in sich entdecken? Traummeister sind Menschenbildner.«

»Du benutzt sie wie Puppen am Faden.«

»Wir, Glauke, sag stets: wir. Wir benutzen sie.«

Ich starrte auf das runde dunkle Loch in der Wand. Ein Gedicht kam mir in den Sinn, ein Gedicht, das ich in einem der alten Traummeister-Bände gelesen hatte, die ›Klage der Geliebten Ransuns‹:

Sind seine Träume erst die deinen,
was bleibt von deinem eignen Meinen?
Was bleibt von deinen eignen Taten?
Du hampelst wie die Pupp' am Faden.

Ich fühlte genau wie jene Namenlose. Niemals würde ich an mir herumträumen lassen. Selbst ein Sigmarq hatte ein Recht darauf, ein Drache in Menschengestalt zu sein — und dafür zu büßen! —, so wie ich ein Recht darauf hatte, Glauke zu sein. Es war zweierlei, ob Kilean jemanden mit Traumbildern für eine gute Sache begeisterte, sowenig das auch vorhalten mochte oder ob er ihm die innersten Überzeugungen verkehrte. Es gab eine Grenze, die jeder Traummeister zu achten hatte.

»Du wirst herrliche Menschen erträumen«, flüsterte ich, kraftlos aufbegehrend, »schon jetzt wirken sie in deiner Stadt aus Glas ewig farbenfroh, ewig heiter und langweilig. Und sie sind einander zum Verwechseln ähnlich. Sie bewegen sich auf die gleiche Weise, gerade wie du an den Strippen ziehst. Man könnte glauben, sie seien alle nur eine einzige Puppe, hundertfach vervielfältigt.«

»Sie werden sein wie die Großen Alten, Glauke, gerecht und voller Mitempfinden, offen und unbeugsam.«

»Diese Tugenden kann ihnen keiner einträumen. Die müssen von innen kommen, gehegt und gepflegt werden wie eine Blume auf windigem Hang.«

Kilean, ungeduldig mit mir, straffte sich. »Du stehst hier für den Rat. Soll ich euch Freiwillige für die Erzhütten erträumen oder nicht?«

Ich war so hilflos, daß ich meine Bedenken als eine Anwandlung von Schwäche hinwegschob und mich in die Haut der Glauke von vordem, der zielstrebigen Patriziertochter, rettete. Gefühlsduselei brachte uns nicht weiter. Die Not schrieb uns unsere Handlungen vor. »Gewiß«, antwortete ich Kilean, »beschlossen ist beschlossen. Ich vertraue dir.«

Nachts blickte ich auf eine Stadt hinab, die nicht aus Glas war, sondern aus Fels. Nicht Bunt-, sondern Blaugekleidete stiegen im Gleichschritt zu den Werkstollen und schürten die Feuer im Berg. Aus tausend Schloten kräuselte der Rauch vor die Silberscheibe. Und die Stadt versank im Torlstaub, bis das Grau auch die letzten Zinnen, ja selbst den Turm verschluckte. Nur das eintönige Lied der Hammerwerke verriet noch, daß die Stadt lebte: Vor-an, vor-an. Und bei jedem Hammerschlag erzitterte die Staubdecke. Und bei jedem Hammerschlag hoben sich die verschütteten Hausburgen um ein Geringes. Die Spitze des Turmes tauchte aus dem grauen See, sie funkelte und blitzte im Milchglanz, denn nun war sie wie die Zinnen der Hausburgen ringsum, wie die Wände des Stadthauses, die blanken, strahlenden Gassen und Straßen — aus Glas.

Am Morgen versammelten sich vor dem Stadthaus die Freiwilligen, angetan mit den alten, verachteten Kitteln und Lederschürzen. Mein Vater, hustend und schimpfend, schritt ihnen voraus, und, halb aufrecht und plaudernd, halb aufgereckt und verschlossen, erinnerten sie mich ebensosehr an die Bewohner der Stadt aus Glas wie an die Opfer für den Bauch des Drachen. Am nächsten Abend quoll Qualm aus den Schloten. Selbst die Oasen weit in der Karr deuteten das sich in den Himmel windende Zeichen: Miscara handelt wieder.

Drei Tage später riß mich ein Donnern, als wenn der Himmel einstürzen wollte, aus dem Schlaf. Der Torl, dachte ich, doch das gewohnte Rollen blieb aus. Eine bedrohliche Stille wuchs und schwoll an. Den Atem anhaltend, wartete ich auf ihr Platzen — der zweite Donnerschlag kam wie eine Erlösung.

Ich sprang aus dem Bett. Morgenschimmer brach durch das Fenster. Fern über der Karr bei Sigmarqs Zeltlager verwehte ein flauschig-weißes Wölkchen. Ein weiteres puffte lautlos von einer Feldschlange und wurde ebenfalls vom Wind davongetragen.

Abermals erzitterten die Fenster. Gesteinssplitter spritzten über den Turmvorplatz. Und schon hob sich in der Karr das nächste Wölkchen. Diesmal schlitzte das Geschoß die Wand einer Hausburg auf, unwirklich langsam kippte ein Schrank heraus, trudelte in die Staubschwaden, zerschellte. Der Mann mit den drei Schatten grub seine Ferse in den Fels der Stadt.

Halb betäubt durch die Einschläge, vernahm ich Kampflärm in der Niederstadt, das Pfeifen der Schennsanns, Angstschreie fliehender Frauen, den dumpfen Hieb der Säbel.

Die Tür flog auf. Kilean stürzte herein, gefolgt von dem jammernden Khalib. »Du versteckst dich in den Katakomben. Dort bist du sicher.«

»Und du?«

»Er soll die Mittal zu spüren bekommen.«

Es knirschte, daß mir Eiseskälte in die Glieder fuhr, doch Khalib hatte lediglich die Zähne aufeinandergeschlagen. »Die Feurige Maschine«, geiferte er und tanzte verzückt von einem Bein aufs andere, »weckt den Toten Pflüger — und ritsch! und ratsch!«, wirbelten sensenhaft seine Arme.

Ein markerschütterndes Fauchen ertönte, die Vase auf dem Tisch kippte — dann umfing mich Schwärze.

Als ich das Bewußtsein wiedererlangte, befand ich mich in einem engen Felsgeviert, das eine Blendlaterne spärlich erleuchtete. Über dem verdeckten Einstiegsloch dröhnten die Einschläge. Nebenan, hinter den glatten Wänden, scharrte und knarrte es, da regten und bewegten sich die Dämonen. Von Kilean gerufen, quollen sie aus den Grüften, klommen hinauf ins Schlachtgetümmel. Ganz fern höhnte der Mann mit den drei Schatten: »Bruder, wirf das Tuch über den Tisch und setze die Hirse aufs Feuer! Für die Gäste nur das Beste!«

Kilean wälzte sich im Schlaf und schrie: »Glauke, such die Feurige Maschine im Abgrund!«

Doch nirgendwo führte ein Stollen weiter hinab. Staub rieselte aus den Schächten, er schmeckte nach Blut. Der Felshimmel über mir zerschrammte. In einer Wolke von Trümmern sank ein düsteres Gewölbe herab, die Wandsteine tropften wie Wachsklumpen aufeinander, erhärteten. In den Ecken schwankten Aktenstapel. Eine Kutte flitzte umher und stützte sie. Wanzen, Asseln, Schaben krochen rasselnd, zirpend um mich; sie raunten dem Schneeling alle Geheimnisse der Stadt unter die Kapuze: Rammböcke haben Breschen in die Mauern gestoßen, die Atrier sind übergelaufen, die Niederstadt brennt, Turio umzingelt, Landre verwundet, der oben stöhnt im Alp ...

Als die Kutte an mir vorbeihuschte, packte ich sie am Zipfel, sie war leer.

»Wo ruht die Feurige Maschine?«

Ein giftig gezischtes Lachen antwortete mir. »Ich diene dem neuen Herrn der Stadt. Heil ihm! Heil Sigmarq!«

Mit Fingern wie Spinnenbeinen faltete die Kutte eine Karte auseinander. »Das Werk, das ihr so stümperhaft begannt, wird er zu seiner Stadt vollenden. Nicht schaler Silberglanz, kräftiges Sonnengold wird sich in ihren sieben Mauern spiegeln.

Schaut: In der Mitte der Palast, kündend vom Sieg des Verstandes, dem alles Sein sich unterordnet; darum, in gleich geschnittenen Ringen, Häuser von Glas. Einzeln in den gläsernen Kammern wohnen die Bürger, unterschieden nur durch Zahlen. Sein nimmermüdes Auge verfolgt noch hinter Wänden jede ihrer Regungen.

Wie das Licht der Sonne strahlen von seinem Palast

Alleen aus, breiter als Flüsse, gesäumt von gläsernen Werkhallen, von glasumsteckten Feldern, bis an den Rand des Weltkreises, den er beherrscht. Und wie das Tagesgestirn den Wandelstern in Schwung versetzt, so treibt sein Verstand die Stadt. Ihm dienen starke Helfer: Macht, Wissen und Befriedung der Sinne. In seinem Reich hat ein jeglich Ding — desgleichen jeder Mensch — bestimmte Zeit, bestimmten Ort, bestimmten Zweck. Eingeteilt sind Werk- und Feierzeit, Kleiderwechsel, Nahrungsmenge, Badetage. Er errechnet, welcher Mann mit welcher Frau sich zu welcher günstigen Stunde in Lust vereinigt. Ihm fällt das gezeugte Leben zu, er pflanzt in den Nachwuchs seinen Geist, auf daß sie werden, wessen er und seine Stadt bedürfen: Krieger und Werkkundige, Menschenlenker und Schaffende. Unter seiner Verstandessonne wird aus Pflicht Begehr, aus Ordnung Freiheit, aus dem Wohl des Ganzen das Glück des einzelnen.«

Bei jedem ›er‹ und ›ihm‹ und ›sein‹ erschütterte ein Stoß das Gefels, und wir sackten mitsamt dem Gewölbe tiefer und tiefer. Ich zitterte, die Kapuze aber flatterte vor meckerndem Lachen. »Ihr seid mir noch Dank schuldig. Gebt Euren kleinen Finger, der genügt.« Und die Kutte zückte ein Messer, gekrümmt wie eine Hippe, und langte nach meiner Hand.

Ich floh. Ein sich verjüngender Stollen bot mir Zuflucht. Ich stolperte über zerstückelte Leiber, haarige Klauen zuckten nach meinen Füßen, Schlangenhälse wanden sich an meinen Waden empor.

»Meine armen Dämonen«, jammerte Kilean, »die Grunelier säbeln meine Dämonen nieder!« In seiner Not beschwor er die Untoten, doch sie gehorchten ihm nicht, statt der blauen Nachtgewänder hatten sie sich Leichenhemden übergeworfen, und sie waren, was sie waren: zerquetscht die Zerquetschten, gedörrt die Gedörrten, hauptlos die Hauptlosen …

Kileans Stimme gellte über das zerschlagene Heer der

Dämonen: »Fennr ist tot, Arysa liegt im Sterben! Bei allen Drachen der Welt, Glauke, hol die Feurige Maschine!«

Hüfthoch watete ich durch nebelhafte Wesen, die ihre Form verloren, bevor sie sie gefunden hatten. »Führ mich zu den Großen Alten«, verlangte ich von Kilean, »sie allein wissen Hilfe.«

Ich sank und sank, das dunkle Gefels um mich verwehte wie Staub ...

»Torl! Torl!«

Fernes Gekrächz weckte mich. Ich lag, nicht gefesselt, doch unfähig, ein Glied zu rühren. Nur die Lider gehorchten meinem Willen.

»Torl! Torl!«

Helligkeit umfloß mich. Ich ruhte auf einer Bahre, die mit rot durchpulsten Schläuchen und feinen Drähten das Fünkchen Leben nährte, das noch in mir flackerte. Ich erinnerte mich an meinen Namen: Nya.

Ein hageres Gesicht, die Haut wie vergilbtes Papier, beugte sich über mich.

»Ich war in der Stadt aus Stein«, erklärte ich, ohne die verdorrten Lippen zu öffnen. Ein Kasten, auf dessen Vorderseite kleine bunte Sternchen tanzten, las mir die Worte aus dem Kopf. »Ihre Bewohner hoffen auf unsere Unterstützung.«

Begütigend senkte sich das Gesicht. »Was für eine Zukunft erträumst du dir!«

Ein Vogel, glänzend schwarz und schön, flatterte herein. Er setzte sich auf den Kasten, der für mich sprach, und krächzte vorwurfsvoll sein ›Torl‹. Draußen vor dem Fenster, durch das ich nicht mehr schauen konnte, draußen verjüngte der Frühling die Welt. Die Bäume erblühten, aus den Feldern sproß die Saat. Kein Fallwind scheuchte die Vögel von ihren Nestern, denn der Winddamm schützte die Siedlung vor dem kalten Hauch des Gletschers. Der Traumturm stand bereits — oder wurde er erst erbaut? Ein Vogel hätte ich sein wollen, die Flügel spreizen, hinausfliegen in die Frühlingsluft ...

»Wann willst du sterben?« fragte das Gesicht müde. »Wir alle müssen Abschied nehmen.«

Glauke stirbt nicht, dachte ich beruhigt, und ich ziehe es vor, zu träumen, immerfort zu träumen, von Miscara und von meinen Freunden immerfort zu träumen ...

Freundlich umfing mich die Finsternis der Katakomben. Mein Fuß tastete ins Leere: der Abgrund! Ein Schurren und Surren drang herauf, ein Klicken und Ticken wie metallharter Herzschlag.

»Feurige Maschine«, flüsterte ich, »kriech hervor, Miscara ist in Gefahr!«

Flammenschein brach aus der Tiefe, ein Atmen wehte durch den Stollen, die Wände erzitterten, Risse durchästelten sie wie Adern — tief unten rekelte sich die Feurige Maschine, geschaffen, die Großen Alten vor einer Welt zu schützen, die ihnen nicht mehr gehörte.

Steine sprangen aus der Stollendecke und stürzten auf mich. Der Berg, auf dem Miscara stand, knirschte und stöhnte. Ich wollte fliehen, doch meine Füße staken im schmelzenden Gestein, alles Strampeln war zwecklos.

In heißen Wogen überflutete mich das Rot, Felssplitter stoben glühend in die Höhe. Als ginge die Sonne auf, brannte sich das Haupt der Maschine seinen Weg an den Tag. »Kilean«, flehte ich, »nimm diesen Traum von mir!« Wie die Motte in der Flamme loderte ich auf.

Ich lag auf meinem Bett. Der Turm erbebte von Sigmarqs Geschossen. Aus der Hausburg der Atrier, unmittelbar unterhalb des Turmes, quoll brauner, funkendurchwebter Qualm, Breschen gähnten in den Umfassungsmauern der Hängenden Gärten, von den Wachtürmen flatterten Sigmarqs Banner.

Ein Kreischen zerriß die Luft, schlimmer als vom Torl.

Drunten am Markt platzte der Fels auf, eine Feuersäule wuchs hervor, reckte sich und streckte sich hoch über die Dächer, Rauch und Staub schossen an ihr empor, und wo auch nur ein Abglanz der Glut die Hausburgen streifte, sanken sie zu Schutt und Asche.

Mit lautem Klang barst das Fenster, Splitter, fein wie Staub, flogen herein, rußige Hitze schlug mir ins Gesicht. Ein Torlbote, unfähig, die versengten Flügel zu regen, prallte auf die Dielen, er wälzte sich hilflos, öffnete und schloß den Schnabel.

Wie ein Wirbelwind in der Karr walzte die Feuersäule durch die Niederstadt. Sigmarqs Zeltlager lohte auf, ein glühender Graben rann durch die Wüste, schon standen die Oasen in Flammen, jenseits der Karr loderten die Paläste Rengors, die Brandspur der Städte zog sich bis ans Nordmeer, kochend trat es über die Ufer, und der Himmelskreis verdüsterte sich. Wochenlang fiel schwarzer Regen auf die Ruinen von Miscara.

Ich hockte an Kileans Lager. Seine Hand war schlaff. Obwohl er die Augen geöffnet hatte, schlief er, und der Alp war noch nicht zu Ende.

»Wach auf, Kilean«, sagte ich und rüttelte ihn. »Hörst du nicht deine Weck-Uhr?«

»Aber ich bin wach«, erwiderte er stumpf.

Ich half ihm zum Fenster, schwarzer Grus bedeckte die Welt. »Nichts läßt sich zurücknehmen, geträumt ist geträumt.« — Wieder ruhte er auf der Bettstatt der Meister.

Ich schüttelte ihn und schlug ihm mit der flachen Hand ins Gesicht. Sobald ich glaubte, ich hätte ihn geweckt, schaute ich aus dem Fenster — und sah die eingestürzten Burgen und die verkohlten Strünke des Saksaulwaldes und den schwarzen Grus. Abermals und abermals zerrte ich Kilean hoch.

»Schlafe ich noch?« fragte er mich, wenn ich zum Fenster eilte. »Es gibt keine Tagwelt mehr, nur uns und den Turm. Einzig das ist gewiß: Ich bin.«

Meine Haut brannte, als hätte ich mich zu lange der Sonne ausgesetzt. Kilean saß auf der Bettkante und stützte den Kopf in die Hände. Hinter dem Fenster aber war es licht.

Auf dem Turmvorplatz trieben Stadtsoldaten und Werkleute mit eisernen Sturmhauben die überlebenden Angreifer zusammen. Eine Schar Frauen, bewaffnet mit Säbeln, Messern und Schennsanns, ergoß sich aus den Häuserschluchten. Einige von meinen Schülerinnen waren darunter, sie winkten mir zu.

Ich jauchzte, als ich in dem Getümmel Turio erkannte. Er stieß einen Mann mit verrußtem Harnisch und verrußtem Antlitz, lang wie ein Ladestock, vor sich her. Stumm umarmte mich Kilean. In der Tür des Turmes zögerte er, der Sieg sei ihm eine schale Suppe ... Hochrufe brandeten auf, als wir ins Freie traten.

Landre ritt, die Sicia über ihrem Kopf schwingend, aus der Turmgasse, hinter ihr galoppierte Doratra heran, gestiefelt und gewappnet wie ein Hauptmann.

Turio, der aus einem Schnitt in der Wange blutete, grüßte Kilean knapp und unwirsch. Seine Männer hatten gekämpft — oft genug bis in den Tod —, und im letzten Augenblick stahl ihnen ein Gesicht von Feuer und Verderben den Lohn. Ich schlüpfte zwischen Kilean und Turio, faßte ihre Hände und streckte sie empor, eine Geste, die jeder auf dem Platz verstand.

»Wir sollten den Turm schließen«, raunte Turio Kilean zu, während Stadtsoldaten wie Frauen siegestrunken kreischten und jubelten, »mehr können wir durch Träume nicht erreichen. Dies ist der Augenblick, deinen Entschluß der Stadt zu verkünden.«

»Ich wünschte, es wäre so.« Kilean stemmte die Fäuste in die Taschen seines Kittels. »Du unterschätzt die Stürme, die uns noch entgegenwehen werden.«

»Und du unterschätzt uns Miscarier.«

»Du hast geformt, Kilean«, sagte ich, um den Streit zu schlichten, »nun ist der Ton gebrannt. Den Rest muß der Rat entscheiden. Du würdest dich ihm doch fügen?«

Kilean lächelte und bejahte. Turio gab sich versöhnt.

Als der Lärm der Menge ein wenig abebbte, gellte ein Pfiff über den Platz. »Ihr seid Narren, Miscarier«, höhnte Sigmarq herausfordernd, »Traumesknechte, Verblendete!«

Die beiden Stadtsoldaten, die ihn bewachten, hieben mit den Schäften ihrer Hellebarden auf ihn ein, Turio verwehrte es ihnen. Sigmarq schritt auf uns zu. Seine rußverschmierten Züge verzerrten sich zu einem abscheulichen Grinsen. Weiß schielte mich sein erblindetes Auge an. Er ging, da ihm die Hände auf dem Rücken gefesselt waren, noch ladestockhafter als sonst. Die Menge verstummte.

»Auch du bist ein Narr, Fremder«, wandte er sich an Kilean, »du hast zwar mich besiegt, aber nicht die Kraft, die mich treibt. Denn sie ist auch in dir. Spürst du sie nicht, die Lust, Menschen zu lenken? Du wirst meine Sonnenstadt errichten. Doch mich wirst du nicht umträumen.« Er lachte schrill und schmerzhaft, kippte auf uns zu und schlug lang hin. Zwischen den Zähnen fand Turio eine zerbissene Kapsel. Ich verbarg mein Gesicht in den Händen. Das Volk aber ließ Kilean hochleben wie die Grunelier den Thrak.

Drohend ballen sich über dem funkelnden Gletscher des Tosenden Jochs weiße Wolkenungetüme. Plötzlich sind sie verschwunden. Von den Schloten der Erzhütten reißt es die Rauchfahnen, schon stiebt eine graue, gischtende Flut die Oberstadt hinab, überspringt Hausburgen, schwemmt über Katen. Die Signalmasten klappen auf die Dächer der Wachtürme, die Stadttore fliegen auf, wie ein Heerzug verwegener Reiter prescht der Torl aus ihnen hervor, wallt als wirbelnde, quirlende Wand auf mich zu. Verschleiert liegen die Türme und Zinnen der Stadt, unwirklicher denn je. Was von nahem graublau ist, färben Entfernung und Gegenlicht grün. Mit grünem Schimmer auch, doch dünner, begleitet von dumpfem Rollen, rast die Staubwand mir entgegen.

In der schattigen Glut des Zeltes sehne ich die Ausläufer des Fallwinds herbei. Wieviel Mühe kostet es und Schweiß, den Arm zu heben, den Fuß zu setzen! Ich binde mir ein Tuch vor Mund und Nase, wanke hinaus in die beißende Sonne. Mein Eidechslein verkriecht sich unter einer geborstenen Beinschiene.

Dann trifft es mich wie ein Schlag, ich presse die Lider zu, stemme mich dem Torl entgegen. Die Planen knattern. Kühl umrauscht der Sturm meine erhitzten Schläfen. — Ein kurzer Gruß der verwunschenen Stadt.

Träge und heiß wie geschmolzenes Metall lastet die Luft wieder über der Karr. Ich wünschte, ich hätte Wasser, um mir die Wangen zu netzen, den verklebten Staub von der Stirn zu waschen. Seit Tagen reibe ich mir das Gesicht mit Sand sauber. Mein Haar ist ein Strunk, den kein Kamm mehr durchpflügt. — Wie lange noch?

Ich nehme den Stein von den beschriebenen Blättern und schüttele den Staub zwischen ihnen heraus. Auch auf meinem Lager hat sich Sand angesammelt. Schon ist die Linderung verflogen. Ich sitze und krame in Sigmarqs Aufzeichnungen:

»Der Sieger bestimmt über die Geschichte. Er hat es nicht nötig; sie umzuschreiben noch umzuträumen. Sie richtet sich nachträglich auf ihr Ergebnis hin aus. Wenn es sein muß, verleugnet sie sich selbst. So entstehen blinde Flecken. Sie erst machen die Vergangenheit erträglich.«

»Letztlich ist es gleich, wer aus unserem Kampf als Sieger hervorgeht. Die Gewalt der Umstände ist groß genug, um jeden Querdenker zu brechen. Sie wird eine vernunftgemäße Ordnung der Stadt erzwingen.«

Zrausal könnte nicht verlockender lügen, nicht tückischer die Wahrheit entstellen als Sigmarq. Kilean wird nicht unterliegen, das weiß ich. Er wird mich brauchen, sobald er aus seinem Alp erwacht, und ich werde bei ihm sein. Auch wenn mir kein Traumfetzen zufliegt, ahne ich seine Bedrängnis: Allnächtlich hetzt ihn sein Saddraq durch die Gassen, er beugt sich über den Marktbrunnen, erkennt endlich, welches Gesicht ihm da entgegenstarrt: die Fratze Nerevs.

Er wird mich rufen.

Ich beginne, meine Habseligkeiten zusammenzupakken, halte Ausschau nach einem Boten, einem Zeichen ... Noch hockt der Torl wie ein träges Drachentier auf der Stadt. Wenn der Staub erst verweht ist, wird Kilean auf den Umgang treten ...

Aber der Staub ist verweht, und nichts geschieht.

DER TORL EBNET ALLES
rück in die Stadt. Di
packten, wenn es de
wieder zu den Schip
gewöhnt waren, krü
Schutt. Solange der
überschüttete, hieß

Dennoch hatten die Träume die Stadt verw
Schuttkärrner und Wasserträger mahlten mit den Kiefern, als kauten sie Schellblätter, und ihre Augen starrten wie ehedem glasig in die Ferne, doch sie fluchten nicht, und sie stöhnten nicht, und um ihre schorfigen Lippen zuckte ein Lächeln. Sie stapften durch Straßendreck, in Gedanken aber spürten sie Glas unter den Füßen. Eine Stadt, bewohnt von Schlafwandlern …

Selbst Fremde verzauberte die Mittal. Auf den Stufen des Stadthauses bestürmten mich hagere Wüstennomaden. Sie hatten sich, wie es ihre Sitte gebot, das Kinn hochgebunden und die Zähne spitz gefeilt. Aufdringlich baten sie um einen bescheidenen Platz unter den Buntgekleideten. Am Mittagstor, wo ich Planwagen mit Trockenfrüchten an Schagon weiterleitete, lauerten mir sarmintische Händler auf: Ob ich mich nicht für sie beim Meister verwenden könnte. Ein Traum sei nur halb soviel wert, entdecke man sich nicht selbst darin. Und ein nordländischer Fürst mit geschorenem Schädel flüsterte mir zu: »Mich reizt nur der Alp, der Schwindel, wie die Welt versinkt. Was sind alle Genüsse gegen das geheime Grauen, wenn die Gewißheit verfliegt: Wach' ich, träum' ich, leb' ich, oder bin ich schon tot?«

Auf dem Dach unserer Hausburg spielten die Kinder nicht ›Hopser‹ oder ›Steinchen werfen‹, sondern ›Glä-

gemessen im Kreise umher
g vor sich hin — auf Wesen, die
erhaupt schien mir das Treiben in
nkraft und Schwung verloren zu ha-
gemächlichem Gleichmaß führten die
de die Hämmer! Selbst das Hau-Ruck in
r-Höfen dehnte sich in atemberaubender Ge-
keit. Oft genug fing mich der Trott ein, ich war
nt gefeit. Dann wurden die Gassen lichter, die
ppen steiler, die Hausburgen höher, die Durchgänge
eller, die Luft reiner. Ich nahm es kaum wahr, wenn der Torl niederdonnerte — eine kurze, belanglose Störung. Um mich die Menschen, angetan mit buntem Mundtuch und blauem Kittel, wateten still und behäbig wie jenseits der Scheibe eines unsichtbaren Fischglases, kamen auf mich zu und entfernten sich. Hatte ich Turio nicht eben die Hand geschüttelt? Oder war es im Traum gewesen? Es liefen so viele Miscarier über die gläsernen Treppen! Man traf sich im Traum und nickte einander zu wie bei Tage, man traf sich bei Tage und nickte einander zu wie im Traum.

Allein der Turm war von der Verzauberung verschont. Oder doch nicht? Im Speisezimmer suchte ich Halt an vertrauten Dingen. Das Holz des Eßtischs war fleckig, mit dem Fingernagel ritzte ich die Maserung nach. Das Metall des Messers besaß noch die aus alten Tagen gewohnte federnde Festigkeit.

Ein Glas fiel mir herab und zersplitterte; als ich die Scherben einsammeln wollte, hielt ich es unversehrt in der Hand. Also träumte ich.

Ein Glas fiel mir herab und zersplitterte; als ich es aufheben wollte, schnitt ich mich. Also war ich wach.

Ein Glas fiel mir herab, ich war es leid, unter den Tisch zu kriechen, und rief statt dessen nach Khalib. — Ja, du greiser Kinderschreck, ich habe das schöne Glas mutwillig vom Tisch gestoßen. Die ganze Stadt ist aus Glas, auch sie kann herabfallen und dabei zersplittern.

Aber da sie ein Traum ist, träumt Kilean sie wieder heil.

Ich ging in den engen Waschraum hinter meinem Zimmer und wusch mir das Blut von den Fingern, ich hielt den Kopf in den Wasserstrahl — es war eine Wohltat —, rieb mit dem Handtuch, bis die Haut brannte. Noch halfen zersplitterte Gläser und Schmerz und eiskalte Munterkeit zur Unterscheidung.

In der heißesten Mittagsglut schlenderten Barurq und Tarurq über den Markt. Sie hatten Tücher, einer altertümlichen Mode folgend, um den Hals geschlungen, krumme Dolche staken in ihren Gürteln, und sie witzelten laut über Fremde wie Einheimische. Lachend und prustend spazierten sie an den Warenkarren vorbei, die Händler verbargen sich im Schatten der Planen. Mit einem Fingerkrümmen, dem sich keiner zu widersetzen wagte, holte das Dämonenpaar den einen oder anderen hervor. Sie ließen sich Pulver aus nordländischen Ochsenhörnern, empfohlen zur Steigerung der Manneskraft, in Tütchen füllen, öffneten darauf ihre Beutel und zahlten mit Schmuck aus Blauem Metall. Und zum Abschluß des Geschäfts höhnten sie: »Morgen kaufen wir die Stadt.«

Ich kam zu spät, erlebte nur den Tumult, die ratlosen Marktwächter, die erregten Händler und Hökerinnen. Auf den Brettern des einen Karrens glänzten bläuliche Lachen, die Ringe und Reife waren geschmolzen wie Eis, und als ich den Finger in die Flüssigkeit tauchte und daran leckte, fand ich, daß sie salzig schmeckte wie Tränen.

Kilean hörte meine Schilderung eher belustigt als besorgt an. Die Einbildungskraft der einfachen Leute schwappe über, deute harmlose Possenreißer in mittalische Ungeheuer um …

»Selbst wenn sich zwei Schalksnarren verkleidet haben«, wandte ich ein, »sie waren dennoch Abgesandte der Mittal. Das Volk vermag nicht mehr zu unterscheiden. Wieso gestattest du Blendwerk und Verwirrung? Was erhoffst du dir davon? Oder bist du nicht mehr Herr über die Mittal?«

Kilean versprach, Barurq und Tarurq das Handwerk zu legen. Nächtens schickte er ihnen Fennr nach — mit dem Erfolg, daß das Wolfstier in hellstem Sonnenschein über den Markt tobte. In zwei Stunden war nicht aufgeräumt, was in einem Augenblick des Entsetzens umgestürzt und zerbrochen worden war. Ob Kilean es sich eingestand oder nicht, die Grenze war durchlöchert. Mittal am Mittag.

Am nächsten Morgen pochten drei Dämonen, darunter das grüne, froschhafte Scheusal, an das Tor der Frauenburg. Die beiden Mädchen, deren Aufgabe es war, Männern den Zutritt zu verwehren, riefen angstvoll nach Doratra. Sie baute sich vor dem Eingang auf. »Das ist unser Reich«, raunzte sie die Dämonen an, »euer Herr und Meister hat unsere Burg nicht in seine Gläserne Stadt aufgenommen, also habt ihr hier nichts verloren. Schert euch von dannen!« Und was Kilean mißlang, glückte ihr: Die Dämonen beschlichen zwar die Frauenburg, drangen jedoch nicht ein.

Desto schlimmer suchten sie meinen Vater oben in den Erzhütten heim. In einem Brief an mich und den Rat berichtete er von merkwürdigen Unfällen, von einem Hauptlosen, der seine Leute zu kopflos gefährlichem Tun verleitete, von Armlosen, die in den Stollen winkten, bis der Hauer in einen unabgedeckten Schacht stürzte, von Schlangen-Glut, die aus der Rinne schnellte und nach den Beinen der Schmelzer zuckte.

Das Blatt zitterte in meiner Hand. Die Untoten, unversöhnt, rächten sich an den Lebenden. Es genügte nicht, daß meine Schülerinnen ihre Akten durchbuchstabierten. Was verlangten sie? Womit sollten wir ihren Blutdurst stillen? — Es war mir ein schwacher Trost, daß mein Vater, wie um sich selbst zu beschwichtigen, das Bild, das er gemalt hatte, in einem zweiten Brief abzumildern versuchte. Hatte nicht schon früher jeder Barren Blaues Metall einen Blutzoll gefordert? Im Feuer- und Schattengetümmel der Schmelzerei, im Dunkel der Stollen malte man sich leicht Gespenster aus.

Schließlich, wenn auch nur im Traum, bedrohten die Dämonen sogar mich. Sigmarq tauchte vor den Mauern der Gläsernen Stadt auf. Er stand da, ein Koloß in der Wüste, mit beiden Beinen im sandigen Grund verwurzelt und einen Schatten werfend, der sich in den gläsernen Schwibbögen brach und, tausendfach zerstückelt, die Höfe und Plätze mit Finsternis füllte. »Übergib mir die Stadt, Bruder!« donnerte seine Stimme. »Oder ich hole mir deine Gefährtin!« — Voller Angst erwachte ich.

»Du hast Sigmarq bei Tage besiegt«, fragte ich am Morgen bang Kilean, »weshalb stellst du dich ihm nicht in der Nacht?« Und ich ahnte zugleich, daß ich die äußerste Mutprobe von meinem Geliebten forderte, denn nicht allein ein in die Mittal gesunkener Herr Ladestock war uns da erschienen, Kileans Saddraq hatte sich Sigmarqs Gestalt ausgeliehen und begehrte wie damals während der ersten Einflüsterungen machtvoll Einlaß.

»Ich weiß, welche Gefahren mir drohen«, bekannte Kilean, »die Zeit ist herangerückt, in der der Kampf im Inneren des Traummeisters stattfindet. So auch mit Sigmarq. Ich zürne ihm noch, weil er sich in den Tod davonstahl, doch solange ich ihm gegenüber keinen Gleichmut erlange, habe ich ihn nicht überwunden. Was der Tag verliert, gewinnt die Nacht. — Sigmarq wird sich nicht mehr in meine Träume einschleichen.«

Das war leicht versprochen. Unter der Silberscheibe wühlte sich eine Heersäule von Gruneliern durch die Karr; im aufgewirbelten Sand versanken die Oasen. Schennsannkämpfer stapften in endloser Folge näher, Schützen mit Hakenbüchsen, Reiter auf gepanzerten Rössern, Ochsen, die Geschütze zogen, Arglinge mit blutunterlaufenen Augen. Steif und stolz schritt ihnen Sigmarq voran.

Im Morgengrauen stieß der Stadtsoldat, der im Auslug weit oben in den Drachenbergen wachte, dreimal in sein Horn. Die Signalmasten verrenkten sich: Grunelier im Anmarsch!

Trupps Berittener stürmten aus den Stadttoren, die erbeuteten Feldschlangen wurden gerichtet, Werkleute eilten zu den Waffen. Auf den Wachtürmen loderten die Feuer. — Es fehlte wenig, und die umgeträumten Wüstenkämpfer hätten eine teneirische Karawane aufgerieben.

Turio kam dreckbeschmiert und übernächtig zu uns in den Turm. Bei jeder Geste sprang Sand von seinem Lederharnisch. Miscara habe Frieden, brauche Frieden, wolle Frieden. »Wenn ich nicht dazwischengesprungen wäre, hätten sie Wehrlose niedergemetzelt! Die grunelischen Gesandten gedörrt!« Er japste nach Luft, sackte auf einen Stuhl.

Kilean gab zu, mit dem Traum ›ein wenig‹ das Augenmaß verloren zu haben. Außerdem überrasche die Mittal selbst geübte Traummeister durch gelegentliche Ausbrüche. Im großen und ganzen müsse er jedoch seinen Traum verteidigen. Kannte Turio etwa die Grunelier? Hatte Turio jemals unter ihnen gelebt? Lauerten sie nicht jenseits der Karr auf die geringste Schwäche Miscaras? Rüste der Thrak nicht zum Angriff? Keine Abstriche also an Kampfesmut und Wachsamkeit! Fester denn je sollten sich die Miscarier um Turm und Stadthaus scharen.

Turio fuhr hoch, rückte den Stuhl beiseite und begann, auf Kilean einzuschimpfen, der ihn, Turio, durch Kriegsgeschrei auf Dauer an die Hellebarde schmieden wolle. Überhaupt seien die letzten Träume kaum besser als Schellnuß, manche trieben die Leute an wie früher das Geknalle von Aufseherpeitschen, der Rest verblöde …

Kilean, äußerlich ruhig und überlegen, nannte Turio einen ewig Unzufriedenen, der alles auf einmal verlange.

Turio zitterte vor Erregung. Zu weit hätte sich Kilean vom Lärm der Packhöfe, vom Arme-Leute-Gestank der Niederstadt entfernt, aus Turmeshöhe sehe die Stadt freilich wie ein Spielzeug aus, mit dem man nach Belieben schalten und walten könne.

Dafür trüge Turio die engen Hausburgmauern noch im Kopf, er habe nicht begriffen, daß Traum wie Tag einem Ziel zustrebten, daß unsere Miscarier einer lenkenden Hand bedürften.

»Unsere Miscarier! Du redest von ihnen, als wären sie dein Eigentum!«

Sie stritten, und ich starrte auf die Höhlung in der Wand, wo sich noch vor Tagen die Zeiger der Bethischen Uhr gedreht hatten. Ich hätte vermitteln sollen, aber ich war wie gelähmt. Die Wand verschwamm mir vor den Augen. Ich schlich hinaus, warf mich auf mein Bett, und die Stimmen drangen durch den Vorhang auf mich ein, die eine heiser und sich überschlagend, die andere verhalten und bisweilen spöttelnd. Weshalb nur mußten wir uns gegenseitig befehden?

Mit dem Sonnenlicht strömte mittägliche Hitze zum Fenster herein. Arysa erschien mir im gelben Gewand Doratras. Sie legte, sanft und freundlich sprechend, ihren kalten Arm um mich. Auf der Spitze ihres rechten Zeigefingers tanzte die Sicia wie eine silberblitzende, sich windende Schlange.

»So wirst du zustechen«, erklärte sie mir, »zwischen die sechste und siebente Rippe. Es ist Verleumdung, daß sie mich die Bauchaufschlitzerin nennen. Oder, besser noch, ein rascher Schnitt durch die Kehle. Oder, wenn er dich umarmt und sein Mund den deinen sucht, ein entschlossener Stich zwischen die Halswirbel, es gehört freilich eine gewisse Übung dazu. Am sichersten jedoch bringst du's hinter dich, wenn er schläft. Dann jage ihm die Sicia ins Herz, soviel Kunst kann ich von dir verlangen. Du mußt dich von ihm befreien, meine Schwester, er ist uns nicht länger nütze. Du hast dich von ihm berühren lassen, und allein durch einen Stich kannst du ihm den Stich vergelten.«

Ich fühlte nach ihr, sie, die Verkörperung meiner verstecktesten Wünsche, war verschwunden. Auf dem Nachtschränkchen lag, geborgen im Futteral, meine Sicia. Ich nahm sie heraus, strich über die scharfe Spitze. Von der Wand herab beobachtete mich Nya mit verkniffenem Lächeln.

Haßte ich Kilean tatsächlich insgeheim? Warum sonst fiele mir ein, ihn zu morden? Liebte und haßte ich ihn zugleich? Oder trieben sie lediglich ihren Schabernack mit mir, die Gestalten, die ihm nicht mehr gehorchten? Wie war es möglich, daß so widersprüchliche Gefühle in einem Menschen Platz hatten?

Es war still im Turm. Ich schaute nach Kilean und fand ihn in der Bibliothek. Er, in Former-Pose, lauschte mit geschlossenen Augen, als ich ihm die Abgründe in meinem Inneren enthüllte.

»Nun, Glauke«, meinte er, ohne die Augen zu öffnen, »stich zu, wenn du es mußt.« Er war sich meiner so sicher!

Ich schlug ihm mit der flachen Hand ins Gesicht, es war wohl eher ein Streicheln. »Wach auf, Kilean, dies ist kein Traum. Was geschieht, geschieht endgültig!«

Er lachte. »Nur Träume bestehen. Sind sie erst in der Welt, kann sie niemand zurückrufen. Und woher nimmst du die Gewißheit, nicht zu träumen? Vielleicht bist du gar nicht die Glauke, die du zu sein vermeinst, sondern nichts als ein Gedanke von mir, ein wunderbar angenehmes, doch nicht wirkliches Trugbild wie diese seltsame, staubige Stadt.« Er zog mich an sich, küßte mich. »Ein Traum, den ich liebe.«

In meiner Hand die Sicia war seinem Nacken so nah. »Eines Tages fordert die Wirklichkeit ihr Recht. Es könnte dich dein Leben kosten.«

»Meine Weck-Uhr wird mich warnen.«

Ich schob ihn sacht von mir. »Die erste Tugend der Traummeister ist es, zwischen wahr und erträumt zu unterscheiden.«

»Und die zweite Tugend, diese Grenze wieder aufzuheben.«

Ach, Arysa, ich war ihm nicht gewachsen. Nicht mit Worten, nicht mit Taten.

Auf Tage mit Torl folgten Tage ohne Torl, doch nur selten trübte kein Stäubchen das grelle Sonnenlicht. Häufiger wirbelten schwere Wolken vor den Fenstern des Turms, und bisweilen mußte Khalib sogar den Umgang freischippen.

Ich lebte dahin zwischen dumpfer Traumesseligkeit und einer Unrast, die mich treppauf, treppab hetzte. Ich wühlte in den Bänden einer Bibliothek, die sich für mich erschöpft hatte. Ich ritt auf Kileans Rotfuchs durch die Morgenstraße, vorbei an Baugruben und Abrißkaten, in den Packhöfen entluden Handlanger Planwagenzüge. Ich preschte durch die Felder vor der Stadt, immer auf der Suche — wonach?

Als ich wieder einmal, erhitzt von einem Ritt, die Wendeltreppe hinaufstieg, überfiel mich vor Khalibs Küche der Wunsch, einen Schluck Tee mit Butter zu trinken. Wie stets war es düster in dem schmuddligen Raum, und die Gerüche verleideten mir jede Eßlust. Den Durst jedoch verscheuchten sie nicht. Ich hob die schwere Kanne an, goß mir einen Becher voll, schlürfte den heißen Tee — und stutzte. Merkwürdigerweise war die rechteckige Kachel, auf der die Kanne stand, mit derbem blauem Leinenstoff bespannt.

Ich stellte die Kanne auf den Herd und betastete den sonderbaren Untersatz. Der Stoff war hart, klebrige Teeränder verunzierten die Oberseite.

Khalib knurrte wie ein gereizter Hund. Er warf einen Löffel beiseite, polterte herbei und versuchte, mir die Kachel zu entreißen. Die Nähte der Umhüllung platzten, eine silberne Prägung blitzte auf: MEISTER NEREVS TRAUMBUCH.

»Wieso verbirgst du diesen Schatz vor uns?« fuhr ich Khalib an.

Der bleckte die gelben Zähne. »Mein Buch«, wimmerte er, »Unrat, Unfug, Unbuch.« Tränen tropften ihm auf die braune Schürze.

Ich stürzte mit meinem Fund die Treppe hinauf zu Kilean, erwartete einen Freudenausbruch. Doch statt mich abzuküssen, zog er nur die Brauen in die Höhe. »Nerevs Traumbuch? Leg es auf den Stapel.« Und sogleich vertiefte er sich wieder in einen Grundriß der Stadt, der rot ausgetuscht die Stellen zeigte, an denen neue Häuser entstehen sollten. Der Traummeister hatte den Baumeister in sich entdeckt.

»Du wolltest erfahren«, erinnerte ich ihn, »weshalb sich Nerev trotz seines Erfolges letztlich gegen das Träumen wandte. Diesem Buch hat er seine Gründe anvertraut.«

Um Kileans Mundwinkel zuckte es. Ich bin über Nerev hinweg, hieß das, ich habe Wichtigeres zu erledigen als in vergilbten Aufzeichnungen herumzublättern. Immerhin fruchtete mein Zureden so weit, daß er nach dem Buch langte. Die Seiten rutschten unter seinem Daumen hervor, schlugen in rascher Folge um. Manche hafteten aneinander.

Plötzlich schüttelte ihn Heiterkeit. »Hier, Glauke, lies! — Nein, hör zu.«

Er stellte sich in Pose, hielt den schweren Band weit von sich und äffte eine altertümliche Aussprache nach:

»Heraus aus dunklem Werkgewölb in lichte Schaffenshallen,
wo eines Mannes Armeskraft
vervielfacht vielfach Nutzen schafft,
wo rußgeboren Schritt um Schritt
das Werk erwächst — wir wachsen mit.

Nicht Hammerschlag — das Rasseln der Maschinen,
ihr Surren, Schurren, emsig Drehn,
ihr Pfeifen, Kreischen, niemals Stehn
gibt an den Takt der Neuen Zeit, den Takt
des Neuen Liedes.
Die ganze Stadt Maschine wird, wird Tummelplatz
ohngleichen,
wo Männer, Weiber, Greis und Kind
nur Rädchen eines Uhrwerks sind,
sich fügend und genügend,
wo Feuersglut und Wasserstau
bewegt den kühnen Menschenbau,
wo tausend Kolben tanzen ...«

Prustend lachte er. »Ich muß Nerev Abbitte leisten. Ich habe geglaubt, er sei ein Ausbund an kalter Verstandes-Mäßigkeit. Der Mann gefällt mir.«

Von der Tür her drang Geschepper. Khalib schlich auf Zehenspitzen herein, er trug einen Eimer, der bei jedem Schlenkern blecherne Geräusche von sich gab. »Alles Unrat«, brabbelte Khalib und fuhrwerkte mit einem trockenen Wischlappen über Stühle und Fensterstöcke. Dabei schielte er, den Kopf wie ein Torlbote zur Seite neigend, nach dem Buch.

»Du bekommst es ja zurück«, beschwichtigte ich ihn.

»Und seinen Inhalt, den Inhalt auch?« jammerte er.

Eine Viertelstunde blätterte Kilean kreuz und quer, ich lehnte mich über seine Schulter und schnappte hier und da einen Satz auf. Bisweilen pfiff er durch die Zähne. Dann reichte er mir das Buch. Einige hundert eng bekritzelte Seiten, das sei ihm für den Augenblick zuviel der Mühe. Es gäbe Belangvolles darin, gewiß; derweil er anderweitig beschäftigt sei, solle ich es für ihn herausfischen. Gelegentlich wolle er nachlesen. Gelegentlich.

Ich machte es mir bäuchlings auf meinem Bett bequem. Nerevs Traumbuch sank in das Kopfkissen. Genüßlich schlug ich die erste Seite auf.

Heute hat mich der Meister zu sich in den Turm geholt.

verkündete stolz eine knabenhaft steile und unbeholfene Handschrift.

Mein Meister sagt, ich muß Buch führen wie ein Kaufmann, der getreulich Soll und Haben vermerkt, denn so flüchtiger Stoff wie ein Nachtgesicht bedarf des Festhaltens.

Und sogleich folgte ein Traum von Wolken und Wind und tiefblauem Himmel und Gletschernomaden, die mit Messern Hallen und Gewölbe in das Eis gruben und Fratzen in die Wände schnitzten und Eisblöcke zu Figuren, teils tierischen, teils menschlichen, schnitten, die lebendig wurden und mit der roten Sonne Ball spielten.

Unmöglich konnte dieser Traum in seiner gediegenen Geschlossenheit dem Kopf des Schülers entsprungen sein. Erst Wochen später wurde er von seinem Meister in den *Raum der eigenen Träume* geführt und wagte dort zaghafte Schritte in die Mittal. Wie entsetzte er sich vor den Dämonen! Es dauerte seine Zeit, bis er Freunde und Helfer unter ihnen gewann, so den Eisvogel Alcyon und den sprechenden Pilz Quendel. Wie mich reizte ihn die Spitze des Turmes, doch war es ihm gleichfalls verboten, sie zu betreten; nur über die Ebene des Kieselsteins gelange man dorthin.

Spielerisch heitere Träume wechselten mit solchen ab, in denen der Meister eine geschäftig aufblühende Stadt malte. Ich stieß auch auf die Reime, die Kilean belustigt hatten, und unmittelbar danach auf Nerevs Leitspruch *Fleiß und Industrie.* War denn der Zögling nicht Nerev? Nerev hatte, soviel ich wußte, keinen Nachfolger in die Geheimnisse des Turmes eingeweiht.

Endlich begegnete der Schüler dem eigenen Saddraq, das, wie er meinte, ein doppeltes sei:

Die alten Bücher schreiben von zweierlei Saddraq. Das eine ist das Tier in uns, ein harmloser Drach', der sich nie völlig zähmen läßt und uns gestattet, zu fühlen und zu wollen, zu leben und zu lieben. Das andere Saddraq ist der wahre schwarze Doppelgänger, der uns Drachenwünsche einflüstert und Unheil um des Unheils willen stiftet. Mein Meister dagegen lehrt: Die beiden Drachen sind ein und derselbe. Du mußt das Tier in dir töten, um das Böse zu vernichten. Frei sein heißt, frei von Begehren zu sein und vernunftgemäß zu handeln. — Aber wie soll ich dann noch Quendel verstehen?

Dreimal rot angestrichen war die nächste Seite.

Du bezwingst dein Saddraq nur, wenn du über die Eitelkeit deines Tuns lachst. Auf gleiche Weise gebietest du den Formlosen erst, wenn du nichts mehr bezweckst, nichts mehr verändern und formen willst. Jenseits des Wollens beginnt das Vermögen.

Manchmal fragte ich mich, ob der Schüler nicht Aufgeschnapptes und nur halb Begriffenes mit eigenen Gedanken vermengte. Wie dem auch war, sie alle, die berühmten Traummeister und die zu Recht Vergessenen, hatten einen Lehrer gehabt, der sie sicher durch die Fährnisse der Mittal geleitet hatte. Allein Kilean war auf sich selbst angewiesen, und die Lehrzeit, die wir ihm zugebilligt hatten, entsprach nicht im mindesten der Spannweite seiner Vorhaben. Nicht ihn sollte ich schelten, sondern uns, den alten Rat wie den neuen, die Stadt, die von Anfang an zuviel von ihm verlangte — bis er maßlos gab.

Seite um Seite klappte nach rechts. Traum um Traum entwickelte der Meister, dessen Name nie erwähnt wurde, sein Bild von einer rastlos schaffenden Stadt, die dank Fleiß und Industrie, dank Forschen und Erfinden alle mechanischen Künste beherrschen lernte und dereinst über die Wunderdinge des Kristallenen Zeitalters gebieten würde. Traum um Traum schritt auch der Zögling voran, schon sprach er mit den Großen Alten wie zu seinesgleichen, und Alcyon flog für ihn in die Vergangenheit.

Von einem Absatz zum nächsten veränderte sich die Schrift. Die Buchstaben traten einander auf die Füße, ein Gesudel von Klecksen verschlang ganze Worte.

Mein Meister verstößt gegen Grundsätze der Traumeszucht! Nrada schrieb: »Vermeide, von lebenden Menschen zu träumen, denn du betrachtest sie durch die Brille des Vorurteils, und eben dieses könntest du ihnen aufzwingen.« Ich wage es nicht einmal, von meinen Eltern oder meiner Schwester zu träumen, sosehr ich mich auch nach ihnen sehne. Mein Meister dagegen ruft allnächtlich den einen oder anderen Ratsherrn, diesen oder jenen Handwerksgesellen in die Mittal. Niemand ahnt das Ungeheuerliche: Er flößt ihnen über Nacht eine andere Gesinnung ein! Dürfen Meister, was Schülern verboten ist?

Einige alte Zunftobere widersetzen sich hartnäckig Fleiß und Industrie. In der Stadt redet man von Bettunfall, wenn das Herz mitten im Traum aufhört zu schlagen. Die Gegenwehr ihres Saddraq bringt sie um.

Mein Meister braucht ständig mehr Werkleute für die Erzhütten. Die erträumt er sich. Und wer sich des geringsten Vergehens schuldig macht, der wird in die Gruben geschickt. Auf die Träume zu schimpfen, ist bereits solch ein Vergehen.

Drei Ratsherren statteten vor Tagen meinem Meister einen Besuch ab. Ich durfte ihnen aufwarten. Die Knechte in den Gruben würden sich weigern, meinten sie, in den verrufenen untersten Stollen einzufahren. Sie nannten meinem Meister Namen, doch er forderte Bilder, auch die hatten sie mitgebracht. Heute früh erzählte mir die Magd, die Milch und Eier bringt, daß keiner der Hauer aus dem Stollen zurückgekehrt sei. Jetzt mauern sie ihn zu.

Ich beginne, meinen Meister zu fürchten. Er könnte meine Gedanken erraten. Allerdings hat er andere Sorgen. Die Toten aus dem Stollen und die Opfer von Bettunfällen schleichen sich uneingeladen in seine Träume. Ebenso ein Hauptloser. Es heißt, er sei früher in dem Turm ein- und ausgegangen, habe sich dann aber gegen das Umträumen empört und sei als Feind von Rat und Stadt gerichtet worden. Das sagt zumindest die Magd.

Ich wollte fliehen, und wenn es auch nur im Traum wäre. Alcyon flog für mich weit hinein in das Kommende. Und ich sah eine graue Stadt und graue Menschen in ihr. Sie aßen köstliche Speisen, doch nichts schmeckte ihnen. Sie wohnten in geräumigen Burgen, die üppig mit Teppichen und Kissen ausgestattet waren, doch sie fühlten weder Wärme noch Weite. Sie sprachen über Schnüre in die Ferne, doch sie hatten sich nichts zu sagen. Sie schoben den Tod hinaus, doch sie schätzten das Leben gering. Und wenn der Torl einen der Ihren auf der Straße ereilte, gingen sie achtlos vorüber.

Quendel redete mir zu und tröstete mich. Träume vom Kommenden seien wie ein Gebirge mit Tälern und Schluchten, die sich verzweigen, mit Saumpfaden, die sich zu hohen Pässen hinaufwinden oder in einem Kamm voller Dornengestrüpp endeten. Wählst du den rechten, führt er dich auf Sturmgipfel und öffnet dir den Ausblick auf blühende Gefilde.

Seither haste ich voran. Vor der Zeit muß ich Meister werden.

Die Eintragungen wurden knapper und kürzer, so als fehle es dem Traumlehrling an Zeit und Atem oder als wage er nicht mehr, sich dem Nachtbuch anzuvertrauen. Mit ihm stieg ich hinab durch die Ebenen der Mittal. Mit ihm streifte ich Stück um Stück meine Form ab. Mit ihm humpelte ich, als er im Traum die Beine verlor; sein Meister bemerkte es nicht. Mit ihm verlor ich das Gefühl in den Fingerspitzen. Fast gelähmt waren die Arme, jeder Handgriff — das Schreiben wie das Umblättern — wurde zur Last. Ich wollte tiefer hinab, auf die letzte Ebene, die des Kieselsteins.

Mühsam schlug ich die Seite um — ein leeres Blatt. Rechts jedoch, zwischen den flüchtigen Schriftzügen, die durch das zarte Papier schimmerten wie mäandernde Flüsse, entdeckte ich eine fremde, gestochen scharfe Eintragung von winzigen Buchstaben.

> Mein geliebter Schüler Bilarq, der ein Meister hätte werden können wie wenige vor ihm, ist nicht aus der Mittal zurückgekehrt. Ich selbst habe ihn daran gehindert, denn er wurde mir und meinem Werk zur Gefahr. Ich habe ihm seinen Wunsch, bis zum Kern vorzudringen, erfüllt: Er ist im Kieselstein eingeschlossen.
>
> Ich werde keinen zweiten Schüler benennen. Was ich anstrebe, ist fast erreicht, ein neuer Meister könnte meine Anstrengungen allenfalls zunichte machen, das unvernünftige Drachentier im Menschen, das ich gebunden habe, entfesseln und den Untoten, die mich aus der Mittal heraus bedrohen, Tür und Tor öffnen. Mit dem Ende des Träumens werde ich von diesem Spuk befreit, Vergangenes wird vergangen sein. — Die Stadt soll künftighin ihr Fortschreiten auf wache, vernunftgemäße Taten gründen.

Das Buch rutschte mir aus der Hand und fiel zu Boden. Ich mußte nicht überlegen, was aus Nerevs Schüler Bilarq geworden war, er stand mir vor Augen: der sabbernde, brabbelnde Kinderschreck Khalib. Welch ein Fluch lastete auf dem Turm! Ich dachte daran, wie die Träume uns Menschen verändern konnten, und ich dachte an die Untoten und an Kilean. Das Kissen unter meiner Wange wurde naß.

»Wart's nur ab«, raunte Arysa mir zu, »du hast sein Geheimnis entdeckt. Stichst du jetzt nicht zu, wird er auch dich in den Kieselstein sperren.«

»Du bist Nerev«, flüsterte ich verloren, »Kilean, Geliebter, du bist Nerev.«

So fand er mich. Er strich mir über das Haar, wollte mich aufheitern. »Das muß ja ein Alptraumbuch sein, kein Nachtbuch, sondern ein Nachtmahrbuch.«

Stockend, dann schneller, mich überstürzend, erzählte ich.

»Du meinst mich«, sagte er nachdenklich und wischte mir mit den Fingern die Augenwinkel trocken. »Gewiß, in manchem ähnelt mein Weg dem Nerevs. Aber sorge dich nicht. Ich bringe niemanden um, im Gegenteil, meine Träume haben schon viele vor Srebans Bütteln und Sigmarqs Säbeln, vor Hunger und vor Stumpfsinn bewahrt. Und ich weiß im Gegensatz zu Nerev, daß Menschen niemals traumlos leben können. Vielleicht schieße ich bisweilen über das Ziel hinaus, dann mußt du mich zügeln ...«

Wangen und Augen brannten mir noch. Ich spürte ihn so gern bei mir, lauschte so gern dem Klang seiner Stimme. Trotzdem: »Du träumst wie Nerev die Menschen nach deinem Gutdünken um. Und damit mordest du sie.«

»Sie werden als bessere und fröhlichere Menschen wiedergeboren.«

»Das redest du dir ein. Du machst sie nicht zu besseren Menschen, sondern zu Schlafwandlern: blind, taub und unmündig. Für mich wäre das schlimmer als totgeträumt zu werden.«

Kilean seufzte. Sprach von Ämmre und von Kindern, die geführt werden müßten. Sprach davon, daß Nerev die Uhr mit Brecheisen und Hammer ›geheilt‹ hätte, er jedoch Lupe und Federzange benutze.

Er wollte mich nicht verstehen. — Auf dem Ratstisch stapelten sich die Akten der Untoten. Sie, die Opfer Nerevs, waren nur zu versöhnen, wenn neben den kleinen Schuldigen auch der große Schuldige benannt wurde, wenn all meine Mitbürger erfuhren, daß ein herrschsüchtiger Traummeister sie im Namen von Fleiß und Industrie und für eine Luftspiegelung von einer lichten Zukunft umgebracht hatte.

»Du möchtest, daß deine Miscarier von Nerev hören und an Kilean denken, nicht wahr? Begreif endlich: Die Untoten sind nicht unsere Opfer. Laß sie ruhen.«

Er ordnete mein Haar, lächelte mir angestrengt zu. Wie hager war er geworden! Seit der Wilden Woche hatte er die Ringe um die Augen nicht verloren. Falls er jemals Glück gesucht hatte, bei uns hatte er es nicht gefunden.

»Überlege, Glauke. Wir fangen auf neue Weise an. Die Gespenster der Vergangenheit können uns nichts anhaben.«

Kalt und schneidend lachte Arysa neben mir. »Diesen Mann«, geiferte sie, »willst du lieben? Er spielt dir den Einfühlsamen vor, aber seine Stirn ist aus Stein. Doch gegen den Stich ist auch er nicht gefeit.«

»Wer die Geschichte nicht annimmt«, sagte ich, »ist verdammt, sie zu wiederholen.«

Kilean schüttelte den Kopf. »Wer keinen Schlußstrich unter sie zieht, setzt sie fort.«

Ich lehnte mich gegen seine Brust, unfähig, mich mit ihm zu streiten. Worten war er nicht mehr zugänglich. Ich mußte handeln, im Rat oder anderswo. Die Großen Alten hätten in solch einem Fall eine Volksversammlung einberufen.

Nerevs Schüler polterte, bewaffnet mit Eimer und Putzlappen, herein. »Turm überschwemmt«, stammelte er und hob sein Buch auf, »Buch abgesoffen. Unbuch, Unfug, Unrat.«

Ein Bote rief mich zu den Erzhütten. Mein Vater hätte einen Blutsturz erlitten.

Der steile Pfad streckte und dehnte sich, hinter jeder Krümmung erwartete mich weiterer Anstieg. Ein Glück, daß kein Torl mich überraschte zwischen Fels und Eis.

Wie ich diesen Berg haßte, den Berg, der uns reich machte und uns zugleich erstickte! Ich hätte mir ein Erdbeben gewünscht, das ihn einebnete, ich hätte ihn geschleift, seine Höhlen und Schluchten zugestopft und Schnee über ihn geschüttet, damit er völlig verschwände mitsamt seinen verderbenbringenden Schätzen!

Rauchsäulen drehten sich in den windstillen Himmel. Schwarzer Staub verschluckte meine Füße — der Staub, der dem Torl die tödliche Wirkung verlieh. Qualm aus vielen Schloten füllte in wogenden Schwaden einen flachen, länglichen Bergkessel. Rattern und Rollen hallte vom Gefels wider, eiskalt schnitt die Gletscherluft mir in die Lunge. Ich überholte Loren, beladen mit bereifter Holzkohle. Nebel stob aus den Nüstern der Pferde. Vermummt bis auf einen schmalen Augenschlitz, ging der Fuhrknecht voraus, maschinenhaft und grußlos, im Blick die Gläserne Stadt.

Mein Vater lag im einstigen Aufseherhaus, einer felsgrauen Baracke, die sich an die Bergflanke duckte. Er röchelte, der Unterkiefer war ihm auf die Brust gesunken. Durch die erblindeten Fenster drang kaum Licht. Eine Öllampe vermochte die Düsternis nicht zu vertreiben.

Ich wartete, bis mein Vater mich erkannte. Geronnenes Blut verklebte ihm die Bartstoppeln. Gab es bei den Erzhütten keinen Feldscher, keinen Arzt?

Ein zwergenhafter Mann, der am Tisch hockte und einen Bogen Papier bekritzelte, sprach den abgedroschenen Satz, daß ›unsere Macht hier ende‹.

»Ich bring' Euch nach Haus, Vater. Ihr ruht aus, kräftiges Essen, Schellsaft gegen den Hustenreiz. Ich kümmere mich nur um Euch. Und Kilean wird Euch heilsame Träume schicken.«

Seine Lippen bewegten sich, zuckten. Erst als ich mich über ihn neigte, verstand ich ihn. »... untot er. Hab' ihn damals angeschwärzt. Nerev hat ihn ... in die Erzhütten.« Er grapschte nach meiner Hand. »Jetzt holt er mich.«

Ruckhaft hob und senkte sich seine Brust. Die wächsern kalten Finger umkrallten meine Hand. »Brauchen das Blaue Metall ... Wagen müssen rollen ...« Der Kopf fiel ihm zurück, er schloß die Augen. Ich wischte ihm über Stirn und Wangen. Rußflocken hingen in seinem Haar.

Die Luft war verbraucht in der düsteren Stube, aber solange Windstille herrschte und der Rauch sich im Bergkessel fing, wagte ich nicht, das Fenster zu öffnen. Zum ersten Mal sehnte ich den Torl herbei.

Der zwergenhafte Feldscher fummelte an der Lampe, er stellte den Docht nach. Feuerrot war der Abend hinter der erblindeten Scheibe. Ein Röcheln. Ich beugte mich zu meinem Vater. Seine Finger verkrampften sich.

»Ach, Tonach«, flüsterte er, »Fummelkram, alles.«

Kilean schlief bereits, als ich in das Traumzimmer stürmte. Ich mißachtete seine allnächtliche Pflicht, ich riß ihn aus der Gläsernen Stadt. Er sollte es erfahren, jetzt auf der Stelle: Der Torl hatte meinen Vater umgebracht!

Zornig war ich. Zornig auf meinen Vater, der mich im Stich ließ — damit die Wagen rollten! Zornig auf Kilean, der ihn in die Erzhütten verbannt hatte, zornig auf uns im unberatenen Rat, zornig auf meine einfältigen Mitbürger, die jedem Traum folgten und lieber im Torlstaub verreckten als den Gürtel enger schnallten, und zornig auf mich, vor allem auf mich.

Wie ich so gegen mich und die Welt wütete, zog mich Kilean an sich und erzählte von seinem Schmerz, als er vom Tod seiner Mutter hörte, von seinen Racheschwüren und von der Zeit, die die schlimmsten Wunden schloß.

Worte, Worte, Worte, die mich nicht trösteten. Ich verfluchte den Drachenberg und die Großen Alten und das Blaue Metall, ich verfluchte meine Unentschlossenheit und den Tag, an dem Kilean in unsere Stadt gekommen war …

Am liebsten hätte ich den Rat mitten in der Nacht zusammengetrommelt und Tod und Torl durch Beschluß abgeschafft.

»Wir werden darüber reden, Glauke. Aber nicht jetzt. Du mußt dich erst fassen.«

Je mehr sich der Träumer der Ebene des Kieselsteins nähere, hatte ich gelesen, desto kleiner, enger, farbloser werde ein jeglich' Ding. Ich hatte den Satz auf die Träume bezogen, nun sah ich: Er traf auf die Wirklichkeit zu. In diesen meinen letzten Tagen in Miscara schienen mir die Hausburgen zu schrumpfen, die Decke meines Zimmers im Turm hing niedriger, selbst das Blau der Kittel war verblaßt, als läge unfühlbarer Staub über allem. Der Honig aus Sarmint schmeckte fade, die Stimmen klangen gedämpft und trugen nicht weit, nicht einmal quer über den Beratungstisch. Wiederholt fragte ich: »Was benötigen wir wirklich, um unser Dasein zu fristen?« Die Antworten waren verwaschen, nebelhaft, wattig. Je lichter und herrlicher Kilean die Stadt aus Glas erträumte, je höher ihre munteren Bewohner die Paläste auftürmten, desto trüber, kümmerlicher, häßlicher wurde meine Stadt aus Stein. Empfand ich allein so? Kein Murren erklang aus Katen und Gewölben, kein Zank aus den Hausburgen, kein Feilschen vom Markt. Traumestrunken besorgten die Menschen ihr Tagwerk, ja, es war, als ob sie am Tage schliefen, nur in der Nacht und für die Nacht lebten. Man mußte schon Landre sein, um hoch zu Roß durch die Gassen zu reiten und die Weise vom Meister zu trällern, der das Glück in Händen hielt und freigebig verschenkte.

»Was habe ich falsch gemacht?« erkundigte ich mich

bei Nya, die mir inmitten ihrer ausgelassenen Gefährten wehmütig zublinzelte.

»Du bist wie er«, hörte ich sie, »glaubst, daß Gedeih und Verderb nur von dir abhingen, daß du allein alles richten könntest.«

»Und was rätst du mir?«

Aber wie konnte sie — ein Bild an der Wand — mir raten? Sie schwieg, wie sie immer geschwiegen hatte.

Unsere Auseinandersetzung war aufgeschoben. Kilean wagte nicht, mich anzusprechen, und ich ging ihm aus dem Weg. Am Morgen verschloß ich meine Tür, ich wollte allein sein mit meinem Schmerz, meinem Zorn. Schweigend reichten wir uns am Eßtisch die Schüsseln. Und begegneten wir uns auf der Wendeltreppe, verharrten wir, als hätten wir uns etwas zu sagen, und brachten doch den Mund nicht auf.

Kilean stieg in die Stadt hinab. Früher hätte ich ihn gern begleitet. Ich schaute ihm vom Umgang aus nach. Er lief die Treppen hinunter, vorbei an den Hausburgen, weiter zum Markt, auf der Suche nach Gespräch, nach Menschen. So weit mein Blick reichte, verfolgte ich ihn. Aus keiner Einfahrt trat man, ihn zu grüßen. Kein Teppichhändler schlug ihm ein Geschäft vor. Kein Lehrling bestürmte ihn mit kindischen Wünschen. Wie einen Panzer trug er seine Einsamkeit um sich.

Lustlos blätterte ich in einem Buch. Auch ich war einsam. Nicht Streit entzweite uns, sondern die Aussicht auf Streit, auf den Bruch. Wir standen auf den Gipfeln zweier Berge, kein Steg überbrückte die Kluft. Wo doch Träume hätten Brücken sein können.

Ich vernahm seine Schritte auf der Wendeltreppe. Sie verklangen. Der Turm schwieg. Hatte ich mich verhört? Unruhe erfaßte mich, die Furcht, er könnte mich verlassen haben. Ich lief in sein Zimmer, ein unansehnliches Bündel lag in einem Winkel: sein Wandersack. Ich suchte ihn in Khalibs Küche. Nein, sprechen wollte ich ihn nicht, nur sehen — und die Tür wieder zuklinken. In der Bibliothek war das Drachenspiel aufgebaut, auf einem Regal fand ich Kästchen der Bethischen Uhr. Ich schaute in jeden Raum, selbst in die Waschecke hinter seinem Zimmer. Schließlich kletterte ich, ohne daß es einer Überlegung bedurft hätte, die Wendeltreppe weiter empor, vorbei an den lebenden Mosaiken mit den Silberschiffen der Großen Alten, vorbei an den Drachen, bis hinauf in die Spitze — ein bläuliches Leuchten füllte die Rundung.

Kilean hockte auf der letzten Stufe. Ich setzte mich zu ihm und glitt unmerklich in eine fremde Welt.

Wir saßen auf einem Felsvorsprung, umgeben vom bläulich schimmernden Gletscher. Über uns türmte sich der höchste Gipfel der Drachenberge, der Eisgraue Wächter. Öde und leer war das Land unter uns wie vor Ankunft der Großen Alten. Ein einzelner Kieselstein blitzte vom rostroten Rand der Wüste herauf.

»Vielleicht sind wir einmal zuwenig erwacht«, hörte ich Kilean sagen, »vielleicht ist um uns nur Asche und schwarzer Grus, und wir sind die letzten Menschen. Was ist Tag, was ist Traum? Die Scheidelinie ist verwischt wie die zwischen Wunschtraum und Alp. Ich weiß, ich selbst habe es verschuldet … Manchmal frage ich mich: Wer bin ich? Wozu bin ich hier? War es tatsächlich meine Bestimmung, nach Miscara zu gehen? Was habe ich in dieser kalten Stadt zu schaffen?«

Still lag die kahle Ebene unter uns, unveränderlich im Sonnenglast wie im fahlen Schein des Toten Pflügers. Und diese furchtbare Lautlosigkeit schnürte mir die Brust ab. Ich spürte, wie mir der Sinn für das Wirkliche entglitt, wie Formen und Farben um mich verschwammen, verblaßten. Nichts war mehr sicher und gewiß über dieser menschenleeren Einöde, wo die Zeit selbst den Atem anhielt. War ich Nya, träumend auf ihrer Bahre? Und wo befand sich meine Stadt? Vielleicht würde es sie nie geben …

Ich schloß, um Trugbild und Schwindel auszusperren, die Augen, fühlte nach der kühlen Treppenstufe unter mir, ertastete eine zweite, die Rundung der Wand.

»Ja, Glauke, die Gegenwart ist der Traum. Wir haben die Wirklichkeit zerstört. Es ist nichts mehr da außer unseren Träumen. Und wenn schon. Ob du unser Dasein nun Wirklichkeit nennst oder Traum — welche Rolle spielt das?«

Ich wehrte mich gegen ein neuerliches Verschwimmen der Formen. Für mich war der Unterschied wichtig. Die Traumgaukelei mochte mich betören, aber auch ihr war eine Grenze gesetzt. Der Torl war wirklich, an ihm zerschellte die Traumgewalt. »Es heißt, die Kunst des Lebens besteht darin, zur rechten Zeit zu erwachen und die Träume abzuschütteln.«

»Meine Weck-Uhr ist stumm. Ich warte auf ihr Rasseln, doch es bleibt aus.« Er rutschte näher zu mir, senkte die Stimme. »Es ist, als ob im Traum eine fremde Gewalt meine Schritte lenkt, und ich kann ihr nicht entrinnen. Ich beginne, was ich nicht beabsichtigt, ich sende Träume aus, die ich nicht gewollt habe. Der Meister ist nicht Herr seiner selbst. Ich bin nicht ich.« Er straffte sich. »Aber dies sind unvernünftige Anwandlungen, die zu nichts führen, zu nichts nützen. Die du wegstecken mußt.« Er erhob sich und war verschwunden.

Um mich der Gletscher zerschmolz. Ich stolperte die dunkle Wendeltreppe des Turmes hinab.

Ich fand Kilean in der Bibliothek. Er brütete, das Kinn auf die Fäuste stützend, über dem Drachenspiel. Die Arglinge aus den Patrizierburgen waren in alle Winde zerstreut oder in harmlose Knappen verwandelt. Der Stein, der mich verkörpern sollte, hatte den Berg genausowenig erklommen wie der Turios oder Landres. Die Drachen Not und Mangel waren zwar abgedrängt, dafür beherrschte der Torl die wichtigen Felder, und er hatte mehr Macht als alle anderen Drachen vor ihm.

Zaghaft tippte ich Kilean an. Wir mußten jetzt, zu

dieser Stunde, wieder miteinander sprechen. Kilean blickte nicht auf. Allein und in verlorener Stellung kämpfte sein Recke gegen alle Drachen an, und mit jedem, den er schlug, wurde er selbst mehr zum Drachen. Sigmarqs Fluch bewahrheitete sich.

»Bitte, hör mich an, Kilean. Du hast dich — wir haben uns — verrannt, aber noch können wir umkehren. Schneide die Fäden durch, an denen du die Puppen tanzen läßt. Dann wirst auch du deine Freiheit zurückgewinnen.«

Ein Brauenheben. »Misch dich nicht in mein Spiel.«

Sein Spiel. Wußte er überhaupt noch, was er sagte? »Wir sollten eine Volksversammlung einberufen, Kilean. Dort können wir über die Untoten reden und über Nerev. Wenn wir die Ursachen dessen, was uns bedrückt, bloßlegen, werden meine Miscarier bereitwillig auf Glanz und Überfluß und einlullende Träume verzichten und dort zupacken, wo es nötig ist. Und wo wir keinen Rat wissen, werden sie Wege finden. Tausend Köpfe sind klüger als ein Kopf.«

Eine ruppige Handbewegung. Als wollte er Fliegen verjagen. »Tausend hohle Köpfe wiegen den einen denkenden nicht auf.«

»Sie haben ein Recht, über sich selbst unbeträumt und nach eigenem Gutdünken zu bestimmen.«

Er lachte barsch. »Sie würden dieses Recht zuallererst gegen uns kehren.«

»Das fürchtest du bereits?«

»Ich fürchte nichts.«

Und wieder ruckte er an den Spielsteinen herum. Ende der Unterhaltung.

Ich ergriff das in bunte Felder unterteilte Tuch und riß es vom Tisch. »Hör mir zu, Kilean! Wir müssen handeln!«

Die Steine purzelten, wie durch ein Wunder hielt sich in der Mitte der Tischplatte Kileans Recke aufrecht.

Kilean stieß den Tisch von sich, der Recke wackelte,

mein Stein rollte bis an die Kante, schwenkte um, kullerte zurück.

»Jetzt wirst du mir zuhören, Patriziertochter. Für mich ist deine Stadt längst aus Glas. Mein Auge dringt durch jede Hausburg, nicht das geringste Sandkorn bleibt vor mir verborgen. Ich kenne deine Miscarier, sie sind zu drei Vierteln meine Geschöpfe. Wie sollten sie mehr wissen als ich? Laß ich die Zügel schießen, versinkt deine Stadt in Chaos. Es führt keine bequeme Planwagenstraße in ein Kristallenes Zeitalter. Nerevs Wort gilt: Fleiß und Industrie. Forschen und Finden auf viele Menschenalter. Wir müssen in den Torlstaub hinab und dürfen bestenfalls hoffen, daß uns irgendwo jenseits ein grünendes Land erwartet. Deshalb brauchen wir die Träume: als Ersatz für das Leben. Soll ich diese düstere Wahrheit lauthals hinausschreien? Niemals! Einem Schlafwandler rufst du nicht zu: Vorsicht, du spazierst am Abgrund! — Ich verbiete dir, sie zu beunruhigen!«

Dieses eine Wort gab den Ausschlag: verbieten. Ich ließ mich vielleicht überzeugen, verbieten ließ ich mir nichts. Nicht von ihm und von niemand anderem. Arysas hämisches Kichern verfolgte mich, als ich aus dem Turm stürmte.

Ich schwang mich auf Kileans Rotfuchs, preschte zu Turio, der — jetzt, am Tage! — schlief, und rüttelte ihn: Wir müssen die Miscarier wachtrommeln! Weg mit der Traumesseligkeit!

Irgendwo in der Niederstadt erjagte ich Landre.

»Schwester«, fragte sie schleppend, »weshalb willst du auf den Markt tragen, was besser im Stadthaus ...«

»Weil es alle angeht. Erinnere dich an das Gericht, das die Großen Alten über uns hielten!«

»Und was rät der Mei ...«

»Was erwartest du denn?«

Sie tätschelte ihrem Rappen gemächlich den Hals. »Du kannst auf mich zählen, immer.«

Vor dem Stadthaus band ich den Rotfuchs an. Von meiner Unrast angesteckt, tänzelte er. Wo trödelten sie herum, meine Ratsbrüder? Endlich rückten sie sich die Stühle zurecht. Schagon knäulte die Hände wegen meines Ungestüms: Seine Mühlen mahlten langsamer. Großmutter Merras drückte mich stumm ab, Sycoraq hinter seinem Pult erkundigte sich behäbig: »Was wollt ihr nun abschaffen? Den Torl? Oder die Träume? Oder?«

Wieder war sie da, die Wand aus Watte.

»Wir wollen nichts abschaffen. Wir wollen lediglich, daß alle Bürger ohne den Umweg über die Träume erfahren, wie es um ihre Stadt steht. Wir wollen, daß die Last der Entscheidung auf viele Schultern verteilt wird. Wir wollen, daß alle mitdenken und mithelfen — aus Einsicht, nicht von Träumen gelenkt.« Ich verriet ihnen nicht, daß mein großmäuliges Wir nur mich umfaßte, nicht auch Kilean.

Die neuernannten — oder vielmehr in den Rat geträumten — Vertreter der Zünfte und Gewerke äußerten Bedenken. Von langfristiger Vorbereitung war die Rede, von Papieren, Untersuchungen — aber wir hatten keine Zeit zu verlieren, nicht einen Tag!

Sie stimmten schließlich zu, mit ›gewissen‹ Vorbehalten und wohl in der stillen Hoffnung, daß eine Volksversammlung Zwist und Streit und sämtliche Fragen ein für allemal ausräumen werde.

Ich atmete auf. Noch hatte Kilean *meinen Rat* nicht völlig weichgeträumt. Hüstelnd und federkratzend entwarf Sycoraq eine Verlautbarung. Die Zettel mußten an die Wände, sofort!

Sie gingen auseinander wie aufgescheuchte Schildkröten. — Mir zu verbieten, die Miscarier ›zu beunruhigen‹! Ich grinste, als ich den Fuß in den Steigbügel schob. Und Arysa kicherte aus allen Durchgängen, aus allen Torlnischen. Treppen und Steige ertranken in Dämmerung.

Hinter den Fenstern der Frauenburg brannten Kerzen. Ich platzte mitten hinein in die Schulstunde. Jantas lehrte meine früheren Schülerinnen gerade Bruchrechnen. Mit ihnen besprach ich Torl und Hunger, Traumlosigkeit, eingelöste und uneingelöste Träume. Aber auch hier fühlte ich die Verengung, die Nähe des Kieselsteins.

Sie stützten die Köpfe in die Hände, manch einer fielen die Augen fast zu. »Wenn Ihr's nicht wißt, wie sollen wir uns da zurechtfinden?« murrten sie. »Ihr im Turm und im Stadthaus, Ihr kennt Euch aus.«

Ich wollte erfahren, ob sie mit ihrem Leben zufrieden wären, was sie wünschten für sich selbst ganz im stillen.

Halb verwundert, halb ratlos gafften sie mich an. »Die Gläserne Stadt — schon morgen. Wie ihre Bürger sorgenfrei über die gläsernen Terrassen schreiten. Aber wir wissen, daß wir uns dafür durch die Wand aus Torlstaub beißen müssen.«

Ich ließ nicht locker. Ihre eigenen Wünsche, ihre eigenen Gedanken wollte ich hören, nicht, was ihnen Kilean eingeträumt hatte. Endlich erinnerten sie sich an die hustenden Kinder daheim und an die Mühe, mehr als nur Schagons ›Ratshirse mit Rosinen‹ zu ergattern, und an die Erschöpfung abends. Nur wer jung war, fand die Kraft zu lernen.

Ich schonte sie nicht und trimmte ihnen ihre Rollen ein: Du erzählst von deinem torlgeplagten Nachwuchs und du über den Haushalt im kleinen und das Haushalten im großen.

Schließlich versiegte meine Tatkraft. Auch Arysas Gekicher flaute ab. Ich ritt die Menniertreppe hinauf. Mein ehemaliger Erker war hell erleuchtet, so als flackere darin ein offenes Feuer. Obwohl der Lärm aus dem oberen Stockwerk mich in kribbelige Neugier versetzte, stieg ich nicht hoch, sondern tappte in die nur von einem Kienspan erleuchtete Küche. Ich hockte mich neben Menthe auf einen Schemel. Sie war gerade dabei, Möhren zu putzen. Da die Neueingezogenen Mann wie

Frau, in den Werkhallen arbeiteten, kochte Menthe für sie.

»Ach, Kind«, tröstete sie mich, »auf jeden Torl folgt klarer Himmel.« Sie hatte Nerev erlebt und die toten Nächte, nun wandelte sie unter gläsernen Torbögen. »Glaub mir, im Grunde ändert sich wenig. Der Alltag fordert das Seine trotz Traum. Plackerei bleibt Plackerei. Das Gemüseputzen nimmt dir keiner ab und keiner das Kinderkriegen. — Dein Kilean ist ein schmucker Kerl, wart nur, irgendwann hat er sich die Hörner abgestoßen.«

Ich erzählte ihr von meiner Absicht, eine Volksversammlung einzuberufen — seit Menschengedenken die erste. Sie stellte die Schüssel auf den kalten Herd, öffnete eine Fensterklappe, schlurfte zurück. »Was willst du gegen ihn erreichen? Dulden und ausharren ist unsere Stärke.«

An ihr, meiner lieben, alten Amme, waren die Träume wirklich vorbeigestrichen, ohne daß sich ›im Grunde etwas geändert‹ hatte.

Die kalt funkelnden Sterne des Schneehasen klommen über die Gipfel der Drachenberge, als ich auf Kileans Rotfuchs zum Turm zurückzuckelte. Kilean erwartete mich im Empfangsraum, die Fäuste in den Taschen seines Kittels vergraben. Er öffnete den Mund nicht zu einem Gruß, warf mir nicht vor, daß ich Verwirrung stifte, Unzufriedenheit und Zwist säe, den Gruneliern in die Hand arbeite. Einen einzigen Satz schlug er mir ins Gesicht: »Gegen mich läuft nichts.«

Wortlos schlüpfte ich in mein Zimmer. Lauschte, wie er auf und ab schritt, wie endlich die Tür zur Wendeltreppe hinter ihm zufiel. Dann eilte ich zu Khalib in die Küche.

»Schütte ihm Baldrian in den Tee. Und ein wenig Schellauszug.«

Khalib grinste verschwörerisch. »Hilft und heilt«, gluckste er.

Ich stellte die Flaschen auf sein Buch. Doratras Weg, erst in letzter Not beschritt ich ihn.

Der Tote Pflüger schaute in dieser Nacht durch meine Fenster. Die beiden Schnellen Monde zogen vorüber, überholten den Langsamen. Auf Zehenspitzen schlich ich zu Kilean: still und friedlich schlief er. Da begab auch ich mich zur Ruhe.

Wäre ich Traummeister gewesen, hätte ich vom Kommenden geträumt als von jenem Gebirge mit Saumpfaden, die sich verzweigen. Und ich hätte gezeigt, wohin ein jeder Pfad führte: über Klüfte und Schründe und windumbrauste Pässe, über Geröllfelder oder knapp am Abgrund entlang, in grünende Täler oder auf steile Gipfel oder in Dornenschluchten. Ihr habt die Wahl, Miscarier!

Strahlend und freundlich, ungetrübt durch Torlstaub oder aufsteigenden Rauch, dämmerte der nächste Morgen. Er verhieß einen Tag des Feierns mit Blumengebinden, die über die Gassen hingen, mit Schwarzbierfässern auf dem Markt und prächtig bemalten Planwagen, die geradewegs aus der Gläsernen Stadt zu stammen schienen.

Miscara putzte sich heraus, und auch ich schmückte mich. Vor dem Spiegel legte ich mir das Festkleid meiner Mutter an, ich zupfte die Borten zurecht und steckte mir Bänder ins Haar.

Kilean freute sich, mich so beschwingt zu sehen. Er faßte meine Hand, drehte sich mit mir im Kreis. »So gefällst du mir, Glauke.«

Umjubelt spazierten wir zum Halbrund des Richtplatzes. Frühlingshaft lau war die Luft, an den Einfahrten der Hausburgen schenkten uns Knaben erfrischenden Trunk. Und wenn die tönernen Becher geleert auf dem Fels zerschellten, klang es: »Hoch Miscara! Hoch der Traummeister!«

Niemals hatte solches Bunt den Versammlungsplatz gefüllt. Wimpel in den Farben der Gewerke flatterten über den Reihen. Ich umarmte Landre und Turio, der als einziger düster dreinschaute. Menthe humpelte heran, sie drückte Kilean einen Strauß Amblonellen in den Arm. Eine Bank in der ersten Reihe war für uns und den Rat bestimmt. Durch die Luft gaukelten Schmetterlinge aus Buntpapier. Halbwüchsige Mädchen verteilten Honigscheiben und Anisplätzchen.

»Mag der Torl uns noch so bedrängen«, sprach ich, »Frohsinn und Schaffensfreude raubt er uns nicht. Mögen sich Jahre der Hirse und Jahre des Staubes vor uns erstrecken, wir gehen sie munter an. Im Traum liegt unsere Stärke.«

Selbst die grunelischen Gesandten, sie trugen das eiserne Medaillon des Thrak auf der Brust, klatschten mir zu.

Kilean erhob sich. »Ich bin nur ein Fremder und folge meiner Pflicht wie ihr. Einst hieß es: Jeder Träumer lebt in seiner eigenen Welt. Wir alle wirken in *einer* Traumwelt, Einigkeit macht uns unüberwindlich.«

Stadtsoldaten überreichten ihm auf einem runden Brett die wunderbare tote Blüte der Wüste, den Salzstern.

»Und fester noch wird unsre Faust den Hammergriff umschließen«, sangen die Werkleute, »aus grauem Staub zur Pracht aus Glas wird unsre Stadt ersprießen.«

Jantas' Schülerinnen schrieben *Träumend schreitet der Mensch voran* auf eine große Wandtafel und rechneten vor: Anzahl der Menschen mal Länge der Schritte gleich Größe des Fortschritts. Ich war stolz auf sie, daß sie ihren Stoff so gut gelernt hatten.

Mähnenrandellen und Zupfrotschellen spielten auf, die Volksversammlung wandelte sich zum Volksfest. Trunken von Musik und Lachen, tanzte ich mit Landre um die Wette, stieß ich mit den Fitiern an, pries ich unsere wackeren Stadtsoldaten, spottete ich über Turios Kleinmut, raunte ich Zrausal Unschicklichkeiten ins Ohr, neckte ich Khandart.

Abends im Turm stand ich wieder vor dem Spiegel. Ich zog mir die Lippen mit teneirischem Rot nach, färbte mir Hände und Wangen mit Henna, ich legte mein Haar in Locken und schnürte mir das Mieder fester, um Kilean, meinen Geliebten, zu empfangen. Die Großen Alten auf dem Bild hatten ihr bestes Lächeln aufgesetzt, ein rechtes Festtagslächeln, übermütig und ausgelassen. »Kommt doch zu uns, vergnügt euch mit uns!« forderte ich sie auf. »Ihr habt euch's verdient. Was schaust du so blaß drein, Nya, ich sollte auch dich ein wenig schminken.« Sie lächelte nicht, sie starrte mich mit grimmig hochgekniffenen Mundwinkeln an; mein Vater, unsichtbar, doch anwesend, brummte: »Mußt ihn zähmen, Kind.« —Statt des Lippenstiftes blitzte die Sicia in meiner Hand.

Was für eine Glauke glotzte mir aus dem Spiegel entgegen! Puppenhaft bemalt, Löckchen hier, Ringelchen da, Blümchen dort, Rüsche rechts, Rüsche links, Bändchen, Schleifchen, feine Spitze. Nase gepudert und Wangen gerötet, zurechtgestutzt, herausgeputzt. Ohne einen anderen Gedanken als an Schminke und Gefallen, Festefeiern, Händchenhalten. So wie er mich wollte. Ohne Trotz und Widerspruch. Harmlos und mundtot. Ein Herzchen zum Herzen.

Ich stach zu. Erstach das liebliche Dummchen.

Klirrend zersprang der Spiegel. Unter meinen Tanzschuhen knirschten die Scherben. »Ich bin Glauke Arnya, Tonachs und Erasts Tochter und nichts und niemand sonst. Keiner wird mich verformen, auch du nicht, Ki-le-an, Geliebter!«

Auf der Wendeltreppe rannte ich gegen Khalib. Erschrocken stolperte er beiseite. Aus seiner Kanne schwappte Öl.

In der Bibliothek stellte ich Kilean. Er, geschniegelt, kraftvoll und heiter wie seit langem nicht, erfaßte mit einem Blick, was vorgefallen war. Das Strahlen auf seinem Gesicht erlosch.

»Belüge dich nicht«, sagte er, »auch das bist du. Ich vermag nur freizulegen, was von Anfang an in dir steckt. Es ist eine deiner Möglichkeiten — genauso wie die Giftmischerin von gestern abend.«

»Erstich ihn!« drängte Arysa. »Dann hast du dich befreit und die Stadt. Stich zu, Glauke!«

»Sei kühl und besonnen«, riet Nya, »er ist bereits so schwach. daß er dich umträumen muß — und es ihm nicht gelingt.«

»Du magst deine Freunde gegen mich aufstacheln«, meinte er, aufgereckt wie ehedem der Herr Ladestock, »du magst dich aus der Stadt stehlen und zu den Gruneliern überlaufen. Mich wirst du nicht treffen. Mein Wille wird geschehen. Und wohin du dich auch immer begibst, meine Diener werden dir folgen.«

Fennrs Knurren füllte den Raum. Unter einem Bücherstapel ruckte ein schwarzes, lumpenhaftes Ding einer verschlissenen Kutte ähnlich Kilean aber griff meinen Stein vom Drachenspiel, legte ihn über beide Daumen und drückte mit den Zeigefingern auf die Enden.

»Gleich ist es zu spät!« kreischte Arysa.

Ich steckte die Sicia in den Gürtel. Mit einem erstickten Aufschrei verschwand die Männermörderin.

»Weißt du, was ein Saddraq ist?« fragte ich, und Fennrs Knurren verstummte. »Du hast es mir erklärt vor vielen Tagen. Doch du selbst weißt es nicht; wie Nerev wirfst du das Unbezähmbare in uns mit dem unverbesserlich Bösen in einen Topf. Du dünkst dich so überlegen, weil deine Mutter von den Sternen stammt und du träumen kannst, aber du bist kein Drachentöter, kein Weltenlenker, sondern ein gewöhnlicher Sterblicher, dem das Schicksal zuviel abverlangt.«

Mit einem Knacken zersprang mein Stein. Ich spürte nichts dabei. Außer Erleichterung.

»Du mußt den Gläsernen Berg erst noch erklimmen, Kilean.«

Ein Wolkenschatten umhüllte ihn vom Fenster her

wie ein Mantel. Irgendwo in diesem Gewebe von Dunkelheit befand sich noch jener Kilean, den ich mochte, der einfache Uhrenheiler, dem ich gern über das Haar gestrichen, den ich gern zum Abschied geküßt hätte. Ich stieg die Wendeltreppe hinab. Meine Finger streiften über die vertrauten Muster.

Kilean eilte mir nach. »Glauke, dein Fuß blutet ja! Komm zurück, ich verbinde ihn dir.« Er rutschte in der Öllache aus. Die Stimme schlug ihm um, Flüche gellten mir nach. »Ich werde jeden vernichten, der dir Obdach gewährt! Ich werde dir deine Stadt rauben!«

Am Fuß des Turmes erwartete mich Khalib, ernst und feierlich wie ein Feldscher am Bett eines Todkranken. Er streckte mir wortlos einen Korb entgegen. Unter dem Tuch fand ich ein Bündel Wäsche, Wegzehrung, das Bild der Großen Alten. Selbst an die Überschuhe hatte er gedacht.

Ferne Randellenklänge schwebten durch die Luft. Ich lief die geschmückten Gassen zur Frauenburg hinab, begegnete weinselig vorantorkelnden Menschen. Verwundert drehten sie sich nach mir um, manche öffneten den Mund, wie um zu fragen. Seltsam war mir zumute, während ich um die altbekannten Ecken bog. Ein Stück Putz platzte ab, klatschte neben mir aufs Pflaster.

Mit ungespielter Selbstverständlichkeit nahmen mich die Frauen auf. Die eine brachte Wasser und ein Tuch, damit ich mir das Gesicht von Schminke reinigte, eine andere versorgte mich mit Rock und Überrock aus derbem Stoff. Ich war nicht die erste, die in ihrer Burg Zuflucht suchte.

Jantas kam herein, umgeben von einer Horde lärmender Kinder, und drückte mich ab. »Hat er dich geschlagen?« erkundigte sie sich. Was er mir angetan hatte, war schlimmer. Kein Wort fiel darüber, welch ein wichtiger Mann Kilean war. Für sie gab es keine wichtigen Männer mehr.

Ein Mädchen, das gefühlvoll Küchenlieder trällerte,

wusch mir das Blut vom Fuß. Doratra, kaum wiederzuerkennen in dem schlichten Kittel, begrüßte mich ohne Gehabe. Sie war enttäuscht, daß ich nicht in der Frauenburg nächtigen wollte. Ihre Freistatt, meinte sie, würde Kilean nicht antasten. Ich war weniger zuversichtlich.

Um die Stangen der Marktwagen flatterten noch Papierschlangen. Einer von Schagons Helfern verteilte scheffelweise Hirse und Rosinen. »Ei freilich«, erklärte er so bieder wie sein Herr, »viele füttern ihr Federvieh damit. Aber manche würden sonst hungern.« Plötzlich weiteten sich seine Pupillen. »Sie ist's! Ich habe sie!«

Ich floh in die verwinkelten Gassen der Niederstadt. Um mich herum knallten Fensterläden zu. Kinder flüchteten in Hauseingänge. Harte Tritte schlugen auf den Fels, schnell und schneller, Fennrs Hecheln begleitete sie.

Kakerlak, wie aus einer Pflasterritze gewachsen, vertrat mir den Weg. »Unser Meister verlangt nach dir.«

In meiner Hast stieß ich ihn beiseite, mein Arm fuhr durch ihn hindurch wie durch Rauch. Ich strauchelte, raffte mich auf, Wagen kratzten gegen Wände. Schon schimmerte das Rot der Karr durch das Mittagstor. Rufe gellten, der Signalmast auf dem Wachturm ruderte mit den Armen, kreischend schlossen sich die Torflügel. Ich stellte den Korb ab und hielt mir erschöpft die Seiten.

Turio sprang die Holzstiege des Wachturms herab. »Sie winken«, er deutete auf den Signalmast, »du wärst entwischt.« Er packte den Korb und zerrte mich die knarrenden Stufen hoch.

In seinem Befehlsstand erholte ich mich. »Er hat mich über Nacht umgeträumt«, klagte ich, »und ich kann mich nicht einmal an den Traum erinnern.«

Turio reichte mir einen Becher. Vorsichtig nippte ich. Der Tee, stark wie Khalibs und von einer dicken Schicht Butter bedeckt, tat mir gut. Nebenan schnarchte ein Stadtsoldat.

»Du wirst vorläufig in der Zeltstadt unterkriechen«,

meinte Turio, und ich nickte. »Dabei hatte ich mir geschworen, dich zu begleiten, Glauke, wohin auch immer. Über die Gletscher, über die Wüste, über das Meer. Und nun muß ich in diesem Drecknest bleiben. Ich kann ihm die Stadt doch nicht überlassen.«

»Und wenn er sich an dir vergreift?«

Turio preßte den Ellbogen gegen eine Ecke des Tisches. Die Adern traten hervor. »Wir sollten nicht vergessen, was wir ihm verdanken.«

Das Schnarchen wurde lauter. Verstummte plötzlich. Turio stürzte zu einer Tür, schob den Riegel vor. Gleich darauf donnerte jemand gegen die Bohlen. »Sie ist hier! Sie hat mich eingesperrt!«

Zwei Soldaten stürmten über die Stiege herein. Als sie Turio erblickten, schlugen sie grüßend die Fäuste gegen den Harnisch.

»Der Traummeister befiehlt«, wandte sich Turio an sie, »seine Gefährtin, mit allem versehen, in das Zeltlager zu geleiten.« Er half mir die Stiege hinab.

Drunten glitt soeben Landre von ihrem Rappen. Nie hatte ich geahnt, wie viele Tiernamen zum Schimpfwort geeignet waren. »Wer soll auf deinem Ratsstuhl sitzen? Du wirst doch nicht klein beigeben? Ich pfeif' auf alle Träume!«

Sie knüpfte einen Beutel vom Sattelknauf: Leckereien. Aber welcher Zarchfisch und welches Mandelbrötchen konnte schon Khalibs schimmernde Pilze ausstechen? Zum Schluß holte sie ein leeres Rechnungsbuch und Bleistifte hervor. »Du mußt alles aufschreiben, Glauke — für uns. Du warst immer dabei, du kennst ihn am besten. Und uns kann er das Gedächtnis rauben.«

Die Stadtsoldaten führten drei Pferde herbei. Jenseits der Stadtmauer, bereits im Sattel, verabschiedete ich mich.

»Bei Morgengrauen komme ich zurück. Tag für Tag.«

Am nächsten Morgen jedoch waren die Tore der Stadt verrammelt.

Die Sturmzeit ist vergangen, unterhalb des Eisgrauen Wächters brechen erste Felsklippen aus dem zurückweichenden Gletscher hervor. Die Felder vor den Mauern Miscaras grünen, doch Öde ist um mich, und Öde ist in mir. — Als hätte ich von jeher in der Wüste gelebt, ohne andere Gefährten als die Sterne und den Wind, die Steine und meine Eidechse.

In der Hitze verdorrt selbst die Hoffnung. Kein Menschenwort dringt an mein Ohr, Sonne und Luft sind mir feind. Ich krame in meinem Korb, ich streiche über das Holz des Klapptisches. In eine der Stangen ist das Werkzeichen meines Vaters eingebrannt.

Ich esse wenig. Mir scheint, als könne ich überhaupt aufhören damit.

Kein Zeichen blinkt mir vom Turm herab. Kilean ist gescheitert, und auch ich bin gescheitert, denn ich habe ihn im Stich gelassen. Was vermag ein einzelner schon gegen die Macht des Zeitlaufs! Wir, seine Freunde, waren zu schwach, und die meisten Miscarier standen beiseite, wie sie es gewohnt waren. Nun haben ihn die Drachen, die er besiegen wollte, in einen der Ihren verwandelt.

Manchmal betrachte ich das Bild der Großen Alten. Sie necken sich vor ihrem Silberschiff, und sie scherzen, in jugendlichem Schwung glauben sie, sich mit einem Ärmelschütteln eine ganze Welt einrichten zu können. Noch ahnen sie die Müdigkeit nicht, die auf die Mühen folgt. Noch lächelt Nya, Jahrzehnte später wird sie auf jener seltsamen Bahre ruhen, eingesponnen in ein Netz von Schläuchen und Fäden, eine Greisin, die den längst verstrichenen Frühling herbeisehnt. Irgendwann wird sie sich die Schläuche von den Armbeugen und die Fäden vom Kopf reißen, und sie wird sich ein letztes Mal erheben, um den ewigen Traum gegen einen einzigen Blick zum Fenster hinaus einzutauschen.

Es gibt nichts mehr zu berichten. Die Hitze ist schlimm. Aber Stille und Einsamkeit sind tödlich.

Ich werde nach Miscara zurückkehren.

Ade, Steine und Schatten.

Ade, Eidechse.

ERWACHEN

MISCARA IST NICHT MEHR. Die Stadt der Träume zwischen Wüste und Gletscher ist verschwunden wie eine Luftspiegelung, wenn Wind aufkommt. Geblieben sind Mauern und Treppen, Häuser und Plätze, Steine und Menschen.

Die steigende Sonne brannte mir im Rücken, als ich vorbei an den geborstenen Harnischen, vorbei an ausgeblichenen Knochen und losem Geröll auf die Stadt zulief. Schroff und vierschrötig stemmten sich die Klötze der Hausburgen gegen das Licht. Jeder Erker und jede Mauerfuge, jeder Fensterladen, jede Rinne und jede Zinne stach klar und überdeutlich hervor. Schlohweiß vor grauem Gefels ragte der Turm auf.

Das Stadttor gähnte offen. Träge hockten die Wächter in ihren Nischen, sie würdigten mich keines Blickes. Ein Stadtsoldat schleppte einen Sack Holzkohle die Stiege zu Turios Befehlsstand hinauf. Ich wagte nicht, ihm zu folgen.

Staubig dehnte sich die Mittagsstraße vor mir. Ein Fuhrwerk rollte mir entgegen, der Kutscher beachtete mich nicht. Händler schoben ihre Karren zum Markt, die meisten von ihnen kannte ich; sie sahen durch mich hindurch, als sei ich Luft. Auch als ich am Marktbrunnen getrunken und mir den Staub vom Gesicht und aus dem Haar gewaschen hatte, änderte sich daran nichts. Geschäftig eilten Ratsboten die Treppen zum Stadthaus hinauf und herunter, sie grüßten mich so wenig wie die Mädchen vor der Frauenburg. Der Ratssaal war verwaist, die Stühle mit den hohen Lehnen gegen den Tisch gekippt. Nebenan in der Schreibstube hockte Sycoraq hinter einem Pult. Obwohl ich ihn anfuhr, hob er nicht einmal den Kopf. Und dann ritt Landre, aufrecht wie ein Wüstenkrieger, an mir vorüber. — Ich war ausgeschlossen. Aus ihrem Sinn getilgt.

Erfüllt von Bitterkeit, erreichte ich den Turmvorplatz. Drei Stadtsoldaten zogen mit quietschendem Rötel Striche auf dem Boden. Den Kopf im Nacken, starrte ich zum Umgang des Turmes empor.

Die gläserne Tür der Bibliothek schwang auf. Der Widerschein des Himmels schwamm über die Scheiben, dunkel zeichnete sich Kileans Kittel davon ab.

Ich wollte ihn herausfordern, ihm entgegenschreien, was er mir und der Stadt angetan hatte. Ich wollte ihn verfluchen und ihn anflehen, doch meine Lippen blieben stumm.

Wie aus seiner Höhe sah ich mich: weit unten, fern und winzig. Vom Markt her verebbten die Geräusche. Leergefegt war der Platz. Selbst der Wind flaute ab.

So klar strahlte die Morgensonne, daß ich Kilean vor mir hatte wie auf Armeslänge. Sein Kittel, hochgeschlossen und faltenlos, schien aus blauem Metall gegossen zu sein. Kein erkennendes Lächeln zuckte um seinen Mund, kein Haar wehte im Luftzug, die Augen blickten wie gefroren. Eine Mauer von Glas verhinderte, daß ein Wort zu ihm, ein Wort zu mir drang.

Ich legte den Finger gegen die Wange, wie er es mich gelehrt hatte, als die Welt uns noch freundlich gesonnen war, unser Zeichen zum Abschied. Langsam und ruckhaft hob er die Hand, so als koste es ihn unendliche Mühe, die einfache Geste zu erwidern.

Ziellos und verloren wanderte ich die Schorfgasse hinab. Ich hatte keine Eile. Ein Knecht bog die schiefen Angeln eines Tores gerade. Er gähnte laut, ließ Hammer und Brecheisen fallen und taumelte zu Boden. Zwei Mägde, die aus gegenüberliegenden Fenstern lehnten, waren beim Plaudern eingenickt. Ich nahm es hin, denn mich selbst hatte eine zähe Mattigkeit erfaßt.

Eine schnurgerade Rauchsäule stand über der Stadtschmiede. Kein Torlbote kreiste im Himmelsrund. Auch in der Frauenburg war es still. Reglos lag der Markt vor mir.

Auf den Stufen der breiten Treppe saßen Marktwächter und schnarchten, der eine umklammerte noch im Schlaf seine Hellebarde. Neben dem Brunnen, wo ein eiserner Meßstab in eine Wand eingelassen ist, hatte es einen Trupp Fitier hingestreckt. Eine Hökerin war gegen einen Turmbau von Äpfeln gesunken. In alle Richtungen kollerten sie auseinander.

Ich stolperte die Menniertreppe hinan; müde, als hätte ich in all den Wüstennächten kein Auge geschlossen. Meine Hausburg wollte ich erreichen, daheim sein, obwohl es doch kein Daheim mehr für mich gab.

Unterhalb des Erkers knickten mir die Beine weg, ich krallte mich an den zerschrammten Grundmauern fest, sackte zusammen. Wenn nun ein Torl kommt, dachte ich noch, dann ereilte auch mich der Schlaf.

Lautlos löste sich die Tür zur Spitze des Turmes vor mir auf. Ein Mann, gesichtslos, in blauem Kittel, schritt mir entgegen: Ich blickte wie in eine spiegelnde Seite des Kieselsteins. Die Gestalt ahmte jede meiner Bewegungen nach, sie hob die Hand, wie ich sie hob, sie berührte — gleich vorsichtig tastend — die gläserene Wand des Kiesels. Auch war ihr Gesicht das meine. Doch bei der geringsten Drehung des Kopfes, beim geringsten Nikken wandelten sich die Züge. Bald wölbte sich die Stirn wie bei einem nordländischen Barbaren, bald verlängerten sich die Ohrläppchen, bald krümmten sich die Brauen wie von Ärger, bald verzerrte hämischer Haß den schmallippigen Mund, bald grinste er in unverhohlener Schadenfreude.

Und dieser Mann mit dem Ungesicht kehrte mir den Rücken zu und ging — ging hinaus in die endlose Weite der roten Ebene. Vor mir und über mir, unter mir, hinter mir gläserne Flächen. *Ich* war das Spiegelbild. *Ich* war im Kiesel gefangen.

Es hatte keinen Sinn, sich gegen die unsichtbaren, glatten Wände zu stemmen. Es hatte keinen Sinn, nach kurzem Anlauf gegen sie anzurennen. Es hatte keinen Sinn, auf sie einzuschlagen.

Das war am Ende aus meiner Stadt aus Glas geworden.

Keine Sonne, keine Silberscheibe schien. Es gab weder Tag noch Nacht.

Die Welt war leer.

Und ich reglos.

Gefühllos.

Kalt.

...

Ein schriller, klarer Ton weckte mich, der Klageton, mit dem der Kieselstein zersprang. Mein Kopf ruhte auf dem Fels der Menniertreppe, vor meinen Augen aber strahlte die blitzende Fläche mit den tausend Gesichtern. Und ich sah sie bersten und die Splitter auseinanderstieben wie Funken. Ein Funke traf auch mich.

Ein Kreischen und Knirschen, schlimmer als beim Torl, hallte über die Stadt. Schreie schallten von jenseits der Hängenden Gärten. Ich sprang auf.

In einem Durchgang zankten sich zwei Hunde um ein Lumpenbündel, Kannen schepperten, Tore quietschten, Fußgetrappel überall. Doch trotz der Kinder, die erschrocken plärrten, trotz der holpernden Wagen, trotz der Wäscherinnen, die keiften und sich knufften, war etwas verstummt in der Stadt: Kein schattenhaftes Wesen lauerte in den Nischen, kein glühendes Augenpaar verfolgte mich aus finsteren Winkeln, kein boshaftes Flüstern drang an mein Ohr, nichts rumorte in den Abgründen unter der Stadt. Und Nya würde mir aus dem Bild auf ewig gleiche tote Weise entgegenlächeln.

Am Markt sammelte die Hökerin, wie ein Kameltreiber fluchend, die auseinandergerollten Äpfel ein. Ein Händler striegelte sein Pferd. Marktwächter knallten die

Hellebarden auf die Stufen, als ich an ihnen vorbeihetzte.

Am oberen Ende der Breiten Treppe stockte ich: Dort, wo eben noch der Turm die Hausburgen überragt hatte, klaffte mir nackter Fels, grau und rissig, entgegen. Darunter, den Turmvorplatz bedeckend und bis in den Qiantensteig quellend, ein Berg von Trümmern.

Unfähig, den Verlust zu empfinden, kletterte ich über die schlohweißen Brocken. Rohre aus Blauem Metall staken aufgeplatzt, verbogen aus dem Steingewirr hervor. Rauh und gratig waren die Bruchstellen der Trümmer. Ich zerrte an ihnen, wuchtete kleinere beiseite, riß mir die Finger auf. Scherben klirrten unter dem Schutt. An ausgezackten Kanten schlug ich mir die Knie wund. Fetzen von Büchern gerieten mir in die Hände, Fetzen längst ausgeträumter Träume. Die Seiten waren feucht. Wasser sickerte zwischen den Steinbrocken hervor, Ströme von Wasser in unserer so elendiglich trockenen Stadt.

Schließlich hockte ich mich auf einen mächtigen Trümmerblock und saugte mir den Staub aus den Kratzern. Mein Herz war leer, leer wie die Karr.

Hinter mir, am Fuß des Haufens, jammerte Khalib, er wühlte nach seinen Pilzen. Bald auf Händen und Füßen kriechend, bald über die Bruchstücke hüpfend, kam er zu mir empor.

»Ach, Meergrüne«, sagte er voll Schmerz, richtete sich auf und blinzelte in die stechende Sonne, die — wie bisweilen nach dem Torl — weit außen ein dünner grünlicher Hof umgab. »Er hat die Tür hinter sich zugeschmettert. Und ich bin draußen geblieben — in eurer verrückten Welt.«

Aus der Schorfgasse nahte ein Trupp Stadtsoldaten. Statt mit Hellebarden waren sie mit Schaufeln, Picken und Seilen bewaffnet. Turio führte sie an. Schon von weitem rief und winkte er. Fast gleichzeitig ritt auch Landre, laut schluchzend, herbei. Ihr folgten Frauen, die im Laufen scherzten und sich das Haar hochsteckten.

In dieser Nacht träumte ich. Zum ersten Mal stillte ich meinen Durst aus eigenem Quell. Kein Silbermond beschien die karge Wüstenlandschaft voller Geröllhalden. Fast schwarz schnitten die Zacken der Drachenberge in den rötlichen Himmel.

Wir saßen unter einer verkrüppelten, vom Wetter zerzausten Steinkiefer, wir: Kilean und ich. Sein Wandersack lag neben ihm, Zehrbrot für die Reise.

»Meine Füße sind müde«, klagte er, »ich bin so lange über meine Kräfte gerannt, nur um an Boden zu verlieren. Aber jetzt werden mich Wind und Wolken tragen.«

Er faßte mich um die Schulter. »Sei nicht traurig, Glauke, eine Stadt, in der alle Menschen eigene Träume träumen, befreit sich vom Staub. Ich jedoch werde rasten an dem Fluß, dessen Wasser nach bitterem Honig schmecken und an dessen Ufern das Stampfen der Zeit nicht hörbar ist. Die Steine um mich werden sich von Licht und Luft nähren, und den Himmel werden nicht Zahnräder, sondern Freudenrufe durchpflügen. Die Großen Alten werden für uns grüne Hügel ausrollen. In diesem Land warte ich auf dich.«

Als ich erwachte, kreischten Torlboten vor dem Fenster.